[redacted]

L'invitation

DU MÊME AUTEUR CHEZ MIRA

Le complot
Soupçons
La griffe de l'assassin
Prémonition
L'ombre de la mort
Danse avec la mort

HEATHER GRAHAM

L'invitation

Roman

MIRA

Titre original :
NEVER SLEEP WITH STRANGERS
publié par MIRA®

Traduction de l'américain par FRANÇOIS DELPEUCH

Photo de couverture
Paysage : © MACDUFF EVERTON / GETTY IMAGES

83/85 boulevard Vincent Auriol 75646 PARIS CEDEX 13.
ISBN 978-2-2808-3879-5 — ISSN 1765-7792

Prologue

Cassandra Stuart était belle et le savait. Elle pouvait manipuler autrui, et le savait aussi. Encore fallait-il qu'il se retourne vers elle…

— Jon ! *Jon !*

Pas de doute, il l'avait entendue ; pourtant, il ne s'arrêta pas. Elle l'avait vraiment mis en colère cette fois-ci, se dit-elle en le suivant des yeux tandis qu'il s'éloignait sur le sentier gravillonné qui menait au loch. Peut-être avait-elle un peu exagéré, mais elle ne voulait pas rester là, loin de tout, dans ce coin perdu au fin fond de l'Ecosse. Peu importaient les invités célèbres et le fameux jeu de charité. C'était *ses* invités à lui et c'était *son* jeu. Elle détestait cette région ; elle aurait préféré être à Londres.

Mais elle connaissait son mari, devinait les pensées qui l'agitaient en cet instant. Il savait bien qu'elle serait désagréable et irritée, qu'elle leur gâcherait la fête, que la journée se passerait mal. Et pourtant, il n'était pas près de renoncer : voilà une décennie qu'il donnait chaque année cette réception ! Il privilégiait toujours ses propres projets, sa propre vie. Oh, son épouse pouvait bien être à ses yeux une femme merveilleuse, il ne lui en avait pas moins clairement signifié — et sur un ton horriblement sarcastique

— qu'il ne laisserait aucune femme, jamais, le mener par le bout du nez.

— Jon !

Elle savait qu'il ne voulait pas regarder en arrière, qu'il ne voulait plus la voir.

Car il se doutait de ce qu'elle avait en tête. Et il aimait mieux prendre les devants. Il n'était pas disposé à lui permettre de se jouer de lui, de le manipuler comme elle en avait l'intention.

Elle projetait de s'en aller. Ce jour même. C'était la dernière carte qui lui restait en main. Elle espérait que son départ le toucherait plus que ses bouderies ou ses emportements.

Mais il fallait qu'il revienne d'abord ; elle désirait lui faire l'amour, se montrer avec lui passionnée et excitante, lui prouver une fois de plus qu'il ne pouvait exister sans elle. Elle lui dirait qu'elle avait besoin de lui, lui rappellerait pourquoi il l'avait épousée. Elle savait le rendre heureux, le faire rire, et elle était sacrément bonne au lit, même si elle avait pris un amant parce qu'elle ne supportait plus le regard que Jon avait parfois, quand il lui arrivait de penser à quelqu'un d'autre. « Reviens ! pensa-t-elle. Laisse-moi te séduire une dernière fois, afin que tu n'oublies pas et que, peut-être… »

Elle attendrait qu'il disparaisse de son champ de vision, puis elle s'éclipserait, laissant derrière elle une lettre à l'intention de son « Cher Amour », pour l'informer qu'elle serait au Hilton de Londres, au cas où il parviendrait à échapper à ses ennuyeux invités. Et peut-être, peut-être la rejoindrait-il. Il pouvait être si naïf, aussi ! Elle en savait plus que lui sur ses invités et sa maisonnée ! Entre autres, qui couchait avec qui. Et pourquoi. En fait, songea-t-elle avec un demi-sourire, elle connaissait très bien beaucoup de ces gens. Intimement, même.

Et pourtant, une jalousie pitoyable ne cessait de la torturer.

— Jon ! Reviens ! s'écria-t-elle de nouveau.

Elle éprouvait une peur singulière, différente des sentiments d'impuissance et d'abandon dont elle avait tant souffert ces derniers temps.

— Jon, je t'en prie ! Reviens ! Ou tu risques de le payer cher !

Elle avait adopté un ton aussi aguicheur qu'exaspéré. Cependant il s'éloignait toujours. C'était un homme magnifique, avec sa haute stature, ses cheveux sombres, ses épaules larges, son corps musclé. Et elle était en train de le perdre.

La panique l'étreignit. Il avait deviné qu'elle lui était infidèle, pensa-t-elle. Avait-il au moins conscience qu'elle cherchait seulement à le provoquer, à rééquilibrer leurs rapports ? Car elle était certaine qu'il avait lui aussi une liaison.

— Jon ! Jon, bon sang !

L'irritation faisait monter sa voix dans les aigus. Debout sur le balcon de la chambre de maître du premier étage, elle dominait le jardin qui s'étendait à l'arrière de la maison. Les pièces avaient été restaurées avec un certain faste, redistribuées à la fin du XVIIe siècle et modernisées par Jon lui-même quelques années auparavant. Le balcon où elle se tenait offrait une large vue sur les trois quarts de la propriété. Suspendu à la façade arrière, il surplombait une élégante fontaine, au milieu de laquelle trônait une inestimable statue en marbre du dieu Poséidon armé de son trident. Une allée carrelée encadrait la fontaine et, bien que l'hiver approchât à grands pas, les rosiers tout autour étaient encore en fleur. L'allée se transformait en chemin de gravier dans la partie de la roseraie la plus proche du loch. L'intérieur de la demeure, lui, alliait le charme de l'ancien au confort moderne. Dans les chambres de maître, dont les murs étaient couverts de tapisseries anciennes, de massives cheminées côtoyaient un système de chauffage à circulation d'eau complété par des convecteurs électriques. Un lit à baldaquin trônait en bonne place et, juste au-delà d'un passage à voûte médiévale, était aménagée une salle d'eau comprenant sauna et bain à remous. Enfin, tout comme Jon, Cassandra disposait d'un grand dressing et d'une penderie.

— Qu'est-ce qu'il te faut donc de plus ? lui avait demandé un jour avec agacement son mari, blessé par sa mauvaise humeur.

L'aménagement du lieu était parfait, elle ne pouvait qu'en convenir. Seulement, elle détestait cette région, la trouvait morne, sans vie. Enfin quoi, ce n'était pas Londres, ni Paris, ni New York ni même Edimbourg !

Justement, lui avait-il répondu, c'était pour ça qu'il appréciait autant l'endroit.

Et maintenant, il s'éloignait d'elle. Sans un regard en arrière.

Elle s'aperçut avec stupeur que des larmes lui piquaient les yeux. Comment pouvait-il donc être plus attaché à ce tas de cailloux et à ses stupides amis qu'à elle-même ?

— Jon, Jon ! Bon sang, *Jon* !

Il avait évoqué l'éventualité d'un divorce, alléguant que, tout simplement, ils ne s'entendaient plus. Mais il ne pouvait réclamer le divorce, se dit-elle. C'était tout bonnement *impossible* ! Elle l'avait déjà prévenu qu'elle l'en empêcherait. Qu'elle était prête à le traîner dans la boue, à révéler un million de secrets inavouables sur lui et ses collègues.

— Jo…

Elle s'interrompit en sentant une présence dans son dos.

D'un bond, elle se retourna pour voir qui s'était ainsi glissé derrière elle.

— Qu'est-ce que tu fais là ? s'écria-t-elle. Sors d'ici ! C'est sur sa demande que tu viens me parler ? Fiche le camp de ma chambre. De *notre* chambre ! Je suis sa femme. C'est moi qui couche avec lui. Dehors !

Elle pivota de nouveau sur elle-même.

— Jon !

Elle perçut alors un mouvement rapide, comme un déplacement d'air, et se retourna encore une fois.

L'espace d'un instant, son regard croisa celui de son vis-à-vis, et elle comprit aussitôt ses intentions.

— Oh, mon Dieu ! lâcha-t-elle dans un souffle.

Puis, désespérée, elle se remit à crier.

— Jon ! Jon ! *Jon !*

Elle sentit la poussée au creux de ses reins. Et hurla à pleins poumons.

Parce qu'elle était maintenant en train de tomber.

Et qu'elle pouvait voir en face sa propre mort.

Jon Stuart était en colère, vraiment en colère. Il avait la ferme intention de s'éloigner pour de bon. Cependant, quelque chose dans le cri de Cassandra l'incita à se retourner. Et il se figea net.

On eût dit que la jeune femme volait. En cela, comme en tout, elle était élégante. Elle portait un peignoir de soie blanche qui flottait autour d'elle. Sa chevelure d'ébène luisait de reflets bleu-noir sous l'éclat mordoré du soleil. Jon fut saisi de la voir tomber ainsi : il y avait quelque chose de tragique dans sa grâce et sa beauté.

Atterré, il comprit qu'il ne pouvait rien pour la sauver, avant de prendre soudain conscience qu'elle était en train de mourir sous ses yeux. Criant toujours, hurlant *son* nom, Cassandra s'abattit sur le sol.

Elle mourut dans les bras de Poséidon. Blottie contre sa poitrine telle une déesse capricieuse. Les paupières closes, ses cheveux noirs et son peignoir d'une blancheur de neige frémissant sous le vent. Elle avait presque l'air de dormir, sauf que… le trident l'avait transpercée de part en part.

Et que le peignoir blanc se teintait de rouge.

Le cœur battant à tout rompre, Jon se mit à crier à son tour et se précipita vers elle en une course désespérée, comme s'il pouvait encore la rattraper, la sauver. Il savait, hélas, que tous ces efforts étaient vains…

Alors il se mit lui-même à hurler.

A hurler son nom.

Puis il fut auprès d'elle et la prit dans ses bras. Le sang de la jeune femme l'éclaboussa tandis que les yeux de la morte le contemplaient fixement, voilés d'un reproche muet.

1.

Trois ans plus tard

La scène faisait vraiment frémir. Une ravissante jeune femme en robe médiévale était ligotée à un instrument de torture, ses cheveux blonds étalés sur le mécanisme de la machine, tandis qu'un homme barbu et moustachu, aux cheveux noirs, était penché sur elle.

« La Fille du Comte d'Exeter ou Le Chevalet, indiquait le cartouche au-dessus de la scène. En souvenir de l'Homme le Plus Habile à Extorquer des Aveux à ses Victimes. »

L'artiste qui avait créé ces figures de cire était également très habile. Une vraie beauté que cette blonde étendue sur l'horrible chevalet de bois : son visage aux traits classiques semblait animé par ses grands yeux bleus écarquillés de terreur. Tout homme normalement constitué ne pouvait qu'éprouver l'envie de la sauver. Quant au bonhomme qui la dominait, son tortionnaire… il respirait la méchanceté. Son regard étincelait d'une lueur sadique en prévision de la souffrance qu'il s'apprêtait à infliger.

La plupart des autres scènes alentour étaient tout aussi bien rendues et représentaient autant d'exemples historiques de l'inhumanité dont l'homme était capable à l'encontre de son semblable. La disposition générale des scènes mettait chacune d'elles en valeur.

Telles étaient les pensées de Jon alors qu'il demeurait silencieux dans l'obscurité, nonchalamment adossé au mur de pierre, ombre parmi les ombres du donjon. Il fixait avec une attention rêveuse les figures de cire... et la blonde bien vivante qui se tenait en face de lui.

Tant par son visage et le teint de sa peau que par sa silhouette, elle semblait la sœur jumelle de la malheureuse enfant étendue sur le chevalet de torture. C'était une jeune femme dont la splendide crinière blonde retombait librement sur ses épaules et cascadait le long de son dos. Elle avait un corps élancé, aux formes superbes, que mettaient magnifiquement en valeur le jean et le pull moulant qu'elle portait. Ses traits respiraient la féminité : un nez fin, droit et régulier ; des pommettes marquées et haut placées ; de beaux yeux bleus ; des lèvres pleines et charnues. Elle contemplait les scènes historiques avec intérêt — et une certaine tension. Un rire lugubre semblait près de lui échapper, car s'il s'agissait là de statues de cire, les scènes n'en étaient pas moins effrayantes, et elle était seule dans l'obscurité. Du moins le croyait-elle.

Sabrina Holloway.

Jon ne l'avait pas revue depuis trois ans et demi et, bien que sa présence en ces lieux le surprît, il était heureux qu'elle ait décidé de venir. Elle avait poliment décliné son invitation à la dernière et tragique Semaine de l'Enigme. Celle où Cassandra était morte.

Sabrina ne s'en rendait peut-être pas compte, mais c'était elle qui avait servi de modèle à Joshua pour la beauté allongée sur le chevalet ; elle en était le sosie, Joshua aimant toujours impliquer ses relations dans son art. Il avait confié à Jon qu'il avait rencontré Sabrina Holloway à Chicago, et il en paraissait si entiché que Jon s'était abstenu de lui révéler qu'il la connaissait déjà. L'enthousiasme de Joshua ne l'avait guère étonné ; il avait éprouvé des sentiments similaires lorsqu'il avait lui-même rencontré la jeune femme. Avant…

Enfin, il y avait effectivement beaucoup à admirer — et à désirer — chez Mlle Holloway. Et Jon n'avait pas été le seul à succomber à ses charmes ; elle avait également attiré l'attention de Brett McGraff. Jon secoua la tête. Elle avait épousé McGraff quasiment du jour au lendemain. Une cour éclair, un mariage éclair… et un divorce fracassant.

Or voilà qu'elle était de nouveau là, devant lui. Il était content de la distance qui les séparait. Il pouvait ainsi la détailler d'un regard objectif. Elle possédait une grâce et une beauté rares. Quoiqu'il eût pratiquement vécu en ermite au cours de ces dernières années, il s'était tenu au courant de sa carrière par l'entremise des journaux et de la presse à scandales. Les reporters s'étaient jetés avec d'autant plus de ferveur sur ce énième et retentissant divorce de McGraff que la victime en était cette jeune et ravissante créature.

Elle était déjà éblouissante quand il l'avait rencontrée, songea Jon. Si fraîche, si passionnée, si candide. Il était sûr que ses yeux s'étaient dessillés depuis. Elle avait mûri. Et maintenant elle était… impressionnante. Plus élégante que jamais. Elle avait un air réfléchi, sage même.

Mais ce n'était peut-être qu'une apparence, se reprit Jon.

Elle pouvait aussi bien être devenue une garce dure et ambitieuse, se corrigea-t-il abruptement. L'expérience avait souvent cet effet-là sur les gens. Après tout, elle s'était éloignée de lui avec une détermination implacable. De même, après son divorce, elle avait su tenir bon sous les assauts des médias. Pourtant, il se dégageait d'elle un charme irrésistible qui dénotait autant d'innocence que de raffinement. Un charme auquel il était toujours sensible, même s'il avait appris à ses dépens que les femmes les plus délicates et les plus fragiles pouvaient être les pires dévoreuses d'hommes.

Elle était la fille de paysans du Midwest, se rappela-t-il alors en souriant. De ses origines, elle avait gardé un abord à la fois chaleureux et réservé. Il lui était cependant arrivé de baisser sa garde et, dans ces moments-là, Jon avait eu l'impression de la connaître depuis toujours. Il l'avait trouvée aussi captivante et accessible que sa beauté naturelle. Quand il l'avait rencontrée, elle avait vingt-quatre ans et débarquait tout juste de sa province natale. Elle avait eu vingt-huit ans le mois dernier. Ce qui représentait un laps de temps suffisant pour apprendre, pour s'endurcir, pour changer. Si seulement...

Enfin, c'était une autre époque, un autre lieu, une autre vie. Et puis il n'avait jamais nourri beaucoup d'illusions à leur sujet.

Elle non plus, d'ailleurs.

Jon se sentit soudain profondément agacé. Ses sentiments étaient déplacés, se sermonna-t-il. Brett McGraff était là, lui aussi. Sabrina et lui avaient naguère été mariés.

Il n'avait lui-même aucun droit sur la jeune femme ni sur son existence. Toutefois…

Toutefois, il était chez lui, bon sang, et c'était lui qui donnait cette réception. Or il avait bien l'intention de passer un peu de temps avec chacun de ses invités. La présence de McGraff l'obligerait à user de quelque subtilité pour essayer de renouer le contact avec Sabrina, voilà tout.

Seulement, était-elle venue en connaissance de cause ? s'interrogea-t-il. Peut-être aurait-il dû l'écarter de la liste des invités. Mais bon, il ne s'attendait pas vraiment non plus à ce qu'elle vienne. De plus, personne ici n'était conscient de l'enjeu de la réception. Il le regrettait pour Sabrina, regrettait brusquement de l'avoir transformée en pion, dans ce jeu ténébreux. Un pion comme les autres.

Mais la partie était déjà lancée ; il n'avait plus le choix, désormais. C'était continuer jusqu'au bout ou se résigner à devenir fou. Et puis il ne devait pas qu'à lui seul la vérité et la justice. D'autres que lui étaient impliqués dans l'affaire, et il avait promis de tout recommencer, exactement de cette manière.

Peut-être devrait-il garder ses distances avec Mlle Sabrina Holloway. De toutes les personnes alors présentes chez lui, c'était manifestement la seule à être innocente.

Il se demandait seulement s'il serait capable de rester éloigné d'elle. Il se répéta qu'elle était ici de son plein gré. Tous avaient accepté son invitation sans rechigner, prêts à jouer le jeu. Certains pour le plaisir, d'autres pour se faire de la publicité. Cassie, en journaliste acharnée, le lui avait confié un jour : « Ne jamais louper un événement, coco ! » Il avait du reste remarqué que peu d'écrivains, d'acteurs, de musiciens et d'artistes dérogeaient à ce principe et, en un sens, cette semaine serait effectivement un événement. Même les ermites invétérés qui préféraient d'ordinaire l'ombre à la lumière n'auraient osé la manquer. Car, aujourd'hui plus que jamais, le monde était une arène impitoyable où un nom célèbre pouvait être l'atout qui évitait de mourir de faim et procurait à terme des revenus confortables.

Maintenant, songea-t-il, Sabrina Holloway jugeait sans doute qu'elle avait déjà eu assez de publicité. Epouser Brett McGraff et rompre ensuite avec lui l'avait projetée d'un coup sous les feux de la rampe. Elle avait néanmoins réussi à maintenir son cap et, quoique ce scandale eût donné à sa carrière un essor fulgurant, elle était parvenue à mériter par son seul travail d'écrivain les éloges de la critique. Comme il était resté absent des Etats-Unis pendant un certain temps, il ne savait précisément quelle autre femme était, à son égale, invitée aux émissions littéraires, mais, de toute évidence, elle avait visé juste avec ses romans à suspense victoriens. En outre elle était jeune et jolie, et les médias adoraient les personnalités ayant du charme et du chien.

Il s'apprêtait à l'aborder, quand il se rendit compte qu'une autre femme s'avançait vers lui. Susan Sharp. Il gémit intérieurement et songea un instant à se dérober par l'escalier dissimulé derrière lui. Ses ancêtres jacobites avaient truffé le château de passages cachés et de sorties dérobées.

Mais il ne prit pas la fuite, ne voulant pas éventer d'emblée tous ses secrets, et attendit calmement que Susan s'approche de lui. Celle-ci parut enchantée de le découvrir ainsi livré à sa merci.

— Eh bien, eh bien, susurra-t-elle en se coulant vers lui d'une démarche chaloupée. Qui vois-je ? Vous ici, très cher, tout seul dans le noir ? Comme c'est adorable. Comme c'est adorablement coquin. Embrassez-moi donc, très cher. Vous nous avez à tous tellement manqué.

Sabrina Holloway contemplait la scène troublante, émerveillée par son réalisme. La femme sur le chevalet semblait sur le point d'ouvrir la bouche pour hurler. Elle avait le regard vitreux, comme si elle tentait de nier l'horreur qui la menaçait. Sabrina avait presque l'impression d'entendre le bourreau enjoindre à sa victime d'avouer ses crimes pour s'épargner l'agonie sur l'instrument de torture.

Elle sentit un frisson singulier lui traverser l'échine.

C'était remarquablement rendu. Parfaitement angoissant. Il y avait d'autres personnes qui déambulaient comme elle autour des figures de cire disposées dans le donjon du Lochlyre Castle, mais en cet instant elle se sentait franchement mal à l'aise dans l'obscurité. Si les lumières venaient jamais à s'éteindre complètement…

Alors elle serait toute seule. Dans le noir. Avec lui — le tortionnaire aux cheveux sombres, à la moustache en fil, dont le regard sadique s'appesantissait sur sa proie avec une lueur diabolique dans la prunelle. Les figures étaient si réalistes que Sabrina s'attendait presque à les voir s'animer à la faveur de l'obscurité. Se mouvoir, marcher, s'en prendre à d'autres victimes, fondre sur elles avec leurs armes de mort et de destruction…

Des mains se posèrent soudain sur ses épaules ; elle faillit hurler de terreur. Elle sursauta, mais parvint quand même à réprimer le cri qui lui était monté à la gorge.

— Alors, mon amour ?

Un petit frisson lui traversa encore une fois l'échine. Elle était de nouveau en proie au malaise, mais cette fois-ci elle avait moins peur. C'était Brett McGraff qui s'était ainsi glissé derrière elle pour la prendre par les épaules. Sans être totalement rassurée, elle s'apercevait avec une certaine gêne que la présence de Brett avait le don de rendre moins menaçantes les ombres du donjon.

Elle était partagée entre l'envie de s'accrocher à lui et celle de le repousser. Comme d'habitude, elle éprouvait à son égard un incroyable mélange d'émotions. Parfois, quand elle était près de lui, elle avait l'impression d'étouffer. Mais elle n'était pas non plus totalement immunisée contre le charme sensuel qui l'avait séduite chez lui dès le début. En somme, la plupart du temps, elle était légèrement irritée à son encontre et plutôt indulgente.

— C'est très réaliste, murmura-t-elle. En fait, ça m'effraie un peu.

— Tant mieux.

— Comment ça ?

— Je crois que j'aime bien te voir effrayée.

— Ah oui ?

— Ça te rend un peu plus accommodante.

Il resserra son étreinte, la bouche contre son oreille.

— Chacun de nous a droit à une chambre dans ce château, poursuivit-il dans un chuchotement rauque. Notre hôte ne semble pas se souvenir que nous avons été mariés.

Mais je serais heureux de te tenir compagnie durant ces longues nuits noires qui nous attendent.

— *Avons été*, répéta-t-elle, est bien le terme qui convient. Nous *avons été* mariés, jadis, il y a plus de trois ans de cela — et nous le sommes restés deux semaines.

— Oh, il nous a fallu plus de deux semaines pour nous quitter, répliqua-t-il sur un ton langoureux. Et n'oublie pas combien nous étions proches l'un de l'autre durant notre lune de miel.

— Brett, notre mariage s'est achevé justement durant notre lune de miel, lui rappela-t-elle.

Mais il n'était pas homme à se laisser décontenancer.

— Et maintenant, nous voilà sur le point de redevenir de très bons amis, rétorqua-t-il avec aplomb.

Sabrina ne put s'empêcher d'esquisser un sourire mélancolique. Brett était grand et plein de charme. Ses cheveux bruns en bataille, ses yeux sombres au regard alangui contribuaient à cette aura de séduction qui l'avait rendu si populaire auprès du public. Il écrivait des thrillers médicaux qui obtenaient un succès à la fois commercial et critique. Ce talent lui avait rapporté une petite fortune ; pourtant, il réussissait à ne manifester cette pénible arrogance de la réussite qu'en de rares occasions. Sabrina l'avait rencontré peu après la publication de son deuxième livre, lequel avait suivi son troisième divorce. Dire qu'elle s'était montrée naïve serait un grossier euphémisme. Mais il était vrai qu'elle se remettait alors d'une situation malheureuse.

A la suite d'une cour éclair, ils s'étaient retrouvés tous deux en lune de miel à Paris, au moment même où son dernier thriller sortait en France. Au départ, elle avait été amusée de voir tant de femmes lui témoigner quasi ouvertement leur intérêt, puis elle l'avait été beaucoup moins en apprenant combien d'entre elles il connaissait déjà. Au sens biblique du terme. Pour autant, en bonne optimiste qui misait surtout sur l'avenir, elle avait finalement estimé qu'elle pouvait vivre avec le passé de Brett. Ses ex-relations féminines semblaient n'avoir cure qu'il fût de nouveau marié, mais elle ne leur en voulait pas de leur attitude. Finalement, ce qui la troubla le plus, ce fut l'indifférence de Brett à la gêne qu'occasionnait chez elle cette situation. Certes, c'était un amant attentionné : il savait être amusant, charmant. Il la faisait rire et la consolait par des caresses quand elle se sentait délaissée et qu'elle perdait confiance en elle-même.

Mais il pouvait aussi être égoïste, méprisant et carrément méchant. Il avait un jour disparu avec la ravissante propriétaire d'une importante librairie plusieurs heures durant et s'était ensuite emporté contre sa jeune épouse lorsqu'elle avait voulu savoir le fin mot de l'histoire. Pour clore le débat, il lui avait rappelé qu'il était Brett McGraff et que le succès d'un auteur n'était pas qu'une question de talent. Cependant, avait-il ajouté, il ne fallait pas qu'elle s'en formalise ; elle devait au contraire se féliciter qu'il l'ait épousée, qu'il ait fait d'elle sa femme.

Ces paroles bouleversèrent Sabrina. Elle en fut d'abord ébahie. Puis furieuse — contre elle-même. Elle avait cherché désespérément quelqu'un qui lui fasse oublier son passé, qui remplisse son existence. Et voilà qu'elle s'était trompée. Elle s'était attachée à Brett, avait pensé que cela pouvait marcher entre eux deux. Hélas, son erreur avait été de croire que leurs visions respectives de l'amour et du mariage étaient compatibles.

Brett avait noté le changement chez elle, avait remarqué l'amertume qui altérait son regard, et avait tenté d'y remédier avec paroles et caresses...

La suite avait été horrible.

Elle ne désirait d'ailleurs plus se la rappeler. Cette mésaventure avait été une leçon pour elle et, peut-être, pour Brett également. Aujourd'hui encore, il avait du mal à croire qu'elle l'ait quitté pour de bon, qu'elle ait réclamé le divorce, et ce sans même exiger de lui la moindre compensation financière. Au cours des mois qui avaient suivi la procédure, aux diverses réceptions où ils s'étaient rencontrés, il avait cherché sa compagnie, se comportant avec elle comme si elle était encore sa femme. Sabrina s'amusait alors de toutes les manœuvres dont il usait pour essayer de la reconquérir. Elle aurait d'ailleurs pu coucher avec lui, ne fût-ce que parce qu'ils avaient été mariés ; parce qu'elle avait déjà couché avec lui naguère, et qu'il n'était pas bon de coucher avec des inconnus. Parce qu'elle le connaissait déjà — et qu'ainsi il n'y aurait avec lui aucune surprise désagréable. Parce qu'il était bon au lit ; et elle devait bien admettre qu'il était effectivement un amant remarquable — du fait de sa grande expérience. Parce que tout le monde, y compris elle, avait besoin d'amour de temps à autre et que, étant candide et prude dans l'âme, en digne fille de la campagne, elle était lente à nouer le genre de relations intimes que Brett était prêt à lui offrir.

Jusqu'à présent, néanmoins, elle avait su résister à la tentation.

Elle était certaine qu'elle ne l'attirait pas plus que les autres femmes ; elle était simplement celle qui l'avait quitté, et représentait donc pour lui un défi.

— Sérieusement, reprit-il, ne voudrais-tu pas partager une chambre avec moi durant notre séjour ici ?

— Non, répondit-elle laconiquement.

— Allons, reconnais au moins qu'il est plaisant de coucher avec moi.

— Nous n'avons pas la même idée du plaisir.

— Regarde donc autour de toi, insista-t-il. Cet endroit est sinistre.

— Non, Brett, merci.

— Je sais me tenir.

— J'en doute. Et puis, tu me rappelles trop un des préceptes que ma mère m'a inculqués jadis : ne choisis jamais des jouets qui ont été manipulés par des mains inconnues.

Il fit la grimace.

— Ouille ! Mais si tu étais restée avec moi, tu saurais exactement entre les mains de qui je suis passé.

— Brett, à l'époque de notre mariage, j'ignorais déjà où et avec qui tu pouvais être. J'ai d'ailleurs fini par me rendre compte qu'il ne t'était jamais venu à l'esprit que le mariage impliquait la monogamie…

— Crois-tu donc qu'il signifie cela pour tout le monde ? répliqua-t-il.

— Brett, je n'ai nullement l'intention d'imposer aux autres une certaine forme de vie conjugale. Je sais seulement celle que je désire pour moi.

Il émit un reniflement dédaigneux.

— Si seulement tu savais combien de gens trompent leur conjoint — des gens que tu ne soupçonnerais même pas d'une telle conduite.

— Ça ne m'intéresse pas.

— Tes propres amis !

— Brett...

— O.K., très bien. Seulement, la prochaine fois que tu me supplieras de te mettre au courant des ragots, je ne te dirai rien du tout. Je te laisserai patauger dans le brouillard. A moins, bien sûr, que tu n'oublies toutes ces fariboles sur le mariage et ne veuilles simplement prendre un peu de plaisir... Cela dit, mes intentions envers toi sont honorables. Nous repasserons devant l'autel, voilà tout.

Elle laissa échapper un soupir d'irritation.

— Je te le répète, nous avons des idées différentes sur le plaisir... et le mariage.

— Bon, soit. Snobe-moi si ça te chante. Mais quand la situation se mettra à dégénérer et que tu mourras d'envie de te glisser sous ma couette, tu risques de te rendre compte que la place est déjà occupée.

— Ça, je n'en doute pas non plus.

— Hé ! C'est vers toi que je suis venu en premier. Et puis, tu ne voudrais certainement pas coucher avec un inconnu, si ?

— Brett, j'ai déjà couché avec toi, et je n'imagine pas quelqu'un qui me soit plus inconnu.

— Très drôle. Tu le regretteras, mon bouchon. Tu verras.

Il secoua la tête d'un air affligé, puis reporta son attention sur les figures de cire qui se dressaient devant eux.

— Ahurissant, n'est-ce pas ? murmura-t-il sans la relâcher.

— Oui, convint-elle. Très réaliste.

Il secoua de nouveau la tête.

— Tellement réaliste, sous cet éclairage, que la ressemblance pourrait me tromper, moi. Et j'ai été ton mari.

— Que veux-tu dire ?

— Comment ça, qu'est-ce que je veux dire ? Tu contemples bien cette scène depuis tout à l'heure, non ?

Comme elle demeurait coite, il émit un soupir agacé.

— Mais regarde donc, Sabrina ! C'est toi.

— Hein ?

— Mon chou, serais-tu devenue aveugle depuis que tu m'as quitté ? Regarde, je te dis. Cette femme, là... c'est toi. Dans les moindres détails. Les yeux bleus, les cheveux blonds, les traits divins. Le corps magnifique.

Il baissa la voix encore plus :

— Et les fesses. Sublimes.

— On ne voit pas ses fesses d'ici, Brett.

— O.K., je l'admets. Mais c'est toi. Ton portrait craché.

— Ne sois pas idiot..., protesta Sabrina.

Sa voix s'éteignit peu à peu, tandis qu'elle fronçait les sourcils.

Oh, Seigneur, songea-t-elle. Brett avait raison. La figure de cire présentait effectivement une ressemblance alarmante avec elle. Elle se remit à frissonner.

— Ah, bien ! chuchota Brett. Je te sens trembler. Tu commences enfin à être mal à l'aise, angoissée et effrayée. Tu ne vas pas vouloir rester seule la nuit dans ce vieux château lugubre. Tu vas vouloir être avec moi. Quand le soleil se sera couché et que tu entendras hurler les loups, tu t'enfuiras de ta chambre en criant pour venir te réfugier dans la mienne. Tu n'as donc pas besoin d'avoir peur.

Ce n'était qu'une caricature de cire, se dit-elle, rien de plus. Pourtant, elle se sentait frémir de la tête aux pieds. C'était tout à fait elle. L'artiste avait si bien peaufiné la sculpture que les muscles et les veines qui saillaient sur le bras de la victime semblaient trembler légèrement dans ses efforts pour se libérer des cordes qui la ligotaient.

La peur qui se lisait dans ses yeux était réelle.

Le cri muet sur lequel s'entrouvraient ses lèvres était éloquent. On pouvait presque l'entendre.

Brett approcha de nouveau la bouche de son oreille.

— Tu ne voudras pas rester seule cette nuit, répéta-t-il.

De l'obscurité derrière eux s'éleva alors une voix profonde, chaude et virile.

— De toute manière, elle aura du mal à rester seule, n'est-ce pas ?

Sabrina connaissait ce timbre rauque.

Elle pivota sur elle-même pour faire face à leur hôte.

2.

Ses yeux, posés sur elle, l'étudiaient attentivement.

— Sérieusement, Brett, reprit-il avec un sourire affable, elle aura du mal à être seule avec dix écrivains — vous compris, bien sûr —, un artiste, mon assistante et tout le personnel du château.

Il semblait amusé. Se dégageant de l'étreinte de Brett, Sabrina se tourna vers Jon Stuart. Cela faisait longtemps qu'ils ne s'étaient revus.

— Jon…, dit Brett d'une voix agacée.

Les deux hommes étaient censés être amis, mais Brett ne paraissait pas apprécier l'intervention de Jon.

— Brett, content de te revoir. Merci d'être venu.

— C'est toujours un plaisir pour moi. Et nous sommes tous ravis que tu te sois enfin décidé à remettre ça. Jon, tu as déjà rencontré ma femme, Sabrina Holloway, n'est-ce pas ?

Sabrina fixa le fascinant propriétaire du Lochlyre Castle. Comme il tendait la main avec un léger haussement de sourcils et serrait chaleureusement la sienne, la jeune femme résista à l'envie de la lui retirer.

— Sabrina, heureux de vous revoir. J'ignorais que vous vous étiez remariés, tous les deux.

— Nous ne nous sommes pas remariés, répliqua-t-elle.

— Ah.

— Pardon. Je voulais dire : mon ex-femme.

Brett avait adopté un ton innocent, mais le sourire qu'il adressa à Sabrina laissait entendre que tout n'était pas fini entre eux.

— Il m'est difficile de me rappeler que nous avons divorcé un jour, ajouta-t-il.

— En tout cas, reprit Jon, je suis content de vous avoir ici tous les deux. Soyez les bienvenus.

— Je n'aurais manqué ça pour rien au monde, tu le sais bien, repartit Brett.

— C'est très gentil de nous avoir invités, renchérit Sabrina.

— Ce n'est pas la première fois que je vous convie, lui fit remarquer Jon.

— Je... j'avais alors des épreuves à corriger d'urgence.

C'était un mensonge, évidemment. Un prétexte dont usaient les écrivains pour éviter de se rendre là où ils ne désiraient pas aller.

— Eh bien, ça en valait le coup, apparemment. Votre dernier livre était excellent.

— Vous l'avez lu ? s'enquit-elle — un peu trop précipitamment à son goût.

Aussitôt elle se maudit pour sa maladresse. Et pour la rougeur qui lui montait au front. Le fait est qu'elle se sentait extrêmement flattée de cette marque d'intérêt qu'il témoignait pour son travail. Puis elle se renfrogna, se demandant ce qu'il avait dû penser des scènes d'amour un peu trop crues qu'elle avait décrites dans son roman. Et ce qu'il pensait en ce moment de sa rougeur.

— Moi, j'ai adoré *votre* dernière œuvre, s'empressa-t-elle d'ajouter dans l'espoir de faire bonne figure.

Il la gratifia d'un lent sourire où se devinait une pointe de scepticisme. Si Jon Stuart n'était pas en mal d'éloges, on aurait dit qu'en l'occurrence il doutait de la sincérité du compliment.

— Si, c'est vrai, murmura-t-elle, cherchant désespérément à conclure son monologue embarrassé.

Brett avait dû remarquer la tension qui régnait entre eux deux, car il les considérait à présent avec un réel intérêt. Quant à Jon, il n'avait pas conscience de sa gêne ou alors il s'en amusait.

— Vraiment ? dit-il simplement.

Il la surpassait tant en maturité qu'en assurance, songea Sabrina, troublée. Il était vrai, aussi, qu'il avait pour sa part connu le succès dès sa sortie de l'université avec la publication de son premier roman, un thriller dont l'action se déroulait en Italie pendant la Seconde Guerre mondiale.

Elle se força à adopter un sourire décontracté, irritée de se voir intimidée de la sorte.

— Bon, soit, j'avoue que je n'ai pas aimé que vous tuiez le prêtre. Il ne le méritait pas.

Ces paroles n'offusquèrent nullement son interlocuteur ; au contraire, il éclata de rire, comme ravi de sa franchise.

— Je préfère quand vous me dites la vérité.

— La vérité n'est pas la même pour tout le monde, intervint Brett avec agacement.

Jon secoua la tête.

— Si. Il n'y a qu'une seule vérité. Simplement, elle se présente parfois sous des aspects différents, répliqua-t-il avec une certaine raideur sans quitter Sabrina des yeux.

Puis il sembla se ressaisir et ajouta sur un ton plus léger :

— Et la vérité, bien sûr, est que je suis enchanté que vous ayez pu prendre sur votre temps précieux pour m'honorer de votre présence, mademoiselle Holloway.

— Elle savait que je serais là et qu'elle pouvait donc venir en toute confiance, repartit Brett.

— Tant mieux, lâcha Jon.

— J'ai beaucoup d'amis parmi les invités, précisa Sabrina.

Elle s'étonnait de son ardeur à faire comprendre à Jon Stuart qu'elle ne couchait plus avec son ex-mari.

— Vous savez comment c'est, poursuivit-elle. Nous autres, auteurs, avons tendance à nous serrer les coudes. Votre liste d'invités est très impressionnante. Je suis flattée que vous m'ayez jugée digne d'en faire partie.

— J'avais le vif désir que vous soyez des nôtres, répliqua-t-il poliment. Tout comme la dernière fois, du reste.

Oui, songea Jon en son for intérieur, c'était parfaitement exact : il l'avait désirée. Ils s'étaient connus quelques mois à peine avant la dernière Semaine de l'Enigme. Entre-temps, elle avait épousé Brett — et l'avait quitté.

Et lui-même avait épousé Cassandra Kelly.

— Je n'avais alors publié qu'un seul livre, lui rappela Sabrina. Je pouvais difficilement être considérée comme l'égale de vos hôtes.

Il redressa la tête en haussant les sourcils.

— Dianne Dorsey était encore plus débutante que vous à l'époque, et elle se trouvait quand même ici.

— Mais comme cette réception a connu une fin tragique, il est aussi bien que Sabrina ne soit pas venue, conclut Brett. Je suis content de te voir remonter la pente, vieux frère, ajouta-t-il en lui tapotant l'épaule. On t'a trop peu vu ces derniers temps. A propos, n'est-ce pas Cassie qui nous avait dit alors le plus grand bien du livre que Sabrina venait de publier ?

— Si, répondit Jon sur un ton égal tout en continuant à dévisager Sabrina. Cassandra trouvait que vous aviez créé un personnage magnifique, donné un cadre captivant à votre intrigue et concocté le meurtre parfait avec la touche dramatique qu'il fallait.

— C'était vraiment aimable de sa part, repartit Sabrina avec gêne.

Depuis que Cassandra était morte, elle éprouvait des remords terribles à l'idée de lui avoir accordé si peu d'attention de son vivant.

En fait, la jalousie l'avait même amenée à la mépriser. Leur unique rencontre avait été pire que n'importe laquelle des scènes qui les entouraient.

Bref, elle avait haï Cassandra Stuart.

Elle fut de nouveau saisie d'un tremblement incoercible, qui ne devait rien, cette fois, aux figures de cire plantées devant elle. La façon dont Jon la regardait était troublante. En dépit de l'attitude ridiculement possessive que Brett affichait envers elle, la présence de son ex-mari lui semblait soudain bienvenue.

Car Jon Stuart était impressionnant. Intimidant même, en un sens. Peut-être à cause de sa taille et de sa carrure. Il était très grand, mesurait près d'un mètre quatre-vingt-dix, et avait un type de beauté aussi rude que saisissant. Ses cheveux n'étaient pas seulement sombres mais d'un noir de jais ; épais et touffus, soigneusement peignés en arrière, ils lui arrivaient jusqu'aux épaules. Ses yeux noisette possédaient une nuance unique où se fondaient le bleu, le vert et l'ocre en un mélange irrésistible qui pouvait paraître tantôt mordoré, tantôt aussi ténébreux qu'une nuit sans étoiles. Ses traits étaient puissants, fascinants : un menton ferme et carré ; de larges pommettes ; une bouche généreuse et sensuelle ; des sourcils fins et arqués. A trente-sept ans, il était non seulement un maître reconnu du roman d'aventures et de suspense, mais avait également été désigné par un important magazine international comme l'une des dix personnalités les plus mystérieuses de son époque. Américain d'origine écossaise, il n'avait jamais usé de sa gloire ni de sa fortune pour se soustraire à son devoir ; il avait servi à l'étranger dans la garde nationale durant l'opération Tempête du Désert.

Quoiqu'il fût demeuré plus ou moins reclus dans son manoir écossais au cours de ces dernières années, la presse parlait encore de lui de temps à autre, en général lors de la parution de ses livres — il en publiait à peu près un par an — ou de la réédition d'un de ses anciens titres en collection de poche. Sa retraite volontaire n'avait eu aucune influence négative sur ses tirages ; cela le grandissait au contraire aux yeux du public.

Le mystère qui entourait la mort de sa femme lui avait conféré une aura aussi fascinante que menaçante. Certains journalistes prétendaient qu'il avait fui le monde pour pleurer Cassandra, tandis que d'autres laissaient entendre qu'il s'était ainsi retiré par remords, qu'il avait d'une certaine manière tué la jeune femme — même s'il avait été à plus de cent mètres du balcon quand celle-ci en était tombée. En fait, on prétendait que Cassandra avait pu vouloir se suicider en constatant le naufrage de leur mariage et qu'elle avait mis dramatiquement fin à ses jours dans un accès de désespoir, pour imputer la responsabilité de sa mort à son célèbre époux et susciter par là même un scandale qui l'aurait tourmenté jusqu'à la fin de ses jours. D'autres encore soupçonnaient la défunte d'avoir voulu échapper au cancer qui la rongeait.

Toujours est-il que cette tragédie avait soulevé des spéculations sans fin, que Jon Stuart avait dû répondre aux questions de la police sur tous ces sujets et subir le harcèlement de la presse et des curieux tout comme celui de ses fans, et que la Semaine de l'Enigme annuelle, fameuse réunion d'écrivains organisée en son château d'Ecosse dans le but de collecter des fonds pour des associations caritatives d'aide à l'enfance, avait cessé d'avoir lieu.

Jusqu'à aujourd'hui.

Trois ans après la disparition de son épouse, il avait rouvert au monde extérieur les portes du Lochlyre Castle.

— Pendant que j'y songe, reprit Brett brusquement, le fait que Cassie ait loué le travail de Sabrina était pour le moins remarquable, car une telle générosité ne lui était guère coutumière. Elle aimait ce que je faisais aussi, paraît-il, mais ça ne l'a pas empêchée de descendre en flammes *Scalpel.* Tu te souviens, Jon ? Il lui est même arrivé de critiquer tes œuvres et, quoiqu'il m'en coûte de l'avouer, c'est une tâche plutôt ardue.

— Merci. Voilà ce qui s'appelle un compliment, repartit sèchement l'interpellé.

Brett eut une grimace comique.

— Que veux-tu ? Je suis dans un de mes bons moments. Je viens juste d'apprendre que *Surgery* est en deuxième place sur la liste du *New York Times.*

— Félicitations, lui lança Sabrina avec sincérité.

Non seulement il avait toujours droit aux honneurs de ce classement prestigieux, mais il y progressait régulièrement — à sa plus grande satisfaction.

— Tant mieux, poursuivit Jon. Tu pourras ainsi aider tout le monde à garder le moral durant la semaine qui vient. Ton succès leur prouvera qu'en dépit des sempiternelles rumeurs affirmant le contraire, le livre n'est pas encore mort. Cela dit… que pensez-vous de ma salle des horreurs cette année ?

— Affreusement merveilleuse, décréta Brett.

— Trop réaliste, articula Sabrina en frissonnant.

— Ah, fit Jon, ses yeux d'or pur étincelant soudain d'une joie malicieuse. Mais je m'en voudrais de vous voir troublée par cette ressemblance entre vous et la dame du chevalet. Sachez donc qu'elle est le fait de son créateur, un artiste nommé Joshua Valine. Il est également illustrateur et produit beaucoup de couvertures de livres. Il vous a rencontrée à un congrès de libraires à Chicago et a été profondément impressionné par votre personne.

— Pas dans un sens positif, s'il a éprouvé le besoin de me ligoter à un instrument de torture, répliqua Sabrina.

Jon s'esclaffa, d'un rire grave, rauque, irrésistible.

— Croyez-moi, reprit-il, cette réaction est chez lui tout ce qu'il y a de plus positif. Il se sert toujours de modèles vivants pour ses travaux graphiques et sa sculpture. D'ailleurs, si vous jetez un coup d'œil autour de vous, vous constaterez qu'il n'y a ici aucune situation agréable où il aurait pu vous mettre en scène. Tenez, ajouta-t-il avec la même lueur malicieuse dans le regard, tournez-vous un peu vers le coin, là-bas.

Elle avait beau s'estimer endurcie, Sabrina sentait intensément le charisme de Jon Stuart. A force de vivre dans cette région, il avait pris un peu l'accent grasseyant des Ecossais et ses traits comme sa constitution — sa présence entière, en fait — dénotaient une puissante virilité. Il n'était pas jusqu'aux fragrances subtiles de sa lotion après-rasage qui ne fussent enivrantes.

Oui, songea Sabrina, Jon Stuart était vraiment un homme dangereux. Mystérieux aussi, même si elle l'avait jadis bien connu — en un sens.

— Ces personnages vous sont familiers, n'est-ce pas ? poursuivit-il. Voici Louis XVI et Marie-Antoinette au pied de l'échafaud et, juste à côté, Jeanne d'Arc sur le bûcher. Plus loin, c'est Anne Boleyn qui est confrontée à son bourreau et, là-bas, Jack L'Eventreur qui rôde dans le brouillard et s'apprête à égorger Mary Kelly.

Il s'interrompit et secoua la tête avec un sourire triste.

— Visiblement, Joshua n'aime pas beaucoup Susan Sharp. Allez donc voir Mary Kelly, vous pourrez le constater par vous-même.

— Si je comprends bien, intervint Sabrina, je devrais être flattée qu'il m'ait réservé le chevalet ? Que mon sosie soit censé être torturé de longues heures avant de trouver la mort ?

Jon redressa légèrement la tête et la considéra avec amusement.

— Pour tout vous avouer, mademoiselle Holloway, cette blonde sur le chevalet est la seule victime représentée dans cette salle à avoir échappé au supplice. Il s'agit de lady Ariana Stuart, accusée d'avoir essayé de livrer le jeune Charles aux sbires de Cromwell qui s'apprêtaient à décapiter le père de ce dernier. Avant qu'elle n'ait eu les membres broyés par cet instrument de torture, son frère présenta un recours en grâce signé de la main même de Charles, qui entre-temps avait retrouvé le trône sous le titre de Charles II, roi d'Angleterre. Charles, en bon débauché qu'il était, avait estimé qu'il serait vraiment regrettable d'esquinter pareil chef-d'œuvre de la Nature, et ordonna donc qu'on transfère directement la jeune femme de la salle des supplices à sa chambre à coucher. Cependant, comme il était également galant homme, il fit d'Ariana une de ses maîtresses en titre, et celle-ci, non contente de lui donner une foule d'enfants illégitimes, vécut jusqu'à un âge fort avancé.

— Voilà qui me rassure, commenta Sabrina.

— Très romantique, lança Brett avec un reniflement moqueur. Je parie que tu viens à l'instant d'inventer cette fable pour impressionner Sabrina.

— Je jure devant Dieu que c'est la pure vérité, se récria Jon.

— Ouais, bon, reprit Brett, en tout cas, il est clair que Joshua a une dent contre Susan Sharp. Il faut dire aussi, ajouta-t-il sur un ton amusé, qu'elle aurait fait une parfaite victime pour Jack l'Eventreur. Après tout, il est de notoriété publique qu'elle n'a pas acquis sa position actuelle grâce à ses seuls talents de critique.

— Purs ragots, rétorqua Jon en haussant les épaules.

Sabrina, que le commentaire désobligeant de Brett avait choquée, salua silencieusement la riposte de Jon.

— Et de qui s'est inspiré Josh pour Jeanne d'Arc ? s'enquit Brett, nullement décontenancé.

— De mon assistante, Camy, répondit Jon. C'est une fervente pratiquante. Et une travailleuse infatigable.

— Le choix était judicieux, acquiesça Brett. J'approuve entièrement Josh.

Jon eut une grimace comique.

— Pas pour longtemps, je crois.

Brett laissa échapper un gémissement.

— Il y a donc une scène qui risque de me déplaire... personnellement ?

— Je le crains.

— Il s'est donc également servi de moi comme modèle ?

Jon hocha lentement la tête.

— Et... où suis-je ?

Jon se contenta de lui indiquer le bourreau penché sur le sosie de Sabrina.

— Oublie un moment tous ces poils qu'il a sur le visage, lui suggéra Jon avec un sourire espiègle.

Brett fut pris d'un hoquet.

— Je devrais le traîner devant les tribunaux !

Sabrina ne put s'empêcher d'éclater de rire, ce qui parut irriter Brett encore plus.

— Allons, Brett, murmura-t-elle, sois beau joueur. L'artiste s'est seulement inspiré de toi — et avec cette barbe et cette moustache, personne n'ira deviner de qui il s'agit au juste. En outre, je te rappelle que cette réception a un but charitable. Prends cela comme une plaisanterie.

— Je la trouve plutôt saumâtre. Me voilà représenté en train de torturer mon ex… Et toi, Jon, demanda-t-il soudain, tu es également à l'honneur dans cette salle ?

Celui-ci haussa un sourcil.

— Mais oui, absolument.

— Et où es-tu donc ? insista Brett.

— Par là, venez.

Brett lança un coup d'œil entendu à Sabrina.

— Il a dû se choisir un roi pour sosie, ou encore Gandhi.

— Gandhi n'aurait guère sa place ici, et nombre de rois n'étaient pas vraiment recommandables, lui rappela Jon. Par ailleurs, je ne suis intervenu en rien dans les choix de Joshua. Il n'a jamais essayé de m'apprendre à écrire et je m'abstiens donc de me mêler de sa sculpture.

Sabrina et Brett le suivirent le long d'un couloir qui menait à une autre scène. Celle-ci montrait un homme de haute taille, habillé à l'européenne, dans un costume du XVIe siècle ; la femme étendue à ses pieds avait la tête tournée de côté, si bien qu'on ne distinguait pas ses traits. L'homme la considérait d'un air à la fois irrité et confus. Il avait de longs cheveux châtains, mais il n'en ressemblait pas moins à Jon Stuart de façon frappante.

— Qui sont ces gens ? s'enquit Sabrina, perplexe.

— Ce sont des personnages qui ne sont pas familiers aux Américains, répondit Jon tout en contemplant la scène d'un regard neutre. Lui s'appelait Matthew McNamara. C'était un noble Ecossais. Il a occis trois maîtresses et deux épouses.

— De quelle manière ? demanda Brett. Je ne vois pas d'arme sur lui.

— Il les a étranglées, répondit Jon laconiquement.

— Comment a-t-il pu commettre autant de meurtres sans être inquiété ? s'enquit Sabrina.

— En fait, il n'a jamais été arrêté ni traduit en justice. Il était si influent parmi les chefs de clan qu'on lui reconnaissait le droit de disposer comme bon lui semblait de la vie des siens.

Sur ces mots, Jon se détourna de la scène pour fixer la jeune femme, et celle-ci nota que ses yeux étaient devenus très sombres et très froids. Un étrange frisson l'étreignit tandis qu'il esquissait un lent sourire. Se moquait-il d'elle ? Ou de lui-même ? s'interrogea-t-elle. Elle s'aperçut qu'elle avait peur.

Pire encore : elle se sentait comme un papillon attiré par une flamme. Ni le temps ni l'éloignement n'avaient rien changé entre eux. Que Jon fût pratiquement un étranger pour elle ne signifiait rien non plus. En cet instant, elle éprouvait la même fascination immédiate et violente qu'il lui avait inspirée à leur première rencontre, il y avait un peu plus de trois ans et demi de cela.

Cette première rencontre… qui avait été la dernière.

— Et la femme ? Qui lui a servi de modèle ? demanda Brett.

Puis, comme s'il venait de comprendre que la réponse risquait d'être désagréable, il s'empressa de changer de sujet.

— Joshua Valine a décidément beaucoup de talent, articula-t-il. C'est un sacré observateur.

— Du calme, Brett, il ne s'agit pas de Cassie, reprit Jon, un sourire amer aux lèvres. C'est Dianne Dorsey. Vous la reconnaîtrez si vous faites le tour de la scène.

— Dianne… oui, bien sûr. Je crois que j'ai pensé à Cassie à cause des cheveux noirs, mais Dianne a aussi une chevelure sombre…, marmonna Brett en se raclant la gorge.

Il regardait Jon d'un air embarrassé.

— Cassie est par là, Brett, poursuivit ce dernier en indiquant une figure en prière devant une fenêtre à meneaux. Joshua s'en est inspiré pour représenter Mary, reine d'Ecosse, en train de contempler l'aube, le jour de son exécution.

— Oui, oui, c'est bien Cassandra, déclara Brett après avoir examiné la scène un long moment.

Puis il se retourna vers Jon.

— Cela… ne te dérange pas ?

— Toutes ces figures me dérangent… elles sont si réalistes, admit Jon. Mais Josh est un artiste, et c'est ainsi qu'il travaille. Du reste, je trouve que Cassie est très bien en Mary, reine d'Ecosse.

— Les victimes sont toutes des femmes, intervint alors Sabrina.

Jon sourit.

— Eh bien, il semblerait que, dans l'histoire, beaucoup d'hommes aient été des monstres. Mais rassurez-vous : nous avons également ici quelques femmes… fatales.

Il désigna l'autre bout de la salle.

— Là-bas se trouve la comtesse Bathory, une Hongroise, également surnommée « la comtesse sanglante ». Elle aurait assassiné des centaines de jouvencelles afin de pouvoir se baigner dans leur sang et garder ainsi jeunesse et fraîcheur de teint. C'est le sosie de V.J. Newfield, comme vous avez dû le remarquer.

— Oh, oh ! Voilà qui va t'attirer des ennuis ! s'exclama Brett.

Jon éclata de rire.

— V.J. sera la première à s'en amuser, répliqua-t-il. D'autant que la comtesse était aussi réputée pour sa beauté que pour sa sauvagerie.

Puis il leur indiqua une autre scène.

— Et voici lady Emily Watson, qui a empoisonné une dizaine de ses maris pour hériter de leur fortune. Comme quoi, cette salle des horreurs est beaucoup moins sexiste que vous le suggériez à l'instant, mademoiselle Holloway.

— Et qui a servi de modèle pour lady Emily ? demanda Brett.

— Anna Lee Zane. Et sa présente victime est Thayer Newby.

Brett pouffa.

— Thayer, trucidé par une femme ! Il va adorer ça !

Jon haussa les épaules.

— Il y a aussi Reggie Hampton, qui a prêté ses traits à la bonne reine Bess en train de signer le décret d'exécution de Mary, reine d'Ecosse.

— Qui sont les autres ? s'enquit Sabrina en indiquant le reste des scènes, installées dans les profondeurs ténébreuses du sous-sol du château.

— Tom Heart et Joe Johnston sont là aussi, bien sûr, mais vous les découvrirez par vous-mêmes. Joshua s'est également inspiré de certains membres du personnel ; par conséquent, ne vous étonnez pas si, un matin, c'est la Grande Catherine en personne qui vous sert votre petit déjeuner.

— Sabrina, s'exclama Brett en gloussant, nous devrions nous remarier, et vite ! C'est peut-être Jack l'Eventreur qui va venir prendre ton linge dans ta chambre !

— Oh, je crois que je peux laver moi-même la plupart de mes affaires, rétorqua la jeune femme, et je veillerai à ne jamais prendre mon petit déjeuner toute seule.

Elle aurait bien assommé Brett pour avoir ainsi attiré de nouveau l'attention de Jon sur elle.

Heureusement, celui-ci ne releva pas leur échange.

— Josh a fait travailler beaucoup de monde sur ce projet durant plus d'un an. Nous comptons offrir ces sculptures à un nouveau musée qui vient d'ouvrir dans le nord du pays.

— Il te faudra pour cela l'autorisation des modèles, le prévint Brett.

Jon sourit.

— Je crois qu'ils me la donneront. Cela leur fera une sacrée publicité, tu sais.

— Super ! s'écria Brett sur un ton ironique. Je vais rester dans les annales en tant que tortionnaire maniaque !

Le mot « publicité », néanmoins, semblait avoir touché en lui une corde sensible.

— Allons, tu n'es pas le plus mal loti, repartit Jon. D'une manière ou d'une autre, je resterai pour ma part le meurtrier de ma femme. Bon, si vous voulez bien m'excuser, j'ai encore quelques détails à régler. Faites comme chez vous. Brett, tu connais la maison. Mademoiselle Holloway, cette demeure est également la vôtre. Nous nous retrouverons plus tard aux cocktails.

Sur ces mots, il se retourna et s'éloigna à grands pas. Il disparut bientôt dans l'obscurité.

Pourtant, mystérieusement, sa présence semblait hanter encore les lieux, et Sabrina se surprit à contempler une nouvelle fois la figure de cire représentant Matthew McNamara.

Il avait le maintien altier, des épaules larges. Il était beau, fier, impitoyable et puissant — le seigneur en son domaine.

Si puissant qu'il pouvait tuer impunément ?

La jeune femme se força à regarder ailleurs et se mit à examiner les autres figures engagées dans des pas de danse variés avec la mort.

L'éclairage diffus soulignait encore plus l'horreur de ces scènes. Toute la salle était plongée dans la pénombre, à l'exception des figures qui baignaient dans une lumière pourpre et sinistre où elles paraissaient terriblement réelles. Sabrina pouvait presque s'imaginer qu'elles respiraient.

Qu'elles s'animaient, qu'elles transpiraient. Qu'elles allaient se mouvoir d'un instant à l'autre…

Matthew McNamara était penché sur sa femme, les poings serrés.

Jack l'Eventreur brandissait son couteau.

Et lady Ariana Stuart poussait un cri de terreur muet, qui n'en finissait pas.

Une nouvelle vague de frissons parcourut la jeune femme, et elle sursauta encore une fois quand Brett posa la main sur son épaule.

— Et si on sortait d'ici ? lui proposa-t-il.

Elle s'aperçut alors qu'il avait peur, lui aussi.

3.

— Mademoiselle Holloway !

Les cocktails étaient servis dans la bibliothèque du château. Située au pied du grand escalier qui menait aux chambres d'hôtes du premier étage, cette pièce se trouvait à l'opposé de la salle d'apparat où tous les invités devaient se réunir pour le dîner. Sabrina s'y était présentée avec quelque retard. Elle s'était prélassée dans la baignoire de sa salle de bains pendant un très long moment, s'efforçant de trouver le courage de s'habiller pour descendre ensuite rejoindre les autres. Sa brève entrevue avec Jon Stuart l'avait bien plus troublée qu'elle ne l'aurait imaginé. Pour une fois, elle s'était réjouie de la présence de Brett à son côté. Sans lui, nul doute qu'elle se serait sentie trop perdue et trop seule, même s'il ne cessait de l'agacer.

Elle s'apprêtait à franchir le seuil de la bibliothèque quand quelqu'un la héla. Une petite femme aux cheveux bruns et luisants taillés en brosse s'approchait d'elle en lui tendant une coupe de champagne. Elle avait des yeux d'un bleu éclatant, un joli visage en forme de cœur et un sourire affable qui mit aussitôt Sabrina à son aise.

— Bienvenue, bienvenue, s'exclama l'inconnue, nous sommes tellement heureux que vous ayez pu venir. Enfin, moi surtout, puisque je suis une de vos fans.

Elle offrit la coupe de champagne à Sabrina.

— Merci infiniment, répondit celle-ci. Vous êtes… ?

— Oh ! fit la jeune femme en rougissant — ce qui la rendit encore plus jolie et plus gracieuse. Je suis Camy, Camy Clark, la secrétaire et assistante de Jon.

— Bien sûr : Jeanne d'Arc !

Camy rougit de plus belle.

— Oui, pour ainsi dire. Joshua Valine est un bon ami.

Sabrina s'esclaffa.

— Je n'en doute pas : même en martyre, vous êtes ravissante.

— Josh est la gentillesse même. Sous ses mains, tout le monde devient beau. Quant à vous, vous êtes vraiment la plus exquise victime du chevalet que j'aie jamais vue.

Sabrina rit encore et leva son verre.

— Il a effectivement beaucoup de talent.

— Vous aussi. J'adore ce que vous faites. Les hommes peuvent être si secs quand ils écrivent. De l'action, des personnages, mais aucun trait attachant. Votre *miss Miller*, en revanche, est formidable — si réelle, si sympathique, si courageuse.

— Merci encore une fois. Merci beaucoup.

— Camy, Camy, Camy !

Une femme élancée, d'environ cinquante-cinq ans, aux cheveux sombres artistement coiffés, venait se joindre à elles. Sa robe de cocktail aux épaules dénudées était une élégante création de haute couture, dont la couleur mauve pastel était assortie à celle des chaussures. Sabrina connaissait déjà Susan Sharp, car celle-ci mettait un point d'honneur à connaître tout le monde. La plupart des écrivains craignaient cette critique littéraire autant qu'ils la recherchaient : Susan avait beaucoup de relations, particulièrement dans les milieux aisés, et pouvait donc d'un mot faire ou défaire la carrière d'un auteur ou celle d'un ouvrage. Elle avait elle-même écrit deux romans policiers — fort bons du reste, puisqu'ils mettaient en scène des personnages directement inspirés des gens riches et célèbres qu'elle connaissait. Mais elle pouvait aussi se montrer indélicate, tranchante et cruelle, aussi bien envers ses amis qu'envers ses ennemis. La rumeur prétendait d'ailleurs qu'elle haïssait cordialement Cassandra Stuart, qui l'avait souvent supplantée dans les émissions littéraires.

— Camy, Camy, Camy ! répéta Susan tout en serrant le bras de Sabrina d'une main aux ongles parfaitement manucurés. Vous ne pouvez retenir ainsi Mlle Holloway sur le seuil... Nous avons tous hâte de la voir. Les créateurs recherchent toujours avidement la compagnie de leurs semblables, savez-vous.

— Oui, bien sûr, je comprends, mademoiselle Sharp, marmonna Camy tout en lançant à Sabrina un regard embarrassé.

Susan l'avait remise à sa place, songea cette dernière. Camy n'était qu'une assistante. Tous les autres, en revanche, étaient des *créateurs*...

— Camy, j'ai été très heureuse de vous rencontrer, déclara alors Sabrina, et j'aimerais avoir l'occasion de passer un peu plus de temps avec vous.

Le visage de Camy s'éclaira aussitôt d'un sourire.

— Merci !

Puis Susan entraîna Sabrina dans la pièce.

— Que devenez-vous donc ? Cela fait une éternité que je ne vous ai vue.

— C'était seulement au mois de juin dernier, à Chicago, lui rappela Sabrina.

— Oui, bien sûr, vous avez eu un tel succès. Beaucoup de gens adorent votre *miss Mailer.*

— Miller, rectifia Sabrina sur un ton aigre-doux.

— Oui, c'est ça, Miller. Alors, dites-moi, qu'y a-t-il au juste entre vous et Brett ? Avez-vous vraiment l'intention de vous remarier ?

— Comment ? s'exclama la jeune femme.

— Eh bien, oui. A entendre Brett, vous seriez tellement passionnés tous les deux, tellement talentueux, tellement impulsifs... Tenez, je ne suis pas près d'oublier l'émotion que j'ai eue quand les journaux à scandales ont publié cette photo où l'on vous voyait en train de vous enfuir *toute nue* de votre chambre d'hôtel à Paris !

— Susan, peut-être que vous ne l'oublierez jamais, mais moi je préférerais ne plus y penser, répliqua Sabrina avec fermeté. C'était une période très douloureuse de ma vie... Oh, mais c'est V.J. Newfield, là-bas ! Voilà longtemps que je n'ai eu le plaisir de la saluer. Excusez-moi, voulez-vous ?

Faussant compagnie à Susan, elle s'empressa de rejoindre Victoria Jane Newfield. V.J. approchait la soixantaine et avait, semblait-il, toujours écrit. Ses romans sombres et effrayants, mais profondément ancrés dans la réalité de la condition humaine, développaient une psychologie de l'horreur. Grande femme à la silhouette très fine, elle avait des cheveux argentés, un maintien gracieux. C'était en somme une femme éblouissante, et qui le resterait sans aucun doute jusqu'à sa mort. Sabrina l'avait rencontrée à une séance de dédicace collective ; V.J. lui avait alors affirmé que l'avantage de ce genre de rituel était qu'on y trouvait toujours des interlocuteurs intéressants, à défaut d'acheteurs pour ses ouvrages.

— Faites un croche-pied aux clients qui passent, ma chère, lui avait-elle ensuite conseillé. Ils s'imaginent parfois que, si vous êtes assis à une table, devant des piles de livres, c'est uniquement pour leur indiquer l'emplacement des toilettes, alors faites-les tomber ! Présentez-leur ensuite vos plus plates excuses — et ne les lâchez plus !

V.J. avait été formidable avec elle. Déjà célèbre, elle avait persuadé la plupart de ses fans qu'ils *devaient* tout simplement acheter aussi le roman de Sabrina, et celle-ci lui en était encore reconnaissante.

— V.J. ! s'écria-t-elle en rejoignant son amie, qui semblait hésiter devant un canapé au caviar.

V.J. se retourna, le sourire aux lèvres, pour la prendre dans ses bras.

— Sabrina, ma chérie ! J'ai failli t'appeler pour être sûre que tu viendrais. J'étais tellement déçue, la dernière fois, en apprenant que tu avais décliné l'invitation de Jon. Figure-toi que je rentre juste d'une croisière sur le Nil — tu te souviens comme j'en avais envie ?

— Oui, absolument, et je suis contente que tu te sois enfin décidée à visiter l'Egypte. Alors, comment était-ce ?

— Merveilleux. Enthousiasmant. Impressionnant. Le passé est tellement présent, là-bas, tellement intense. Et puis je raffole des momies.

— Je n'ai rien non plus contre les momies, intervint alors Brett en prenant Sabrina par les épaules. Les momies, de nos jours, peuvent être aussi excitantes que la plus innocente des jeunes filles. C'est bon de te revoir, V.J. Tu as l'air dans une forme éblouissante. Et sexy comme toujours. Une superbe momie, vraiment.

— Je te rappelle que les momies sont des femmes mortes, repartit V.J. Mais, pour un chaud lapin comme toi, je suppose que cela ne fait guère de différence. Comment vas-tu, Brett ? J'accepterai un baiser de ta part, mais sur la joue seulement. Et cesse donc un peu de harceler Sabrina. Cette enfant a eu la jugeote de devenir ton *ex*-femme, et si d'aventure le bon parti se trouvait dans les parages, nous ne voudrions pas qu'il soit trompé par tes simagrées.

Brett s'esclaffa, relâcha Sabrina et plaqua un gros baiser amical sur la joue de V.J.

— C'est moi, le seul bon parti pour elle, V.J., protesta-t-il sur un ton faussement contrit. Je n'ai commis qu'une petite incartade et elle m'en tient toujours rigueur.

— Mon garçon, je ne suis pas une conseillère conjugale, mais j'ai comme l'impression que ça a dû être un peu plus grave que ça. En tout cas, ajouta-t-elle en levant son verre, félicitations. J'ai appris que tu étais juste en dessous de Creighton sur la liste du *New York Times*.

Brett la salua en penchant humblement la tête.

— Merci, merci. Mais il a fallu que Creighton sorte un autre livre le même mois. Autrement, n'est-ce pas, j'aurais pu être numéro un.

— Tu le seras l'année prochaine.

— Je l'espère bien. Et à ce propos, puisque nous voilà tous réunis ici, nous la crème des auteurs de romans à suspense, sans doute pourrions-nous trouver quelque moyen inédit de supprimer la compétition entre nous. Qu'en penses-tu ?

— Je pense que le moment et le lieu sont mal choisis pour ça, intervint Joe Johnston à voix basse en pénétrant dans leur groupe.

Joe avait une allure à la Ernest Hemingway : des traits fins, une barbe broussailleuse, l'air bourru et sympathique. avait écrit une série de romans policiers mettant en scène un détective privé sur le retour, charmeur et insouciant, qui résolvait toujours les enquêtes qu'on lui confiait.

Il leva son verre vers Sabrina en guise de salut.

— Enfin, poursuivit-il, qui irait croire réellement que Cassandra Stuart est tombée toute seule de ce balcon ?

— Joe, tais-toi donc ! répliqua V.J. Jon est vraiment gentil de nous réinviter après ce qui est arrivé la dernière fois.

— Justement, repartit Joe, c'est pour ça qu'on ne peut pas envisager de supprimer la compétition.

Susan Sharp les rejoignit à cet instant.

— Comment ça, on ne peut pas supprimer les gens ? protesta-t-elle. Joe, c'est la Semaine de l'Enigme. L'un de nous est *censé* être un meurtrier et supprimer les autres jusqu'à ce que ladite énigme soit résolue.

— Exact, intervint Sabrina, mais c'est une simulation.

Susan eut un rire sec.

— Oui, eh bien, espérons que la mort de Cassandra, elle, n'a pas été une simple simulation. Imaginez un peu qu'on la voie brusquement arriver dans cette pièce…

— Susan, c'est là une idée horrible, rétorqua V.J. Si Cassandra devait subitement réapparaître, saine et sauve…

— Si Cassandra devait subitement réapparaître, saine et sauve, plus de la moitié des personnes ici présentes ne songeraient qu'aux moyens de la tuer une deuxième fois, l'interrompit Susan. Cassandra était méchante et vicieuse.

— Et intelligente et talentueuse et très belle, lui rappela V.J. sur un ton aigre-doux.

— Puisque tu le dis… Et n'oubliez pas une chose : tous ceux qui étaient là au moment de sa mort sont de nouveau ici. La liste des invités est exactement la même qu'alors.

— Je n'étais pas présente à la dernière Semaine de L'Enigme, répliqua Sabrina.

Susan haussa les épaules, comme si c'était là un détail.

— Oui, mais vous étiez invitée, et le fait est que nous nous retrouvons tous ici, prêts à nous défendre si nous sommes accusés.

— De quoi ? De meurtre ? s'enquit V.J.

— De tout ce que vous pouvez imaginer, repartit Susan d'une voix badine. Nous avons tous nos petits secrets, non ? ajouta-t-elle en fixant V.J.

Celle-ci soutint son regard en silence.

— Susan, reprit Joe, si tu commences les sous-entendus sur chacun d'entre nous…

— Oh, voyons, Joe, nous ne sommes plus des enfants. Nul n'ignore ici que, si courtois et maître de lui-même qu'ait toujours semblé Jon, il était furieux contre Cassandra. Il la soupçonnait d'avoir une liaison — et elle-même m'a laissé entendre à plusieurs reprises que c'était la vérité !

— Susan, ta profession t'oblige sans doute à lire trop de mauvais romans sentimentaux, rétorqua V.J. Tout le monde n'est pas destiné à commettre l'adultère au moins une fois dans sa vie.

— Là n'est pas la question, V.J. Le problème est que Jon, lui, *pensait* qu'elle avait une liaison, et qu'*elle-même* le suspectait d'en avoir une *aussi*. S'ils avaient raison l'un et l'autre, alors nous avons deux autres personnes impliquées dans l'affaire. Et puis, Dieu sait que Cassandra a presque brisé certaines carrières. Nous la méprisions tous à des degrés divers pour les critiques qu'elle avait émises à notre encontre.

— *Vous* la méprisiez, articula quelqu'un à voix basse.

C'était la timide et discrète Camy qui s'exprimait ainsi, un sourire gêné aux lèvres.

— Après tout, mademoiselle Sharp, poursuivit-elle, c'était votre concurrente directe, non ?

Susan haussa les sourcils et considéra la jeune femme d'un air hautain. Ce n'était pas tant l'accusation qui la gênait, que le fait qu'elle ait osé l'interrompre.

— Ma chère enfant, repartit-elle, apprenez que je n'ai aucun concurrent digne de ce nom. Cela étant, il est vrai que je méprisais Cassandra Stuart. C'était une opportuniste qui se servait des gens et les manipulait, et vous devriez plutôt vous réjouir de sa mort, car si elle était encore de ce monde, elle vous aurait d'ores et déjà mise à la porte. Maintenant, si vous voulez bien m'excuser…

Elle tourna le dos à Camy et s'adressa de nouveau aux autres.

— Croyez-moi : chacun ici a un secret *et* une bonne raison pour détester Cassandra Stuart.

— A l'exception de Sabrina, lui rappela Joe d'un ton égal.

Susan toisa la jeune femme.

— Qui sait ? Peut-être avait-elle un mobile aussi puissant que le nôtre. Mais, bon, vous n'auriez guère pu la pousser de ce balcon, n'est-ce pas, Sabrina ? Vous avez décliné l'invitation de Jon la dernière fois. Pourquoi ? La plupart des écrivains seraient prêts à tuer — si vous me passez l'expression — pour avoir l'honneur de participer à la Semaine de l'Enigme.

— La peur du grand saut, répondit Sabrina d'une voix mielleuse.

Susan la dévisagea en silence.

— Très drôle, lâcha-t-elle enfin.

Puis elle tourna les talons et quitta le groupe.

— Moi, je dis que c'est *elle* la coupable, déclara alors Brett sur un ton si convaincu que tous s'esclaffèrent.

— D'après la police, personne ne serait coupable, repartit Joe.

— Cassandra ne s'est pas suicidée, rétorqua V.J. Elle s'aimait trop pour ça.

— Mais je croyais qu'elle avait un cancer, intervint Sabrina.

— Certes, admit Brett, mais peut-être était-il curable.

— Et si elle avait trébuché ? suggéra Sabrina.

— C'est l'hypothèse la plus plausible, approuva alors une voix masculine.

C'était Tom Heart. Grand, mince, le cheveu blanc, le visage avenant et le maintien digne, il était l'improbable auteur des romans de terreur les plus éprouvants du marché. Il sourit et salua tout le monde en levant sa coupe de champagne.

— A la vôtre, mes amis, mesdames et messieurs, Brett, Joe, Sabrina... V.J. Heureux de vous revoir. Sabrina, vous êtes sans doute tombée dans le mille. D'après ce que j'ai compris, Cassandra était en train d'appeler Jon, qui en avait sa claque de ses sautes d'humeur et s'éloignait d'elle à grands pas. Peut-être s'est-elle un peu trop penchée par-dessus la rambarde... Ah, mais voici notre hôte en compagnie de l'adorable Dianne Dorsey et de la non moins exquise Anna Lee Zane.

Sabrina reporta son attention vers la porte de la bibliothèque. Leur hôte, effectivement, faisait son entrée.

Il était en frac, et terriblement beau. Sa haute taille et son charme ténébreux étaient encore accentués par l'élégance de sa mise. Ses cheveux étaient peignés en arrière et ses yeux mordorés luisaient d'une lueur mystérieuse tandis qu'il parlait et riait avec les deux séduisantes jeunes femmes auxquelles il donnait le bras.

Anna Lee écrivait des romans policiers dont l'intrigue s'inspirait de crimes réels. Elle approchait la quarantaine, était très petite, féminine, et la rumeur prétendait qu'elle assumait gaillardement sa bisexualité.

Quant à Dianne Dorsey, elle était considérée comme l'étoile montante du récit d'horreur. Elle aimait à imaginer des créatures monstrueuses animées par un goût singulier pour la chair humaine. Elle était pour sa part très jeune — elle venait de fêter son vingt-deuxième anniversaire — et avait publié son premier roman quand elle était encore en première au lycée. A la parution du second, elle était en terminale. Si bien que, désormais, alors qu'elle sortait tout juste de Harvard, elle était déjà un auteur expérimenté avec quatre livres sur le marché. On la considérait comme un génie et ses admirateurs étaient légion. Des écrivains plus âgés avaient tendance à lui envier ce succès aussi ahurissant que précoce, d'autant qu'elle semblait l'avoir obtenu sans trop d'efforts. Sabrina, elle, lui enviait surtout son assurance. Elle aurait donné n'importe quoi pour posséder une telle maîtrise. Cependant, elle sentait que la jeune fille avait eu une enfance difficile, que sa vie avait été marquée par un événement qui lui avait justement donné cette rage de se battre et de gagner.

Tandis qu'elle observait Dianne, Sabrina s'aperçut qu'Anna Lee s'avançait vers elle en souriant. Elle lui rendit son sourire ainsi que son salut.

Puis Dianne la repéra à son tour et elle aussi lui sourit en lui faisant un geste de la main. Sabrina lui répondit de même. Dianne s'était choisi une tenue « gothique ». Elle s'habillait toujours en noir ; ses cheveux d'un noir de jais, et son rouge à lèvres tout aussi noir contrastaient avec sa peau d'un blanc immaculé. Elle avait une prédilection pour les énormes pendentifs, les bijoux néomédiévaux et les vêtements moulants. Pourtant, elle réussissait à conférer à son apparence une gracieuse féminité qui la rendait unique et fort attirante.

Toujours souriante, Sabrina se rendit soudain compte que Jon était en train de la dévisager.

Une fois de plus, elle était juste à côté de Brett. Ou, plutôt, Brett venait de se coller contre elle.

Elle baissa promptement les yeux et se répéta qu'elle ne souhaitait se lier avec personne. Elle n'était pas venue ici dans l'espoir de retrouver ce qu'elle avait perdu. Elle était une femme mûre, désormais, avec une carrière solide, beaucoup d'amis et une grande famille. Elle se trouvait ici en tant qu'invitée, témoin et acteur d'un important événement caritatif qui — cerise sur le gâteau — promettait en outre d'accroître son renom.

« Menteuse ! » susurra une voix moqueuse au fond d'elle-même.

— Mesdames, mesdemoiselles, messieurs, déclara Jon, le dîner va être servi dans la salle d'apparat.

Puis il s'excusa auprès des deux femmes qui l'avaient accompagné, et Sabrina le vit marcher tout droit vers elle. Aussitôt, elle se mordit la lèvre pour s'empêcher de reculer.

— Mademoiselle Holloway, reprit-il, vous êtes la seule ici à ne pas avoir eu forcément l'occasion de faire connaissance avec tout le monde. Excuse-moi, Brett, puis-je te priver un instant de la présence de ton ex-épouse ?

— Bien sûr... mais un instant seulement.

Sabrina fut décontenancée par l'émotion qu'elle éprouva lorsque Jon la prit par le bras, un sourire radieux aux lèvres, et l'entraîna à travers la pièce en direction d'un homme mince, de haute taille, aux cheveux blonds et bouclés, aux traits fins et réguliers. Il avait l'allure d'un artiste et arborait un costume impeccable, abstraction faite d'une petite tache de peinture sur sa cravate.

— Mademoiselle Holloway, je suis sûr que vous vous rappelez Joshua Valine, notre sculpteur émérite.

— Oh, oui, répondit Sabrina qui, effectivement, se souvint de lui quand ses yeux bruns et chaleureux se posèrent sur elle.

Ils s'étaient brièvement rencontrés à Chicago, au congrès des libraires. Elle était alors en pleine séance d'autographes et l'un des commerciaux de sa maison d'édition l'avait présentée à l'artiste.

— Nous nous connaissons déjà, dit-elle à Jon tout en serrant la main de Valine. Ravie de vous revoir. Vos figures de cire sont fantastiques. Mais si réalistes, si effrayantes ! J'ai peur d'avoir des cauchemars où je me retrouverais torturée par mon ex-mari !

Joshua rougit et sourit de toutes ses dents.

— Merci. Et excusez-moi de vous avoir ainsi ligotée au chevalet. Cela dit, vous y avez survécu, vous savez.

Sabrina laissa échapper un rire léger.

— C'est ce qu'on m'a appris.

— La question vous a été épargnée sur l'ordre du roi en personne.

Elle hocha la tête et ajouta :

— En tout cas, je suis heureuse de ne pas être devenue une des victimes de Jack l'Eventreur.

Joshua fronça le nez avant de baisser la voix.

— Un rôle qui convient en revanche à merveille à Susan Sharp, vous ne trouvez pas ? s'enquit-il.

— Chut, murmura Jon avec une grimace comique, Susan a l'oreille particulièrement fine. Voyons, Joshua, reprit-il, y a-t-il encore quelqu'un ici que Sabrina ne connaît pas ?

— Avez-vous vu Camy Clark ? demanda le sculpteur.

— Oui, elle est charmante. Vous avez beaucoup de chance de l'avoir, Jon.

— C'est une personne organisée et extrêmement compétente, admit ce dernier. Avons-nous passé tout le monde en revue ?

Tandis qu'il parcourait la salle du regard, ils furent rejoints par un homme auquel ses cheveux d'un roux flamboyant, coupés très court, donnait une allure familière et rassurante. Il gratifia Jon et Joshua d'un grand sourire et tendit la main à Sabrina.

— Nous nous sommes déjà rencontrés, quoique brièvement, à un congrès à Tahœ, déclara-t-il. Je ne sais pas si vous vous souvenez de moi, mais je m'appelle...

— Bien sûr que je me souviens de vous, répondit Sabrina. Vous êtes Thayer Newby. Je suis allée à toutes vos conférences. Mais vous ne m'y avez sans doute pas remarquée, car il y avait un monde fou à chacune d'entre elles.

Thayer Newby rougit jusqu'à la racine de ce qui lui restait de cheveux. Il avait été policier durant vingt ans avant de devenir écrivain, et ses conférences sur les méthodes d'investigation criminelle étaient remarquables.

— Merci ! s'exclama-t-il sans la quitter des yeux ni relâcher sa main.

Il secoua légèrement la tête.

— Comment diable McGraff vous a-t-il laissée le quitter ? reprit-il avant de rougir de plus belle. Ah, désolé, ça ne me regarde pas. J'ai, hmm, j'ai vu cette photo, évidemment.

Sabrina serra les dents tout en s'efforçant de ne pas rougir elle-même. Cependant, elle pouvait sentir que Jon, à côté d'elle, la dévisageait, et elle se doutait bien que chacune des personnes présentes dans la pièce devait se demander pour quelle raison au juste elle avait été amenée à s'enfuir toute nue de la chambre d'hôtel où elle passait sa lune de miel.

— Brett et moi avons une conception différente du mariage, répondit-elle d'une voix égale.

— Mais vous êtes restés amis, hein ? repartit Thayer sur le même ton.

Dans sa bouche, curieusement, ces mot sonnaient faux. Sabrina comprit alors qu'il avait dû la voir en compagnie de Brett durant une partie de la soirée et que, comme les autres, il en avait conclu qu'ils étaient restés plus que des amis.

— Oui, dit-elle finalement, nous y sommes parvenus.

— Ah, voici Reggie, s'exclama soudain Jon en levant une main. Connaissez-vous Reggie Hampton ? demanda-t-il à Sabrina.

Vieille mais sans âge, Regina Hampton aurait aussi bien pu avoir soixante-dix ans que cent dix. Elle avait écrit une pile de romans dont l'héroïne était une grand-mère qui, en bon détective amateur, résolvait toutes les énigmes de son village avec l'aide de son chat. Reggie avait une personnalité carrée, beaucoup de finesse et d'humour. Sitôt qu'elle eut pénétré dans la bibliothèque, elle se dirigea droit sur eux.

— Reggie, commença Jon, vous connaissez sans doute…

— Bien sûr que je la connais ! rétorqua Reggie.

Elle était mince, menue et semblait terriblement fragile, mais elle n'en étreignit pas moins Sabrina avec une force étonnante qui confirmait la rumeur selon laquelle elle était en vérité une sacrée dure à cuire.

— Comme je suis contente de vous voir ici ! déclara-t-elle. Jon, comment avez-vous réussi à persuader cette adorable petite chose de venir rendre visite à un vieillard morbide et solitaire dans son château en ruines ?

— De la même façon que je vous en ai persuadée vous-même, vieille brigande, repartit Jon sur un ton enjoué. Je lui ai tout simplement envoyé une invitation.

— Eh bien, je suis ravie que vous soyez là, reprit Reggie à l'adresse de la jeune femme. Nous avions bien besoin de sang frais pour notre petit rituel.

— Ah ! s'exclama soudain Susan en s'approchant d'eux. Espérons seulement que nous n'en *verserons* pas de nouveau !

Et elle ponctua sa plaisanterie d'un sourire pervers.

— Allons manger ! s'écria alors V.J. depuis l'autre bout de la salle. Je meurs de faim ! Jon, tu as bien annoncé le dîner, n'est-ce pas ? Si nous ne nous sustentons pas d'ici peu, nous expirerons tous, et notre mort ne sera guère une énigme !

— Tu as raison, renchérit Brett. Allons manger, Jon. A propos, tu ne crois pas que nous pourrions en profiter pour passer à des liquides plus… substantiels que le champagne ?

Toutes ces bulles, ce n'est pas vraiment mon truc. Qu'en dis-tu, Thayer ?

— Il y a un bar bien rempli dans la salle d'apparat, répliqua Jon. Vous y trouverez de la bière à la pression et des tas d'autres boissons fermentées de la région et d'ailleurs. Allez donc vous servir.

Puis il reporta son attention sur Sabrina, le regard étrangement sombre. Celle-ci eut l'impression qu'il l'étudiait, qu'il la jaugeait. Et qu'il avait brusquement envie de la repousser.

— Excusez-moi, voulez-vous ? murmura-t-il.

Puis il s'éloigna sans rien ajouter.

4.

Reggie Hampton prit le bras de Sabrina.

— Ma chère, vous êtes ici une goulée d'air frais. Racontez-moi un peu, qu'êtes-vous devenue depuis le mois de juillet ?

Sabrina s'efforça de ne pas suivre Jon Stuart du regard et concentra son attention sur Reggie.

— J'ai rendu visite à ma famille, répondit-elle.

— A la ferme ?

— Oui. J'ai maintenant un appartement à New York, mais je suis restée un moment chez les miens. Ma sœur vient d'avoir son premier bébé, un petit garçon. Nous en sommes tous ravis, naturellement. J'ai passé quelques mois avec elle à la ferme pour l'aider à s'en occuper.

— Vous devriez vous-même songer à être mère.

— Reggie, les femmes ne sont plus tenues d'avoir des enfants, de nos jours.

— Vous en voulez pourtant, n'est-ce pas ?

— Oui, j'en aurai, le moment venu.

— Allez-vous vous remarier avec Br...

— Non, l'interrompit Sabrina. Mais cessons de parler de moi. Comment se porte votre famille ?

Tandis que Reggie lui donnait des nouvelles de ses fils, de ses petits-fils, de sa toute jeune arrière-petite-nièce, elles traversèrent le vestibule pour se rendre à la salle d'apparat, où le dîner devait être servi.

Ils commencèrent tous par se regrouper autour du bar pour l'apéritif.

Brett réapparut une nouvelle fois près de Sabrina. Tout en lui tendant un gin-tonic copieusement arrosé de jus de citron vert, il lui chuchota à l'oreille d'un ton malicieux qu'il avait interverti les cartons disposés autour de la table de façon à être assis près d'elle. Bientôt ils y prenaient place, devant un magnifique menu comportant faisan et poisson. Tout en mangeant, ils riaient et parlaient sans arrêt ; on se serait cru à un repas de lycéens. Puis Jon, qui s'était installé en tête de table, se leva, les remercia une nouvelle fois d'être venus et leur rappela qu'ils étaient ici non seulement pour s'amuser mais aussi dans un but charitable. Chaque écrivain présent dans le château avait versé une somme dans une cagnotte commune, et celui qui résoudrait l'énigme pourrait attribuer la plus grosse part des donations au fonds d'aide à l'enfance de son choix.

— Quand commencerons-nous ? demanda Thayer.

— Demain matin, répondit Jon. Ceux qui ont encore un peu d'énergie auront ainsi l'occasion de refaire connaissance les uns avec les autres. Quant à ceux que le voyage aura fatigués, ils disposeront de la nuit entière pour recouvrer leurs forces. La semaine se déroulera grosso modo comme les précédentes. Ce sont Camy et Joshua qui en ont réglé le détail. Je ne saurai pas plus que vous qui est cette fois le meurtrier — ou la meurtrière. Demain, dans la matinée, vous recevrez tous un descriptif de votre personnage ainsi qu'un résumé de la situation. L'assassin découvrira qui il est, et il lui faudra passer rapidement aux actes avant d'être découvert. Il sera également informé de l'ordre suivant lequel il devra éliminer ses victimes. Celles-ci seront « tuées » avec un jet de peinture rouge lavable, et j'assumerai naturellement les frais de teinturerie. Des questions ?

— Oui, juste une, dit Joe Johnston. Même si je ne suis pas le meurtrier, aurai-je quand même le droit d'éliminer Susan ?

Tout le monde s'esclaffa, puis les rires se turent peu à peu tandis que Susan les toisait l'un après l'autre.

— Vous êtes le premier sur ma liste, Joe, articula-t-elle d'une voix doucereuse.

Pointant un doigt vers lui, elle émit un claquement de langue en feignant de lui tirer dessus.

— Et je ne me contenterai pas pour vous d'un peu de peinture rouge !

— Allons, allons, on se calme, intervint Anna Lee Zane.

— Oh ! là, là ! je suis désolé ! déclara Joe.

Anna Lee secoua la tête comme pour signifier que les écrivains étaient décidément pires que des enfants indisciplinés.

— Si vous voulez bien m'excuser, reprit Jon, j'ai quelques petites choses à régler. En attendant, faites comme chez vous. Nous nous retrouverons ici même à 9 heures, demain matin. Pour les lève-tôt, le café sera servi dès 6 heures.

Puis il quitta la salle et referma derrière lui la porte à double battant. Sabrina le suivit des yeux tout en se mordillant la lèvre, regrettant soudain d'être venue.

Brett posa sa main sur la sienne.

— Tu veux visiter ma chambre ? s'enquit-il sur un ton plein d'espoir.

Elle retira sa main en souriant, amusée de voir qu'il pouvait être si puéril, si ardent, si peu disposé à admettre une défaite.

— Non, je vais au lit.

— C'est un programme qui me convient tout à fait.

— Pour dormir. Je suis l'un de ces invités que le voyage a fatigués. J'ai atterri tard à Londres hier soir et je ne suis arrivée ici que cet après-midi. Je suis fourbue.

— Très bien. Je t'informe quand même que ma chambre est juste à côté de la tienne, au cas où tu changerais d'avis. Ou que tu entendrais des bruits bizarres dans la nuit.

— Merci. C'est noté.

Elle salua les autres d'un geste de la main et sortit de la salle.

Le foyer du château était vide. Il n'y avait personne non plus dans le grand escalier. Comme les portes de la bibliothèque et de la salle d'apparat étaient closes, Sabrina se sentit soudain très seule dans le vieil édifice.

Elle se hâta de monter l'escalier et de traverser le couloir pour gagner sa chambre.

Celle-ci était immense, à la fois confortable et pleine de charme. Le lit trônait sur un tapis de prix, et d'épaisses tentures masquaient la porte-fenêtre menant au balcon, protégeant la pièce du froid. Tout était de belles dimensions, depuis la penderie jusqu'à la baignoire. Un secrétaire de style jouxtait une cheminée aux proportions massives. Dans l'âtre avaient été disposées des bûches qui brûlaient à grandes flammes lorsqu'elle entra dans la pièce. Elle poussa soigneusement le verrou derrière elle.

Retirant ses chaussures, elle ôta ses bas, puis elle alla ouvrir les rideaux et s'avança sur le balcon. Devant elle s'étendaient des champs aux courbes douces, les eaux scintillantes d'un petit loch et les crêtes pourpres de montagnes qui se détachaient dans le lointain. Le paysage, même au clair de lune, était à couper le souffle.

Elle n'aurait jamais dû venir, se répéta-t-elle.

Elle prit une longue inspiration frémissante.

— Allez, murmura-t-elle tout bas, sois franche. Es-tu bien convaincue que cet éblouissant moment en sa compagnie n'a laissé aucune trace... ou bien souhaitais-tu coucher encore une fois avec lui, juste une fois, quelles qu'en soient les conséquences ?

Elle sentit ses joues s'empourprer. Comme c'était humiliant, se dit-elle. Accepterait-il, lui, de coucher avec elle ? Il était certain qu'elle avait la réputation d'être plutôt... sans gêne. Il suffisait de se rappeler comment elle avait quitté Brett, dans quelle « tenue » elle s'était enfuie de leur chambre d'hôtel...

Curieusement, Brett ne la dérangeait pas. Elle appréciait même son amitié. Elle était flattée de l'intérêt qu'il lui portait encore. Bien sûr, ce qu'il lui avait fait *était* horrible, mais n'était-elle pas la première fautive ? Elle qui l'avait épousé sans l'aimer vraiment ?

Et si elle ne l'aimait pas vraiment, c'était, évidemment, parce que Jon Stuart avait d'une certaine manière capturé son cœur.

Un courant d'air froid se lova soudain autour d'elle, et elle se souvint aussitôt de son tout premier séjour à New York lorsque, au cours d'une réception, elle s'était entichée d'un des clients de son agent dont l'une des créations venait d'être mise en scène à Broadway. Elle ignorait complètement qui pouvait être ce bel homme dont on célébrait ainsi le succès et savait seulement qu'il s'appelait Jon. Il l'avait amusée en passant en revue tous les dangers que recelait une grande ville comme New York, y compris celui, le plus périlleux de tous, de prendre un taxi.

Il fallait dire aussi qu'elle avait un peu trop bu. Avoir vendu son premier livre l'avait mise dans tous ses états et elle était flattée que l'invité d'honneur de la fête s'intéresse autant à elle. Comme il disposait d'une voiture, il l'avait ensuite raccompagnée à son hôtel.

Elle s'était endormie contre son épaule durant le trajet, et quand ils étaient arrivés à destination, elle était encore groggy. Elle se rappela qu'en rouvrant les paupières, elle l'avait vu penché sur elle, ses yeux sombres et fascinants rivés aux siens.

— Nous y sommes, lui avait-il annoncé.

Elle avait légèrement hoché la tête.

— Je peux vous porter jusqu'à votre chambre, si vous le désirez, avait-il ajouté. Ce serait d'ailleurs préférable, car si je vous emmenais chez moi, j'aurais certainement du mal à ne pas abuser de vous.

Malgré la bise qui la faisait frissonner sur le balcon, Sabrina se souvenait encore de la réponse qu'elle lui avait alors donnée.

— Allons chez vous.

Aucun excès de boisson ne pouvait excuser cela, se dit-elle tout en ramenant ses bras contre son torse. Pourtant... pourtant, elle avait connu une nuit merveilleuse. La plus belle de toute son existence. Ils s'étaient rendus à son appartement, et il l'avait portée dans l'escalier. Puis, une fois dans sa chambre, il l'avait déshabillée et, avant de se dévêtir lui-même, lui avait demandé si c'était bien ce qu'elle désirait...

Ensuite il l'avait embrassée et, jusqu'à la fin de ses jours, Sabrina se rappellerait le contact fiévreux, brûlant, exigeant de ses mains et de ses lèvres sur son corps. Elle se souviendrait à tout jamais de son odeur, de sa peau, du grain de beauté au creux de son dos...

Oui, cette nuit-là avait été tout simplement magique. Le lendemain, ils avaient préparé le petit déjeuner ensemble puis, après avoir flâné au Metropolitan Museum of Art et déjeuné dans un restaurant chinois, ils étaient revenus chez lui pour passer le reste de l'après-midi au lit. Bizarrement, ce ne fut que le lendemain matin qu'elle s'enquit de son nom de famille et qu'elle apprit ainsi qu'il n'était autre que Jon Stuart, *le* fameux écrivain.

Jon était sous la douche quand sa fiancée, Cassandra, avait brusquement surgi dans l'appartement. Sabrina était alors en peignoir, les cheveux encore mouillés. Elle était demeurée interdite en voyant la porte s'ouvrir. Cassandra l'avait longuement regardée, la toisant de la tête aux pieds d'un air goguenard. Puis elle l'avait traitée de petite putain au rabais, lui avait lancé quelques billets et l'avait priée de déguerpir.

Un des plus grands regrets de Sabrina était d'avoir obtempéré — non sans avoir laissé tomber les billets par terre, bien sûr. Elle débarquait à peine du Midwest rural, et en dépit de ses études à l'université, d'une certaine expérience professionnelle et d'une relation entretenue quatre années durant avec le capitaine de l'équipe de débats de l'université, elle était terriblement naïve. Chaque fois qu'elle revivait la scène en pensée, elle se sentait de nouveau humiliée et furieuse contre elle-même. Pourquoi n'avait-elle donc pas relevé le défi ? Pourquoi n'avait-elle pas tenu tête à cette femme ? Elle aurait dû le faire — mais elle ne l'avait pas fait. Peut-être avait-elle été trop surprise, ou manquait-elle d'assurance. Toujours est-il qu'elle avait ramassé ses affaires et qu'elle avait filé.

Jon ne lui avait fait aucune promesse. Il s'était montré franc avec elle, lui avouant d'emblée qu'il était lié à Cassandra, non sans ajouter que leurs rapports étaient plus intermittents qu'un feu rouge. Quand Sabrina y songeait, comme maintenant, elle se rendait compte qu'au fond, elle avait eu trop peur que Jon, forcé de choisir, ne lui préfère Cassandra. Aujourd'hui, elle était convaincue qu'elle aurait dû prendre plus de risques — mais il était un peu tard pour les regrets.

Jon l'avait suivie à la trace, jusqu'à Huntsville. Comme elle avait prié sa mère de lui dire qu'elle était partie en Europe, il lui avait écrit pour lui assurer que, ce soir-là, il n'était lié par aucun engagement avec qui que ce soit.

Dans cette même lettre, il lui demandait aussi de le rappeler, puisqu'il n'avait pas été capable de persuader sa mère d'arrêter de mentir pour elle.

Sabrina était sur le point de céder, en songeant qu'elle devrait au moins lui répondre, lorsqu'elle apprit que Cassie et lui avaient finalement franchi le pas et qu'ils s'étaient mariés un soir à Las Vegas.

Peu de temps après, elle épousait elle-même Brett.

Et l'histoire s'était terminée là.

Du moins jusqu'à ce qu'elle s'enfuie nue de cette chambre d'hôtel à Paris. Et que Cassandra Stuart tombe de son balcon dans les bras de la mort.

La bise se mit à fraîchir. Sabrina frémit et contempla les ténèbres devant elle.

La lune était au zénith et sa lumière perçait difficilement les nuages. Des appliques extérieures illuminaient le jardin, enclos dans le château en forme de fer à cheval. La domestique qui l'avait conduite jusqu'à sa chambre, un peu plus tôt dans la journée, lui avait appris que la suite des maîtres se trouvait dans l'aile gauche de l'édifice et que ses balcons ouvraient à la fois sur le jardin et sur l'arrière du bâtiment.

Reportant son regard dans cette direction, Sabrina distingua la silhouette d'un homme debout sur un balcon. Le vent froissait sa chemise et ébouriffait ses cheveux. Immobile et silencieux, il contemplait la lune.

Puis il se tourna, et Sabrina sut qu'il l'observait de son côté.

C'était Jon. A le voir ainsi, seul dans la nuit, elle se demanda s'il souffrait, si sa femme lui manquait, s'il repensait à sa mort.

Il leva une main, comme pour la saluer.

Sabrina se recula vivement et, dans son mouvement, heurta la porte-fenêtre. Elle faillit hurler en croyant que quelqu'un se tenait derrière elle.

L'espace d'un instant, elle éprouva une peur singulière. Elle était debout sur le balcon. Et Cassandra avait elle-même effectué une chute mortelle depuis un autre balcon qui n'était guère éloigné de celui-ci. Elle était tombée entre les bras de la statue de Poséidon qui se dressait en contrebas. Le trident du dieu de la mer l'avait transpercée et elle était morte sur le coup, bien avant que son mari ne l'ait rejointe en courant. Poséidon était toujours là, même si les rosiers entourant la fontaine n'étaient plus en fleur.

Il lui était si facile de s'imaginer que quelqu'un se tenait derrière elle, prêt à la pousser...

Quand elle se retourna, cependant, il n'y avait personne. Elle rentra dans sa chambre et vit que le verrou de sa porte n'avait pas bougé.

S'approchant du minibar, elle chercha des yeux la bouteille de whisky.

Sabrina détestait le whisky, mais elle s'en versa quand même une bonne rasade et, pinçant le nez, l'ingurgita d'un trait.

— Si tu veux survivre à cette semaine, chuchota-t-elle, tu as intérêt à contrôler ton imagination.

Elle avait affirmé à Brett qu'elle était fourbue. Et elle l'était effectivement. Elle tremblait même de fatigue, éprouvée par le décalage horaire autant que par le manque de sommeil.

Mais elle ne parvint pas à s'endormir. Elle se versa un autre whisky et le sirota avec force grimaces tout en feuilletant un magazine qu'elle s'était acheté dans l'avion.

Elle avait emporté avec elle le dernier livre de V.J. et, après avoir fini d'éplucher son magazine, elle entreprit de le lire. S'apercevant très vite qu'elle n'arriverait pas à se concentrer, elle préféra s'allonger, déterminée à s'octroyer un peu de repos.

Elle finit par s'endormir. Mais son agitation ne cessa pas pour autant, et des rêves troublants peuplèrent son sommeil.

Dans l'obscurité de la nuit, il descendait silencieusement les marches, se répétant que tout allait bien se passer, qu'il n'avait aucune raison d'avoir peur.

Pourtant, il avait peur. Parce qu'il l'aimait.

Alors même qu'ils étaient convenus ensemble de ce rendez-vous, il se sentait mal à l'aise. A peine arrivé dans le vieux donjon, il eut l'impression que tous ces assassins, depuis longtemps trépassés, revenaient soudain à la vie, comme pour se moquer de lui, lui signifier qu'il ne valait pas mieux qu'eux, même s'il n'avait pas encore commis l'irréparable. Autour de lui régnait une clarté pourpre qui semblait nimber d'un brouillard sinistre les visages des tortionnaires, des hommes d'armes. Les bourreaux coiffés de leur cagoule noire avaient l'air de s'animer, de le désigner du doigt, de lui lancer un avertissement.

Il s'approcha de la scène représentant lady Ariana Stuart sur le chevalet, et s'arrêta un instant, sa peur envolée. C'était la plus belle des figures. Elle avait dans les yeux une lueur presque réelle, dans les traits l'innocence et la candeur de Sabrina Holloway. De nouveau frappé par sa ressemblance avec la jeune femme, il faillit tendre la main pour la toucher, pour protéger sa beauté contre l'être bestial qui la menaçait.

— Mon amour !

Le chuchotement le ramena à la réalité présente et il pivota sur lui-même. Elle était venue. Elle se précipita vers lui ; il l'enveloppa de ses bras.

— De quoi as-tu donc si peur ? Pourquoi ce rendez-vous en secret ? s'enquit-il d'une voix douce.

Elle secoua la tête contre sa poitrine.

— Tout ceci est tellement dangereux. Je sais qu'ils savent. Je sais que nous sommes en danger. J'espère seulement…

— Ne sois donc pas si craintive. Ne va pas imaginer des périls qui n'existent pas encore.

Elle secoua de nouveau la tête et se recula.

— Tu ne peux savoir comme ils peuvent être pervers, dangereux !

— Notre jeu lui-même est dangereux, mon petit. Nous devons garder notre sang-froid. Attendre, écouter, observer… réagir en temps utile.

Elle se blottit contre lui.

— J'ai tellement peur. Serre-moi fort.

Il l'étreignit, ému par le contact de son corps contre le sien. Il la sentit écarter ses vêtements. Sentit ses mains... contre sa peau nue. A sa grande stupéfaction, il fut aussitôt excité ; le désir vibra longuement dans ses veines. Il promena son regard sur la salle, sur les scènes lugubres qui les entouraient, ébahi de se retrouver là avec elle, et d'autant plus excité.

— Quelqu'un pourrait venir. Regarde donc où nous sommes...

Toutes les figures de cire paraissaient le fixer — les bourreaux, les assassins, les tortionnaires, les canailles de toutes sortes. Même Jeanne d'Arc sur son bûcher.

Elle rit doucement, et ce gloussement eut raison de ses dernières réticences. Lâchant un grognement sourd, il se laissa glisser par terre avec elle, sur les dalles froides du donjon. Elle fut bientôt nue sous la lumière pourpre. Elle était insatiable, le chevauchait avec ardeur, criait son plaisir. Il essaya de la faire taire, mais elle s'esclaffa et, quand ils furent tous deux repus de volupté, elle se pelotonna contre lui et considéra pensivement les visages qui les entouraient.

— C'était amusant, comme dans une orgie, articula-t-elle à voix basse.

— Tu m'inquiètes.

— Oh, tu n'as pas aimé ? On aurait dit qu'ils nous regardaient tous. J'ai vraiment pris mon pied.

Il demeura un moment interdit.

— Tu avais l'air d'aimer particulièrement... qu'elle nous regarde, dit-il enfin, étonné par la justesse de ses propres paroles.

Elle haussa les épaules.

— Et alors ? C'était le pied aussi.

— Mais c'est dangereux de se rencontrer ainsi, dans cet endroit, repartit-il. Tout ce que nous faisons en ce moment est dangereux. Les journées à venir seront dangereuses. Nous ignorons ce que les autres savent au juste, ce qu'ils ont vu, ce qu'ils peuvent soupçonner…

— Nous serons prudents, voilà tout, murmura-t-elle. Mais je veux te revoir…

Il hocha légèrement la tête.

Elle savait comment le manipuler, comment le rendre dépendant d'elle. Et cela, bien sûr, parce qu'il l'aimait.

Il ferma les paupières, les rouvrit… et sursauta.

Elle l'observait. Lady Ariana Stuart était tournée vers lui, et elle le contemplait de ses grands, immenses, magnifiques yeux bleus.

Elle le scrutait.

Il pouvait sentir ses yeux sur lui…

C'était effectivement excitant.

Et dangereux aussi.

Il en éprouvait à la fois du plaisir et de la crainte.

C'était comme si elle savait…

Elle ne désirait pas Jon Stuart ; elle se l'était répété maintes fois. Elle n'était plus une oie blanche ; elle avait vieilli, mûri. Mais, dans ses rêves, elle était couchée dans son lit, nue, l'attendant, le désirant…

Car il était là. Grand, imposant, habillé de noir. La dominant de toute sa taille…

Oui, c'était Jon.

Et ce n'était pas lui. L'être qui lui faisait face était environné de brouillard et sa silhouette se transformait sous le souffle d'une brise gris-pourpre.

Ce bourreau-là aspirait à son agonie et à sa destruction, et elle était prise au piège, ligotée, incapable de bouger, de fuir, car les cordes qui la maintenaient étaient serrées autour d'elle, et elle ne pouvait que lever les yeux vers sa propre mort avec un cri muet, à jamais figé dans la cire...

Elle s'éveilla en sursaut, tremblante et couverte de sueur. Elle se redressa d'un bond, assise sur le lit, et inspecta la chambre du regard.

La pièce était vide. Le feu couvait dans l'âtre ; le clair de lune filtrait à travers les rideaux.

Elle put constater qu'elle était seule, complètement seule.

Et pourtant, elle aurait juré... qu'il y avait comme une présence dans la chambre, une odeur, une sensation qui demeurait suspendue dans l'air. Une sensation dont elle ne pouvait se défaire et qui lui certifiait que quelqu'un *avait été* dans la pièce. Jon ? Brett ? Ou bien la figure de cire d'un tortionnaire médiéval ?

— J'ai dû passer trop de temps dans le donjon, murmura-t-elle.

Son malaise, néanmoins, persistait.

Elle sauta à bas du lit. Le verrou était toujours tiré. Elle avait donc rêvé ; en fait, elle était seule.

Elle regagna son lit en frissonnant et essaya de se rendormir. Cependant la lune commençait à se coucher, et bientôt la lumière du jour éclaira les rideaux.

Elle s'assit au milieu des draps défaits.

— Oh, et puis zut ! grommela-t-elle.

Elle se rendit dans la salle de bains, se doucha et fut la première à déguster en bas le café de 6 heures.

Toutefois, ni le café ni le soleil ne purent dissiper l'impression singulière qu'elle avait ressentie dans la nuit.

Quelqu'un, elle en était certaine, s'était glissé dans sa chambre close.

5.

Sabrina souffrait d'une violente migraine. Elle se sentait si fatiguée qu'elle pouvait à peine se tenir droite sur sa chaise.

Comme si cela ne suffisait pas, la première personne qui pénétra après elle dans la salle d'apparat pour y prendre son petit déjeuner fut Susan Sharp.

— Bonjour-bonjour ! Ravie de vous voir déjà debout ! s'exclama cette dernière avec une gaieté irritante. Vous ne trouvez pas cet endroit charmant ? J'ai dormi comme un bébé !

— Le château est très beau, répondit Sabrina.

Susan s'assit à côté d'elle à la table en chêne ciré.

— Eh bien, figurez-vous que Cassandra le détestait !

Sabrina se serait bien passée d'entendre des ragots, mais avec Susan elle n'avait guère le choix. Et puis elle avait envie d'en apprendre le plus possible sur Cassandra Stuart.

— Vraiment ?

Susan hocha la tête d'un air sinistre tout en versant des sucrettes dans son café.

— Elle l'abhorrait. Je n'ai d'ailleurs jamais compris pourquoi Jon s'est mis avec elle.

Elle haussa les épaules.

— Non, franchement, ajouta-t-elle, je n'ai jamais compris pourquoi il l'avait épousée.

— Eh bien, elle était très belle, et intelligente, s'entendit répondre Sabrina.

Susan fronça le nez.

— Oui, mais… Enfin quoi, Jon est superbe lui aussi. Il pourrait avoir une douzaine de femmes à sa disposition. Il *a eu* une douzaine de femmes à sa disposition. Alors pourquoi se marier avec celle-là ?

— Il devait l'aimer.

— Mouais, peut-être. Il n'empêche qu'il était sur le point de rompre avec elle quand elle est morte.

— Comment le savez-vous ?

Susan prit son temps pour verser du lait dans son café.

— J'étais là moi aussi, vous vous rappelez ? répondit-elle enfin. Ils étaient comme chien et chat, tous les deux. Jon a toujours adoré cet endroit. Il n'est pas né avec une cuillère d'argent dans la bouche, vous savez. Sa famille a bien hérité de ce château, mais c'était une ruine, et il en a bavé pour le restaurer quand il est entré en sa possession. Les parents de Cassandra, en revanche, nageaient littéralement dans le pognon — jamais elle n'a eu besoin de rien. Quand Jon s'est consacré aux associations d'aide à l'enfance, ces petites Semaines de l'Enigme lui ont rapporté un joli pactole. Cassandra, elle, n'aimait pas les jeux et détestait la moitié des amis de Jon. Elle ne pouvait entre autres supporter V.J., parce que V.J. ne lui a jamais léché les bottes et qu'elle n'a pas vraiment l'habitude de cacher ses opinions — vous la connaissez comme moi. Cassie a littéralement mis Jon au supplice durant cette semaine-là.

Tantôt elle acceptait de jouer les hôtesses modèles, tantôt elle décidait que tout cela l'ennuyait à mourir et alors elle s'emportait d'un coup ou nous laissait en plan. Bref, Jon avait déjà estimé qu'il était temps pour eux de se séparer lorsqu'elle est morte.

— Susan, répliqua Sabrina, peut-être avaient-ils quelques problèmes, mais comment pouvez-vous vraiment savoir si leur mariage était ou non un échec ?

— Parce que je connais Jon, susurra Susan.

Elle se renfonça contre le dossier de sa chaise avec un sourire entendu.

— En plus, ajouta-t-elle au bout d'un instant, Jon n'était pas le seul à subir son sale caractère. Elle s'est montrée à peine courtoise avec Anna Lee Zane au cours de cette semaine. Elle avait éreinté le dernier livre d'Anna sur une chaîne de télévision nationale. Sans compter qu'Anna est magnifique ; Jon et elle sont de très vieux amis. Or Cassandra n'a jamais compris ce que pouvait être l'amitié, surtout entre un homme et une femme, même si cette femme est par ailleurs à voile et à vapeur. Cela étant, j'admets que je n'ai pas beaucoup d'amis non plus. Je veux dire : il est difficile d'apprécier un homme et de ne pas vouloir coucher avec lui dans le même temps.

» Mais je m'égare, ajouta-t-elle avec un haussement d'épaules. Pour en revenir à Cassie, elle avait aussi laminé Tom Heart à la télé, et il a failli y laisser sa place dans une importante anthologie parue l'année dernière. Par ailleurs, elle craignait que Jon séduise l'une ou l'autre de leurs invitées, même si elle ne se privait pas elle-même de le tromper avec d'autres hommes. Enfin, ce n'est qu'une rumeur — car elle adorait Jon. Si, si : elle l'adorait. Simplement, elle ne savait comment se comporter en tant qu'épouse. Elle était jalouse de toutes les femmes qui l'approchaient, mais elle-même passait son temps à lui dire et répéter que des tas d'autres hommes la trouvaient désirable, qu'il devait la mériter, la protéger. Or Jon n'a jamais très bien pris les menaces. Malheureusement, c'était là un défaut propre à Cassie. Elle menaçait tout le monde, comme si elle avait besoin de tenir une épée de Damoclès suspendue en permanence au-dessus de la tête de chacune de ses relations.

— Vous avez eu vous-même maille à partir avec elle, je suppose.

— C'est exact, admit Susan en souriant. Et je reconnais que je la haïssais. C'était la pire garce que jamais homme eût à supporter.

— Allons donc ! s'exclama Brett en entrant à son tour dans la grande salle.

Il se versa une tasse de café et s'installa de l'autre côté de Sabrina.

— Cassie était-elle vraiment si garce que cela ? N'était-elle pas plutôt mal comprise ? Etre la femme de Jon et devoir céder à ses moindres caprices n'était peut-être pas si agréable que ça non plus. Elle aimait la ville, le strass, les paillettes, alors qu'il adorait vivre en ermite à la campagne et regarder souffler le vent.

— Ce n'est pas vrai, protesta Susan avec âpreté. Il a des maisons et des appartements à Londres, à New York, à L.A.

— Le pauvre homme, marmonna Brett sur un ton badin.

— Le pauvre homme ! s'écria V.J. en déboulant dans la pièce.

Elle ébouriffa les cheveux de Brett.

— Qu'est-ce que tu sais de la pauvreté, toi, après le contrat que tu viens de signer ?

Brett eut un sourire timide.

— O.K., je ne suis pas pauvre non plus. Et je suis en ce moment un homme heureux. Je vais même devenir très, très riche. Tu devrais sincèrement te remarier avec moi, Sabrina.

— Il n'en est pas question, je le crains.

— Alors couche au moins avec moi. Les hommes offrent toujours de plus beaux cadeaux à leurs maîtresses qu'à leurs épouses légitimes. Et puis ça marchait bien au lit entre nous deux, non ?

Susan et V.J. avaient toutes deux les yeux fixés sur la jeune femme.

— Brett ! s'exclama-t-elle en s'étranglant à moitié.

Il ignora ses protestations et reporta soudain son attention sur Susan.

— Alors comme ça, Sue, tu défends Jon, maintenant ? Quand Cassandra est morte, pourtant, tu avais l'air convaincue qu'il l'avait tuée.

— Ne sois donc pas stupide. Il était dehors quand elle est tombée.

— Il avait peut-être payé quelqu'un pour la pousser, rétorqua Brett en haussant innocemment les sourcils.

— Je trouve déplacé de notre part d'examiner aussi froidement, à la table même de notre hôte, la possibilité qu'il soit un meurtrier, intervint V.J.

— Mais c'est la Semaine de l'Enigme, non ?

Comme si elle répondait à un signal, Camy Clark pénétra alors dans la salle avec une pile d'enveloppes.

— Bonjour, tout le monde.

— Tout le monde n'est pas là, repartit sèchement Susan.

Sabrina fronça les sourcils, se demandant pourquoi cette dernière était toujours aussi revêche avec l'assistante de Jon. Camy n'était pourtant guère envahissante. Au contraire, elle était réservée et savait se montrer discrète.

— Eh bien, il est peut-être tôt, reprit-elle, mais si vous désirez…

— Ah, vous et vos instructions ! l'interrompit Brett en lui décochant un de ses sourires ravageurs.

Camy sourit en rougissant.

— Bon, n'oubliez pas que chacun est censé connaître le rôle des autres, mais rien de plus. Vous recevrez d'autres instructions au fur et à mesure. Quant au meurtrier, il saura évidemment qui il est, ainsi que l'endroit où il pourra retirer les armes des crimes. Rappelez-vous aussi qu'il peut avoir des complices. Enfin, si vous êtes tués, vous êtes morts, mais vous continuez à participer au jeu en tant que fantômes et vous pouvez prévenir les autres d'un danger imminent et les aider à résoudre l'énigme.

— Eh bien, moi, je *meurs* d'envie d'ouvrir mon enveloppe, conclut Susan.

Tout le monde s'esclaffa. Tandis que Camy commençait la distribution, les autres arrivèrent dans la salle : Anna Lee, revêtue d'un fuseau et d'un corsage flottant qui lui donnaient une allure séduisante ; Tom Heart, grand et élégant dans son complet souple ; Thayer Newby en T-shirt et pantalon de coton ; Joe Johnston, décontracté dans sa chemise de golf et son costume de serge ; Joshua Valine, au look d'artiste avec sa chemise de jean délavée ouverte sur un maillot de corps blanc et son pantalon ample ; Dianne Dorsey en jupe longue et tricot sans manches. Et, enfin, Jon.

Jon portait une chemise de coton bleu marine aux manches retroussées sur un jean bien ajusté. Ses cheveux sombres étaient mouillés, comme s'il sortait de la douche. S'était-il réveillé tard ? se demanda Sabrina. Avait-il mal dormi, après avoir erré comme une âme en peine dans son château pendant une bonne partie de la nuit ? Elle se répéta qu'elle avait fermé sa porte au verrou. Et que ce n'était pas parce qu'elle n'avait su oublier certaine escapade de jeunesse que Jon s'intéressait encore à elle.

Elle se leva pour se resservir une tasse de café. V.J. la rejoignit devant le buffet et lui tendit sa propre tasse.

— Ah, tu n'as d'yeux que pour notre hôte, à ce que je constate, lui chuchota cette dernière dans le creux de l'oreille tandis que, derrière elles, Jon saluait Camy et Joshua et écoutait leurs recommandations de dernière minute.

— Cet homme m'intrigue, admit Sabrina avec prudence.

— Et, bien sûr, la question demeure : est-il ou non un assassin ? Qu'en pense Susan exactement ? Je doute que pour elle Cassie ait été assassinée. A ses yeux, si Jon a tué sa femme, ce serait plutôt par légitime défense.

Elle s'interrompit pour siroter une gorgée de café.

— Et pour une bonne moitié des personnes ici présentes, ajouta-t-elle, ce serait même un acte de salubrité publique.

— Voyons, mesdames ! protesta Reggie derrière elles. Nous ne devrions pas dire ainsi du mal des morts.

— Même si les morts ont causé beaucoup de mal ? murmura Johnston dans son dos.

— Sabrina, intervint Camy en traversant la pièce pour la rejoindre.

Elle s'arrêta soudain, rougit et se reprit aussitôt :

— Mademoiselle Holloway.

— Non, Sabrina, je vous en prie.

Camy rougit de nouveau.

— Voici votre enveloppe. Elle contient seulement la description de votre personnage. Vous recevrez plus tard des instructions sur la conduite à adopter et sur les lieux où vous rendre.

— Très bien, merci.

— Avez-vous mon enveloppe, très chère ? s'enquit V.J.

Camy la lui donna, avant de tendre la sienne à Reggie.

— Ouille ! s'exclama cette dernière en relevant la tête, un sourire aux lèvres. Je m'appelle la Dame en Rouge et je suis censée être une effeuilleuse repentante.

— Super, grommela de son côté Thayer Newby tout en faisant jouer ses muscles. Je suis JoJo Scuchi, danseur efféminé.

— *JoJo Scuchi ?* répéta Brett en riant.

— Regarde donc un peu ton rôle, rétorqua Thayer.

Brett lut la lettre que contenait son enveloppe et se renfrogna aussitôt.

— M. Buttle, le majordome. Je suis numéro deux sur la liste du *New York Times* et on fait de moi un domestique ! marmonna-t-il.

Sabrina prit connaissance de son propre rôle et pouffa.

— Qui es-tu donc, ma chérie ? s'enquit Brett.

— La Duchesse, chef de chœur de l'église, répondit-elle.

— Oh, comme cela vous va bien, commenta Susan en fixant Brett, vous qui vous êtes enfuie nue de votre suite nuptiale. D'ailleurs, ajouta-t-elle sur un ton pincé, aucun de vous deux ne m'a encore expliqué le fin mot de cette histoire.

Sabrina garda le silence. Si elle avait eu le temps d'apprendre à accepter son passé, elle sentait toujours la colère l'envahir quand on le lui rappelait aussi crûment. Et son ressentiment était d'autant plus vif, en l'occurrence, que Jon avait suivi tout l'échange. Attendait-il donc une réponse de sa part ?

Sans doute pas, car ce fut lui qui remit Susan à sa place.

— Je ne pense pas qu'ils vous doivent la moindre explication à ce sujet, Susan.

Celle-ci ouvrit la bouche, puis la referma aussitôt et redressa crânement le menton.

— Ah, mais Susan, intervint alors Joe Johnston après avoir lu par-dessus l'épaule de Sabrina, la Duchesse dirige le chœur de l'église le jour seulement — car la nuit elle se transforme en biche de haute volée !

— Hé, c'est un sale boulot, mais il faut bien que quelqu'un s'en charge, intervint Brett. Est-ce que le majordome est mêlé à tout ça ? demanda-t-il.

— Un majordome se mêle toujours de tout, vous le savez bien, répliqua Reggie pour le taquiner.

— Je voulais dire : mêlé à cette histoire de sexe.

— Tout le monde avait compris, Brett, rétorqua V.J. en soupirant.

— Vous savez, j'ai toujours rêvé de coucher avec une femme plus vieille, reprit ce dernier.

— Plus vieille que quoi ? s'enquit V.J. avec aigreur.

Il sourit innocemment.

— Mais plus vieille que Mathusalem, très chère. C'est tout vous, ça, non ?

— Comme c'est délicat de votre part ! s'exclama V.J. avec un reniflement de mépris.

Dianne Dorsey éclata soudain de rire, et Sabrina reporta son attention sur elle. Comme toujours, Dianne était en noir, des bottes au pull en passant par la jupe.

— Vous ne devinerez jamais qui je suis, dit-elle.

— Qui ? demanda obligeamment V.J.

— Mary, la sectatrice d'Hare Krishna !

Tout le monde s'esclaffa.

— Et vous, Susan, qui êtes-vous ? voulut savoir V.J.

Susan se raidit et décocha un coup d'œil venimeux à Camy.

— Je suis Carla, la tapineuse à la chtouille.

Les rires reprirent de plus belle. Susan, cependant, n'avait pas l'air amusé du tout. Elle foudroya Camy du regard.

— Vous l'avez fait exprès !

— Sue, on se calme ! intervint Brett.

— Ce n'est pas Camy la responsable, déclara alors Jon, vous le savez bien. Le scénario de la Semaine de l'Enigme est élaboré par des écrivains extérieurs.

Il s'interrompit et soupira.

— D'ailleurs, mon rôle est encore pire que le vôtre, dit-il.

— Ah oui ? s'exclama Susan. Et qui êtes-vous donc ?

— Dick le Dément, répondit-il sèchement. Meurtrier en série qu'est censée avoir guéri sa cousine, Sally la Sadique, psychiatre de son état.

— C'est moi ! s'écria Anna Lee.

— Et moi, énonça V.J., je suis Nancy, la méchante infirmière, engagée par Sally la Sadique pour vous surveiller. Nancy la méchante infirmière..., répéta-t-elle avec un frisson.

— Ça ne vous plaît pas ? articula Joe Johnston en riant. Alors qu'est-ce que je devrais dire, moi ! Je suis Tilly le travesti, mère de Dick le Dément !

— Maman ! s'exclama Jon, déclenchant une nouvelle tempête de rires.

— Oh, non ! gémit Tom Heart en regardant Joe.

— Qu'y a-t-il ? demanda celui-ci.

— Je suis le père de Dick le Dément — ce qui signifie que tu es ma *femme*. Berk !

— Ouais, eh bien, mon chou, tu dors sur le canapé, repartit Joe.

Tandis qu'ils plaisantaient ainsi, Jennie Albright, la gouvernante, aidée de deux jeunes domestiques, apporta des plateaux chargés de victuailles, qu'ils déposèrent sur le buffet.

— Le petit déjeuner est servi, annonça Jon. Pendant le repas, Joshua vous montrera les armes avec lesquelles vous risquez d'être « tués ». Nous attendrons pour cela que tout le monde soit assis.

Tout en discutant et en plaisantant, chacun se prépara une assiette et prit place à table. Sabrina fut heureuse de se retrouver à côté de V.J. plutôt qu'à côté de Susan, mais Brett réussit à rester près d'elle. Il faisait vraiment tout pour qu'ils aient l'air de former un couple.

Jon s'assit à un bout de la table, entre Anna Lee Zane et Thayer Newby. Anna lui dit un mot, et il baissa la tête en souriant. Sabrina ne put s'empêcher de se demander s'il ne s'était pas passé quelque chose entre eux deux, puisque, selon la rumeur, Jon comme Cassandra entretenaient une liaison extraconjugale au cours de la dernière Semaine de l'Enigme. Cependant, beaucoup de ragots relatifs à cet événement étaient pure spéculation. La seule chose définitivement établie était… la mort de Cassandra.

Joshua s'éclaircit la voix et sourit.

— Mesdames, mesdemoiselles, messieurs, déclara-t-il, voici la situation. Dick le Dément est de retour à la maison pour prendre possession, en tant qu'héritier présomptif, des biens de la famille, et ce en raison du décès inopiné — et peu naturel — de son frère aîné, Darryl le Dément. Evidemment, comme c'est lui qui a le plus à gagner dans cette affaire, il est le premier suspect dans la mort de son frère, mais puisqu'il s'agit ici d'une énigme criminelle, ce sera à vous de découvrir qui a effectivement descendu

Darryl le Dément et pourquoi. Tous les gens de la maison ont un passé et cachent un secret, et il apparaîtra finalement que chacun d'entre eux avait un mobile pour vouloir se débarrasser de Darryl. Le ou les meurtriers craignent évidemment d'être dénoncés, aussi vont-ils se mettre à éliminer les autres un par un. Et ils ont de nombreuses armes à leur disposition, étant donné qu'ils sont censés poursuivre leur carnage jusqu'à ce qu'ils soient confondus ou que tous les occupants de la maison aient expiré.

— Très bien, fit Joe. Quelles sont ces armes au juste ?

— Commençons par le pistolet, répondit Joshua tout en leur montrant l'objet. Il tire de la peinture rouge.

Il continua son exposé tout en présentant les armes factices à mesure qu'il les décrivait.

— Le fusil, qui tire aussi de la peinture rouge. Le couteau de chasse, avec son sac de « sang ». L'opinel, l'arc et ses flèches, le vase lesté, le nœud coulant, le poison — qui est en fait du jus de raisin censé vous rendre les lèvres pourpres vingt-quatre heures durant — et, enfin, le chandelier. Voilà, mesdames, mesdemoiselles et messieurs. Des indices ont été disséminés un peu partout dans le château, et des instructions relatives à votre rôle vous seront remises à divers moments de la semaine. Encore un avertissement : le premier meurtre sera commis aujourd'hui même ; aussi tenez-vous tous sur vos gardes. Oh, et puis, ceux qui le désirent, qu'ils soient morts ou vivants, peuvent se retrouver ici chaque soir à 7 heures autour d'un cocktail, et discuter de l'affaire. Le dîner sera servi une heure plus tard. Quelqu'un veut encore un peu de café ? demanda-t-il d'une voix mielleuse.

— Seulement si vous y goûtez d'abord, répliqua sèchement Anna Lee.

— A votre guise, dit Joshua.

Il prit le pot à café sur le buffet, s'en versa une tasse, la but, puis vint remplir la tasse d'Anna Lee. Tout en repoussant ses cheveux blonds en arrière, il se pencha vers elle, une lueur malicieuse dans le regard.

— On n'est jamais trop prudent dans cette maison.

— Je reprendrai bien un peu de café moi aussi, déclara Jon tout en écartant sa tasse. Mais ce soir, après le dîner.

— Un empoisonnement ! s'exclama V.J. avec un frisson. Je comptais bien entamer un régime, mais si je peux me passer de nourriture, je suis en revanche incapable de survivre sans café.

— Et moi sans un bon gin-tonic, renchérit Reggie.

— Non : sans bière, corrigea Brett.

— Ne vous inquiétez pas, intervint Jon, vous pouvez prendre encore du café, des cocktails, de la bière et même de la nourriture sans crainte. Le jeu ne débutera que lorsque nous serons tous sortis de cette pièce. Chacun d'entre nous rejoindra alors sa chambre où il demeurera une heure, le temps que Camy et notre sculpteur émérite s'assurent que les armes qui vous ont été présentées ont bien réintégré leur cachette. Quiconque découvrira celle avec laquelle il doit être tué aura le droit de s'en servir contre le meurtrier. Mais pour le moment, détendez-vous et profitez tranquillement du petit déjeuner.

— Eh bien, dans ce cas, articula V.J. avec une pointe d'accent écossais, je reprendrais bien un toast.

— Et moi du bacon, dit Joe.

— Un autre toast pour moi aussi, V.J., lança Sabrina.

Tout le monde recouvra son appétit, et on se mit à dévorer avec l'ardeur de bûcherons s'apprêtant à entamer une journée de travail. Puis, un par un, ils commencèrent à s'éclipser de la pièce. Sabrina, voyant que Brett traînait encore dans la salle, baissa la tête tout en sirotant son café. Quand elle releva les yeux, elle constata avec surprise que Jon et elle étaient désormais seuls à table. Et que le maître des lieux la dévisageait.

— Je suis vraiment content de te revoir, dit-il enfin d'une voix rauque, le regard fixé sur elle.

A son désarroi, la jeune femme sentit son cœur manquer un battement.

— Merci, murmura-t-elle.

Il se renfonça contre le dossier de sa chaise sans la quitter des yeux. Elle avait l'impression que son regard lui transperçait la peau, et elle se hâta de relancer la conversation pour dissimuler son trouble.

— Alors, s'enquit-elle, c'est toi le meurtrier ?

Il haussa un sourcil.

— Parles-tu du jeu… ou de la vie réelle ?

Elle rougit.

— Du jeu.

— Si j'étais le meurtrier, répondit-il lentement, je ne pourrais pas te le dire. Toi non plus, si tu étais la meurtrière. Ce ne serait pas juste.

Il se pencha vers elle, un sourire amer aux lèvres.

— Et ça ne t'intéresse vraiment pas de savoir ce qu'il en est dans la vie réelle ?

Elle soutint son regard avec l'impression que son petit déjeuner venait soudain de lui tomber dans les talons.

— Jon, je ne suis pas venue ici pour te questionner ni pour te rappeler de pénibles souvenirs.

— Pourquoi pas ? C'est bien ce que font presque tous les autres, mes amis comme mes ennemis. Tu ne veux donc pas connaître la vérité ? Dois-je en conclure que tu m'as fui simplement parce que je ne t'intéressais pas du tout ?

Sabrina était peu disposée à répondre à cette dernière question.

— Si d'aventure tu avais tué Cassandra, reprit-elle, tu ne me le dirais pas non plus, n'est-ce pas ? Il n'y a aucune différence entre le jeu et la vie réelle.

— Oh, si, il y en a une. Il est vrai que, jusqu'à la fin du jeu, je ne pourrai pas te dire si je suis ou non l'assassin. Mais dans la vie réelle… non, crois-moi, je te jure devant Dieu que je n'ai pas tué ma femme. Convaincue ?

— Oui.

Il haussa de nouveau les sourcils.

— Et pourquoi ? s'enquit-il soudain. Qu'est-ce qui te donne une telle confiance en moi ?

— Eh bien…

— Eh bien quoi ? Tu me connais, c'est ça ? insista-t-il sur un ton légèrement moqueur.

— Je ne prétends pas te connaître vraiment, rétorqua-t-elle avec humeur. Mais tu étais loin d'elle quand elle est tombée du…

— Elle a été poussée, corrigea-t-il sur un ton égal.

Sabrina leva les mains au ciel.

— Et comment le sais-tu ?

— Parce que, moi, je connaissais Cassandra. Je la connaissais même très bien. Elle était trop vaniteuse pour se suicider.

A le voir trôner ainsi au bout de l'immense table, le regard sombre et acéré, Sabrina lui trouva l'air d'un seigneur médiéval, maître incontesté et tout-puissant de son domaine. Mais il y avait également une trace d'amertume dans sa voix et, en dépit de la rudesse de ses manières, il semblait avoir été profondément éprouvé par la mort de Cassandra. L'avait-il réellement aimée malgré leurs dissensions ? s'interrogea Sabrina. Ou y avait-il eu une autre femme dans sa vie, une liaison qui avait mal tourné ? A moins que Cassandra elle-même ait compté un autre homme dans sa vie, provoquant chez Jon Stuart un ressentiment durable…

Il la contemplait toujours avec attention, d'un regard dur et pénétrant, comme s'il cherchait à lire en elle, sans vouloir rien lui révéler sur lui-même. Les rides autour de ses yeux s'étaient creusées depuis leur dernière rencontre ; il avait vieilli, et pourtant il était plus attirant que jamais, et Sabrina se sentait comme prise au piège par le magnétisme qui émanait de lui.

Mais elle était elle-même moins naïve que jadis, et elle comprenait bien que, même s'il n'avait pas poussé Cassandra en personne, il pouvait malgré tout être son meurtrier. Bien des gens semblaient d'ailleurs penser qu'il était peu probable qu'il ne l'ait pas tuée…

En attendant, il la regardait toujours, en quête de réponse.

Elle haussa les épaules.

— Hormis la mort de Cassandra elle-même, il n'existe aucun fait établi dans cette affaire, lui rappela-t-elle. Et tu ne peux guère être sûr de ce que tu avances, même si tu connaissais très bien ta femme. Elle a pu simplement trébucher ou glisser. Peut-être était-elle à bout de nerfs. Aucun de nous ne peut prétendre connaître véritablement autrui...

— Cassandra ne s'est pas suicidée, répéta-t-il.

— C'est ce que tu veux croire.

— C'est la vérité.

— Jon, elle avait un cancer.

— Pour lequel elle était soignée.

— Mais c'était une femme, et une femme craint parfois plus que tout de perdre ses cheveux, sa beauté. Peut-être craignait-elle aussi de *te* perdre à cause de sa maladie.

Il secoua la tête avec irritation.

— Elle connaissait déjà son état quand nous nous sommes mariés. Elle m'en a parlé elle-même, elle savait donc que j'étais conscient des épreuves que nous risquions d'endurer ensemble. Elle ne s'est pas tuée. En outre, elle avait un grand sens de l'équilibre. Elle n'a donc pas glissé non plus.

— Par conséquent, elle a été assassinée.

— Exactement.

— Mais par qui ?

Il se pencha de nouveau vers elle. Sabrina pouvait constater sa tension au battement des veines de son cou.

— Quelqu'un l'a tuée, articula-t-il sur un ton âpre, mais ce n'est pas moi. Quant à l'identité de son meurtrier, cela ne te concerne pas. Je ne veux pas que tu sois impliquée là-dedans en aucune manière.

— Mais…

— Pourquoi m'as-tu fui ? demanda-t-il brusquement.

— Comment ? Mais je… je…

— Et ne va pas me dire que c'est trop vieux ou que tu ne sais pas de quoi je parle, la prévint-il.

Elle leva les mains en signe de conciliation.

— Cassandra est venue, je suis partie, voilà tout.

— Pourquoi ?

Sabrina demeura un moment interdite.

— C'était quand même il y a longtemps, articula-t-elle enfin.

— Pourquoi ? répéta-t-il avec insistance.

— Elle affirmait être ta fiancée. Et c'était apparemment le cas.

Il secoua la tête avec humeur.

— Nous avions rompu. Je n'étais plus engagé avec elle. Je te l'ai dit à l'époque.

Elle haussa les épaules.

— N'empêche que tu l'as épousée.

— Plus tard, oui, je me suis marié avec elle. Elle était belle, attirante, et nous nous étions déjà fréquentés. De plus, elle avait peur d'affronter sa maladie toute seule, elle voulait que je sois à ses côtés. Et, oui, c'était aussi une garce ; et, oui encore, cela n'a pas marché du tout entre nous et j'avais l'intention de divorcer.

Une colère étrange altérait sa voix, comme s'il lui faisait ces confidences sous la contrainte, comme si ces paroles lui échappaient contre son gré. Puis son ton changea subitement.

— Et toi ? s'enquit-il avec une grimace comique. Pourquoi t'es-tu enfuie nue de ta suite nuptiale à Paris ?

— Ça aussi, c'est vieux, et puis ce n'est vraiment…

— … pas mon affaire ? Tu as parfaitement raison. Cela ne me regarde pas. Mais j'ai tout de même envie de savoir. Quand du moins tu seras disposée à m'en parler, ajouta-t-il avec un petit sourire.

Sabrina le contempla fixement, surprise de ne pas être offusquée par sa curiosité. Ses questions auraient pu lui paraître indiscrètes, voire choquantes, mais, à son sourire, elle s'aperçut qu'il semblait la comprendre à demi-mot.

— Hé !

Camy Clark venait de les rejoindre et se campa devant eux, les poings sur les hanches.

— Vous êtes censés rester dans votre chambre une heure durant — vous compris, patron ! ajouta-t-elle d'une voix ferme.

— O.K., O.K., on y va, dit Jon.

Il se redressa avec souplesse et fut auprès de Sabrina avant que celle-ci n'ait eu elle-même le temps de se lever. Il tira courtoisement sa chaise. Il émanait de lui un parfum à la fois viril et subtil — mélange de savon et d'une pointe d'après-rasage. Il était toujours pour elle l'homme le plus séduisant et le plus sensuel qu'elle ait jamais rencontré et, sans même qu'il la touche, elle pouvait sentir sa présence dans son dos par toutes les fibres de son être. Elle fut tentée de se retourner pour se jeter dans ses bras.

Naturellement, elle s'en abstint.

Elle se leva, le remercia pour son geste galant et sourit à Camy. Puis elle quitta la salle d'apparat et se hâta de regagner l'étage.

Comme elle s'approchait de la porte de sa chambre, elle le sentit de nouveau derrière elle. Et sut qu'il était là avant même qu'il lui parle.

— Bonne chance, Duchesse.

Elle pivota vers lui.

Son regard sombre était toujours aussi indéchiffrable.

— Bonne chance ?

— Pour attraper le meurtrier.

— Oh, dans le jeu.

— Bien sûr ! De quoi d'autre veux-tu qu'il s'agisse ? Ah oui, j'oubliais : il y a aussi la vie réelle, n'est-ce pas ? s'enquit-il d'une voix très grave.

Il lui parut soudain beaucoup plus proche.

— Tu m'en veux ? demanda-t-elle nerveusement.

— A ton avis ?

Sans lui laisser le temps de répondre, il ouvrit sa porte, la poussa dans sa chambre et lui prit le bras pour l'entraîner sur le balcon.

— Regarde un peu autour de toi, dit-il. Sens-tu ce vent ? Bientôt il deviendra froid et violent. C'est un endroit rude, ici, surtout pour ceux qui le détestent. On pourrait presque croire que c'est le château lui-même qui a eu raison de Cassandra. Il paraît d'ailleurs que l'édifice est hanté. Et maintenant, bien sûr, le fantôme de Cassandra fait également partie de ces murs. Imagine ce qu'elle a dû éprouver là-bas, sur son balcon, alors que le vent la harcelait — ce même vent qui souffle en ce moment. Alors qu'elle contemplait cette terre qu'elle méprisait tant — cette même terre qui s'étend sous nos yeux. Elle a dû avoir un choc terrible en se rendant compte que quelqu'un avait l'audace de s'en prendre à sa vie.

Comme il lui serrait le bras avec violence, Sabrina percevait la colère et la frustration qui l'animaient. Il fixait le paysage d'un regard absent, inconscient du fait qu'il l'acculait d'une poigne ferme contre la rambarde du balcon.

Le cœur de Sabrina se mit à battre la chamade. Et, l'espace d'un moment, elle eut peur. Elle ne connaissait pas cet homme. Avoir couché avec lui n'y changeait rien.

Avec la peur, cependant, courait dans ses veines une singulière chaleur, une sorte d'excitation électrique qui crépitait le long de ses nerfs. Elle aimait le contact de sa main, aimait le sentir si proche d'elle. Elle voulait qu'il reste là ; la tentation de se jeter dans ses bras était plus forte que jamais. Elle éprouvait des émotions si singulières en sa présence. Aucun homme, jamais, ne lui avait inspiré un désir si profond, si obsédant. Elle se répéta qu'elle ne devait plus être naïve, que les femmes qui tombaient amoureuses d'êtres aussi dangereux étaient tout bonnement stupides.

Mais Jon n'avait pas tué sa femme, songea-t-elle une seconde plus tard.

Encore qu'il eût peut-être désiré sa mort.

De toute façon, beaucoup de gens avaient désiré sa mort.

— Imagine un peu, insista-t-il tout en la serrant contre lui et en l'obligeant à se pencher par-dessus la rambarde. Imagine-la penchée ainsi sur le vide…

— Jon !

Il sursauta et recula d'un bond. Sabrina émit un long soupir, et ils se retournèrent de concert vers la porte-fenêtre.

Camy était là, souriante, mais elle secouait la tête avec un certain agacement.

— Jamais le jeu ne pourra commencer si vous vous comportez ainsi !

— Oh, je suis désolé, dit Jon. Bonne chance pour trouver le meurtrier, répéta-t-il à l'adresse de Sabrina. Ça risque d'être une question…

— De vie ou de mort, acquiesça la jeune femme dans un souffle.

Alors, à sa grande surprise, il la prit par les épaules et lui embrassa le front. Puis, rentrant dans la chambre, il regagna le couloir.

Durant un instant, Sabrina demeura immobile. Comme elle se retournait pour le suivre du regard, elle vit que Camy était toujours là.

— Il faut que tout le monde joue le jeu, désormais ! s'exclama celle-ci d'une voix irritée.

Et la porte se referma sur elle avec un petit bruit sec.

6.

Tandis qu'il se dirigeait vers sa chambre à grands pas, Jon sentait que Camy le suivait des yeux, attendant avec impatience qu'il eût refermé sa porte. Il sourit. Elle et Joshua prenaient le jeu très au sérieux, se dit-il. Mais c'était bien pour cela, aussi, qu'il les avait priés de l'organiser plutôt que d'y participer. Car, outre le divertissement et la publicité que ses hôtes devaient en retirer, le projet avait un but charitable, et Jon ne voulait pas d'un autre scandale. Or qui était plus compétent pour s'en occuper que la zélée Camy Clark et le méticuleux Joshua Valine ?

Jon parvint à sa chambre, salua Camy et ferma la porte derrière lui. Une fois seul, il passa de longues minutes à contempler le lit. Pourquoi diable avait-il épousé Cassandra ? se demanda-t-il.

Il alla dans la salle de bains et s'aspergea le visage d'eau froide. Puis, se regardant dans le miroir, il considéra les rides qui lui étoilaient les yeux. Il était plus jeune, mais déjà adulte, quand il avait épousé Cassandra. C'était une manipulatrice-née, capable de se montrer agréable, raisonnable et affectueuse quand cela servait ses intérêts. Pourtant, ce qui l'avait le plus captivé chez elle, et qui le hantait encore maintenant, était qu'elle l'aimait. Non qu'elle lui eût jamais cédé — elle avait au contraire souhaité le plier à ses propres désirs —, mais elle l'avait aimé, oui, du mieux qu'elle avait pu.

Il sortit sur le balcon et contempla la fontaine en contrebas, perdu dans ses souvenirs. En dépit du temps qui s'était écoulé, il éprouvait une douleur réelle en repensant au drame. Pauvre Cassie, songea-t-il. Elle avait tellement aimé la vie, aussi.

Elle ne s'était pas suicidée, il en était absolument sûr. Sa mort avait été considérée comme accidentelle. Et peut-être avait-elle effectivement glissé ou trébuché…

Non, se dit-il aussitôt, ce n'était pas possible ; il se rappelait encore la manière dont elle avait crié son nom… Il se souvenait aussi de la peur qui avait altéré sa voix. Et du fait qu'il n'avait pas été capable de la sauver.

Il se prit soudain à redouter cette nouvelle Semaine de l'Enigme. Il y avait longuement réfléchi, bien sûr, n'avait cessé de soupeser ce projet lugubre trois années durant. Et cela lui avait finalement paru une initiative sensée, raisonnable, quoique effrayante. En tout cas jusqu'à maintenant…

Ce malaise sans fondement avait commencé de l'envahir alors qu'il se trouvait avec Sabrina. Dans sa chambre. Sur son balcon.

Il reporta son attention sur la statue de Poséidon qui avait accueilli Cassandra au terme de sa chute. Il s'était fixé pour objectif d'attraper un meurtrier cette semaine. Et voilà que, tout à coup, il se surprenait à aspirer à un avenir au lieu d'essayer de résoudre les mystères du passé.

C'était cela qui lui faisait peur désormais.

Or la peur rendait les hommes faibles.

Et il ne pouvait se permettre d'être faible.

Entendant un bruit derrière lui, il se retourna. Une enveloppe avait été glissée sous sa porte.

Il la prit, l'ouvrit — et sentit un frisson lui parcourir l'échine.

Le message qu'il venait de recevoir était un avertissement… un avertissement qui n'était pas prévu dans le jeu…

La femme fit irruption dans sa chambre alors qu'il était assis à son bureau, la tête dans les mains.

Il se raidit et leva les yeux vers elle.

Elle avait un regard franchement pervers.

Pointant un doigt sur lui, elle déclara :

— Je sais ce qui s'est passé. Et je sais ce qui se trame en ce moment. Oh, je n'ai aucune preuve, mais j'ai rassemblé les morceaux du puzzle. Une fois que j'aurai révélé la vérité, mon chou, tu pourras dire adieu à ton petit train de vie actuel.

Il demeura un moment interdit, décontenancé. Puis il se ressaisit et soutint son regard sans trahir le moindre sentiment.

— Ce que tu crois savoir importe peu.

— A d'autres ! Je vois bien que tu as une nouvelle passion dans ta vie. Ou peut-être une ancienne. En tout cas, tu commences à tourner tes regards vers l'avenir, n'est-ce pas ?

— Je ne te comprends pas. Que fais-tu ici ? Si tu connais la vérité — ou, plutôt, si tu penses la connaître —, pourquoi ne vas-tu pas la crier sur les toits ?

Son sourire s'élargit.

— Parce que tout est négociable.

— Tu voudrais me faire chanter ?

— Oh, très cher, quel mot dégoûtant ! Non, non, non, il ne s'agit pas de chantage. Je ne souhaite pas te tourmenter jusqu'à la fin de tes jours. Mais j'avoue que j'ai un petit problème de liquidités en ce moment ; tu pourrais peut-être t'arranger…

— Et que se passera-t-il si tu as un autre « petit problème de liquidités » dans l'avenir ?

— Eh bien, mettons que je m'efforcerai d'être raisonnable. Il m'arrive rarement d'être aussi à sec que je le suis maintenant.

— Et la justice n'a rien à voir là-dedans, j'imagine ? Tu te fiches complètement que Cassandra Stuart ait été assassinée ?

— Bien sûr que non. Beaucoup de gens auraient souhaité la pousser de ce balcon. Ils n'ont tout simplement pas eu l'occasion de le faire. Une femme méchante et nuisible est morte. Qui la regrettera ?

— Ceux qui étaient attachés à elle, répliqua-t-il avec colère.

Elle haussa les épaules avec la plus parfaite indifférence.

— Ce n'était pas mon cas. Nous sommes en train de conclure un marché, rien de plus. Et cela ne me troublera pas la conscience plus tard, alors tu n'as pas besoin de t'inquiéter.

— Reste le problème de liquidités.

— Qui est peu susceptible de se poser de nouveau !

— Dis-moi ton chiffre.

Elle s'exécuta.

Il hocha la tête.

Elle sourit et s'en alla — après tout, chacun était supposé demeurer dans sa chambre.

Après son départ, il contempla la porte durant un long moment, submergé par une vague de désespoir. Il était sûr qu'elle aurait un « petit problème de liquidités » au moins une fois l'an — c'était plus fort qu'elle, elle était ainsi. Et si lui-même se trouvait à court d'argent ?

Mais avait-il le choix ?

Oui, bien sûr : il restait une solution…

Seule dans sa chambre, Sabrina s'efforçait de dissiper le malaise qui l'avait submergée. Jon et elle s'étaient trop vite rapprochés l'un de l'autre… et, dans le même temps, il semblait vouloir l'écarter de lui.

Elle appela ses parents, s'enquit de leur santé, demanda des nouvelles de sa sœur, de son beau-frère, du bébé, avant de leur parler d'elle, de leur dire à quel point elle trouvait l'Ecosse merveilleuse. Elle leur assura que les rumeurs sur le compte de Jon Stuart étaient pure calomnie et qu'elle ne courait aucun danger au Lochlyre Castle. Enfin, après s'être excusée de leur avoir téléphoné si tôt, elle les embrassa et raccrocha. Le mieux, pour l'instant, décida-t-elle, était de rester allongée sur son lit et de prendre un peu de repos.

Mais au bout de quelques instants, trop nerveuse pour demeurer immobile, elle se releva et alla sur le balcon. Elle ne put d'abord s'approcher de la rambarde. Cela lui avait semblé si bizarre de se tenir là avec Jon ! songea-t-elle. D'éprouver un soupçon de peur. Pourtant, jamais il ne l'aurait basculée dans le vide ; il n'avait aucune raison d'agir ainsi.

Avait-il eu une bonne raison pour tuer Cassandra ? Question idiote : *tout le monde* semblait avoir eu une bonne raison pour tuer Cassandra.

Elle balaya du regard l'aile opposée du château, jusqu'à la suite de Jon. Peut-être les choses auraient-elles été différentes si elle n'avait pas été aussi jeune quand elle l'avait rencontré. Aussi naïve. Elle sentit son pouls s'accélérer et se mordit la lèvre inférieure, admettant enfin qu'elle avait accepté son invitation pour un seul et unique motif : elle l'aimait encore.

C'était absurde. Voilà trop longtemps qu'ils ne s'étaient revus.

Et puis certains insinuaient toujours qu'il avait bel et bien été impliqué dans la mort de sa femme, quelles qu'aient été par ailleurs les conclusions de l'enquête.

Mais la logique se révélait de peu de valeur en l'occurrence. Elle ne croyait tout simplement pas que Jon avait assassiné Cassandra. Peut-être était-elle encore trop naïve…

Entendant un bruit derrière elle, Sabrina se dépêcha de rentrer dans la chambre. Un message, ses premières instructions, avait été glissé sous sa porte. Elle ouvrit l'enveloppe et lut la lettre.

« Duchesse, allez à la chapelle au crépuscule pour la répétition du chœur. Adressez-vous à la fille rebelle. Montrez-lui la lumière. Trajet vers la chapelle ci-joint. »

Quand elle eut étudié la petite carte agrafée à la feuille imprimée, elle se mit à frissonner.

— Super, marmonna-t-elle. La chapelle est dans le donjon, juste sous la salle des horreurs !

On frappa à sa porte. Elle alla ouvrir et trouva Brett sur le seuil, qui l'attendait en souriant. Il ne la repoussa pas vraiment à l'intérieur, mais se glissa dans la chambre avant qu'elle ait pu l'en empêcher.

— Alors, s'enquit-il, quelles sont tes instructions ? Qu'êtes-vous censée faire, madame la Duchesse ? Seriez-vous par hasard la meurtrière ?

— Je n'ai pas le droit de te le dire. Ça gâcherait le jeu et tu le sais très bien !

— Tu ne devrais rien me cacher, au contraire, répliqua-t-il d'une voix résolue tout en sautant sur le lit.

Il s'y étendit de tout son long, mains jointes sous la nuque.

— Si tu me fais des confidences, reprit-il, je t'en ferai aussi. Comme ça, nous pourrons confondre l'assassin ensemble et former un véritable couple d'enquêteurs. Ensuite, nous n'aurons plus qu'à écrire des romans à quatre mains et devenir fabuleusement riches et célèbres.

— Nous ne sommes plus un couple, Brett.

— Oh, ce n'est pas difficile de remédier à cela. Tu es un peu trop butée, c'est tout.

— Parce que je préfère avoir un mari monogame ?

— Je peux me résoudre à te satisfaire sur ce point.

— Brett, je t'en crois franchement incapable, mais là n'est pas la question. Allez, descends de ce lit.

— Aide-moi donc.

Elle lâcha un soupir irrité en le voyant tendre une main vers elle. Elle la prit pour le redresser.

Il s'empressa de l'attirer contre lui.

— Je t'ai !

Il avait prononcé ces mots avec une telle joie enfantine qu'elle n'eut pas le cœur de se débattre quand il la serra contre sa poitrine.

— Brett McGraff, espèce de..., commença-t-elle en pouffant.

Mais elle ne finit jamais sa phrase, car, à cet instant précis, des coups de feu retentirent.

Brett l'étreignit, les yeux écarquillés.

— Sabrina ! Qu'y a-t-il ? s'écria V.J. en déboulant dans la pièce.

Elle s'arrêta net en voyant le couple enlacé sur le lit.

— Oh ! Je suis désolée. La porte était ouverte, et...

— Quel charmant tableau ! décréta Susan Sharp.

Décidément, songea Sabrina, tout le monde semblait s'être donné rendez-vous sur le seuil de sa chambre !

— Personne n'a rien ?

Sabrina sentit ses joues s'empourprer en entendant cette voix masculine profonde et légèrement grasseyante. Jon Stuart apparut bientôt entre V.J. et Susan.

— Hé, qui s'est fait descendre ? demanda une seconde voix masculine.

C'était Tom Heart, qui venait de passer la tête par-dessus l'épaule de V.J.

— Personne ici, en tout cas, répondit Sabrina avec irritation tout en essayant de repousser Brett.

Mais ce dernier la tenait toujours. Et fermement. Il lui adressa un sourire canaille.

— Pour ma part, déclara-t-il, voilà longtemps que je ne me suis senti aussi bien !

Sabrina serra les dents, réussit enfin à se dégager et se redressa. Tout en remettant de l'ordre dans ses vêtements, elle les examina, ainsi que ceux de Brett, à la recherche d'une éventuelle tache de peinture rouge.

— Non, dit-elle enfin avec une jovialité un peu forcée, ce n'est pas sur nous qu'on a tiré.

— Alors sur qui ? demanda V.J.

— Allons voir, suggéra Tom.

— Que s'est-il passé ? s'enquit une voix autoritaire.

Debout sur le seuil se tenait l'imposant Thayer Newby, la chevelure flamboyante et les poings sur les hanches. Il ressemblait trait pour trait au flic qu'il avait jadis été à Houston, dans le Texas. On aurait dit qu'il était prêt à interroger toutes les personnes présentes dans la pièce.

Au même moment, Dianne Dorsey sortit dans le couloir, bientôt imitée par Anna Lee Zane, deux portes plus loin.

Puis Joe Johnston apparut à son tour derrière Anna Lee.

— Oh, ça, c'est le pompon ! s'exclama Susan.

— Nous étions seulement en train de discuter, protesta Joe avec indignation.

— Ah-ah ! Alors ce sont ces deux-là qui complotaient ensemble ! repartit Susan en pointant un doigt accusateur vers Sabrina.

— Complotaient quoi ? répliqua cette dernière. Il y a eu un coup de feu, mais nous sommes tous vivants, et aucun d'entre nous ne porte de peinture rouge.

— Quel esprit de déduction ! s'exclama Brett en frappant dans ses mains. Nous sommes tous vivants : il fallait la trouver, celle-là.

— Que s'est-il passé ? demanda Joshua à son tour en s'avançant vers eux dans le couloir.

Apparemment, sa chambre se trouvait à l'autre extrémité de l'aile, près de la suite de Jon.

Il regarda autour de lui en fronçant les sourcils.

— Où est Camy ?

A l'instant même où il posait cette question, l'assistante de Jon surgit en haut de l'escalier. Elle consulta sa montre, puis dévisagea les invités réunis dans le couloir voûté.

— Je constate que nous allons devoir surveiller attentivement chacun d'entre vous ! déclara-t-elle. Le temps est à peine écoulé et vous êtes déjà tous sortis de votre chambre.

— Il y a eu des détonations, expliqua Tom Heart. Nous nous demandions qui pouvait être la première victime.

Camy secoua la tête.

— Il me semble que vous faites erreur. Le moment n'est pas encore venu d'utiliser les armes à feu.

— Nous avons pourtant entendu des explosions, insista V.J.

— L'échappement d'une voiture, sans doute, suggéra Camy.

— La voiture de qui ? Nous sommes tous ici.

Camy sourit.

— Il arrive que le facteur ou l'épicier nous rende visite, vous savez. Ce n'est pas le bout du monde, ici.

Ils se dévisagèrent les uns les autres.

— Ce n'était donc pas des coups de feu ? s'enquit Dianne sur un ton perplexe.

— J'aurais pourtant juré que si, intervint Tom Heart. Cela dit, aucun d'entre nous n'a été touché. Il se peut aussi que le meurtrier soit un piètre tireur. N'y aurait-il pas de la peinture rouge sur une des portes ou sur les murs, par hasard ?

Ils secouèrent tous la tête.

— Alors c'est que le bruit a une autre origine, conclut Camy.

— Ça avait tout l'air d'être des coups de feu, insista Thayer Newby en fronçant les sourcils.

Et il s'y connaissait ! songea Sabrina. Il avait été policier pendant vingt ans. Il savait certainement reconnaître une détonation d'arme à feu quand il en entendait une.

Maintenant, il fallait dire aussi qu'aucun d'entre eux n'avait été touché.

Sabrina vit que Jon se contentait d'observer Camy sans l'approuver ni la contredire. Il avait croisé les bras sur sa poitrine.

— J'étais en train de travailler, reprit Dianne.

— Moi aussi, déclara Anna Lee.

— De travailler sur quoi, très chère ? interrogea Susan en jetant un coup d'œil en direction de Joe, qui venait de sortir de la chambre d'Anna.

— Joe a récemment effectué des recherches approfondies avec un ostéologue. Il m'a donné des renseignements très intéressants sur le sujet.

— Ah oui ? fit Susan sur un ton dubitatif.

— N'oubliez pas que nous disposons d'une piste de bowling et d'une piscine chauffée dans le donjon, juste à côté de la salle des horreurs, leur rappela alors Camy. Je dis ça pour ceux qui ne travailleraient pas, précisa-t-elle d'un air innocent.

— Voilà des années que je n'ai pas joué au bowling, déclara Sabrina en regardant V.J., qui s'enthousiasmait d'ordinaire pour ce genre d'activité.

Avec un peu de chance, songea-t-elle, elle pourrait retourner dans le donjon avec V.J. et repérer la chapelle avant que l'heure ne soit venue pour elle de jouer le rôle de la Duchesse.

— Bien ! approuva Camy. Profitez-en.

— A moins que Brett et vous n'ayez été également en train de *travailler*, susurra Susan.

— Ce n'était pas le cas, répondit Sabrina d'un ton égal.

Jon haussa les sourcils à son tour, marmonna qu'il avait un coup de fil à donner et s'éloigna sans autre commentaire.

— Moi, je piquerais bien une tête dans la piscine, s'exclama V.J. Si nous mettions nos maillots ? Comme ça, nous pourrions jouer au bowling, maudire nos rhumatismes le temps d'une partie ou deux, et aller ensuite directement nous détendre dans la piscine.

— Entendu, acquiesça Sabrina.

Elle se retourna pour commencer à se préparer. Et se figea net.

Brett n'avait pas quitté sa chambre.

— Je crois que je vais me joindre à vous, lui lança-t-il d'une voix joviale.

— Les commodités du château sont à la disposition de tous, répliqua-t-elle sèchement, mais en ce cas, tu vas avoir besoin de ton maillot de bain, et je suis sûre que tu ne le trouveras pas dans *ma* chambre.

Il lui pinça la joue.

— Brett…

— En fait, tu m'adores, lui assura-t-il.

Puis il s'éloigna et Sabrina referma la porte derrière elle avant d'en tirer le verrou.

Les écrivains avaient déserté le couloir quand Jon sortit de sa suite pour aller voir son assistante. La chambre de Camy était située près du grand escalier de pierre qui menait au foyer, à la bibliothèque et à la salle d'apparat au rez-de-chaussée.

— Jon, venez par ici, je crois que vous devriez voir ça.

C'était Joshua qui le hélait depuis le seuil de sa chambre. Le sculpteur le fit entrer et lui désigna le grand écran de son téléviseur : une présentatrice météo d'une chaîne de Stirling se tenait devant une grande carte représentant le nord de l'Angleterre ainsi que l'Ecosse. Jon demeura immobile près de Joshua tandis que la présentatrice expliquait avec un grand sourire qu'une tempête venue de l'Atlantique Nord approchait des côtes. Elle avait déjà atteint les îles, recouvrant celle de John o'Groat d'un tapis de neige et de glace, et se dirigeait maintenant vers le sud.

— Qu'en pensez-vous ? demanda Joshua.

Comme sur un signal, le sourire de la présentatrice s'élargit encore.

— Etant donné le régime actuel des vents, expliqua-t-elle, il est difficile de prévoir avec exactitude le trajet de la perturbation, ainsi que sa vitesse, mais il est possible que dans vingt-quatre ou trente-six heures, nous ayons de la neige et du blizzard sur toute la moitié inférieure de l'Ecosse, et ce jusque dans le Yorkshire en Angleterre.

— Je pense qu'il va neiger, répondit Jon. Mais le personnel du château est tout à fait fiable. Nous ne devrions manquer de rien. Cela dit, j'en toucherai deux mots à la gouvernante et je veillerai à ce que nos stocks soient réapprovisionnés, pour le cas où nous serions bloqués par la neige.

— Bonne idée. J'ai pensé qu'il fallait vous mettre au courant.

— Ouais, merci.

Puis, après une brève hésitation :

— Dites-moi, Josh, reprit Jon, Camy et vous travaillez ensemble sur tous les indices et les rôles du jeu, n'est-ce pas ?

— Oui. Pourquoi ?

— Est-ce vous qui m'avez glissé une enveloppe sous la porte de ma chambre ?

Joshua secoua la tête d'un air un peu embarrassé.

— Non, c'était Camy qui distribuait les instructions aujourd'hui, répondit-il en haussant les épaules. Il y a un problème ?

Jon lui montra le message qu'il avait reçu.

Le sculpteur blêmit, puis il secoua la tête.

— Quelqu'un ici joue un sale jeu, grommela-t-il avec humeur.

— On dirait, oui.

— Pensez-vous courir un quelconque danger ?

— Non.

— Mais…

— Laissez tomber, Josh. Et désolé de vous avoir importuné.

— Désolé ! répéta Joshua avec indignation. Mais il faut absolument qu'on sache qui…

— Josh, l'interrompit Jon, je peux régler ça tout seul. Et puis je vous ai invité en tant qu'artiste et ami, pour être le maître de cette cérémonie à but charitable. Ne vous inquiétez pas du reste. Je vous quitte, maintenant, je dois aller voir Camy. Et merci pour le bulletin météo.

Il sortit de la chambre de Josh et alla frapper à la porte de Camy.

— Entrez !

Il ouvrit la porte, s'approcha du secrétaire où elle était assise et jeta devant elle le message.

— Ce n'est pas drôle, Camy. Quelle mouche vous a donc piquée ?

— Mais de quoi parlez-vous ? protesta-t-elle.

Elle le fixa un instant en fronçant les sourcils, puis elle prit la lettre et se mit à la lire.

Son visage devint blanc comme un linge.

— D'après Joshua, c'est vous qui avez rédigé les lettres et qui les avez glissées sous les portes ce matin, dit Jon.

— C'est exact, mais ce message n'est pas de moi. Je vous le jure, Jon. Comment avez-vous pu imaginer que j'en étais l'auteur ?

— Les autres instructions sont du même style ? s'enquit-il sur un ton coupant.

Elle hocha la tête.

— Oui, mais…

— Qui a accès à votre bureau ? Cette feuille provient d'un des blocs de papier du château.

— Eh bien, je suppose que n'importe qui aurait pu s'y introduire à mon insu. Par ailleurs, je vous rappelle qu'il y a des blocs semblables dans un des tiroirs du secrétaire de la bibliothèque. Je crois même que nous en avons mis dans chacune des chambres d'hôtes. Jon, je ne peux vous prouver mon innocence, mais, honnêtement, j'ai vu combien vous avez souffert de tout ça. Vous ne croyez quand même pas que j'aurais…

Elle s'interrompit, ne sachant visiblement comment le convaincre.

Jon sentit la tension le quitter en voyant son air désespéré.

— Non, je ne crois pas que vous puissiez être aussi cruelle, Camy. Excusez-moi. Cela étant, ce papier a été bel et bien glissé sous ma porte.

Elle secoua la tête.

— Ce n'est pas celui que je vous avais préparé. Vos instructions disent — je m'en souviens très bien — : « Vous êtes dément mais malin. Soyez attentif à la suite et tendez bien l'oreille. Evidemment, vous êtes Dick le Dément, ce qui fait de vous un personnage suspect. » C'est tout. Et c'est ce message et lui seul que j'ai glissé sous votre porte.

— Avez-vous aperçu quelqu'un d'autre dans le couloir à ce moment-là ?

Elle secoua énergiquement la tête, et Jon commença à se repentir de sa conduite à son égard ; des larmes mouillaient les grands yeux de la jeune femme.

— Je n'ai vu personne, répondit-elle. Je suis descendue vérifier les dispositions prises pour le dîner, et j'ai allumé ensuite dans la cave — pardon : le donjon. J'oublie sans arrêt que c'est un donjon. Puis je suis remontée ici et j'ai constaté que tout le monde était dans le couloir.

— Bon, murmura Jon. Apparemment, quelqu'un estime que je n'ai pas assez souffert de la mort de Cassie. J'aimerais bien savoir qui a écrit ceci, ajouta-t-il en remettant le papier dans sa poche.

— Certains de vos amis sont un peu excentriques, suggéra Camy sur un ton prudent.

— Certains seulement ? répliqua-t-il en souriant. Ecoutez, si vous remarquez quelque chose de bizarre — à part nos invités, s'entend —, parlez-m'en aussitôt.

Il pivota pour quitter la chambre.

— Jon, articula Camy d'une voix hésitante.

Il marqua un temps d'arrêt et tourna la tête vers elle.

Elle s'éclaircit la gorge.

— Je crois... je crois que Cassie avait effectivement une liaison. Je veux dire : elle vous aimait, du moins à sa façon, mais je pense qu'elle était persuadée que vous ne vous intéressiez plus à elle, que vous fréquentiez quelqu'un d'autre. Et je crois qu'elle aussi fréquentait une autre personne. Voire plusieurs.

Jon haussa les sourcils.

— Et... ?

— Eh bien, si Cassie avait un amant, peut-être celui-ci vous estime-t-il responsable de ce qui lui est arrivé.

Il hocha la tête.

— C'est tout ? s'enquit-il en la voyant hésiter encore.

Elle se mit à rougir.

— Eh bien, si vous aussi, vous aviez une liaison avec une autre personne, peut-être cette personne vous en veut-elle de ne pas avoir officialisé vos rapports après votre deuil. Est-ce que vous... aviez une liaison avec quelqu'un ? demanda-t-elle, gênée.

Jon croisa les bras sur sa poitrine en souriant.

— Camy, je ne suis pas du genre à me vanter de mes aventures. Je ne l'ai jamais été. Et si j'avais eu effectivement une liaison, croyez-moi, très peu de gens l'auraient su.

— Alors ça restreint le nombre de ceux qui auraient pu écrire ce message, suggéra-t-elle sur un ton plein d'espoir.

— Sans doute. Mais vous oubliez que je n'ai pas admis avoir eu une liaison.

— Vous ne l'avez pas nié non plus.

Il se mit à rire.

— Peu importe, Camy. Certains de mes amis sont bizarres — restons-en là.

Il quitta l'appartement de la jeune femme, qui comprenait chambre et bureau, et retraversa le couloir. En chemin, il remarqua soudain une irrégularité dans la surface lisse du mur de pierre. S'arrêtant net, il tendit la main, ébahi, et palpa le joint.

— Doux Jésus...

7.

Le donjon était un lieu extraordinaire.

En fait, se reprit Sabrina, le château tout entier était magnifique, fruit d'un mariage parfait entre l'ancien et le moderne. Au cœur de la bâtisse, dans ce qu'on appelait le foyer, un escalier en colimaçon menait au sous-sol, où l'on débouchait sur un grand couloir. A gauche, plusieurs portes s'ouvraient sur la salle des horreurs, la chapelle et la crypte. A droite, d'autres portes conduisaient à l'espace de détente.

Debout près de V.J., Sabrina contemplait les eaux scintillantes de la piscine chauffée. Des chaises longues étaient disposées autour du bassin et, à l'autre extrémité, trônait un vieux bar modernisé et copieusement garni. Provenant d'un pub du début du siècle, il avait été pourvu d'un évier, d'un réfrigérateur, d'un percolateur et d'un four à micro-ondes. Le centre de loisirs ultramoderne qui s'étendait derrière le bar, et qui comprenait jusqu'à une télé grand écran, était séparé de la piscine par des vitraux anciens.

— Voilà la vraie vie, murmura V.J. en soupirant. J'adore venir aux Semaines de Jon. Quel dommage que la dernière ait connu une fin tragique ! Enfin, je suis heureuse que

Jon ait décidé de renouer avec le monde. Regarde un peu : une piscine dans un donjon !

Sabrina devait admettre qu'il y avait de quoi s'émerveiller. Le château comportait tant d'aspects différents, tant de visages divers. On oubliait parfois son grand âge en parcourant ses couloirs. Toutefois, Sabrina ne pouvait s'empêcher de guetter ici et là une odeur de moisissure ou un courant d'air.

— Ça doit coûter une fortune d'entretenir un endroit pareil, déclara V.J. en baissant la voix comme si quelqu'un risquait de surprendre leur conversation.

— Oui, certainement. Mais Jon doit gagner beaucoup d'argent avec ses livres, non ?

— Oh, il est au top des ventes. Et il paraît que c'est un homme d'affaires avisé. Il gère son portefeuille d'actions avec perspicacité, investit dans nombre de jeunes sociétés informatiques prometteuses. J'ai du mal à croire que Cassie ait pu ne pas être heureuse avec lui.

Sabrina promena son regard autour d'elle, s'attendant à voir surgir les autres — et notamment Brett — pour un moment de détente. Mais elles étaient encore seules dans la grande salle. Trois tables de jeux — deux de billard et une de ping-pong — séparaient la piscine du bowling. Autour d'une cheminée où flambait un feu de bois, fauteuils et causeuses avaient été disposés avec art. L'ensemble était reposant et agréable à l'œil. Pour autant, Sabrina se demandait si elle se serait sentie à son aise dans les profondeurs du château sans V.J. pour lui tenir compagnie.

— Je pense finalement que Cassandra aimait Jon, dit-elle au bout d'un instant. D'après moi, ils ont connu une vie conjugale aussi heureuse que passionnée, et je suis persuadée qu'ils étaient très épris l'un de l'autre malgré les différends qui pouvaient les opposer.

V.J. haussa les épaules.

— Bien des énigmes peuvent être résolues en une semaine, répliqua-t-elle sur un ton léger. L'eau de la piscine me tente trop. Je vais y piquer une tête.

Elle ôta son peignoir en tissu-éponge et se dirigea vers la partie la plus profonde du bassin. Avec une élégance accentuée par ses jambes longues et racées, elle exécuta un plongeon parfait et émergea à l'autre bout de la piscine.

— L'eau est divine ! lança-t-elle à Sabrina.

— Regarde un peu ça !

La jeune femme désignait l'écran de la télévision. On y voyait le pays aux trois quarts recouvert de neige.

V.J. nagea vers le bord du bassin et cala son menton au creux de ses bras sur la surface carrelée pour suivre avec Sabrina le bulletin météo.

— Tu te rends compte ! Tout ce froid dehors, et moi, ici, qui barbote dans la chaleur et le luxe. Vraiment, notre hôte sait vivre !

Elle reprit ses longueurs dans la piscine. Sabrina se débarrassa à son tour de son peignoir et la rejoignit dans l'eau. Après quelques minutes de nage rapide, elle s'arrêta pour se reposer.

V.J. se coula à côté d'elle.

— Cassie ne pouvait être heureuse avec Jon, décréta-t-elle, reprenant le fil de leur conversation. Il suffisait qu'il dise bonjour à quelqu'un pour qu'elle en soit aussitôt jalouse.

Et puis elle détestait cet endroit ; elle cherchait sans arrêt un prétexte pour partir d'ici. Juste avant sa mort…

La voix de V.J. s'éteignit, et Sabrina faillit en hurler de frustration.

— Juste avant sa mort ? répéta-t-elle.

V.J. haussa les épaules tout en lissant ses cheveux mouillés.

— Ils ont eu une horrible dispute au petit déjeuner. Nous en étions au troisième ou quatrième jour de la semaine, je crois. Mon personnage avait déjà été tué — ainsi que quelques autres — et tout le monde passait un merveilleux moment. Susan était insupportable, bien sûr, mais elle s'amusait aussi. Même ses prises de bec avec Cassie la réjouissaient. Et Dieu sait qu'il y en avait !

Ce souvenir la fit rire.

— Et Cassie et Jon ? insista Sabrina.

— Eh bien, poursuivit V.J., Cassie se démenait pour embêter Jon. Elle portait des vêtements scandaleusement indécents, minaudait avec chacun des mâles présents dans le château. En fait, je crois qu'une partie du problème tenait à ce qu'elle n'arrivait plus à mettre Jon en colère.

Elle s'interrompit, les sourcils froncés.

— A vrai dire, je crois qu'au début de leur mariage, Cassie a plus ou moins joué la comédie. Elle réussissait à se montrer gentille et douce, à passer pour l'épouse idéale. Mais elle avait un mauvais fond, et cela devenait de plus en plus évident ; Jon s'est désintéressé d'elle. Je me rappelle qu'un jour elle a essayé de le frapper au menton et qu'il s'est contenté d'intercepter sa main et de la regarder fixement avant de la relâcher. Il ne voulait plus se battre.

J'ai même l'impression qu'il avait déjà cessé de l'aimer depuis longtemps.

— Peut-être, admit Sabrina, mais qui peut connaître avec certitude les sentiments d'autrui, V.J. ?

Cette dernière la regarda d'un air étonné.

— Sabrina, quand quelqu'un est amoureux, ça se lit dans ses yeux. Et, crois-moi, il n'y avait plus du tout d'amour dans ceux de Jon.

— V.J. ! Jamais je ne t'aurais crue aussi romantique ! s'exclama Sabrina pour la taquiner.

V.J. haussa les épaules.

— Personne ne peut savoir les sentiments d'autrui, tu l'as reconnu toi-même.

— Objection ! Avec moi, on peut savoir ! intervint Brett en s'approchant d'elles.

Il ôta son peignoir et apparut en maillot.

— Le monde entier sait que je suis un incurable romantique, déclara-t-il en bombant le torse. N'est-ce pas, V.J. ? Dis-le à ma femme, veux-tu ? Et rappelle-lui aussi que j'ai encore de superbes restes, je te prie.

V.J. considéra tour à tour Sabrina et Brett.

— Désolée, dit-elle, mais j'ai l'impression que ton ex-épouse a eu l'occasion de tâter desdits restes. Et si tu te montrais un peu galant, mon cher ? J'aimerais une vodka-soda avec plein de citron vert dedans. Tu pourrais aller me préparer ça avant de piquer une tête ? Si tu es gentil avec moi, il se pourrait que je trouve quelques mots d'éloge à prononcer en ta faveur.

— Et tu en profiteras pour préparer un autre verre, lui suggéra Thayer Newby en les rejoignant.

Pour sa part, il ne s'était pas embarrassé d'un peignoir ; il était descendu dans un jean coupé aux genoux. Sabrina nota que l'ex-policier était une véritable montagne de muscles. La nuque épaisse, les épaules larges, la poitrine imposante, il avait l'air d'un Hulk à cheveux roux.

Il s'affala sur une chaise longue en souriant.

— Il ne nous manque plus qu'un peu de soleil, déclara-t-il.

— Le soleil ne vient pas jusqu'ici, répliqua Brett, mais tu trouveras un sauna derrière le bar.

— Un sauna ? répéta Thayer. Ça me tenterait bien. Si je me décidais à bouger.

Il releva les yeux vers l'entrée de la piscine, où venait d'apparaître Anna Lee Zane. Elle, en tout cas, n'avait pas besoin de soleil ; son bronzage était déjà parfait. Elle portait un léger caftan blanc par-dessus un Bikini de la même couleur, et elle était éblouissante.

Dianne Dorsey lui emboîtait le pas, revêtue d'un peignoir sombre ouvert sur un superbe maillot de bain.

— On pourrait se prélasser ici toute la journée, dit-elle en s'installant près de Thayer. On se croirait au paradis, un paradis un peu bizarre, certes. Brett, vous qui êtes un si brillant romancier, pourriez-vous également me préparer un verre ?

— Pour moi, ce sera une vodka-tonic, renchérit Anna Lee.

— Hé, protesta Brett, de quoi j'ai l'air, là ?

— Du majordome, monsieur Buttle, lui répondit Jon Stuart en les rejoignant.

Il souriait, mais, dans la lumière étrange du donjon que reflétait l'eau du bassin, Sabrina lui trouvait l'air tendu et malheureux.

— Evidemment, ajouta-t-il, je suis Dick le Dément, et vous n'êtes pas obligé de tenir compte de mon opinion. N'est-ce pas, Sabrina ?

Celle-ci ne s'était pas rendu compte qu'il avait remarqué sa présence dans le bassin. Il la fixa longuement, avec une intensité qui la troubla. Un vacarme de quilles renversées la fit soudain sursauter. Jon, lui, ne cilla même pas, les yeux toujours rivés sur les siens.

— Strike ! s'écria joyeusement Reggie.

Sabrina prit alors conscience que Tom Heart et Joe Johnston étaient eux aussi descendus. Ils avaient visiblement préféré entamer une partie de bowling.

— Alors, Sabrina, reprit Jon, permets-tu que je te prépare un verre ?

Jon, lui, avait plus que de beaux restes. C'était un homme fascinant, avec ses épaules magnifiquement découplées, sa taille mince et souple, ses jambes longues et galbées. Sabrina ne put s'empêcher de l'admirer, perdue dans ses souvenirs…

Elle se força finalement à croiser son regard, résolue à décliner sa proposition.

— Un gin-tonic, s'il te plaît, s'entendit-elle alors murmurer.

Mais il connaissait ses goûts et avait commencé à se diriger vers le bar.

Elle traversa le bassin pour ressortir de l'eau par la rampe inclinée. Tom Heart, qui avait abandonné les joueurs de bowling, lui présenta une serviette. Puis, galant homme, il en drapa une autre autour des épaules de V.J. qui émergeait à son tour de la piscine. Sabrina se dirigea vers le bar, où se trouvaient déjà Dianne, Thayer et Anna Lee. Tous trois riaient aux éclats en suivant la controverse amicale qui opposait Brett et Jon sur l'art de préparer le Martini.

— Mélangé, pas secoué, affirmait le second.

— Oh, allons, protestait le premier, tout cela c'est des coquetteries d'Anglais. Tiens, voilà la méthode ! ajouta-t-il en agitant un shaker. Comme ça, la glace fond un peu, juste ce qu'il faut pour rafraîchir l'alcool à point !

— A propos de glace, lança Jon à la cantonade, je crains que nous ayons droit à un temps épouvantable d'ici peu. Je suis d'ailleurs tenté de remettre la Semaine de l'Enigme et de nous transporter tous à Stirling...

— Comment ? l'interrompit Tom. La fête va être remise ?

— Moi, en tout cas, je ne bouge pas d'ici, renchérit V.J. Enfin quoi, Jon, je suis venue de Californie uniquement pour participer à la Semaine. Ce n'est pas un peu de neige qui m'y fera renoncer.

— Je ne partirai pas non plus, vieux frère, déclara Thayer d'une voix ferme. Je suis loin d'être aussi riche que toi et j'ai bien l'intention de profiter de tout ce luxe jusqu'au bout !

Jon hésita.

— J'ai comme un mauvais pressentiment...

— Oh, Jon..., dit Reggie en les rejoignant. Et moi qui croyais que tu avais organisé cette réception pour te prouver que tu avais surmonté ta peine. Non, mon petit, ajouta-t-elle avec chaleur, nous resterons tous ici auprès de toi. D'ailleurs, nous nous amusons beaucoup, et puis c'est pour la bonne cause.

— La chute de Cassie, intervint alors Dianne Dorsey avec fermeté, c'était un accident, rien qu'un accident. Le médecin légiste l'a confirmé.

— Exactement, Jon, renchérit Anna Lee d'une voix vibrante d'émotion.

Sabrina remarqua la passion qu'elles mettaient toutes deux à l'encourager, et ne put s'empêcher de songer que l'une comme l'autre avaient peut-être eu une liaison avec lui. Et que l'une comme l'autre pouvaient également avoir détesté Cassandra.

Jon secoua la tête.

— Merci, mais mon inquiétude n'est pas seulement liée à des souvenirs douloureux. Pas plus qu'à la neige, du reste. Vous vous rappelez les coups de feu que nous avons entendus ce matin ?

Tout le monde hocha la tête.

— Eh bien, j'ai trouvé une balle fichée dans un des joints du mur du couloir.

— Hein ? s'exclama Thayer.

— Jon, répliqua Reggie, ce château est très vieux, plus vieux que moi, même ! Peut-être…

— Ce n'était pas un projectile d'époque, Reggie. C'était une balle moderne.

Tom Heart secoua la tête avec perplexité.

— Alors cela fait partie du jeu, dit-il.

— Non, rétorqua Jon avec une certaine irritation, cela ne fait pas partie du jeu. Il s'agit d'une balle réelle.

— On a envie de corser un peu l'énigme, Jon ? s'enquit alors Joe avec un sourire entendu tout en caressant sa barbe broussailleuse.

— Et il sait de quoi il parle, renchérit V.J. Jon, as-tu jamais songé à devenir acteur ?

— Mes amis, reprit ce dernier, je vous dis et vous répète qu'il s'agit d'une vraie balle qui a été tirée dans le couloir, et qu'elle aurait pu blesser quelqu'un, voire le tuer. Promis, précisa-t-il sur un ton lugubre.

— Bon, soit, convint Joe, peut-être l'un d'entre nous est-il assez bête pour s'être muni d'une arme en prévision de son séjour ici — et assez malin pour avoir passé le contrôle de l'aéroport avec. Mais, pour ma part, je refuse de voir cette Semaine de l'Enigme gâchée sous prétexte que cet imbécile a appuyé par mégarde sur la détente de son flingue dans le couloir.

Tandis qu'il prononçait ces paroles, on aurait dit que Joe s'était soudain confondu avec le détective privé pragmatique et décidé de ses romans.

— Très bien, dans ce cas, qui a tiré ? demanda Jon en regardant tour à tour toutes les personnes présentes.

Nul ne se dénonça.

— Eh bien ? insista-t-il.

— Quelqu'un d'autre que toi veut corser l'énigme, voilà tout, proposa Joe. Et puis je te rappelle que personne n'a été blessé.

— Une balle a perforé le mur, rétorqua Jon d'une voix égale.

— Peux-tu être absolument certain qu'elle n'était pas là depuis un moment ? s'enquit Thayer Newby sur le ton qu'il devait employer lorsqu'il cuisinait un suspect au Q.G. de la police.

— Je m'y connais en balles et en armes à feu, répliqua Jon.

— J'y jetterai tout de même un coup d'œil, reprit Thayer. Et je pense, moi aussi, que l'un d'entre nous a tout bonnement voulu ajouter un peu de suspense à la Semaine de l'Enigme.

— S'il vous plaît, Jon, intervint Dianne, nous nous amusons trop. Il ne faut pas que ce qui est arrivé la dernière fois vous rende paranoïaque. Cassie ne s'est pas suicidée. Elle était très belle, mais personne n'est à l'abri d'un faux pas. Elle est tombée, Jon. Elle est tombée, vous avez connu l'enfer et ça s'arrête là. C'était il y a longtemps, nous passons aujourd'hui un séjour merveilleux chez vous et nous vous en voudrions tous beaucoup de nous forcer à repartir d'ici !

— Elle a raison, approuva Anna Lee.

— Je m'inquiète simplement pour vous et...

— Jon Stuart, vous n'allez tout de même pas jeter une vieille dame à la rue ! l'interrompit Reggie avec indignation.

Et Jon s'estima vaincu. Sabrina vit son expression changer tandis qu'il considérait son aînée. Il lui prit la main et y déposa un baiser.

— Jamais, au grand jamais, Regina, je ne songerais à vous jeter à la rue.

— Mon cher petit ! s'exclama celle-ci avant de se pencher par-dessus le bar pour l'embrasser.

Jon reposa le cocktail qu'il était en train de préparer.

— Très bien, mes amis, restons-en là. Mais si d'autres incidents devaient se produire ou que le temps s'aggravait jusqu'à constituer un réel danger, alors ce serait la fin du jeu.

Il se versa une copieuse rasade de bourbon et la but d'un trait.

Anna Lee sourit et se pencha à son tour par-dessus le bar pour l'embrasser — mais sur les lèvres, cette fois-ci.

— Oh, il était chaud, celui-là ! s'exclama Brett. Bon, moi aussi, je suis ravi que la fête continue, mais ne compte pas sur moi pour un baiser, Jon.

— Je te jette aux oubliettes si jamais tu t'avises de me toucher ! riposta ce dernier.

Tout le monde s'esclaffa.

— Et moi ? demanda alors Dianne Dorsey. Me jetterez-vous aux oubliettes ?

Et, à son tour, elle l'embrassa sur les lèvres.

— Hé, mesdames, moi aussi, je tiens le bar, leur rappela Brett. Mais ne vous battez surtout pas pour venir m'embrasser !

— Mon garçon, tes lèvres sont sans doute celles qui ont le plus servi dans toute l'histoire du monde, déclara V.J. d'une voix traînante.

— Oh, ne soyons pas bégueule, repartit Anna Lee, qui embrassa Brett à son tour.

— Voilà qui est mieux ! dit celui-ci. On est décidément très bien reçu chez toi, Jon.

Ce dernier inclina la tête avec un sourire.

— Ma maison est la tienne.

— Une maison ! s'exclama Susan. Il appelle ça une maison !

Sabrina ne savait au juste pourquoi, mais elle éprouvait soudain l'envie d'être loin de cette assemblée, loin de ces plaisanteries.

Et loin des lèvres trop expertes.

Elle se sentait étrangère parmi tous ces gens. Ils se connaissaient depuis plus longtemps qu'elle ne les connaissait elle-même — et bien mieux. Ils étaient tous là quand Cassandra était morte. Ils semblaient former un clan, un clan auquel elle n'appartenait pas. Et elle se sentait soulagée de ne pas être tout à fait des leurs. Elle avait besoin de se tenir un peu à l'écart de leur groupe, de reprendre contact avec la réalité.

Jon avait achevé de préparer son gin-tonic ; elle avisa le verre sur le bar. Cependant, elle préféra s'éclipser discrètement et remonter dans sa chambre.

Elle se doucha, se lava les cheveux et s'enroula dans une serviette avant de se pelotonner sur le lit pour appeler sa sœur. Tammy était de deux ans sa cadette. Alors qu'elle étudiait l'archéologie, elle avait épousé un de ses professeurs, et rien ne les réjouissait plus, l'un comme l'autre, que de fouiller la terre à la recherche de vieilles reliques — sinon leur nouveau-né, Tyler Delaney. Quoique heureuse et comblée, Tammy se sentait aussi un peu à l'étroit dans son rôle de mère et elle avait hâte de tout apprendre sur le séjour de sa grande sœur en Ecosse.

— Tu t'amuses bien, là-bas ? s'enquit-elle cette fois-ci.

— Oui, bien sûr. Pourquoi cette question ? demanda Sabrina.

— Eh bien, tu as déjà téléphoné à maman. Et maintenant c'est moi que tu appelles. Tu dois quand même avoir mieux à faire que de papoter avec nous. Alors, dis-moi, qu'est-ce qui ne va pas ? Aurais-tu des problèmes avec le seigneur et maître en personne ?

— Qui ça ?

— Oh, ne joue pas l'innocente avec moi, je te prie. Tu sais très bien de qui je veux parler : Jon Stuart. Le beau, le grand, le ténébreux. Le roi du mystère à l'accent distingué. La liaison éclair de ta vie. Alors, a-t-il oui ou non buté sa superbe garce de femme ? As-tu appris du nouveau à ce sujet ?

Sabrina demeura un instant interdite.

— Il a été lavé de tout soupçon, tu sais, répondit-elle enfin.

— Beaucoup de criminels ont été acquittés avant lui. Ça ne les rendait pas innocents pour autant.

— Non, je ne crois pas qu'il l'ait tuée, déclara Sabrina avec fermeté.

— Oooh… Si tu t'entendais ! Le feu couve toujours sous la cendre, hein ? Il est toujours beau, grand, ténébreux et totalement irrésistible ? Dans ce cas, dis-moi un peu ce que tu fais là, au téléphone, au lieu d'être avec lui ?

— Tout le monde est en bas, à la piscine — enfin, dans le donjon. Et Jon a annoncé qu'il pensait mettre un terme à la Semaine de l'Enigme après avoir trouvé une balle dans le mur du couloir qui longe nos chambres.

— Eh bien, répliqua Tammy, cette semaine mérite son nom. Mais ce n'est pas ainsi que ça se passe, d'habitude ? Avec des indices disséminés un peu partout dans le château ?

— Si, mais, d'après lui, cette balle n'a rien à voir avec le jeu.

— Et s'il mentait ?

— J'en doute. Il voulait que nous repartions tous chez nous. Reggie Hampton — une vieille dure à cuire qui écrit d'adorables romans policiers où un chat est à l'honneur — a refusé tout net.

— Et toi ? demanda Tammy. Tu ne crois pas qu'il serait préférable que tu rentres ? Tes coups de fil à ta famille doivent coûter cher à ton hôte.

— Très drôle. Tu veux peut-être les rembourser ?

— Et ton ex, au fait, comment va-t-il ? Car il est là-bas lui aussi, n'est-ce pas ? Sincèrement, je dois t'avouer que je suis jalouse de toi. Je suis là à préparer la bouillie de bébé, à changer ses couches, j'ai les seins aussi énormes que des pastèques, et toi tu te pavanes en Ecosse au milieu de la jet-set. C'est pas juste. En plus, maman t'a toujours préférée à moi.

Sabrina s'esclaffa en entendant cette vieille plaisanterie et se félicita aussitôt d'avoir téléphoné à Tammy.

— Maman ne m'a jamais préférée à toi, lui assura-t-elle.

Tammy et elle s'étaient disputées comme chien et chat durant toute leur enfance mais, désormais, Tammy était sa meilleure amie, et la seule personne qui, à part Jon et elle-même, savait qu'elle avait eu une liaison éclair avec ce dernier.

— Alors, répéta Tammy, comment va Brett ?

— Bien. Il est à la piscine, lui aussi, et se plaint d'être moins embrassé que Jon.

— Ah, marmonna Tammy, je vois. Tous les autres écrivains — les femmes, s'entend — sont en bas dans le donjon à embrasser le beau grand ténébreux et tu es jalouse. Donc tu es remontée dans ta chambre pour appeler la maison.

— Ne sois pas idiote, protesta Sabrina. Je voulais avoir des nouvelles de Tyler.

— Notre magnifique rejeton se porte comme un charme. Pour l'instant, c'est un ange, puisqu'il dort tout le temps. J'attends en ce moment qu'il se réveille.

— Et tu crois que tu mérites un bébé aussi mignon ? demanda Sabrina pour la taquiner.

— Oh, mais je le paie cher. Si ça continue, il va falloir que j'interrompe sa sieste : j'ai les seins tellement gonflés que je pourrais tuer quelqu'un avec un jet de lait. Mais revenons-en à toi et à M. Enigme. Et là, écoute-moi bien, car je vais être sérieuse : pourquoi ne prends-tu pas carrément le taureau par les cornes ? Couche avec ton beau grand etc., et tu sauras si ta passion pour lui est réelle ou non. Seulement, n'oublie pas que c'est la Semaine de l'Enigme et assure-toi que ton partenaire est celui que tu crois. Ne va surtout pas coucher avec un inconnu !

Sabrina se surprit à éprouver un sourd malaise. Cette plaisanterie dans la bouche de sa sœur semblait faire écho aux propos que lui avait tenus Brett dans la salle des horreurs.

— Je suis ici en qualité de romancière, pour participer à une opération caritative, Tammy, lui rappela-t-elle.

Mais alors même qu'elle prononçait ce mensonge, elle se figea, certaine d'avoir perçu un léger déclic dans l'écouteur du combiné.

Quelqu'un espionnait-il donc leur conversation ?

— Sabrina ?

— Oui, je suis toujours là, répondit-elle à voix basse.

Elle ignorait pourquoi, mais elle éprouvait de nouveau cette profonde sensation de malaise. Une sensation singulièrement proche de la peur.

Le Lochlyre Castle était une grande maison — ou plutôt un grand château — et il disposait certainement de plusieurs lignes téléphoniques, mais il n'y en avait peut-être qu'une seule pour toutes les chambres d'hôtes. Quelqu'un avait simplement dû surprendre par mégarde leur conversation et raccrocher aussitôt, se dit-elle.

Alors pourquoi avait-elle la certitude d'avoir été écoutée de bout en bout ?

— Embrasse mon neveu de ma part, conclut-elle précipitamment. Bisou. Je te rappellerai bientôt.

— O.K., amuse-toi bien !

Sabrina contempla le combiné un moment, puis le reposa sur son support. Et, brusquement, elle eut l'impression désagréable que quelqu'un se tenait derrière elle. Elle se retourna d'un bond sur le lit.

Elle était seule dans la pièce, mais la porte-fenêtre donnant sur le balcon était ouverte.

Elle maintint sa serviette plaquée contre sa poitrine et se rua dehors.

Il n'y avait pas là âme qui vive.

C'est alors qu'elle aperçut Jon, debout sur son balcon. Elle fut soulagée de le voir. Lui aussi, pensa-t-elle, avait laissé les autres et était remonté dans sa chambre. Bon, soit, admit-elle en elle-même, elle avait éprouvé de la jalousie. Et peut-être un sentiment d'infériorité en découvrant que beaucoup d'autres femmes aussi belles, attirantes et intelligentes qu'elle-même — sinon plus — gravitaient autour de lui. D'ailleurs, la rumeur affirmait qu'il avait eu une liaison au moment de la mort de Cassandra et, dans ce cas, sa maîtresse d'alors devait être une des invitées...

Cette pensée lui fit mal. Tel un couteau planté dans son ventre. Elle contempla Jon, se demandant à quoi il songeait, lui...

Puis elle s'avisa qu'elle était à moitié nue sur le balcon.

Avec un peu de chance, il ne l'avait pas remarquée, se dit-elle avec espoir.

Espoir vite déçu, car il leva une main pour la saluer.

Elle lui rendit son salut et opéra une retraite précipitée dans sa chambre, où elle s'empressa de se rhabiller.

En tout cas, songea-t-elle, puisque Jon était sur son balcon, il ne pouvait en même temps être dans sa chambre. Elle était seule, un point c'est tout. Certes, la porte-fenêtre du balcon était ouverte, mais personne ne se trouvait là et, si exceptionnels que fussent les écrivains invités à la Semaine de l'Enigme, elle doutait qu'aucun d'entre eux eût la capacité de voler.

Bien sûr, se reprit-elle, Jon pouvait avoir espionné sa conversation avec sa sœur sur le téléphone de sa chambre…

Non, corrigea-t-elle, cela ne lui ressemblait pas. S'il s'était par mégarde retrouvé sur la même ligne qu'elles, il se serait excusé et aurait aussitôt raccroché.

Oui, c'est sûrement ce qu'il aurait fait. Mais comment pouvait-elle en être certaine ? N'avait-elle pas de lui une image un peu trop conforme à ses désirs ? En fait, à bien y réfléchir, elle ne le connaissait pas du tout. Et puis tant de temps avait passé…

Peut-être était-il réellement un inconnu pour elle.

De plus, beaucoup d'événements bizarres se déroulaient entre ces murs…

« Arrête ! se sermonna-t-elle. Habille-toi plutôt, et prépare-toi à tenir ton rôle dans la Semaine de l'Enigme. »

Le ciel s'assombrissait et le crépuscule approchait. L'heure était venue pour elle de descendre à la chapelle.

Elle adorait la salle des horreurs.

C'était tellement bon.

Les figures de cire étaient si réalistes, leur frayeur si vive. Dans les profondeurs du donjon, sous cet éclairage diffus, c'était comme un monde secret où les criminels célèbres pouvaient ressusciter. Les cris muets de leurs victimes y étaient presque audibles.

Tout en déambulant lentement d'une scène à l'autre, elle éprouvait un agréable sentiment de puissance.

Personne ne savait.

— Par ici !

Elle pivota sur elle-même à cet appel chuchoté, frémissant d'une peur délicieuse.

Un instant, rien qu'un instant, elle avait cru qu'une des figures s'était animée, que Jack l'Eventreur rôdait dans le donjon ou qu'un des bourreaux de cire lui cherchait querelle.

La pâle lueur gris-pourpre était si étrange.

Les statues si réalistes.

Elle pouvait sentir son cœur cogner dans sa poitrine.

Quelqu'un se déplaçait furtivement dans l'obscurité... A l'affût ?

Puis elle entendit murmurer son nom, et de délectables frissons lui traversèrent l'échine. C'était lui. Il était venu.

Quand elle le vit, elle se mit à courir vers lui, intriguée par son expression affolée.

— Elle sait ! hoqueta-t-il. Elle sait et elle veut nous faire chanter. Oh, Seigneur, je ne sais pas comment l'arrêter. Je ne...

Elle l'entoura de ses bras pour le forcer au silence, l'apaiser.

— Raconte-moi tout.

Il s'exécuta. Il tremblait en parlant. Il avait peur. Peur pour leur avenir, peur pour elle. Jamais elle n'avait été autant aimée.

— Mon Dieu, je ne pourrais pas supporter que...

— Chut, chut, mon amour ! l'interrompit-elle. Tout va bien se passer.

— Mais je ne sais pas quoi faire !

Elle sourit et secoua la tête.

— Moi si, répondit-elle à voix basse. Ne t'inquiète pas.

Elle le serra contre elle et contempla les scènes autour d'eux — les bourreaux encapuchonnés, les assassins masqués. Elle sourit une nouvelle fois et lui caressa les cheveux.

— Ne t'inquiète pas, répéta-t-elle. Je sais, moi, ce qu'il faut faire.

8.

Le château était décidément immense, songea Sabrina tout en descendant l'escalier principal qui menait au foyer. Elle savait que dans ses murs, ici et là, grouillait une foule de gens, invités et membres du personnel ; pourtant, alors qu'elle se hâtait vers le rendez-vous qui lui avait été fixé, elle ne croisait personne. Et elle trouvait cela troublant.

Parvenue sur le palier, elle emprunta la volée de marches en colimaçon qui descendait jusqu'au donjon. Jusqu'alors, elle ne s'était pas inquiétée à l'idée que les autres soient à la piscine. Mais maintenant…

Se détournant de l'espace de loisirs où s'ébattaient ses amis, elle parvint devant une lourde porte de bois à double battant ornée de ferrures en cuivre, et marqua une pause. Cette porte était ouverte durant la Semaine de l'Enigme, pour permettre l'accès à la salle des horreurs. Des projecteurs éclairaient les scènes créées par Joshua Valine d'un étrange halo mauve qui semblait reléguer l'entrée dans un brouillard digne d'une nuit sans lune. La jeune femme frémit, puis elle crut percevoir une présence dans la salle.

— Il y a quelqu'un ? s'enquit-elle d'une voix qui lui parut très forte.

Elle fit un pas en direction de la scène qui représentait Jack l'Eventreur et sa dernière victime, Mary Kelly. Et s'arrêta de nouveau en se mordillant les lèvres. Mary Kelly avait réellement les traits de Susan Sharp, se dit-elle. Manifestement, le sculpteur avait un curieux sens de l'humour — ou de l'esthétique. Après tout, il était censé apprécier la jeune femme, et cela ne l'avait pas empêché de la vouer au supplice du chevalet. Mais il était vrai aussi que les autres femmes de la salle n'avaient guère droit à un sort plus enviable.

Entendant un bruit derrière elle, comme un déplacement d'air, elle se retourna d'un bond.

— Ohé ! Qui... ?

Elle s'interrompit aussitôt et regarda autour d'elle. Personne. Camy Clark, ligotée sur le bûcher de Jeanne d'Arc, levait les yeux au ciel. Elle-même était étendue sur le chevalet. Joe Johnston, rasé et coiffé de la perruque blanche de Louis XVI, se tenait face à la guillotine en compagnie d'Anna Lee Zane en habits de Marie-Antoinette. Tous paraissaient incroyablement réels, et on aurait dit qu'ils avaient suspendu leur mouvement à l'instant même où Sabrina s'était retournée.

Elle recula d'un pas, parcourue de frissons. Et faillit hurler en croyant sentir quelqu'un dans son dos. Puis elle s'aperçut qu'il s'agissait seulement des bottes de paille disposées au pied du bûcher de Jeanne d'Arc.

« Allons, se dit-elle, reconnais simplement que cet endroit te fiche la trouille. » Personne n'était là à l'épier, même s'il lui avait semblé percevoir une présence, le regard de quelqu'un posé sur elle. En fait, seules les figures de cire étaient en train de l'« observer ». Toutes les figures, avec leurs yeux de verre au regard pénétrant.

Sabrina n'avait pas l'intention de courir. C'est pourtant ce qu'elle fit.

Et, tandis qu'elle hâtait ainsi le pas, elle eut l'impression d'entendre un rire. Un rire bas et chuchoté, aussi fugace qu'une brise légère.

« O.K., je perds complètement mon sang-froid, c'est entendu. » Et elle se précipita vers une autre porte qui donnait dans la salle, estimant que cette issue devait mener à la chapelle.

Elle se rendit vite compte qu'elle s'était trompée : elle venait d'entrer dans la crypte.

Sur le sol et les étagères en pierre reposaient des sarcophages sculptés, ornés d'anges, de croix et de têtes de mort. Sabrina eut le sentiment d'avoir pénétré dans les catacombes d'une grande cathédrale, comme si la crypte s'étendait sous une aile entière du château, avec son lot de trépassés. Pourtant, seule l'entrée où se trouvait Sabrina était éclairée — une lueur diffuse qui montrait au visiteur insouciant la nature exacte du lieu où il venait de s'introduire. Celui-ci n'avait cependant rien d'effrayant ; on n'y voyait aucun cadavre en décomposition, aucun crâne, aucun os traînant sur les étagères. Si elle n'avait pas été seule, songea Sabrina, l'endroit l'aurait sans doute fascinée et elle aurait souhaité en savoir plus sur l'histoire et les œuvres d'art de la crypte. Quant à Tammy, elle aurait été littéralement enchantée de visiter les lieux.

Mais voilà, Sabrina était seule, terrifiée, et elle avait de nouveau la chair de poule. Elle s'apprêtait à rebrousser chemin quand elle avisa un sarcophage de pierre, posé à même le sol, en face d'elle. Sur le cercueil, on avait placé une croix de cuivre flambant neuve et une couronne de fleurs fraîches. Elle remarqua alors que celle-ci portait une inscription. Elle s'approcha du sarcophage pour la déchiffrer.

« Repose en paix dans l'amour du Seigneur, chère Cassie. »

Sabrina recula aussitôt, décontenancée et mal à l'aise. Elle n'imaginait pas trouver le tombeau de Cassandra Stuart ici même, dans le château où elle était morte.

Envahie soudain par l'impression que la crypte se refermait sur elle, elle tourna les talons et se hâta de sortir. Elle referma la porte massive derrière elle et, tandis qu'elle en repoussait les battants, elle fut certaine d'entendre de nouveau un éclat de rire.

— Ressaisis-toi, bon sang ! se tança-t-elle avec colère.

A supposer que les figures de cire soient en train de s'animer, se dit-elle, elles n'avaient tout de même pas la capacité de se frayer un chemin jusqu'à la crypte. Cet endroit était tout bonnement effrayant.

— Le décor parfait pour Halloween, chuchota-t-elle, irritée — avant de se rendre compte que c'était aussi, évidemment, un décor parfait pour la Semaine de l'Enigme.

D'autres Semaines de l'Enigme avaient eu lieu avant la mort de Cassie, se rappela-t-elle alors, et d'autres se dérouleraient dans l'avenir. Elle-même, Sabrina Holloway, était auteur de romans à suspense et, à ce titre, elle était supposée apprécier comme les autres ce genre de décor.

Elle s'adossa contre la porte de la crypte.

— Ben voyons, murmura-t-elle, je peux à peine contenir mon enthousiasme…

Elle se redressa et se dirigea vers la troisième porte qui donnait dans la salle et qui, pensait-elle, menait à la chapelle.

Cette fois, elle avait raison.

Jetant un coup d'œil à l'intérieur, elle la trouva magnifique avec ses voûtes, son autel et ses antiques bancs de pierre. Ses murs étaient ornés de vitraux éclairés par-derrière, qui représentaient le chemin de croix. Entre les stations du calvaire étaient disposés des tombeaux surmontés de gisants, ceux des rares Stuart qui reposaient en ces lieux plutôt que dans la crypte. La chapelle semblait d'une propreté impeccable, sans aucune trace de poussière ou de toile d'araignée. Des cierges fichés dans de somptueux chandeliers brûlaient sur l'autel ainsi qu'à l'extrémité de chacun des bancs.

Sabrina se tourna vers l'autel. Alors qu'elle s'en approchait, elle entendit des pas dans son dos et pivota aussitôt sur elle-même, craignant de se mettre à hurler si elle découvrait une nouvelle fois qu'elle était seule.

Cependant elle aperçut Dianne Dorsey qui, moulée dans une robe noire, ses cheveux d'ébène impeccablement coiffés, s'avançait vers elle, le sourire aux lèvres.

— Comme je suis contente de vous voir ! s'exclama-t-elle.

— Et moi donc, répondit Sabrina en lui rendant son sourire.

— Etes-vous la meurtrière ? s'enquit Dianne avec anxiété.

Sabrina s'esclaffa.

— Je ne suis pas censée vous le dire.

— Si c'est vous, je serai la première à être éliminée.

— Et réciproquement.

— Oui, admit Dianne. Ce sont vos instructions qui vous ont menée jusqu'ici ?

Sabrina hocha la tête.

— Je dois rencontrer « la fille rebelle » — en d'autres termes, une de mes choristes.

Dianne éclata de rire à son tour.

— Eh bien, si le jour je suis Mary, la Hare Krishna, il se trouve que la nuit venue je deviens un membre actif de votre réseau clandestin de call-girls.

— Oh, non ! Vous voulez dire que vous êtes une choriste dévoyée ?

— Oh, j'imagine que ma voix est aussi angélique que celle des autres, mais si j'en crois mes instructions, je vais être réprimandée pour avoir manqué le dernier « rendez-vous » que vous aviez arrangé pour moi.

— Avec qui ?

— Dick le Dément, bien sûr !

— Ah... Alors considérez que je vous ai dûment chapitrée sur ce sujet.

— Ce n'est pourtant pas moi qui aurais manqué un rendez-vous avec Jon, tout Dick le Dément fût-il !

Sabrina se demanda de nouveau quelles relations exactes Dianne entretenait avec leur hôte. Celle-ci, cependant, se dirigeait maintenant vers un des vitraux de la chapelle.

— Ils sont vraiment magnifiques, n'est-ce pas ? dit-elle.

— Somptueux, acquiesça Sabrina.

— C'est du verre Tiffany, expliqua Dianne. Le grand-père de Jon les a installés ici au début du siècle. C'est Jon qui me l'a appris la dernière fois que nous sommes venus ici.

Intriguée, Sabrina lui emboîta le pas.

— Cette semaine-là a été terrible, articula-t-elle. Vraiment tragique.

Dianne haussa les épaules.

— Je déteste parler comme Susan, mais il faut bien reconnaître que Cassie était détestée.

Puis, après avoir adressé un petit sourire à Sabrina :

— Surtout par les autres femmes, précisa-t-elle.

— Apparemment, Jon était heureux avec elle, reprit Sabrina, un peu gênée par la maladresse avec laquelle elle tentait de soutirer des renseignements à Dianne.

— Jon avait l'intention de réclamer le divorce.

— Comment le savez-vous ?

— Il me l'a dit lui-même.

— Il...

Dianne sourit.

— Vous en concluez que je couchais avec lui ? s'enquit-elle.

— Je n'en conclus rien du tout. Je...

— J'adore Jon, c'est vrai. Il a un caractère entier, bourru, et il est toujours prêt à prendre la défense de ses amis.

— Ainsi donc, vous affirmez ne pas avoir eu de liaison avec lui ?

— J'affirme simplement que j'aurais aimé en avoir une — pas vous ? repartit Dianne sur un ton amusé.

— Je n'étais pas ici à ce moment-là, lui rappela alors Sabrina sans répondre à sa question.

— Ah, je vois. Voilà la véritable énigme de la semaine. Alors vous recherchez le meurtrier, vous aussi ? Et vous vous demandez si, poussée par ma passion pour Jon, je n'ai pas décidé de le soulager de sa garce de femme ? Non, Sabrina. Jon est un grand garçon, il peut s'occuper lui-même de ses affaires. En outre, il était vraiment attaché à Cassie. Elle pouvait être ensorcelante dans ses bons jours. En fait, si elle s'est aigrie sur la fin, je crois que c'est parce qu'elle se rendait compte qu'elle était en train de le perdre, et qu'elle essayait désespérément — et pathétiquement, aussi — de le reconquérir.

— C'est là le fond de votre pensée ? Vous la haïssiez mais éprouviez également de la pitié pour elle ?

Dianne secoua la tête.

— Pas du tout. A l'égard de Cassie, je n'avais aucun sentiment noble. Je la détestais, point à la ligne. Et j'avais de bonnes raisons pour ça. Mais n'allez pas imaginer que seules les femmes méprisaient cette pauvre chérie, si ensorcelante fût-elle. Elle s'est montrée odieuse avec certains hommes. Mais bon, je dois admettre que d'autres l'adoraient littéralement. Votre ex, par exemple.

— Brett ? s'exclama Sabrina, étonnée.

Dianne la dévisagea en haussant les sourcils.

— Oh, ma chère, je suis navrée. Vous vous êtes donc remis ensemble ? Brett n'arrête pas de le laisser entendre, c'est vrai, mais V.J. m'avait soutenu le contraire.

— C'est V.J. qui a raison. Seulement, j'ignorais que Cassie faisait partie des… amies de Brett.

— Ah oui ? repartit Dianne, manifestement surprise. Eh bien, sans doute préfère-t-il cacher ses sentiments… surtout à vous. Car même si vous ne le désirez pas pour votre part, Brett, lui, semble sérieusement aspirer à reprendre une vie commune avec vous.

— Dianne, êtes-vous en train de suggérer que Brett avait une liaison avec Cassie ? Ici même, dans la maison de Jon ?

— Son château, très chère. Ceci n'est guère une « maison », la reprit Dianne en souriant. Mais, pour répondre à votre question : oui, ils avaient une liaison, dans le château de Jon. Ils étaient discrets, bien sûr. Brett paraissait sérieusement épris d'elle — encore que ses coups de cœur ne durent jamais, vous le connaissez. Cassie voulait faire enrager son petit mari, sans doute, mais Brett tient réellement à l'amitié de Jon.

— Pas au point de s'être abstenu de coucher avec sa femme.

— Oh, que voilà un ton menaçant ! Moralisateur, même. Vous m'intriguez… Bon, il faut reconnaître que notre hôte a un effet certain sur la plupart des femmes, n'est-ce pas ? Nous avons toutes tendance à prendre sa défense. Exactement comme Lucy, qui défend le comte Dracula alors même qu'il lui suce le sang !

— Je ne fais pas de morale, et je vois mal Jon Stuart en comte Dracula.

— Grand, beau, ténébreux… ravageur, déclama Dianne d'une voix rêveuse. Pour ma part, je l'admets volontiers : j'adule cet homme. Il peut me sucer le sang quand il veut !

— Mais, Dianne, je ne vois pas en quoi coucher avec l'épouse d'un homme, quel qu'il soit, pourrait renforcer l'amitié qu'il vous porte.

— Je vous le répète : Brett était très épris. C'était de l'amour fou.

— Dianne, espèce de garce !

Dianne et Sabrina se retournèrent ensemble vers le seuil de la chapelle.

— Brett, protesta Dianne, tu es ici dans un lieu de culte. Il n'a pas le droit de dire des choses pareilles ici, n'est-ce pas ? demanda-t-elle à Sabrina.

Celle-ci haussa les épaules.

— Le mal est fait, non ?

— Tu risques d'aller en enfer pour ça, Brett, déclara Dianne pour le taquiner.

Mais Brett ne semblait pas s'amuser du tout. Il s'approchait d'elles à grands pas, en fusillant Dianne du regard.

— Ce n'est pas vrai ! s'exclama-t-il avec fureur. Tu me connais, reprit-il à l'adresse de Sabrina, tu sais bien que ce n'est pas vrai.

Sabrina le dévisagea un moment.

— Qu'est-ce qui n'est pas vrai, Brett ? Essaies-tu de me convaincre que tu n'as pas eu une liaison avec Cassandra Stuart ?

Il ne le nia pas vraiment mais se tourna de nouveau vers Dianne.

— Qui t'a raconté ça ? lui lança-t-il, le visage déformé par la colère. Ce ne sont que des mensonges !

Dianne releva le menton.

— Une personne informée.

— Mais encore ?

— Une personne à laquelle se confiait Cassie.

— Une mythomane, oui ! Ne t'avise pas de crier sur les toits que je couchais avec elle.

— Pourquoi ? répliqua Dianne. C'est faux ?

— Bon sang, Di..., articula-t-il.

Mais Dianne l'interrompit, redressant la tête d'un air de défi, ses mains aux longs ongles vernis de noir posées sur ses hanches.

— Peut-être est-ce *toi* qui l'as poussée de ce balcon, Brett.

— Moi ? Oh, c'est la meilleure ! Allons, Dianne, je n'étais pas marié avec elle, moi. Je n'avais pas besoin de me débarrasser d'elle. Toi, en revanche, tu étais dingue de Jon. Tu l'as toujours été et tu le seras toujours. Et maintenant, tu essaies de faire croire à mon épouse...

— Ex-épouse, Brett, le corrigea Sabrina.

Il l'ignora.

— ... que j'avais une liaison avec une femme mariée !

— Peut-être avais-tu peur qu'elle aille tout raconter à ton bon copain. Elle se servait de toi, Brett, c'est tout. Oh, je sais que tu es un amant formidable, mais elle aimait Jon, à sa manière. Et...

— Si quelqu'un avait une raison de la tuer, c'était Jon. Alors pourquoi cherches-tu à m'incriminer ainsi ?

— Jon n'était pas dans la chambre à ce moment-là ! Il était dehors.

— Alors c'est que quelqu'un d'autre a fait le coup. Un des invités, un membre du personnel — que sais-je ? Mais *pas moi.*

— Peut-être t'a-t-elle asticoté un peu trop…

— Je devrais te pocher l'œil pour ça ! s'écria Brett. Personne ne le remarquerait, de toute manière, avec le satané maquillage noir que tu portes ! Mais qu'est-ce qui te prend à la fin, Dianne ? A quoi rime cette comédie ? Veux-tu nous convaincre que tu es celle d'entre nous qui a l'imagination la plus débordante ? Que tu mérites tes chiffres de vente ?

— Oh, Brett, rétorqua la jeune femme, est-ce tout ce que tu trouves à dire ? Ne penses-tu donc jamais qu'à ta place sur la liste du *New York Times*, qu'au montant de tes droits d'auteur ? C'est de la vie d'une femme qu'il est question ici.

— Oui, exactement : de sa vie. Pas de sa mort. Enfin, quoi, Dianne, comment oses-tu proférer pareilles accusations ? Tu veux la vérité, la vérité vraie ? Eh bien, je l'appréciais, et je ne voulais ni sa mort ni…

Le bruit d'une détonation retentit soudain dans la chapelle.

Sabrina s'agenouilla aussitôt, tandis que Dianne se jetait à terre.

Brett, malheureusement, ne fut pas aussi prompt à réagir. Et dans le dos de sa chemise de soie bleue s'épanouit bientôt une fleur rouge.

Une fleur sanglante.

Dans le message, il lui était demandé de se rendre à la crypte.

Il ne s'agissait pas des instructions de son personnage, mais de la première lettre qu'il avait découverte sous sa porte — celle que Camy avait nié avoir écrite.

Elle disait :

« Vous êtes Dick le crétin[1] Qui se croit très malin.

Vous êtes seulement zinzin, Pauvre bon à rien.

Vous devez descendre

Là où de votre femme gisent les cendres.

Si à une nuit câline vous aspirez encore,

Il vous faudra en bas coucher près de son corps. »

Il était donc venu dans la crypte, où se trouvaient les tombeaux de ses ancêtres. Ainsi que celui de Cassie. Malgré son aversion pour l'Ecosse, elle avait demandé dans son testament à reposer là. Pour ne pas éveiller la curiosité morbide des chasseurs de scandales, Jon avait annoncé aux journalistes qu'elle serait inhumée en Amérique. Et la famille de Cassandra, animée par le même souci, s'était gardée de le démentir.

Aussi sa femme reposait-elle maintenant au centre de la crypte du Lochlyre Castle.

Apparemment, ses invités ne l'ignoraient point : des fleurs avaient été déposées sur son tombeau.

Dès qu'il les vit, il étouffa un juron. Etaient-elles là en souvenir de la défunte ou uniquement pour le provoquer ? se demanda-t-il. Croyait-on vraiment qu'il avait tué sa femme ?

A moins que ce ne fût quelqu'un qui, souffrant d'un accès de remords, eût ainsi tenté de soulager sa conscience.

1. Jeu de mots : Dick, en argot, est un nom commun signifiant andouille, demeuré, crétin.

Le bruit d'une détonation l'arracha brusquement à ses pensées. Il se précipita hors de la crypte, certain que le coup de feu avait été tiré à proximité.

Dans sa course, il faillit percuter Thayer Newby, que suivaient Tom Heart et Joe Johnston.

— Aucun d'entre vous n'est touché ? s'enquit-il.

— La chapelle ! s'écria Thayer.

En un instant ils furent à la porte de la chapelle et se ruèrent à l'intérieur.

Dianne et Sabrina étaient là, accroupies devant l'autel.

Brett gisait entre elles deux, au milieu de l'allée centrale.

Et il jurait comme un charretier.

Il releva la tête à l'entrée des trois hommes. Jon s'aperçut alors que Reggie et Anna Lee leur avaient emboîté le pas.

— Vous imaginez un peu ? déclarait Brett, dégoûté. Moi ! C'est moi qui suis le premier éliminé. Damnation ! Je n'ai rien vu ni rien entendu. Je suis vraiment une andouille, un imbécile, un putain de…

— Brett ! Nous sommes dans une chapelle, lui rappela alors Sabrina.

Elle se tenait à côté de Dianne, et Jon comprit qu'elles s'efforçaient toutes deux de consoler McGraff de la déception qu'il éprouvait à être devenu aussi vite un fantôme. Les yeux bleus de Sabrina étaient immenses et ses cheveux scintillaient en retombant sur ses épaules. Devant ce spectacle, Jon sentit une émotion singulière lui serrer la gorge. Il se força à reporter son attention sur la situation présente.

Une autre émotion s'empara aussitôt de son cœur. En fait, il était soulagé de voir que la détonation qu'il venait d'entendre faisait partie du jeu. La découverte d'une vraie balle dans le mur du couloir lui avait ébranlé les nerfs. Elle n'était pas là auparavant. Autrement, il l'aurait remarquée. Il empruntait ce couloir tous les jours quand il demeurait au château. Non, il craignait plutôt que quelqu'un n'ait apporté avec lui une véritable arme à feu dans le dessein de s'en servir contre l'un ou l'autre de ses invités.

Brett le regarda en rougissant.

— Désolé, Jon, déclara-t-il. Je suppose que cet endroit est plus ou moins sacré, hein ? N'empêche, mes instructions me demandaient bien de venir ici.

— Eh bien, tu te trouves en effet dans une chapelle, répondit Jon. Mais je crois qu'on peut te pardonner quelques écarts de langage, surtout si tu viens d'être aspergé de peinture rouge. Cela dit, ajouta-t-il en se tournant vers Dianne et Sabrina, qui a tiré ?

Dianne eut un sourire malicieux. Sabrina haussa les épaules.

— Nous n'avons rien vu, affirma-t-elle. Nous étions en train de nous disputer.

Jon fronça les sourcils.

— A quel sujet ?

— Oh, des bêtises. Je ne m'en souviens même plus. Et vous, Dianne ?

L'interpellée haussa à son tour les épaules.

— Moi non plus. Pour l'instant, du moins.

— Il n'y a pas cinq minutes vous vous disputiez si fort que vous n'avez pas remarqué la présence de l'assassin, et maintenant vous ne vous rappelez plus le motif de cette dispute ? s'enquit Jon sur un ton sceptique.

Sabrina secoua la tête. Elle rougit de plus belle et battit des paupières avant de croiser de nouveau le regard de Jon.

Elle mentait, conclut ce dernier.

— Vous vous comportez tous comme une bande de cinglés ! s'exclama Thayer.

— Et comment suis-je censé réagir ? protesta Brett sur un ton irrité. Je suis tout couvert de peinture rouge ! Ah zut ! Zut ! Et zut ! Oh… pardon, Jon.

— Je crois que c'est l'heure des cocktails, annonça alors Reggie.

— Absolument, approuva Tom.

— Hé ! s'écria Joe en caressant doucement sa barbe. Attendez un peu ! Examinons d'abord la situation. Nous sommes ici pour résoudre une énigme, non ? Sabrina, demanda-t-il à la jeune femme, que s'est-il passé au juste ?

Sabrina le fixa quelques instants, ouvrit la bouche, puis la referma aussitôt. Elle regarda ensuite Jon et détourna les yeux.

Que diable signifiait tout ceci ? s'interrogea ce dernier.

A la fin, elle secoua la tête et prit un air gêné.

— Tu sais combien je peux être passionnée, Joe, dit-elle. C'est idiot, mais nous étions tous tellement absorbés dans notre discussion qu'aucun d'entre nous n'a remarqué quoi que ce soit.

— Bref, c'est un fiasco ! conclut Joe sur un ton contrarié.

— Non, pas du tout, répliqua Tom. Nous savons au moins que ce n'est pas M. Buttle, le majordome, qui a fait le coup, puisqu'il est mort.

— Le majordome est mort ? répéta alors quelqu'un dans leur dos.

C'était Susan Sharp qui, revêtue d'une robe de cocktail bleu nuit mettant en valeur son charme ténébreux, venait de pénétrer à son tour dans la chapelle. Avisant Brett, elle éclata de rire.

— Eh bien, très cher, vous n'avez pas survécu très longtemps !

— Crois-moi, Susan, rétorqua Brett avec humeur, tu ne survivras pas longtemps non plus.

— Oh, ne sois pas mauvais joueur. On t'a tué, et moi je suis vivante et en bonne santé, voilà tout.

— Non, Susan, la corrigea Brett, c'est Carla — la tapineuse à la chtouille — qui est vivante et en bonne santé.

— Comme dirait Sherlock Holmes, intervint Reggie, la partie est relancée. La semaine est à peine entamée et nous avons déjà appris plusieurs choses : d'abord que le majordome est hors jeu et, ensuite, que ni Sabrina ni Dianne ne sont le meurtrier.

— Faux, repartit Tom. Nous ne savons rien du tout, sinon qu'aucun d'entre nous ne parlera ! N'oubliez pas que l'assassin n'agit pas forcément seul, qu'il peut avoir un complice pour attirer ses victimes dans des pièges. En d'autres termes, il n'est pas exclu que Dianne ou Sabrina soit sa complice.

— Soit, admit Joe. Mais qui a tiré sur le majordome ? Voyons, tout le monde est ici à l'exception de… V.J.

— Non, non, je suis là, s'exclama alors cette dernière dans leur dos.

Ils se retournèrent tous vers elle. V.J. se tenait sur le seuil de la chapelle, élégamment vêtue d'une robe longue à sequins. Adossée au chambranle de la porte, elle les considérait avec amusement.

— Et… où étais-tu auparavant ? lui demanda Tom avec un sourire, tout en se rapprochant d'elle.

Pour la première fois, il vint à l'esprit de Jon que ces deux-là formaient un très joli couple. Tom Heart avait lui aussi l'air fort élégant avec son complet décontracté et ses cheveux argentés. Intéressant, songea Jon. Peut-être y avait-il quelque chose en cours de ce côté-là. V.J. et Tom semblaient aller si bien ensemble. La dernière fois, ils ne s'étaient pas quittés. Et la rumeur prétendait que, quoique encore marié, Tom vivait depuis plusieurs mois séparé de sa femme, qui avait seulement la trentaine.

V.J. leva la flûte à champagne qu'elle tenait à la main.

— Où j'étais ? dit-elle. Mais là où j'étais censée être : aux cocktails — toute seule. J'ignorais complètement que le jeu se poursuivait dans la chapelle.

Elle s'interrompit pour regarder autour d'elle.

— Ainsi donc, reprit-elle, le majordome a mordu la poussière. Voilà qui élimine un suspect. Cela étant, la chapelle est adorable. Plus agréable que la crypte, en tout cas. Et quitte à devoir passer du temps dans les sous-sols du château, je préfère encore que ce soit dans la lumière de ces magnifiques vitraux plutôt qu'au milieu des tombes et des trépassés.

Elle fit soudain la grimace.

— Oh, désolée, Jon. J'oubliais que certains des tiens reposent là-bas.

— Ce n'est pas grave, V.J., dit Jon. Je comprends que tu aimes mieux passer l'heure des cocktails en compagnie des vivants.

— Bien dit ! acquiesça Reggie. V.J. est la seule d'entre nous qui ait un peu de bon sens.

— Bon Dieu, je suis bien d'accord avec toi.

— Brett McGraff ! s'écria Reggie avec indignation. Nous sommes dans une chapelle !

— Désolé, murmura Brett d'une voix contrite.

— Oh, Brett, l'avertit soudain Dianne, tu as de la peinture qui te dégouline sur le pantalon !

— Nom de Dieu, tu as raison ! Bon sang ! Oh, zut. Me voilà de nouveau en train de jurer dans la chapelle. C'est décidément plus fort que moi !

Sur ces mots, il se redressa, jeta un coup d'œil au crucifix suspendu au-dessus de l'autel et se signa rapidement. Les autres le fixèrent avec stupéfaction.

— Arrêtez donc de me dévisager comme ça ! J'ai été élevé dans le rite catholique. Ça vous dérange ?

Puis il tourna les talons.

— Je vais me changer pour réapparaître aux cocktails en suaire blanc de fantôme, leur annonça-t-il avant de s'éloigner à grands pas. Et zut de zut ! ajouta-t-il en disparaissant au milieu des ombres du donjon.

La tension qui régnait dans la chapelle se dissipa aussitôt, et tout le monde éclata de rire. Reggie se dirigea à son tour vers la sortie.

— Mesdames, mesdemoiselles, messieurs, déclara-t-elle, je monte me servir un cocktail. Quelqu'un m'accompagne ?

— Absolument, approuva Jon.

— Joe Johnston, venez donc ici prendre le bras d'une vieille dame, ordonna Reggie.

— Avec plaisir, répliqua l'interpellé en se hâtant de la rejoindre.

Les autres leur emboîtèrent le pas. Jon, cependant, s'arrêta sur le seuil.

Tom accompagnait V.J. ; Dianne, Thayer et Anna Lee sortirent ensemble, cependant que Dianne répétait à Thayer qu'elle n'avait rien vu. Susan passa devant Jon.

Sabrina demeura en retrait près de l'autel, dévisageant Jon comme si elle cherchait un moyen de lui échapper alors qu'il bloquait la seule issue.

Il s'avança vers elle.

— Aurais-tu quelque raison de rester ici ? s'enquit-il.

— Non, répondit-elle précipitamment.

— Tu veux m'éviter, alors ?

— Non, non.

Mais elle mentait encore, il en était certain. Et il croyait savoir pourquoi : la dispute entre Brett et Dianne portait sur lui. Ou sur Cassie. Ou sur ce qui était arrivé trois ans plus tôt.

Et Sabrina ne voulait pas l'interroger à ce sujet.

Il fallait dire qu'il était sans doute un peu trop tôt pour cela, admit-il en lui-même.

Elle se tenait immobile, essayant de soutenir son regard de ses splendides yeux bleus. Ses cheveux retombaient sur ses épaules tel un voile de soie, et Jon éprouva soudain l'envie torturante de les toucher.

Non, se reprit-il, il désirait plus que cela.

Il y avait tant de choses dans la vie qui disparaissaient sans qu'on s'en rende compte, se dit-il. Tant d'événements et de personnes qu'on pouvait aisément oublier. Mais lui n'avait pas oublié Sabrina. Son sourire séducteur. Ses caresses. Sa passion. La candeur qui la caractérisait jadis.

Elle était toujours aussi séduisante.

Mais ne semblait plus aussi candide.

Elle était au contraire très prudente et l'observait avec circonspection.

Il éprouva alors un regain d'amertume en pensant qu'elle le soupçonnait peut-être d'avoir tué sa femme de sang-froid. Il aurait voulu la prendre par les épaules, la secouer, lui certifier qu'il était innocent. Ou plutôt non : pas la secouer. Mais la toucher. La serrer contre lui. Une fois de plus. Bon sang, songea-t-il, si Brett McGraff s'inquiétait des paroles qu'il avait proférées dans la chapelle, les *actes* auxquels il songeait pour sa part dans cette même chapelle étaient encore moins pardonnables.

Seigneur, il se souvenait encore du moment où il l'avait vue nue, la peau étoilée de sueur, ses yeux d'un bleu cristallin à demi voilés par ses cils, chacune des rondeurs de son corps appelant au plaisir.

— Les autres sont déjà partis, articula-t-elle enfin en passant devant lui d'un pas rapide, nous devrions nous dépêcher de les rejoindre.

Il la suivit et, incapable de se retenir, lui prit le bras pour la forcer à se retourner.

— Il faut d'abord que nous parlions, dit-il.

Ces mots lui avaient échappé sur un ton beaucoup plus âpre qu'il ne l'aurait souhaité.

Elle considéra sa main, qui lui serrait le bras au niveau du biceps. Jon sentit ses longs cheveux blonds lui effleurer les doigts, plus doux que la soie. Sensation légère mais qui, à son grand dam, l'excita immédiatement.

— Pas ici, pas maintenant, répliqua-t-elle nerveusement.

— Il faut que nous parlions, insista-t-il.

— Plus tard, répondit-elle en se dégageant de son étreinte.

— Je considère ceci comme une promesse, la prévint-il.

Puis ils poursuivirent leur chemin. Jon nota toutefois que Sabrina restait près de lui.

Il comprit alors qu'elle ne voulait pas demeurer seule dans le donjon du Lochlyre Castle.

Avec lui.

Normal. Qui l'eût souhaité ?

9.

Curieusement, Sabrina ne rêva pas cette nuit-là, mais dormit comme une souche. La soirée avait finalement été agréable, chacun essayant de deviner qui avait pu tuer le majordome. Quant au dîner, où fut servi de l'agneau, Sabrina l'apprécia d'autant plus qu'elle mourait de faim. Au dessert, elle avait choisi du café plutôt que du décaféiné et, malgré tout, après qu'elle fut montée dans sa chambre et eut revêtu sa chemise de nuit, elle s'endormit presque aussitôt.

Seuls les coups insistants qu'on frappait à sa porte l'obligèrent à se réveiller. Et, à ce moment-là, c'était déjà le matin.

— Sabrina, réveille-toi ! Vite !

A cet appel pressant de son ex-mari, la jeune femme bondit à bas du lit et se hâta d'aller ouvrir la porte.

Brett s'était vêtu d'un jean et d'un gros pull.

— Hé, marmotte, tu as moins d'une semaine pour découvrir l'assassin. Si tu dors tout le temps, tu ne gagneras jamais la partie.

— Je suis réveillée. Pourquoi un tel empressement ?

— On va faire du cheval !

— Du cheval ?

Il hocha la tête.

— Les autres sont déjà sur le point de partir. Dépêche-toi. Tu ne voudrais quand même pas louper une occasion de visiter la région avant que le temps ne se gâte, si ? Vite, habille-toi. Je t'attends en bas.

— J'ai besoin de mon café, Brett.

— Je te le monte, répliqua-t-il. Allons, du nerf ! Je te l'apporte, ton café.

Puis il referma la porte et s'éloigna dans le couloir. Sabrina haussa les épaules, songeant que, si tous les autres invités partaient en balade, elle ferait aussi bien de les accompagner. En plus, elle adorait les chevaux, et la région semblait magnifique.

Elle se doucha rapidement, non sans avoir pris la précaution d'emporter ses vêtements avec elle dans la salle de bains. En quoi elle fut bien inspirée car, quand elle en ressortit en jean, chemise de coton et bottes, elle trouva Brett, nonchalamment étendu sur le lit, qui lui tendait une tasse de café.

Elle s'en saisit.

— Debout, lui ordonna-t-elle.

— Pourquoi ? s'enquit-il.

— Tu as l'air d'avoir couché ici.

Il fronça les sourcils.

— Et pourquoi cela te chagrine-t-il autant ?

— Quoi donc ?

— Que j'aie l'air d'avoir couché ici ?

— Brett, tu es mon ami, je suis attachée à toi, mais tu es aussi mon ex-mari, et quoique je risque sans doute de commettre d'autres erreurs dans ma vie, je ne tiens pas à répéter les anciennes. Je ne suis plus ta femme, je ne couche donc plus avec toi et je ne veux pas qu'on croie que nous formons encore un couple.

Il se releva sans la quitter des yeux.

— Je vois, articula-t-il.

— Tu vois quoi ?

— Qu'il y a encore quelque chose entre toi et lui.

— Qui, lui ?

— Notre hôte. J'avais raison.

— Tu avais raison à quel sujet ?

— Tu as couché avec lui.

— Oh, Brett, je t'en prie...

— Je t'aime toujours, Sabrina.

— Tu ne m'as jamais aimée, Brett.

— Si. Et je t'aime encore. Mais ne t'inquiète pas, je vais te prouver que je peux être un bon parti pour toi. Allez, bois ton café et filons.

Il n'y avait personne dans le couloir, ni dans l'escalier ni même dans le foyer quand ils traversèrent le château pour rejoindre le jardin. Les écuries se trouvaient sur leur droite. Deux chevaux harnachés et sellés les attendaient devant le bâtiment.

— Je pense que les autres sont déjà partis, murmura Brett.

— Vraiment ? s'enquit Sabrina, soudain suspicieuse.

Il s'esclaffa.

— Je suis déjà un fantôme, lui rappela-t-il ; par conséquent, je ne suis pas l'assassin, et je ne cherche pas non plus à attirer la Duchesse dans un piège.

— Soit, admit-elle.

Elle s'approcha d'un des chevaux, un étalon bai aux formes élancées qui devait mesurer seize paumes à l'encolure. Elle caressa son front soyeux.

— Quelle beauté. C'est une idée formidable, Brett. Merci d'être venu me chercher.

— A ton service. Allez, monte.

Il lui donna la main pour l'aider à grimper sur le rouan qui était à l'attache avec le bai. Puis il monta à son tour sur ce dernier et commença à s'éloigner au petit trot tout en jetant à Sabrina des coups d'œil inquiets.

— Va donc, lui lança-t-elle, tu sais bien que je ne risque rien !

Monter à cheval était un des avantages qu'elle devait à son enfance dans le Midwest. Le paysage autour d'eux, cependant, était autrement plus impressionnant que celui de son pays natal. Devant eux, une vallée s'étendait, entourée de majestueuses collines. Ils laissèrent bientôt le château et parvinrent sur un petit promontoire. Sabrina pouvait voir les collines monter de plus en plus haut vers le nord-ouest, tandis que les eaux du loch scintillaient sous le soleil en dessous d'eux et qu'un océan d'herbe et de fleurs semblait ondoyer alentour. L'air était piquant et froid, présage d'une perturbation à venir, mais il faisait bon le respirer. Sabrina était ravie d'être sortie.

— Dans quelle direction sont-ils allés ? demanda-t-elle à Brett. Sais-tu où nous nous orientons ?

— Bien sûr.

— Et comment le sais-tu ?

— Je suis déjà venu ici, tu te rappelles ?

— Alors, où allons-nous ?

— Dans cette direction, répondit-il en désignant le nord-est.

— Oh, s'exclama-t-elle soudain, le premier qui arrive à ce taillis !

Et elle éperonna sa monture. Celle-ci se mit à galoper. C'était un animal magnifique, l'atmosphère était revigorante et l'environnement splendide. Elle sentit une bouffée de pur enthousiasme l'envahir.

Elle entendit Brett se lancer à sa poursuite et s'arrêta près du taillis pour l'attendre.

— Tu te souviens de notre balade à cheval dans les environs de Paris ? s'enquit-il. Il y avait des fleurs partout.

— Et des femmes aussi.

Il écarta cette repartie d'un haussement d'épaules.

— J'ai compris la leçon, Sabrina, dit-il d'une voix sincère.

— Brett, tu ne peux t'empêcher d'émettre des allusions d'ordre sexuel chaque fois que tu te trouves à portée d'un jupon — peu importe sa propriétaire.

— Peu importe... ? Tu me vexes !

— Brett...

— Sabrina ! s'exclama-t-il en se penchant en avant pour poser une main sur sa cuisse. Si j'agis ainsi, c'est uniquement parce que j'ai terriblement envie de toi et que j'ai peur que les autres s'en rendent compte.

Elle le dévisagea attentivement.

— Ah oui ? murmura-t-elle. Dis-moi un peu : avais-tu une liaison avec Cassandra Stuart juste avant sa mort ?

— Moi ? répliqua-t-il, interloqué.

Puis il eut un reniflement irrité.

— Cet endroit te porte sur le système, Sabrina, reprit-il. Prends garde. Cassie n'est plus, et nous ferions mieux de la laisser reposer en paix, d'oublier le passé et de penser à nous-mêmes. Allez, je te défie d'arriver à cette colline là-bas avant moi !

Il repartit aussitôt ; Sabrina le suivit. Tandis qu'ils chevauchaient ainsi, la bise fraîchit autour d'eux.

Sabrina leva la tête. Le ciel, tout à l'heure d'un bleu sidéral, s'assombrissait jusqu'à devenir presque mauve. Elle rejoignit Brett au sommet de la colline.

— On dirait que le mauvais temps approche, lui annonça-t-elle. Nous devrions retrouver les autres.

— Peut-être sont-ils dans ce pavillon de chasse, là-bas.

— Je ne vois pas de chevaux.

— Ils les auront attachés à l'arrière du bâtiment. Allons vérifier.

Il lança son cheval au galop. N'ayant guère d'autre choix, Sabrina le suivit de nouveau.

Le message de Jon, ce matin-là, disait simplement : « Rendez-vous à 11 heures dans la crypte pour la séance de spiritisme. »

Joe Johnston et Tom Heart étaient dans la salle d'apparat quand il descendit prendre son café et, en joueurs invétérés qu'ils étaient, essayaient de deviner pourquoi le majordome avait été le premier éliminé.

— Il savait quelque chose, suggéra Joe. Et les gens qui savent des choses sont dangereux.

— Il faisait chanter quelqu'un, proposa alors Tom.

— A l'évidence, approuva Joe.

— Pour ma part, poursuivit Tom, je crois qu'il y a un complice dans cette affaire.

— Rien ne le prouve formellement pour l'instant, mais je suis d'accord avec toi : il y a deux personnes sur le coup.

— Maintenant, reprit Tom, avoir un complice pose un problème, car même si tu commets le meurtre parfait, tu peux craindre les réactions de ton allié — un geste maladroit, un instant de panique, un indice oublié par mégarde…

— Bref, qu'il fasse une erreur.

— Exactement ! s'exclama Tom, ravi que Joe semble abonder dans son sens. Surtout si le meurtrier, malgré son habileté, est très attaché à cette personne qui lui sert de complice.

— Et que ladite personne est idiote — ce qui arrive souvent.

— Et, bien sûr, un homme peut s'égarer au point de commettre un meurtre à cause d'une femme…

— En d'autres termes, intervint alors V.J. depuis le seuil de la pièce, ce serait cette femme qui serait la complice et, par conséquent, la personne idiote en question.

— Allons, Victoria…, commença Tom.

— Je t'en prie, Tom, ne me donne pas du « Allons, Victoria », rétorqua V.J. N'étais-tu pas en train de soutenir que l'assassin était *forcément* un homme et sa complice, une attardée mentale — *forcément* une femme ?

— Les deux sont peut-être d'une intelligence remarquable, corrigea Joe, quoique un peu tard.

V.J. le fusilla du regard.

— Il n'est pas impossible non plus que ce soit la femme la meurtrière, et que son idiot de complice soit un homme, répliqua-t-elle.

— Oui, pourquoi pas ? approuva Tom. Il serait éperdument amoureux d'elle et voudrait leur éviter à tous deux de terminer leurs jours en prison.

— A moins, repartit Jon à voix basse, que nos deux assassins soient des femmes. Après tout, V.J., ma chérie, ne nous prouves-tu pas tous les jours à quel point les femmes peuvent être... fatales ?

V.J. eut un reniflement de dédain, puis hocha tristement la tête.

— Bah, fit-elle, je vois bien que je suis ici de trop. Excusez-moi, messieurs, mais j'ai rendez-vous avec mon destin.

Sur ce, elle sortit de la pièce.

Joe consulta sa montre.

— Si vous voulez bien m'excuser moi aussi..., dit-il.

— Une séance de spiritisme ? s'enquit Jon.

— A la crypte ? renchérit Tom.

— Eh bien, conclut Jon, autant nous y rendre tous ensemble.

— Seigneur, c'est votre demeure, répliqua Tom. Ouvrez donc la marche.

Jon fut surpris de sentir un désagréable picotement à la base de la nuque tandis que ses deux amis lui emboîtaient le pas dans l'escalier menant au donjon. Il ne se doutait pas qu'avoir ainsi quelqu'un derrière lui pût l'angoisser à ce point.

Ils atteignirent cependant la crypte sans incident. V.J., Dianne, Reggie et Anna Lee étaient déjà là, assises sur des coussins autour d'une table basse de bois. Des bougies avaient été allumées et une boule de cristal posée sur la table. Celle-ci se trouvait le plus loin possible des tombes, c'est-à-dire à une distance de trois mètres à peu près. Néanmoins, il y avait quelque chose d'étrange dans cette mise en scène. La flamme des bougies se reflétait dans la boule de cristal ; des volutes de fumée s'évanouissaient dans les airs ; et le tombeau de Cassie, l'un des plus proches, luisait sourdement.

— Joignez-vous à nous, messieurs, proposa Dianne.

Assise devant la boule de cristal, elle était en train de lire les instructions posées à côté. Avec son pantalon en Stretch et son pull noirs, sa chevelure d'ébène, sa peau pâle et ses ongles sanglants, elle avait l'air de jouer le rôle d'une devineresse.

Son regard ombré de khôl croisa celui de Jon, trahissant sa nervosité.

— Nous devons entrer en contact avec M. Buttle, le majordome, énonça-t-elle d'une voix atone. Joindre nos mains et demander aux esprits du château de nous l'amener.

Elle fit la grimace.

— Je suppose que le défunt M. Buttle, alias notre pauvre Brett, est caché quelque part dans le coin, prêt à effectuer une apparition « fantomatique » en diable... Bon, lança-t-elle à la cantonade, on commence ?

— Nous ne sommes pas au complet, remarqua alors Jon.

Sabrina faisait partie des manquants.

— Voilà au moins Thayer qui arrive, repartit V.J., confortablement installée sur un des coussins. Peut-être les deux autres n'ont-ils pas reçu la consigne de se rendre à cette séance de spiritisme.

— A moins que l'un d'entre eux ne soit le meurtrier, suggéra Joe.

— D'après notre théorie du complot, lui rappela Tom, ils seraient tous deux les meurtriers.

— Oh, peut-être que Sabrina ne peut tout simplement pas venir, intervint alors Anna Lee avec agacement, vu qu'elle et son ex se sont cavalés tout à l'heure.

— Cavalés ? Elle et *Brett* ? s'exclama V.J. sur un ton incrédule.

— Cavalés où, d'abord ? demanda Dianne.

— Et cavalés comment ? voulut savoir Thayer.

Anna Lee le considéra avec stupeur.

— Mais à cheval, évidemment ! Pas besoin d'être Sherlock Holmes pour deviner ça, tout de même !

Jon s'avança alors vers elle et la força à se relever.

— Quand ? Quand sont-ils partis ?

Anna Lee parut interloquée, presque terrorisée par la rudesse de son ton.

— Il y a environ une heure, je crois. Je les ai vus quitter les écuries à…

— Seuls ? s'enquit Reggie.

Anna Lee hocha la tête.

— Comme c'est adorable ! s'exclama Dianne. Alors la rumeur disait vrai ?

— Quelle direction ont-ils prise ? demanda Jon.

— Le nord-ouest.

— Oh, Jon, intervint Dianne, ne soyez donc pas si inquiet. C'est juste une escapade entre amoureux…

— Une grosse tempête approche ! rétorqua Jon avec colère. Ces inconscients risquent d'être piégés dedans. Sinon tués. Excusez-moi.

Il tourna brusquement les talons et sortit de la crypte.

Il ne comprenait pas lui-même cette subite appréhension. Sabrina savait monter à cheval ; elle n'était pas idiote. Et, que cela lui plût ou non, elle avait été mariée avec Brett et était apparemment partie en promenade avec lui de son plein gré.

Pour autant, il savait qu'il devait impérativement les retrouver. La perturbation qui approchait pouvait les surprendre ; or ni l'un ni l'autre ne se doutaient de la violence de certaines tempêtes dans cette contrée sauvage.

Comme il s'éloignait de la crypte, il entendit ses invités commenter sa sortie.

— Eh bien, voilà ce qui s'appelle de la mauvaise humeur, lança Dianne.

— Il se fait du souci, c'est tout, riposta V.J.

— Tintin ! Tu crois qu'il aurait couru comme ça après le majordome ? s'enquit alors la jeune femme sur un ton pincé.

Jon l'imaginait en train de le suivre des yeux, le regard empli de défi et de colère.

— Et le voilà parti à la rescousse de la charmante Mlle Holloway, alors même qu'elle se trouve avec son ex bien-aimé. Cassie doit s'en retourner dans sa tombe.

— Je crois pour ma part que Jon est simplement un hôte attentif et responsable qui s'inquiète pour ses invités, rétorqua Reggie avec agacement. Ecoutez, je suis trop vieille pour rester affalée des heures sur un coussin. Et si nous commencions plutôt la séance ?

« Bénie sois-tu, Reggie », pensa Jon.

L'instant d'après, il émergeait de l'escalier et sortait du château pour examiner le ciel. Des nuages sombres s'y accumulaient, étouffant peu à peu la lumière du jour. Jon sentit le vent fraîchir. Il courut vers l'écurie.

Le premier flocon fut une caresse — un petit baiser mouillé que Sabrina reçut sur la joue alors qu'elle descendait de cheval.

— Il neige ! annonça-t-elle à Brett.

— Ce n'est qu'un grain, répliqua-t-il. Allons nous réfugier dans le pavillon !

Il s'approcha d'elle et passa un bras autour de sa taille. Ils coururent ensemble jusqu'à la porte du bâtiment, que Brett ouvrit d'une poussée. Sabrina pénétra à l'intérieur tout en regardant autour d'elle à la recherche des autres invités.

Mais il n'y avait personne. La pièce principale était vide, à l'exception des meubles et d'un maigre feu qui brûlait dans la cheminée.

C'était un endroit chaleureux quoique masculin, un vrai pavillon de chasse, avec des lambris de bois brut, une hure de sanglier au-dessus de l'âtre et un lit recouvert d'un édredon. Le petit coin cuisine était doté d'un évier à pompe et d'une glacière antique. L'ensemble avait l'air rustique — abstraction faite du seau à glace, de la bouteille de champagne et des amuse-gueules posés sur la table de chevet.

Sabrina se retourna vers Brett.

— Où sont les autres ? demanda-t-elle.

Il haussa les épaules.

— Ils se sont peut-être perdus.

Elle le fusilla du regard.

— Brett, répéta-t-elle, où sont-ils ?

Il haussa de nouveau les épaules, avant de prendre un air chagrin.

— Sabrina…

— C'était un coup monté, hein ?

— Je me disais que si nous avions un peu de temps, rien que pour nous deux…

— Brett !

Il demeura à l'autre bout de la pièce, figé sur place.

— Je t'aime, Sabrina, tu le sais bien.

Elle secoua la tête avec agacement.

— Brett, tu *crois* peut-être m'aimer — mais en fait tu aimes tout ce qui est du sexe féminin.

— Allons, accorde-moi au moins une chance. Accorde-*nous* une chance. Enfin quoi, Sabrina, tu n'es pas de bois, non plus !

— Brett, tu es mon ami. Alors reste-le, veux-tu ?

— C'est à cause de lui, hein ? s'enquit-il avec aigreur.

— Qui donc ? répliqua-t-elle d'une voix prudente, le sentant soudain différent.

Son regard jusque-là malicieux et bonhomme était devenu dur, hostile.

Il s'avança vers elle.

— C'est à cause de lui, notre Seigneur et maître, notre hôte mirifique. Tu as fini par être obsédée par lui. Oh, oui. Tu *coucherais* bien avec moi, sauf que tu as envie de coucher avec lui.

— Brett, tu dois comprendre que…

— Ne nie pas la vérité, l'interrompit-il. Tu as envie de coucher avec lui, n'est-ce pas ? Ou plutôt de *re*-coucher avec lui, si je puis me permettre de te poser cette question.

— Non, tu ne le peux pas ! Quand nous étions mariés, j'étais fidèle. Pas toi. Alors, non, tu ne peux pas te permettre de me poser de questions. Brett, je veux que nous restions amis, toi et moi. Ne rends pas la chose impossible. Allez, ressortons d'ici.

Elle se dirigea vers la porte.

Il la rattrapa au passage, ses doigts se refermant sur son bras telles les mâchoires d'un étau. Ebahie, elle vit la colère noire qui altérait son regard.

— Oh, non, rétorqua-t-il, nous ne ressortirons pas. Pas tout de suite.

— Brett, laisse-moi partir.

— Jamais, Sabrina, répliqua-t-il avec ardeur. C'est à cause de toi, tout est à cause de toi. Même Cassie. Tout. Je ne peux pas te laisser partir. Tu n'as pas encore compris ?

V.J. était anxieuse. Trop anxieuse pour demeurer assise sans mot dire dans cette crypte.

— Eh bien ? s'enquit-elle.

— Eh bien, Jon a cassé l'ambiance, se plaignit Dianne. Voilà.

— Il est inquiet, c'est tout, répéta V.J. en dévisageant la jeune femme.

Celle-ci semblait terriblement nerveuse, songea-t-elle. Qu'est-ce qui avait pu la mettre dans un état pareil ? Elle avait l'air subitement très jeune et très troublée. V.J. soupira, étonnée d'éprouver de la compassion pour une rivale qui s'était imposée dans sa profession à un âge aussi tendre.

— Dianne, une méchante tempête approche, et ni Brett ni Sabrina ne connaissent la région.

— Bah, intervint Thayer Newby, ce n'est qu'un peu de neige. Ça ne peut pas être pire qu'ailleurs. Tenez, je me rappelle qu'un jour, durant un stage d'entraînement en Nouvelle-Angleterre, il faisait si froid et la neige tombait si fort que les gens gelaient dans leur voiture. Alors...

— Il est vraiment rassurant d'apprendre qu'une tempête ne peut, au pire, que tuer les gens, marmonna V.J.

Tom posa une main sur ses épaules, comme s'il partageait son irritation contenue.

— Ils risquent de se retrouver dans une fâcheuse posture, acquiesça Joe en se frottant la barbe.

— Tu crois que Jon a besoin d'aide pour les retrouver ? demanda Thayer.

— Et toi, tu crois connaître cette région mieux que Jon ? riposta Reggie.

— De toute façon, et sauf ton respect, Reggie, intervint alors Tom, tu ne lui serais pas d'une très grande utilité, pour ta part.

— Hé ! protesta la vieille dame, tu n'es plus tout jeune non plus, Tom. V.J., ma chérie, rappelle donc un peu à ce garçon qu'il est lui-même un croulant.

Des rires s'élevèrent, puis moururent peu à peu.

Après un moment de silence embarrassé, Dianne reprit la parole.

— Je suis déjà venue en Ecosse plusieurs fois, dit-elle. Et il se trouve que je connais également cette contrée.

— Pas aussi bien que Jon, répliqua Reggie. Il va retrouver Sabrina et Brett, ne vous inquiétez pas.

— Hé ! s'exclama soudain Thayer. Où est Susan ?

Il semblait avoir remarqué son absence à l'instant et la considérer désormais comme hautement suspecte.

Anna Lee se mit à glousser.

— Peut-être a-t-elle suivi Brett et Sabrina pour les espionner. Elle fourre toujours son nez dans les affaires des autres, et plus ça promet d'être glauque, plus ça lui plaît.

— O.K., fit Joe, et si nous reprenions cette petite séance en attendant ? Comme ça, nous pourrons quitter au plus vite cette stupide table.

— Tu as raison, approuva Anna Lee, poursuivons le jeu.

V.J. promena son regard sur l'assemblée. Dianne avait décidément un comportement étrange, pensa-t-elle. Anna Lee, pour sa part, était d'humeur acerbe. Reggie, elle, était dans sa phase reine mère et Joe, qui était alors en train de se gratter la barbe, ressemblait à un meurtrier maniaque. Thayer, quant à lui, regardait Anna Lee comme s'il savait quelque chose qu'il n'aurait pas dû savoir. Susan, enfin, était absente et il y avait effectivement fort à parier qu'elle était en train de fourrer son nez dans le linge sale d'autrui. « Voilà donc mes amis, songea V.J. Quelle bande ! » Puis elle sentit le regard de Tom posé sur elle et se calma un peu.

— Oui, dit-elle à son tour, poursuivons le jeu.

— Vous savez, déclara Joe, si Brett et Sabrina sont bien en train de se rabibocher, cela implique qu'ils se sont dégoté un abri et qu'ils n'ont rien à craindre de la tempête.

— Si Brett est dehors en train de se rabibocher avec son ex-femme, répliqua Dianne, il ne sera pas ici pour jouer le rôle du défunt majordome et M. Buttle ne va pas surgir d'une de ces tombes revêtu d'un suaire blanc. Bon, vous êtes toujours partants pour la séance ?

Voyant que personne ne protestait, elle baissa la tête et se mit à osciller d'avant en arrière.

— Esprits des morts, donnez-nous un signe. Frappez trois coups, manifestez-vous !

Comme sur un signal, tous entendirent soudain une série de hurlements bizarres et étouffés.

— Bon sang ! s'exclama Thayer en bondissant sur ses pieds. Qu'est-ce que c'est que ça ?

Ils se levèrent tous et regardèrent autour d'eux. Le bruit semblait remplir la crypte entière, mais ne provenait apparemment pas de la pièce elle-même.

— Au secours ! Au secours ! Jésus, doux Jésus, pour l'amour de Dieu !

— Oh, Seigneur ! s'écria Dianne, pâle comme la mort.

— Cela vient..., chuchota V.J. d'une voix haletante.

— De la salle des horreurs ! compléta Reggie.

Ils se dévisagèrent mutuellement.

Puis ils se précipitèrent vers la porte de la crypte.

*
* *

Brett relâcha le bras de Sabrina et tomba à ses genoux en lui serrant les jambes. Sabrina, interloquée, faillit en perdre l'équilibre.

— Sabrina, donne-moi une chance ! Je peux changer, tu sais. J'ai eu tort. J'ai complètement perdu la tête après notre séparation. J'ai fait des choses dont je ne suis pas fier. Mais je pense que je t'aime vraiment et…

— Brett…

— Sabrina, il fallait que je te voie seule. Je t'en prie, pardonne-moi…

— Brett, que viens-tu de dire au sujet de Cassie ?

— De Cassie ? répéta-t-il d'une voix atone.

Elle était seule avec cet homme, songea-t-elle avec un frisson. Seule et loin du château. Au milieu d'une tempête de neige. Elle se répéta qu'il était impossible que Brett ait tué qui que ce soit — cependant il venait de lui crier que tout était sa faute. Tout. Même Cassie.

— Brett, as-tu tué Cassandra Stuart ? demanda-t-elle.

— Non !

— Tu viens de dire…

— Mes disputes avec elle, bredouilla-t-il. Sabrina, d'accord, je t'ai trompée, je t'ai attirée ici à dessein, mais il faut que tu m'écoutes.

— Brett, protesta-t-elle une nouvelle fois en essayant de reculer.

Il était toujours par terre, les bras serrés autour de ses jambes. C'était une posture pour le moins équivoque, et nombre des lectrices de Brett auraient volontiers accepté de se trouver à sa place. Brett McGraff était célèbre, séduisant et riche — deuxième meilleure vente, juste derrière

Michael Creighton. Mais il était vrai, aussi, qu'aucune de ces femmes n'avait jamais été mariée avec lui. Et que, si flattée fût-elle par sa déclaration impromptue, il n'en avait pas moins dit : « Je *pense* que je t'aime vraiment. »

Cela étant, Sabrina ne pouvait réellement croire qu'il était un assassin. Il pouvait se montrer si enfantin, si charmant, et paraissait si sincère en cet instant. Elle ne voulait pas le blesser.

— Donne-nous une chance ! répéta-t-il avec feu. Je suis à tes genoux, Sabrina !

— Non, Brett, je t'en prie.

Une fois de plus, elle essaya de se dégager. Et, une fois de plus, il s'accrocha à elle.

— C'est à cause de lui, n'est-ce pas ? reprit-il. Je le savais. J'étais sûr qu'il y avait quelque chose entre vous deux.

— Brett, tu es en train de me faire tomber.

— Sabrina, je peux passer l'éponge là-dessus. Je peux te pardonner.

— Tu peux *me* pardonner ? Brett...

— Sabrina, tu ne peux savoir à quel point j'ai envie...

— Brett, si tu as envie de moi, c'est uniquement parce que je t'ai dit non un jour, et que tu n'as pas souvent l'habitude d'entendre ce mot dans la bouche d'une femme. Maintenant, Brett, s'il te plaît...

Elle recula jusqu'à ce qu'elle heurte un obstacle : le lit. Déséquilibrée, elle tomba à la renverse.

Et Brett fut prompt à tirer avantage de la situation. Il se jeta aussitôt sur elle. Tandis qu'elle gigotait sous lui, elle se mit à glisser, entraînant dans sa chute le dessus-de-lit. Elle se retrouva bientôt sur le plancher, coincée entre Brett, un oreiller et la masse de l'édredon. Le deuxième oreiller lui tomba sur la tête.

— Brett..., articula-t-elle d'une voix essoufflée.

Mais, tandis que toute la literie achevait de dégringoler sur eux, elle entendit soudain un fracas semblable à celui du tonnerre, et la porte s'ouvrit d'un coup.

— Elle est bloquée ! La porte est bloquée ! lança Tom à Joe tout en s'arc-boutant contre les battants.

De nouveaux hurlements résonnèrent dans la salle des horreurs.

— Mais faites donc quelque chose ! s'écria V.J.

Dianne Dorsey était demeurée en arrière et avait croisé les bras sur sa poitrine.

— Ce n'est que Susan. Ce qu'elle peut être embêtante..., dit-elle d'une voix excédée.

— Oh, voyons, elle est effrayée, ça s'entend, répliqua Anna Lee.

— Au secours ! hurla Susan. Je vous en prie, il vient vers moi ! Il va me tuer avec son couteau ! Je vous en prie...

— Qui vient vers vous avec un couteau ? demanda Reggie.

— Jack... Jack l'Eventreur !

— Susan, ce n'est qu'une figure de cire, intervint V.J., il ne peut pas bouger. Ouvrez plutôt cette porte. Je crois que c'est vous qui nous avez enfermés.

Pour toute réponse, Susan se remit à hurler.

— Ecartez-vous, lança Thayer Newby de sa voix autoritaire d'ex-policier.

Ils obtempérèrent.

Thayer recula d'un pas et carra ses formidables épaules. Tom et Joe se joignirent à lui. Au hochement de tête de Thayer, ils se ruèrent sur la porte.

Susan poussa un cri suraigu.

Puis ce fut le silence.

Emmêlée dans la literie, Sabrina s'immobilisa tandis qu'un bruit de pas se rapprochait d'eux.

— Que diable..., commença à grommeler Brett.

Quelqu'un ôta l'édredon de la tête de Sabrina. Et elle se retrouva en face de Jon qui, accroupi sur le plancher, les regardait tous les deux. A côté d'elle, Brett venait de s'extirper lui-même de la literie.

— Excusez-moi de vous interrompre, déclara Jon d'une voix aigre-douce, mais le temps se gâte. La neige...

— ... n'est que de la neige ! s'exclama Brett avec une gaieté qui accrut encore l'embarras de Sabrina.

— C'est une grosse tempête, Brett, et même au château nous risquons d'être coupés de la civilisation. Mais au moins vous y serez au chaud et vous n'y manquerez de rien. En revanche, vous n'auriez pas pu tenir, ici.

Sabrina allait se redresser quand Brett lui attrapa la main. Elle serra les dents.

— Laisse-moi.

A son regard, il comprit qu'il valait mieux ne pas insister. Il la relâcha donc, quoique avec réticence, et elle se remit sur ses pieds. Les deux hommes se levèrent à leur tour en échangeant des coups d'œil soupçonneux.

— Que diable se passe-t-il ici ? s'enquit enfin Jon abruptement.

— Une réconciliation ! rétorqua Brett.

— C'est vrai ? demanda Jon à Sabrina.

— Nous ne sommes pas…

— Bon sang, Stuart, la coupa Brett, pour qui te prends-tu donc ? Notre chef de clan ? Que tu sois l'organisateur de cette petite sauterie ne te donne absolument pas le droit…

— Je n'ai pas organisé cette « sauterie » pour que tu puisses enlever des femmes à ta guise et mettre leur vie en danger !

— Espèce de sale hypocrite ! rugit Brett.

Et il lui envoya son poing dans la figure. Jon, qui avait d'excellents réflexes, esquiva le coup. Cependant, quand il se redressa, Brett le cueillit à la mâchoire. Jon riposta aussitôt d'un swing fulgurant au menton. Brett s'écroula sur le lit, sonné, puis secoua la tête et revint à la charge avec la hargne d'un chien enragé.

— Arrêtez ! Arrêtez ! s'écria Sabrina en essayant de s'interposer entre les deux hommes.

Malgré l'adrénaline qui leur coulait dans les veines, et bien qu'ils ne parussent lui prêter aucune attention, Jon et Brett se tinrent à distance l'un de l'autre et, du geste, passèrent à la parole.

— Ainsi donc tu te crois le grand sauveur de ces dames, grogna Brett, et tu prétends me dicter ma conduite avec mes femmes ! Pourquoi ne racontes-tu pas plutôt comment tu t'es comporté avec les tiennes ? Allez, déballe ton sac, dis-nous la vérité !

— La vérité ? La vérité, c'est que mon passé ne te regarde pas, McGraff. Mais peut-être que tu serais disposé à *me* dire toute la vérité sur le tien, répliqua Jon. Après tout, de nous deux, c'était moi qui avais une femme. Alors que toi, tu t'accroches à ce qui ne te concernait en aucune façon.

Tous deux étaient fermement campés sur leurs pieds, les muscles tendus et frémissants, se soufflant presque mutuellement à la face. Ils se dévisagèrent en serrant les dents, et Sabrina comprit que le différend qui les opposait avait une origine autrement plus profonde que les circonstances présentes.

Elle entendit alors un léger raclement de gorge dans son dos, et fut surprise de constater que Joshua Valine se tenait sur le seuil du pavillon.

Il lui adressa un sourire gauche et contrit tandis que Jon et Brett se défiaient toujours en silence.

— Nous ferions mieux de rentrer au château, déclara-t-il enfin. La tempête a encore empiré.

Sabrina hocha la tête et, abandonnant les deux hommes à Joshua, sortit du bâtiment pour remonter en selle.

Peu après, Jon et Brett apparaissaient à leur tour sur le seuil du pavillon. Ni l'un ni l'autre ne disaient mot. Jon avait encore les traits tendus, le regard dur. Brett respirait également la colère contenue. Joshua ressortit quelques instants plus tard, après avoir veillé, semblait-il, à refermer les volets de la maison.

Les trois hommes rejoignirent chacun son cheval. Comme ils montaient en selle, Sabrina commença à s'éloigner. Le ciel, si beau et si lumineux quand elle avait quitté le château, avait entre-temps subi une transformation radicale. Le paysage lui-même semblait avoir changé, tant et si bien que la jeune femme avait désormais l'impression de chevaucher dans un néant sans bornes. Elle ne distinguait ni arbres, ni frondaisons ni même la limite entre la terre et les nuages. Durant le bref laps de temps où elle était restée à l'intérieur du pavillon avec Brett, la neige avait tout recouvert, et elle était maintenant environnée par un océan de blancheur.

Jon dut deviner qu'elle était perdue, car il la dépassa sans un mot ni un regard pour prendre la tête de leur cortège. Sabrina demeura derrière lui, suivie par Joshua puis Brett.

La neige tombait de plus en plus drue, et des cristaux glacés heurtaient le visage de la jeune femme.

Jon se retourna sur sa selle.

— Il faut impérativement passer à la vitesse supérieure ! leur cria-t-il.

Ils hochèrent la tête tandis qu'il lançait sa monture au galop sur une portion plane de terrain qui venait de s'ouvrir devant eux. Ils l'imitèrent en prenant garde à ne pas le perdre de vue.

Soudain, Sabrina entendit un claquement sec, puis un cri bref. Tournant la tête, elle vit que Brett était tombé. Son cheval la dépassa à une allure folle.

— Brett ! s'exclama-t-elle en retenant sa propre monture.

Elle revint vers lui au galop et descendit précipitamment de cheval. La neige tombait maintenant avec une fureur inouïe.

— Brett !

Il gisait la face dans la neige, un long ruban rouge étendu derrière lui.

Seulement, s'aperçut Sabrina en s'approchant de lui, ce n'était pas un ruban.

C'était un jet de sang dont les gouttes écarlates étincelaient sur la blancheur virginale de la neige.

10.

Susan Sharp était étendue sur le seuil quand les hommes déboulèrent dans la salle des horreurs.

Elle était allongée sur le côté, le visage dans les cheveux. En la voyant ainsi, V.J. sentit son cœur manquer un battement avant de se remettre à cogner de plus belle dans sa poitrine.

— Mon Dieu ! murmura-t-elle en se hâtant vers Susan.

Jack l'Eventreur s'était-il vraiment animé pour la tuer ?

Elle s'agenouilla près d'elle, tout comme Thayer. L'ex-policier, apparemment accoutumé à de telles situations — et même à la vision de cadavres —, souleva calmement le poignet de Susan pour prendre ses pulsations. Puis il sourit à l'adresse de V.J.

— Elle n'est pas morte, déclara-t-il. Elle a le pouls marqué et régulier, la respiration ample. Elle s'est simplement évanouie. On dirait qu'elle s'est donné une peur bleue.

— Elle n'est pas blessée ?

— Je n'en ai pas l'impression.

Il la palpait avec un savoir-faire dû à des années de pratique, pour s'assurer qu'elle ne souffrait d'aucun dommage corporel.

— Mais, bon sang, intervint Tom Heart en examinant la porte, comment a-t-elle pu s'enfermer ici ?

Thayer se redressa et examina la porte à son tour.

— Elle ne s'est pas enfermée, décréta-t-il enfin. Nous n'avons pu rentrer dans la salle parce que le loquet n'était pas complètement tiré. Quant à la raison pour laquelle elle n'a pu elle-même en sortir, je l'ignore. Peut-être ne s'est-elle pas rendu compte que la clenche du loquet était à moitié engagée dans le mentonnet. Les battants ont dû se dilater, ce qui arrive souvent quand le temps devient humide. Bref, je doute qu'il y ait aucune énigme là-dedans. Juste quelques planches qui jouent et un soupçon de panique.

Dianne considéra Thayer avec incrédulité.

— Elle a pris peur au point de croire qu'elle était enfermée ?

Il haussa les épaules.

— Apparemment. Tu vois une autre solution ? Le bois humide gonfle, tu le sais aussi bien que moi. Il a fallu qu'on s'y mette à trois pour ouvrir cette porte ; or nous n'avons pas fracturé le loquet : il a simplement sauté. Regarde toi-même.

— Cela dit, c'est du bois sacrément dur, repartit Tom Heart d'un ton sec. Si jamais quelqu'un se retrouvait enfermé ici…

— La clenche n'était que légèrement engagée dans le mentonnet, c'est cela ? insista Dianne.

— Ce château peut être sinistre ! s'exclama Anna Lee en frissonnant.

— Ce sont les gens qui sont sinistres, la corrigea Reggie. Et, à mon âge, ils sont même tellement sinistres qu'ils ont régulièrement besoin de se remonter le moral. Aussi, permettez-moi de vous quitter pour aller boire un verre et manger un morceau, conclut-elle avant de s'éloigner.

— Peut-être l'un de nous devrait-il l'accompagner, lança Joe à la cantonade.

— Ne t'inquiète pas pour elle, répliqua V.J., et plains plutôt les fantômes qui lui chercheraient des noises. Et pour Susan, ajouta-t-elle, que fait-on ? On ne peut la laisser couchée comme ça sur la pierre glacée.

Ils se dévisagèrent mutuellement avec des sourires contrits. Il vint alors à l'esprit de V.J. qu'il n'y avait sans doute ici personne que Susan n'eût blessé d'une manière ou d'une autre. S'ils l'avaient retrouvée morte, qui d'entre eux l'aurait sincèrement pleurée ?

— C'est bien une des premières fois que je la vois silencieuse, déclara Dianne.

Un chœur de gloussements et de ricanements vint confirmer à V.J. que les autres n'en pensaient pas moins.

— Oh, allez ! protesta-t-elle. Sommes-nous donc des monstres ? Si seulement quelqu'un avait l'obligeance…

— Je m'en occupe, grommela Thayer. Ça me fera un peu d'exercice. Savez-vous où est sa chambre ? s'enquit-il. Elle devrait reprendre connaissance d'ici peu.

A l'instant même où il commençait à soulever Susan, celle-ci rouvrit les yeux.

— Lâche-moi, espèce de gros bœuf ! rugit-elle.

Thayer ne se le fit pas dire deux fois : il la laissa retomber sur les dalles.

V.J. se retourna pour réprimer un fou rire.

— Espèce de salauds ! hurla Susan. Qui a osé me faire cette sale blague ? Franchement, vous devriez tous être pendus pour ça. Haut et court ! Tu trouves ça amusant, Victoria Jane Newfield ? Rira bien qui rira le dernier, crois-moi !

— Arrête donc de menacer V.J., Susan, rétorqua Tom Heart avec humeur. C'est elle qui se faisait le plus de souci pour toi.

— Susan, renchérit Anna Lee sur un ton irrité, aucun d'entre nous n'a joué les éventreurs pour t'effrayer. Tu as simplement paniqué en te croyant enfermée, et tu as imaginé le reste.

— Je ne me suis pas *crue* enfermée. J'*étais* enfermée, répliqua Susan avec obstination. Et quelqu'un a endossé le costume de Jack l'Eventreur pour me fiche la trouille.

— Susan, Jack l'Eventreur porte toujours son costume, intervint Joe avant de parcourir la salle du regard en se caressant pensivement la barbe. Comme tu peux le constater toi-même, reprit-il, rien n'a changé ici. Tu as été victime de ta propre imagination.

— Ou de ta mauvaise conscience, suggéra Anna Lee en souriant.

Susan les fusilla tous deux du regard.

— Et moi je vous répète qu'il s'est passé quelque chose de malsain ici ! riposta-t-elle en redressant la tête. On m'a enfermée et on a délibérément cherché à me faire peur. Je suis venue ici parce que mes instructions me disaient de me rendre à une séance de spiritisme, et…

— La séance avait lieu dans la crypte, l'interrompit Dianne avant de s'agenouiller près d'elle. Ton message ne te demandait-il pas de descendre à la crypte ?

— Non : à la salle des horreurs, répondit Susan. Et l'un d'entre vous a eu le culot de me coincer ici ! Quand je saurai qui…

— Où est-il, ce message ? s'enquit alors V.J.

Elle regarda autour d'elle. Tous affichaient un air de parfaite innocence.

— Je l'avais sur moi, répondit Susan. Il a dû tomber par là…

Elle se leva et inspecta l'endroit en question. Il n'y avait pas de message.

— Celui ou celle qui m'a joué ce sale tour me l'aura volé !

— Peut-être as-tu été envoyée ici dans le cadre du jeu, proposa Joe, toujours soucieux de calmer les esprits.

V.J. le considéra avec un peu de mépris. Essayer de calmer Susan Sharp ne servait à rien, et elle n'était pas près elle-même de lui complaire ni de tolérer ses lubies, même si elle devait le payer cher dans les colonnes de la rancunière critique. V.J. chérissait trop l'indépendance d'esprit qu'elle avait conquise dans sa vie comme dans son métier pour se trahir un jour en faveur de gens comme Susan.

— Ecoutez, reprit Thayer sur un ton posé, les autres dames étaient déjà présentes dans la crypte quand nous y sommes descendus, et nous, les hommes, sommes tous venus ici directement, de sorte qu'aucun d'entre nous n'a pu vous jouer un tour à notre insu, Susan. Je crois que vous vous êtes vous-même fait peur et que, dans votre panique, vous vous êtes enfermée par inadvertance.

— Fadaises ! répliqua Susan d'une voix furieuse avant de se mettre à arpenter la salle d'une démarche théâtrale. Ce vieux château est plein de portes dérobées et de panneaux secrets. N'importe lequel d'entre vous a pu se glisser ici pour me torturer sans que les autres le sachent.

— Susan, franchement, rétorqua Thayer, si je voulais vous torturer, j'emploierais pour ma part des moyens autrement plus radicaux.

— Peut-être est-ce le propriétaire de ce château, à savoir Jon Stuart, qui vous a enfermée, proposa soudain Dianne. Jon était ici il n'y a pas longtemps, vous savez. Et il doit sûrement connaître tous les passages secrets de ce bâtiment, n'est-ce pas ?

— Jamais Jon n'aurait agi ainsi avec moi, répondit Susan avec affectation en se lissant les cheveux. Où est-il ? Il faut que nous tirions cette histoire au clair !

Une fois de plus, chacune des personnes présentes détourna les yeux, comme si elles répugnaient spontanément à fournir à Susan le moindre renseignement qu'elle serait susceptible d'utiliser ensuite contre autrui.

Puis V.J. haussa les épaules, estimant inutile de lui cacher que Jon était parti à la recherche de Sabrina et Brett.

— Une tempête approche, déclara-t-elle. Certains d'entre nous sont partis à cheval, et Jon est allé s'assurer qu'ils rentreraient sains et saufs.

— Certains d'entre nous ? répéta Susan, avant d'afficher un sourire entendu. Se pourrait-il que Brett et Sabrina se soient esquivés… pour être seuls ensemble ? Comme c'est intéressant ! Peut-être qu'ils ont quelque chose à se reprocher dans cette affaire.

— Ben voyons, commenta Anna Lee sèchement. Il aurait fallu que l'un d'eux t'enferme ici tandis que l'autre se mettait à jouer les éventreurs. Exploit remarquable, compte tenu du fait qu'ils auraient dû pour cela se trouver dans deux endroits à la fois !

— Alors c'est l'un de *vous* qui m'a joué ce sale tour, et je découvrirai qui, leur affirma Susan avec amertume. A ce propos, où est Reggie ?

— Sans doute en train de siroter un Martini au chaud, répliqua Tom.

Susan plissa les yeux avec suspicion.

— Et ce tordu de Joshua, qui a fabriqué ces horribles créatures…

— Il n'est pas descendu ici de toute la matinée, riposta Joe.

— Et ce misérable petit ver de terre en jupon qui travaille pour Jon ? s'enquit-elle.

— En haut, sans doute, répondit Joe avec un haussement d'épaules.

— Je parie que cette horrible petite souris est impliquée dans le coup ! s'exclama-t-elle. Je suis même certaine que c'est elle qui a tout manigancé, cette saleté de pleurnicheuse. Je vais exiger d'elle la vérité, et…

— Susan, l'interrompit Thayer avec fermeté, je te répète que, selon toute vraisemblance, tu t'es enfermée toi-même.

— Oh, et c'est moi aussi qui me suis habillée comme Jack l'Eventreur, peut-être ?

— Jack l'Eventreur porte toujours ses vêtements, rétorqua Joe Johnston avec irritation en lui désignant la scène où le fameux meurtrier était figé. Regarde donc. Il est encore habillé et à sa place. Dis-toi simplement que la peur a parfois des effets terribles chez un être humain. Elle joue sur son imagination. Et nous sommes tous ici bien placés pour le savoir, puisque nous gagnons notre vie grâce à ce processus. En outre, cette salle est un endroit sombre, effrayant, ténébreux. Il est aisé d'y céder à ses fantasmes ou à ses phobies.

Susan le fusilla du regard.

— Joe Johnston, tu es un âne. Et je monte de ce pas montrer à Camy Clark ce qu'il en coûte de se moquer de moi !

Elle tourna les talons et sortit de la salle d'une démarche plutôt gaillarde pour quelqu'un qui venait juste de reprendre ses esprits.

Joe gémit.

— Nous ferions mieux de la suivre pour protéger Camy, suggéra Tom.

— Interroger Camy n'est peut-être pas une mauvaise idée, fit alors remarquer Dianne. Nous pourrions par exemple lui poser des questions sur le message envoyé à Susan et savoir si, oui ou non, quelqu'un s'amuse à changer les instructions du jeu.

— Excellente idée, approuva V.J.

Dianne sourit, ravie. Et V.J., de nouveau, la trouva soudain très jeune. Au fond, se dit-elle, malgré l'allure étrange qu'elle se donnait pour se démarquer des autres, elle n'était encore qu'une petite fille perdue dans le monde intimidant des adultes. Elle décida de se montrer à l'avenir plus cordiale avec elle, quand bien même Dianne leur volerait d'autres places sur les listes des meilleures ventes !

Enfin, c'était la vie, songea V.J. Et personne ne prétendait que la vie — ou la mort — devait être juste.

— Bon, allons-y, montons à l'étage avec..., commença Thayer.

Mais, à cet instant précis, la salle fut plongée dans le noir. Et dans ces ténèbres s'éleva bientôt un cri hystérique.

Agenouillée à côté de Brett, Sabrina souffrait mille morts. Oh oui, pensait-elle, Brett pouvait être insupportable. Et leur mariage s'était terminé avant même d'avoir vraiment débuté. Mais elle l'aimait, malgré tout. C'était son ami. Et elle avait soudain affreusement peur, devant la traînée de sang qu'il avait laissée dans la neige.

— Oh, mon Dieu ! murmura-t-elle en caressant la joue glacée de Brett.

Il était si froid...

— Brett ! hurla-t-elle.

Jon revint à ce moment, environné par un tourbillon de neige. Il descendit de cheval et, comme il s'accroupissait près d'elle, Sabrina trouva le courage de poser un doigt sur le cou de Brett et de tâter son pouls.

Elle sentit un battement. Puis un autre. Et un autre encore. Il était vivant !

Jon l'interrogea du regard ; elle hocha la tête, les yeux mouillés de larmes. Elle vit le soulagement détendre les traits altérés de Jon, et comprit qu'en dépit de ses différends avec Brett, il tenait lui aussi profondément à son ami.

De ses longs doigts fins et racés, il palpa doucement ce dernier à la recherche de la blessure d'où provenait le sang.

— On dirait qu'il s'est assommé dans sa chute, articula-t-il. Il faut que nous le ramenions au château et que nous l'installions au chaud avant qu'il tombe dans le coma. Je n'ai malheureusement qu'une formation de secouriste et j'espère du fond du cœur qu'il n'est pas grièvement blessé, car nous risquons d'être sous peu bloqués par la neige.

— A-t-il une fracture ? Sa colonne vertébrale est-elle touchée ?

— Non, je suis presque sûr que non, répondit Jon tout en tâtant prudemment muscles et os du cou.

Puis il se mit à frictionner lentement les bras et les jambes de Brett.

— Attendez, intervint Joshua en les rejoignant, j'ai quelques notions d'anatomie.

Il s'agenouilla à son tour dans la neige et examina Brett en le tâtant doucement de ses élégantes mains d'artiste. Au bout d'un moment, il releva la tête vers Sabrina et Jon.

— Le seul dommage qu'il semble avoir subi est cet hématome, près de la tempe, qu'il a dû se faire en cognant cette pierre, là. Je n'ai pas senti de traumatisme crânien.

Sabrina contempla le sculpteur et Jon avec gratitude. Puis ce dernier souleva Brett. Chancelant un peu sous le poids, il se remit sur ses pieds. Il dut cependant noter la peur que trahissait le regard de Sabrina, car il marqua un temps d'arrêt et la considéra en souriant.

— Nous allons le ramener au château, répéta-t-il, tout va bien se passer. Mais c'est un sacré gaillard. Ça ne m'étonnerait pas que ses récents succès lui aient donné la grosse tête !

Sabrina fut juste capable de lui retourner son sourire. Jon demanda ensuite à Joshua de lui donner un coup de main : ils ne couchèrent pas Brett en travers de la selle du cheval, comme dans les vieux westerns mais, une fois que Jon fut sur sa monture, l'assirent devant ce dernier avant de le protéger avec une couverture, tel un enfant malade transporté par son père chez le médecin du village. Sabrina remonta sur son cheval et les suivit au pas.

Quand elle se rendit compte que Joshua n'était plus avec eux, elle jeta un coup d'œil en arrière.

Accroupi près de l'endroit où Brett s'était blessé, il examinait le funeste rocher d'un air perplexe. Puis il promena son regard sur le paysage enneigé. Sabrina ignorait ce qu'il pouvait chercher ainsi. Il n'y avait rien ni personne autour d'eux. Mais il était vrai, aussi, qu'un bataillon entier de soldats écossais auraient pu marcher sur eux sans qu'ils s'en aperçoivent, tant la neige leur opposait un rideau mouvant et furieux.

— Joshua ! s'écria-t-elle.

Il ne parut pas l'entendre, ni même la voir. Fallait-il retourner vers lui ? se demanda-t-elle. Hélas, il n'y avait pas de temps à perdre : Brett risquait de tomber dans le coma d'un instant à l'autre et la tempête avait rendu le chemin du retour long et difficile.

Se mordant les lèvres, elle regarda en direction de Jon, qui continuait à progresser devant elle. Que faire ? Le héler ? Elle se retourna de nouveau vers Joshua Valine, et fut soulagée de constater qu'il était remonté sur son cheval pour les rejoindre. Elle relança elle-même sa monture, évitant instinctivement de montrer au sculpteur qu'elle l'avait observé.

Ils chevauchèrent ainsi en silence jusqu'à ce que, tel un énorme et sombre récif, le château surgisse enfin sous leurs yeux de l'océan de blancheur qui les entourait. Ils étaient presque sauvés.

— Oh, bon Dieu, fallait s'y attendre, à celle-là !

C'était la voix de Susan qui, à quelque distance de là, tranchait sur la nuit totale qui les environnait.

Elle n'avait pu aller très loin avant que les lumières s'éteignent.

Puis V.J. crut entendre un bruit. Un souffle, une espèce de frottement, comme si on traînait une cape par terre, tout près d'elle.

Une cape ?

Jack l'Eventreur ?

Jack l'Eventreur en chair et en os, pris d'une crise de démence dans la salle des horreurs ? Ils étaient tous tellement convaincus que Susan avait exagéré, qu'elle avait été victime de son imagination… Mais était-il vraiment impossible que quelqu'un, habillé comme la figure de cire, soit demeuré caché près d'eux dans la pénombre, en attendant le moment où ils seraient tous à sa merci, aussi impuissants que l'agneau sous le couteau du boucher ?

Un deuxième hurlement perça les ténèbres, et V.J. crut qu'elle allait succomber d'une attaque cardiaque.

Mais ce n'était que Susan, dont le cri s'accompagnait encore d'une bordée de jurons.

— Tu m'as brûlée, bon sang ! protesta-t-elle.

— Tu n'as qu'à pas te coller comme ça contre moi ! répliqua Thayer tout en actionnant une nouvelle fois son briquet.

Une maigre flamme jaillit dans la nuit.

V.J. écarquilla les yeux pour mieux voir. En face d'elle, la statue de Jack l'Eventreur n'avait pas bougé d'un pouce. « Espèce d'idiote ! » se sermonna-t-elle.

— Tiens, lança Tom à Thayer en se saisissant d'une lampe suspendue à un crochet près de la porte, éclaire donc notre lanterne ! Les coupures d'électricité doivent être fréquentes dans la région, ajouta-t-il, cet objet a l'air d'avoir servi récemment.

— Il y en a une autre ici, remarqua Joe.

La salle des horreurs fut bientôt éclairée, et plus vivement qu'elle ne l'avait jamais été jusqu'alors.

— Moi, énonça Susan, je vous dis que quelqu'un...

— Oh, Susan, protesta Joe tout en tripotant sa barbe avec une exaspération manifeste, les tempêtes sont le fait du Seigneur, et les courts-circuits de simples incidents d'ordre mécanique. Il n'y a là-dedans aucun complot à l'encontre de Susan Sharp.

— Au diable cette tempête. Tu n'as encore rien vu ! leur assura-t-elle.

Elle se retourna vers Thayer et lui arracha la lampe des mains.

— C'est un ouragan auquel va avoir droit la petite Camy Clark ! précisa-t-elle.

Sur ce, elle se dirigea de nouveau vers la sortie, persuadée comme jamais d'avoir été victime d'une plaisanterie diabolique. Les autres lui emboîtèrent le pas.

V.J. se retrouva seule dans la pièce, tandis que l'obscurité s'épaississait peu à peu derrière elle. Elle contempla les figures de cire sous la lumière qui faiblissait. Celles-ci semblaient sur le point de s'animer, guettant l'instant où les ténèbres reviendraient pour bondir sur elle.

— Attendez-moi ! essaya-t-elle de crier.

Mais elle avait la gorge sèche et seul un chuchotement en sortit. Ils étaient en train de l'abandonner, pensa-t-elle, et elle demeurerait tétanisée sur place, perdue au milieu du néant, tandis que les statues fondraient sur elle pour lui sucer le sang.

— V.J. ? tonna une voix masculine.

— Tom !

« Béni soit-il ! » se dit-elle. Il rebroussait chemin vers elle, la lampe tendue à bout de bras. La lumière l'entoura de nouveau, et les figures de cire se tinrent immobiles.

— Victoria, s'enquit Tom à voix basse, tu ne vas tout de même pas rester là ?

V.J. se ressaisit et lui sourit. Puis ils s'empressèrent tous deux de rejoindre le groupe. Susan ouvrait la marche, les devançant tous d'une bonne foulée. V.J. était ahurie de voir une femme comme elle, qui d'ordinaire surveillait scrupuleusement son maintien, rouler présentement les épaules et le bassin comme une camionneuse.

Le rez-de-chaussée était illuminé par des bougies : manifestement, le personnel du château était habitué à ce genre de situation.

Trois d'entre eux quittèrent alors le groupe. Comme Susan empruntait avec une farouche résolution l'escalier menant à l'étage, Thayer la suivit, cependant que Tom Heart marquait une pause.

— Tu as vraiment été trop gentille avec elle, Victoria, déclara celui-ci en secouant la tête. Quand je la vois comme ça, j'ai du mal à éprouver la moindre pitié pour elle.

V.J. se mordit légèrement la lèvre, sachant combien il détestait Susan.

— Je vais boire un verre avec Reggie, annonça Anna Lee en se dirigeant vers la bibliothèque. Peut-être Thayer saura-t-il calmer Susan, ajouta-t-elle par-dessus son épaule. Nous devrions plutôt aller nous blottir au coin du feu comme les poules mouillées que nous sommes.

— Je reste avec Tom, dit Joe Johnston.

V.J. les regarda tous deux. Ils se tenaient côte à côte : Tom grand, beau et très digne avec ses cheveux argent coupés en brosse, et Joe, barbu, plus massif et plus trapu que son ami, d'allure presque rébarbative. L'un s'habillait chez Versace, l'autre à l'Armée du Salut. L'un était un second Sean Connery, l'autre une sorte d'ours des âges primitifs. Or, ils semblaient en ce moment former la paire.

— Susan va chercher à humilier son ennemie jurée, expliqua Tom. Et je doute que cette pauvre Camy ait envie d'avoir un public, ajouta-t-il à voix basse.

V.J. hocha la tête, sans se résigner pour autant.

— Nous n'avons pas besoin de monter tous, répliqua-t-elle, mais je vais quand même prêter main-forte à Thayer.

— Moi aussi, intervint Dianne, les yeux brillant d'une excitation singulière.

Ils se tournèrent vers elle. Redressant la tête, elle ramena en arrière ses cheveux parfaitement coiffés.

— Susan peut se montrer vraiment monstrueuse — vous le savez comme moi, dit-elle. Je serai au côté de V.J. quand Susan aura sa crise, comme ça nous serons deux à encaisser le choc.

— Garde-toi seulement d'oublier qu'après ce week-end, nous pourrions *tous* déplorer que Susan soit si monstrueuse, l'avertit Joe sur un ton lugubre.

Tom dévisageait V.J. en silence. Celle-ci se retourna et se hâta de monter l'escalier, Dianne sur ses talons.

Susan avait déjà explosé quand ils atteignirent la chambre de Camy. Comme d'habitude, l'assistante gracile de Jon était assise à son bureau. A l'évidence, la coupure de courant ne l'avait guère effarouchée. Elle travaillait à la lumière d'une grosse lampe à piles.

— Espèce de stupide petite garce, je vous ferai virer pour ça ! hurla Susan.

Camy bondit sur ses pieds en tremblant, les yeux fixés sur Susan. Elle ouvrit la bouche, mais ne prononça pas un mot. Des larmes mouillèrent ses yeux, et elle regarda tour à tour Susan, Thayer, V.J. et Dianne d'un air désespéré.

— Je… je…, commença-t-elle à bredouiller.

Elle semblait aussi vulnérable qu'un oisillon tombé du nid.

— Susan, aurais-tu au moins l'amabilité de l'informer de ce dont tu l'accuses ? articula V.J. d'une voix ferme.

Susan pivota sur elle-même et la fusilla du regard.

Eh bien, songea V.J. avec lassitude, quand bien même son prochain livre serait la Bible, Susan le massacrerait certainement dans sa prochaine émission.

Celle-ci reporta son attention sur Camy, le visage contracté par la fureur.

— Elle sait très bien ce que je lui reproche, répliqua-t-elle. Elle m'a écrit un message me disant de me rendre à la salle des horreurs, puis elle est descendue par un escalier dérobé pour essayer de me faire mourir de peur. Elle devrait non seulement être virée, mais jetée en prison, et je vais veiller à ce qu'il en soit ainsi !

— Susan, gémit Camy. Je n'ai pas… j'ignore… je vous jure que…

— Sale petite menteuse ! riposta Susan en avançant vers elle d'une démarche menaçante.

— Holà ! du calme, grommela Thayer en s'interposant entre elles.

— Laisse-la donc cracher son venin, suggéra Dianne sur un ton nonchalant.

— Oh, Susan, s'exclama V.J., et si tu cessais un peu de te comporter comme la dernière des chipies ?

Super, ajouta-t-elle *in petto*. Voilà qu'elle devenait suicidaire. Il était certain, désormais, que Susan ne l'épargnerait plus dans les médias.

— Je… je… je… ne vous ai pas écrit d'aller à la salle des horreurs, répondit alors Camy. Tout le monde devait descendre à la crypte, pour la séance de spiritisme. Joshua était censé faire du bruit derrière une des tombes, mais il est parti aider Jon au cas où il y aurait un problème

— enfin, je veux dire, au cas où quelqu'un serait bloqué dehors par la neige…

Elle s'interrompit, gênée : ses paroles suggéraient que son patron était dans une colère noire au moment de se lancer à la recherche de Brett McGraff et Sabrina Holloway.

— Il… il a pensé que Jon pourrait avoir besoin d'aide, par cette tempête, et que vous sauriez vous amuser sans lui dans la crypte, acheva-t-elle pour se rattraper.

— Ben voyons, répliqua Dianne sèchement, rien n'est plus amusant que la compagnie des morts.

Camy lui lança un regard pathétique. Dianne parut alors regretter ses paroles.

— Enfin, ajouta-t-elle précipitamment, il était sans doute plus important pour Joshua que personne ne se soit égaré dans la neige.

Ou que Brett et Jon n'en viennent pas aux mains à cause de Sabrina ? s'interrogea V.J. C'était ce que tout le monde pensait, sans oser le dire.

— Susan, reprit Camy, si vous avez reçu un message vous envoyant ailleurs qu'à la crypte, ce n'est pas moi qui l'ai écrit, je vous le jure.

— Alors d'où venait-il ? interrogea Susan.

Camy tremblait toujours.

— Je ne sais pas, je ne sais pas, répondit-elle d'un air désemparé. Je ne sais pas non plus d'où venait l'autre…

Elle s'interrompit de nouveau et devint blanche comme un linge.

— Quelqu'un d'autre a reçu un message que vous n'aviez pas écrit ? s'enquit Thayer.

— Je… je…

— Pour l'amour du ciel, s'écria Susan, cessez donc de bafouiller comme une attardée mentale !

— Qui d'autre a reçu des instructions erronées ? demanda V.J. posément.

— Oui, s'il vous plaît, dites-nous qui, renchérit Dianne d'une voix frémissante.

— Je n'ai pas le droit de..., commença à protester Camy.

— Jon ! C'est Jon Stuart ! devina Dianne.

Elle paraissait de nouveau singulièrement excitée.

Camy, quant à elle, était toujours aussi pâle. Elle ressemblait de plus en plus à une biche aux abois.

— Vous savez ce que je crois ? lança alors Susan. Je crois que tout ça c'est des co-nne-ries. Et que vous êtes une intrigante. Qui d'autre que vous avait la possibilité de nous donner des messages différents de ceux prévus et de voler ceux que vous aviez *réellement* écrits ? C'est vous, mademoiselle Clark, qui êtes à l'origine de toutes ces manigances. Reste à savoir pourquoi.

— Non, oh, non, je vous en prie, mademoiselle Sharp, vous vous trompez, je vous le jure, repartit Camy sur un ton désespéré. Je suis terriblement désolée que vous ayez eu aussi peur, mais...

V.J. avait l'impression d'assister au massacre d'un jeune chiot. Elle se sentit dans l'obligation d'intervenir une nouvelle fois, quel qu'en soit le risque.

— Oh, Susan, dit-elle avec humeur, arrête donc ton cinéma ! Personne ici n'est enchaîné dans sa chambre. Nous sommes tous libres d'aller et venir à notre guise dans le château ! N'importe qui aurait pu te jouer ce tour.

Susan la considéra d'un œil venimeux.

— Ce n'est pas toi qui t'es retrouvée enfermée avec un monstre horrible te soufflant dans le cou ! Il aurait pu me tuer. Il *allait* même me tuer quand vous êtes venus à mon secours !

— Comment ça, « il » ? répliqua Thayer. Je croyais que c'était Camy que tu accusais.

— Quand je dis « il », je pense à *elle*, cette petite garce qui s'est déguisée en Jack l'Eventreur. Je suis certaine que c'est elle qui a essayé de m'assassiner !

— Oh, Susan, calme-toi donc, rétorqua Dianne d'une voix égale. En fait, on ne peut être certain de rien du tout, dans cette histoire.

La jeune femme semblait curieusement déçue, et V.J. en vint à se demander si elle n'avait pas espéré que cette confrontation l'aiderait à découvrir quelque chose qui lui échappait. Elle était si jeune aussi, songea V.J., même si la vie l'avait sans doute maltraitée avant qu'elle connaisse le succès.

Susan les dévisagea tour à tour. Elle paraissait encore furieuse ; son visage, déformé par la rage, était affreusement laid. V.J. se dit alors que n'importe lequel d'entre eux aurait été heureux de l'enfermer en compagnie de Jack l'Eventreur.

— Allez tous vous faire foutre ! articula-t-elle sur un ton vibrant de rage avant de les dévisager une nouvelle fois. Et, croyez-moi, vous *êtes* foutus !

Elle sortit de la pièce à grands pas et claqua la porte derrière elle.

Camy se mit alors à pleurer en silence. Thayer, pour sa part, avait une mine sinistre, et V.J. s'aperçut qu'elle tremblait elle-même sous l'effet de toutes les émotions de ce début de matinée.

— Je crois que nous avons tous besoin d'un verre, déclara Dianne. Allons, Camy, venez donc avec nous prendre un remontant.

— Je... j'étais en train de travailler, bredouilla cette dernière tout en inspirant à petits coups pour essayer de maîtriser ses sanglots.

— Ce n'est pas grave, insista doucement V.J., vous reprendrez cela plus tard.

— Mais je ne suis pas l'un d'entre vous. C'est la Semaine de l'Enigme, et vous êtes supposés résoudre un mystère.

— Oh, nous avons déjà assez de mystères comme ça sur les bras, répliqua Dianne. Allez, venez, Jon n'y verra aucun inconvénient. Il serait au contraire le premier à vous conseiller de faire une pause après cette confrontation avec l'autre gorgone.

Camy hocha la tête.

— Jon est toujours si gentil, acquiesça-t-elle.

— Alors l'affaire est entendue, conclut V.J. Je vous avouerai du reste que, si je n'ai pas bientôt mon Martini, je vais m'écrouler sur place.

Elle se dirigea vers la porte tandis que les autres lui emboîtaient le pas.

Juste à cet instant, un cri suraigu, à glacer les sangs, retentit au rez-de-chaussée.

11.

Jamais, ni dans la réalité ni dans ses pires cauchemars, Sabrina n'avait entendu un hurlement pareil. Elle pénétrait à la suite de Jon dans le foyer, quand elle fit un bond de un mètre ou presque, au son de ce cri terrifiant.

Anna Lee, debout sur le seuil de la pièce, ses immenses yeux écarquillés d'effroi, fixait Brett inanimé dans les bras de Jon. C'était elle qui avait hurlé, pensant apparemment que Brett était mort.

— Il est vivant ! s'empressa de lui annoncer Jon. Il est vivant !

A cet instant, Brett commença justement à s'agiter. Il ouvrit les paupières, gémit, puis leva les yeux vers Jon, qui le tenait toujours serré contre lui, et se mit à sourire.

— Jon, nous devrions être plus discrets dans nos rendez-vous. Notre réputation risque d'en souffrir.

— A mon avis, il est même en parfaite santé, ajouta Jon sèchement.

Entre-temps, Reggie, Tom et Joe étaient sortis de la bibliothèque pour se ruer dans le foyer tandis que V.J., Dianne, Thayer, Susan et Camy dévalaient l'escalier. Sabrina sentit Joshua la percuter dans le dos.

— Que s'est-il passé ? s'enquit Camy.

— Un accident de cheval, répondit Sabrina.

— Ce stupide canasson m'a jeté par terre, expliqua Brett en grimaçant. Tout droit sur un rocher ! Je souffre, mesdames. Soyez gentilles avec moi !

Jon eut un grognement agacé en constatant que son ami se remettait *aussi bien* de sa chute.

— Qu'on m'apporte un linge et de l'eau froide, je vous prie, lança-t-il à la cantonade.

Camy se précipita aussitôt vers l'office. Brett fut ensuite déposé sur le sofa de la bibliothèque, et tous convinrent que le seul dommage corporel dont il souffrait était le coup qu'il avait reçu à la tempe. Il ne cessait cependant de geindre, de grimacer, de se plaindre, insistant pour que ce soit Sabrina qui nettoie sa plaie et presse le linge humide contre son front. Dianne Dorsey lui présenta quelques cachets d'aspirine, puis il entreprit de narrer avec force détails mélodramatiques la manière dont sa monture l'avait désarçonné. Son récit rendit Sabrina encore plus désireuse de savoir ce que Joshua avait pu examiner autour de lui, au milieu de la tempête. Elle chercha ce dernier du regard et le vit debout dans l'ombre de la cheminée, seul dans son coin et les observant de loin.

— Il n'y a plus d'électricité ? demanda Jon à Thayer.

— Nous n'avons plus de courant depuis un certain temps, acquiesça ce dernier. En fait, la panne a eu lieu…

— Juste après mon agression ! l'interrompit Susan.

Jon, auquel Anna Lee venait de servir un verre, haussa un sourcil.

— Ton agression ?

— On m'a envoyée dans la salle des horreurs, alors que tout le monde était occupé par cette stupide séance de spiritisme dans la crypte. On m'a ensuite enfermée et Jack l'Eventreur m'a attaquée !

Joshua émit un bruit étrange, une sorte de hoquet étouffé.

— Jack l'Eventreur s'est animé ? demanda Brett sur un ton poli qui cachait mal un début d'hilarité.

— Susan n'a pas été enfermée, intervint Thayer avec fermeté.

— Le bois de la porte avait joué à cause de l'humidité, précisa Joe.

— Que vous dites ! riposta Susan. Pour ma part, je pense que c'est *elle* qui a fait le coup ! ajouta-t-elle avec emphase en pointant un index vengeur en direction de Camy.

Brett laissa échapper un reniflement moqueur. Camy se remit à pleurer en silence. Joshua s'écarta alors de la cheminée, comme pour venir prendre la défense de la jeune femme.

— Camy ? articula Jon à voix basse.

— J'ignore de quoi elle parle, je le jure ! répondit cette dernière.

— Comme il semble que personne ne soit vraiment sûr de rien, reprit Jon avec fermeté, je propose qu'on s'abstienne de s'accuser ainsi les uns les autres — à moins que le jeu ne l'exige, bien sûr.

— Jon Stuart ! s'emporta Susan. Je ne suis pas folle, et je certifie que…

— Que quoi ? l'interrompit Jon avec humeur.

— Que tes invités sont une bande de menteurs qui ont plein de secrets à cacher ! s'exclama-t-elle avant de les dévisager tour à tour. Et je vous préviens que vous avez tous intérêt à me prendre au sérieux. *Très* au sérieux.

— Susan, rétorqua Jon, si tu sais quelque chose…

— Oh, je sais tout ! le coupa-t-elle. Mais je n'ai pas envie de déballer mon sac — pas encore.

— Susan, si tu crains pour ta vie, déclara Dianne en tripotant une mèche de ses cheveux noirs, peut-être devrais-tu arrêter de menacer les autres.

— Exactement, approuva Thayer.

Sabrina se dit qu'ils parlaient et se comportaient tous comme une bande de gamins décidés à se coaliser contre la terreur du quartier.

— Peut-être devriez-vous vous-mêmes examiner vos gentilles petites vies et songer aux mensonges pathétiques et hypocrites sur lesquels elles reposent ! répliqua Susan.

Jon poussa un profond soupir.

— Susan, pour l'amour de Dieu, si tu pouvais cesser un instant de jouer cette comédie…

— Oh, mais c'est bien pour *jouer* que nous sommes ici, non ?

Jon secoua la tête. Il semblait réprimer sa colère à grand-peine.

— Si tu te sens réellement en danger, cela signifie que l'enjeu est devenu trop élevé. Peut-être ferions-nous mieux d'en rester là et de mettre un terme à la Semaine.

— Oh, non, reprit Susan, le jeu va continuer, et nous finirons bien par confondre celui ou celle qui contrevient ainsi aux règles. A ce propos, Jon, je tiens à ce que tu…

— C'est entendu : je vais jeter un coup d'œil à la porte de la crypte, Susan. Il est malgré tout du domaine du possible que tu aies simplement *cru* être enfermée.

— L'imagination peut parfois vous jouer de vilains tours, renchérit Anna Lee d'un air entendu.

— Pas la mienne, répliqua Susan. Et celui ou celle qui m'a fait ce coup-là me le paiera.

— Susan, je ferai de mon mieux pour savoir exactement ce qui s'est passé, lui promit Jon. Cela dit, je crains que nous ne soyons tous dans une situation assez fâcheuse. Je vous avais avertis qu'une tempête menaçait. Elle est sur nous, désormais, et Dieu sait combien de temps nous risquons d'être bloqués ici. En plus, les lignes électriques sont coupées et, quoique nous disposions d'un générateur et de batteries, je doute que nous puissions continuer à éclairer les pièces autant que je le souhaiterais. Nous y verrons donc moins clair et nos possibilités d'action seront réduites d'autant.

— En attendant, intervint Reggie, nous avons un splendide buffet à notre disposition dans la salle d'apparat. Allons manger. Nous nous sentirons certainement mieux après, et nous aurons moins tendance à nous laisser aller à des crises d'hystérie.

— Je ne suis pas hystérique ! hurla Susan.

— Oh, Susan, se plaignit Brett, tu es *toujours* hystérique. Et puis ne crie pas comme ça, c'est mauvais pour mon cœur. Après l'épreuve que je viens de subir, j'ai besoin de calme, de douceur et de sollicitude. Alors ressaisis-toi. C'est *moi* qui suis supposé être le malade, ici, ajouta-t-il sur un ton jovial.

— Moi aussi, je me suis cogné la tête sur une pierre en tombant.

— Pauvre pierre, murmura Dianne.

— Je t'ai entendue ! s'écria Susan.

— Ah oui ? repartit Dianne d'une voix doucereuse en lui lançant un regard venimeux.

— Susan, l'alimentation en eau chaude est également assurée par un groupe électrogène, reprit Jon, et nous devrons en conséquence nous montrer économes dans nos ablutions. Cependant, j'ai comme l'impression qu'un verre et un long bain chaud te feraient le plus grand bien.

Susan parut se radoucir aussitôt.

— Oui, répéta-t-elle, un bain chaud et un verre. Bien tassé. Tu me le prépares toi-même, Jon ? Et pourrais-tu rester près de moi pendant que je prendrai mon bain ? Je suis encore si angoissée.

— Susan, je dois d'abord aller inspecter la salle des horreurs ainsi que la crypte, lui rappela-t-il. Mais ne t'inquiète pas, je suis sûr que quelqu'un d'autre peut te servir de garde du corps.

— Je me porte volontaire, annonça Thayer.

— Non, répondit Jon à l'ex-policier. Je préférerais que tu descendes avec moi.

— Alors c'est moi qui veillerai sur elle, proposa Sabrina, qui en fut elle-même surprise.

— Non ! protesta Brett en pressant la main de cette dernière contre le linge qui lui ceignait le front. Tu ne peux m'abandonner maintenant. Je t'en prie, Sabrina.

Il se mit à grimacer comme s'il souffrait atrocement. Sabrina le considéra un instant et dut admettre qu'il avait mauvaise mine. Et qu'elle était heureuse de le voir en vie.

— C'est moi qui me posterai devant la porte de Susan, dit alors Tom Heart.

Sabrina releva les yeux et s'aperçut que Jon l'observait. Elle avait l'impression que son regard la transperçait. Elle était là, assise sur le bras du sofa, la main posée sur le front de Brett, qui avait posé lui-même sa main sur la sienne. Ils devaient former un tableau éloquent, pensa-t-elle.

— Aide-moi à regagner ma chambre, mon ange, veux-tu ? lui demanda Brett. S'il te plaît, je ne pense pas que j'y arriverai seul. Et puis, comme ça, tu pourras t'assurer que je n'ai pas de convulsions...

Entre-temps, Jon s'était écarté du groupe. Il sortit bientôt de la pièce, suivi par Thayer.

— Allons manger, répéta Reggie. Je meurs de faim.

— Deux de tes amis sont blessés et tu as encore faim ? s'indigna Susan.

— Deux nigauds imprudents, oui, la corrigea Reggie. Susan, tu as une tête épouvantable. Va donc prendre ton bain. Quant à toi, Sabrina, dépêche-toi de monter notre éclopé à sa chambre et reviens plus tard te restaurer avec nous. La journée risque d'être longue !

Oui, songea Sabrina tout en aidant Brett à monter l'escalier, la journée promettait d'être longue.

Les habits de Brett étaient trempés et, comme de bien entendu, il insista pour qu'elle l'aide à se dévêtir, la remerciant au fur et à mesure qu'elle lui ôtait ses bottes, sa veste et sa chemise. Mais elle s'arrêta là.

— Oh, allons, Sabrina, gémit-il en lui lançant un regard pathétique, ce n'est pas comme si tu pénétrais en territoire inconnu. Je te jure que je n'ai plus une once d'énergie.

— Soit, concéda-t-elle. Allez, couche-toi, que je te retire ton pantalon. Et tu as intérêt à avoir un slip !

Il s'esclaffa.

— Je vois que ta blessure ne t'empêche pas de te comporter comme le dernier des sagouins, marmonna-t-elle tout en tirant sur son pantalon trempé, qui semblait littéralement collé à ses jambes.

Comme il fallait s'y attendre, ce fut juste au moment où elle tombait à la renverse contre le montant du lit, le pantalon de Brett à la main, que Jon fit irruption dans la chambre.

— J'ai pensé que tu aurais peut-être besoin de mon assistance, McGraff, déclara-t-il d'une voix sèche. Mais je constate que tu es déjà en bonnes mains.

— Sabrina a l'habitude de me déshabiller, elle, répliqua Brett gaiement.

Jon reporta son attention sur la jeune femme, haussa les sourcils, puis ressortit de la pièce pour rejoindre dans le couloir Joshua et Thayer.

Sabrina jeta le pantalon à terre.

Brett lui saisit la main.

— J'aimerais vraiment savoir quand au juste tu as couché avec lui, grommela-t-il.

— Brett, ça suffit. Arrête, maintenant.

A la grande surprise de la jeune femme, il obéit. Il leva ensuite la tête vers elle et lui sourit.

— Tu es une infirmière du tonnerre, Sabrina. Cela te dérangerait-il de m'enlever maintenant mes sous-vêtements ?

— La seule chose qui te sauve en ce moment, Brett McGraff, est que tu *portes* des sous-vêtements ! rétorqua-t-elle avec humeur.

— Aurais-tu l'obligeance de me poser cette serviette froide sur la tête, mon amour ?

Sabrina était en colère. Elle se doutait que Jon la méprisait, pensant qu'elle couchait avec Brett — et tout cela à cause des manœuvres incessantes que ce dernier déployait pour la séduire ou, au moins, l'impliquer dans des situations compromettantes. C'était rageant, à la fin ! Mais que pouvait-elle y faire ?

Elle soupira.

— Glisse-toi entre les draps et tiens-toi tranquille.

Il obtempéra. Puis il ferma les paupières et grimaça, et elle en déduisit qu'il devait avoir une migraine carabinée.

Comme elle en voulait également à Jon de l'avoir si vite et si mal jugée, elle se montra un peu plus prévenante à l'égard de Brett — en prenant bien garde cependant à ne pas tomber dans un autre de ses pièges.

— Tu ne renonces donc jamais ? lui demanda-t-elle en remontant son oreiller alors qu'il venait de lui réclamer un verre. Il n'est pas question que tu boives pour l'instant. Dors, plutôt, repose-toi, et si par hasard tu vois trouble…

— Nous appellerons le docteur, infirmière Sabrina ? suggéra-t-il, amusé.

— Je ne pense pas que ce sera nécessaire.

— Le whisky est un remède souverain, dit-il sur un ton plein d'espoir.

— Pas d'alcool aujourd'hui. Tu aurais pu mourir, tu sais.

— Maudit bourrin ! Je me demande pourquoi il s'est cabré comme ça…, ajouta-t-il sur un ton pensif.

Puis il soupira.

— Enfin, je n'ai pas su le maîtriser non plus.

— Bah, ça arrive, dit Sabrina gentiment.

— Trop d'événements bizarres se produisent dans le coin, rétorqua Brett d'une voix lugubre. A ce propos, que crois-tu qu'il soit réellement arrivé à Susan ?

— Comment le saurais-je ? Je n'étais pas là, lui rappela-t-elle.

— Tout le monde la déteste. Il n'est pas un seul d'entre nous qui ne souhaiterait la voir morte.

— Mais elle n'est pas morte, n'est-ce pas ? Et puis, ce n'est pas parce qu'on déteste quelqu'un qu'on va décider pour autant de le tuer.

— Ah, mais c'est qu'on peut tuer pour bien des raisons. Tu as les psychopathes, les maniaques, ceux qui assassinent sous le coup de la passion, les ambitieux… la liste est infinie.

— En tout cas, répliqua-t-elle, je ne crois pas que Susan soit du genre à se faire peur *elle-même.*

— Cela dit, ces figures de cire sont réellement horribles, tu ne trouves pas ?

Sabrina hocha la tête.

— Seigneur, j'ai brusquement une faim de loup, reprit Brett. Tu ne veux pas descendre voir s'il n'y aurait pas un petit quelque chose pour moi ?

— D'accord, acquiesça Sabrina. Repose-toi, maintenant. Je reviens de suite.

Elle se glissa hors de la chambre de Brett et se dirigea vers l'escalier. Le bruit d'une porte qui se referme doucement se fit entendre derrière elle. Elle tourna la tête. Elle ne savait de quelle porte au juste il s'agissait, ni même si elle n'avait pas rêvé ce bruit.

Le couloir était aussi silencieux qu'une tombe. Elle frémit et se hâta de rejoindre la salle d'apparat.

Jon promena son regard sur la salle des horreurs. Tout semblait à sa place.

Thayer lui fit part de sa théorie au sujet du loquet de la porte de la crypte.

— Il a suffi que le bois gonfle un peu et le tour était joué, conclut-il. Maintenant, ajouta-t-il avec une mine soucieuse, il faut dire aussi que Susan, si garce soit-elle, avait l'air très effrayé. Crois-tu vraiment qu'elle ait pu se mettre dans cet état-là toute seule ?

Jon haussa les épaules sans quitter les scènes des yeux. Joshua avait fait un travail formidable, se dit-il. Les figures étaient terrifiantes à souhait. Mais elles n'étaient que cire, fil de fer et tissu. Elles n'étaient pas maléfiques ni susceptibles de s'animer.

Et Susan était effectivement une sacrée garce.

Cependant, il avait reçu lui aussi un message qui n'était pas prévu dans le jeu. Un message fielleux. Et le fait qu'ils soient désormais bloqués par la neige et doivent compter sur des groupes électrogènes pour leur confort, voire leur survie, accroissait encore son inquiétude. Combien de temps cette situation allait durer, il l'ignorait. En attendant, il était responsable du bien-être de ses invités.

— Le problème, poursuivit Thayer, c'est que la plupart d'entre nous assistaient alors à la séance de spiritisme dans la crypte. Toi, Brett, Sabrina et Joshua étiez partis. Camy travaillait dans son bureau. Peut-être un membre du personnel était-il dans le coup ?

— Non, non, répondit Jon, ils sont tous trop occupés et trop sérieux pour jamais songer à de telles farces. Et puis je ne vois pas quel intérêt aurait l'un d'eux à terroriser Susan Sharp. Ils n'ont, pour leur part, aucune raison de la haïr — ni de l'aimer non plus, du reste.

— Alors elle a rêvé, ou plutôt cauchemardé, répliqua Thayer.

Il posa les mains sur ses hanches et poussa un soupir.

— Si seulement nous avions l'équipement adéquat, ajouta-t-il, nous pourrions essayer de relever des empreintes — mais bon, on retrouverait sûrement celles de tout le monde. Chacun d'entre nous est descendu ici au moins une fois.

Jon alla se camper devant la scène représentant Jack l'Eventreur. Il tendit la main vers la joue de la statue. De la cire, se dit-il. Evidemment…

Il n'en demeurait pas moins que Susan avait reçu des instructions différentes des autres ; et, sur ce point-là, il ne mettait guère sa parole en doute, vu qu'il lui était arrivé la même mésaventure.

Restait maintenant à savoir s'ils avaient été tous deux victimes d'un plaisantin à l'humour douteux… ou s'ils ne se retrouvaient pas tous bloqués dans ce château en compagnie d'un maniaque. Bon sang, se reprit-il aussitôt, voilà que c'était son imagination à lui qui battait la campagne !

— Je pense que nous ne saurons rien de plus en restant ici, déclara-t-il à Thayer.

— Ouais… Enfin, c'était quand même quelque chose, tu sais. Tu aurais dû être là. La lumière s'est éteinte d'un coup, et voilà qu'au moment où j'allume mon briquet, Susan hurle que je veux la brûler !

Jon sourit, puis se renfrogna.

— Il n'y a plus qu'un moyen de tirer toute cette affaire au clair, lâcha-t-il.

— Lequel ? s'enquit Thayer.

— Jouer le jeu, répondit Jon lugubrement. Jouer le jeu jusqu'au bout.

Le château, dans les ténèbres, était vraiment impressionnant.

Non que Sabrina ne se soit jamais retrouvée dans des maisons subitement privées de courant. Il n'y avait pas qu'en Ecosse que les tempêtes pouvaient couper les fils électriques.

Seulement, dans ce château, un tel incident prenait une tout autre dimension. Des ombres inquiétantes se glissaient dans ses coins et recoins. Les flammes des bougies et des lampes à pétrole projetaient sur les murs des lueurs fantomatiques. Chaque niche, chaque anfractuosité semblait receler un mystère, une présence menaçante, obscure, insaisissable.

Elle se dépêcha donc de descendre l'escalier pour gagner la salle d'apparat.

Celle-ci était vide. Les autres avaient déserté les lieux après avoir pris leur déjeuner.

La nourriture était toujours sur le buffet, dans des plats chauffants dont les réchauds étaient éteints. On avait commencé à débarrasser la table en laissant quelques assiettes.

Sabrina allait passer en revue les plats, quand un frisson singulier lui parcourut l'échine. Elle se retourna d'un bond, persuadée que quelqu'un l'observait, dissimulé dans la pénombre.

Elle ne vit personne et se sentit idiote. Comme Susan, elle s'était mise à imaginer qu'une figure encapuchonnée s'apprêtait à l'attaquer.

Elle entendit alors, en provenance du foyer, un bruit de pas qui se dirigeaient vers le grand escalier. Elle s'approcha du seuil de la pièce et demeura cachée dans l'obscurité.

C'était Jon qui remontait du donjon. Anna Lee l'attendait sur le palier. Elle posa une main sur son bras. Ses cheveux ondulés lui retombaient sur le visage. Et elle souriait. D'un magnifique sourire. Puis elle afficha un air soucieux et prononça quelques paroles dont Sabrina ne put saisir le sens. Jon prit alors sa main dans les siennes. Anna Lee semblait très fragile à côté de sa haute et musculeuse silhouette et, comme il avançait d'un pas pour lui murmurer sa réponse, on eût dit son protecteur. Leur échange paraissait empreint de tendresse. Enfin, Anna Lee se retourna et monta avec Jon l'escalier menant à l'étage.

Sabrina recula dans la salle d'apparat et s'adossa contre le mur, prise de faiblesse.

— Ce n'était pas Anna Lee, déclara une voix surgie de l'ombre.

Sabrina sursauta et s'étonna de ne pas hurler.

Reggie Hampton apparut soudain, se relevant d'un profond fauteuil installé près de la porte de l'office. Elle avait l'air âgé, fatigué, mais gardait un maintien droit et digne.

— Comment ? chuchota Sabrina.

Reggie haussa les épaules en souriant légèrement.

— Je vous ai observée quand vous regardiez Jon et Anna Lee, à l'instant. Observer les autres… c'est tout ce qui me reste. C'est aussi la base de mon talent, au demeurant. On peut lire en vous à livre ouvert, vous savez…

— Je ne vois pas de quoi vous voulez parler, Reggie, l'interrompit Sabrina.

— Notre hôte, très chère, répondit Reggie d'une voix douce, sans toutefois la quitter des yeux. Vous regardiez Anna Lee et Jon, n'est-ce pas ? Et il vous revenait à l'esprit que, selon la rumeur, Jon avait une liaison quand sa femme a été tuée.

Sabrina eut un haussement de sourcils.

— Reggie, je n'ai nullement le droit…

— Ils sont amis, tous les deux, poursuivit la vieille dame. Mais ne vous inquiétez pas : il n'est pas attaché à elle. Sexuellement, s'entend.

— Il est libre de s'attacher à elle comme il veut, répliqua Sabrina. Y compris sexuellement.

Reggie sourit.

— Certes, très chère, vous avez mille fois raison. Et je constate que ce sujet, finalement, ne vous intéresse guère. Donc je ne dirai rien. Tenez, et si je vous aidais plutôt à préparer un plateau pour votre patient, là-haut ? On mange si bien, ici, n'est-ce pas ? Allons, choisissons ensemble une belle côtelette pour ce pauvre Brett.

— Reggie…

— Ta-ta-ta ! Motus et bouche cousue.

— Reggie, on dirait que vous savez quelque chose d'important…

— Je sais beaucoup de choses. Ou du moins je le crois. Mais ce que je sais pourrait nuire à des personnes innocentes, donc je me tais. La vérité apparaîtra d'elle-même au moment opportun.

— Reggie…

— Si vous avez l'intention d'être ennuyeuse, très chère, je vous laisse.

Sur ces mots, Reggie quitta d'une démarche altière la salle d'apparat, laissant cette fois-ci Sabrina seule pour de bon.

Vraiment pour de bon ?

De nouveau, la jeune femme se retourna pour scruter les ténèbres. Personne.

Elle prépara deux plateaux. Puis elle s'efforça de regagner la chambre de Brett sans courir.

La tempête était déjà fâcheuse. Mais se trouver bloqué par la neige l'était plus encore. Or, voilà qu'ils étaient bloqués par la neige sans électricité et, quoique Jon eût réussi à maintenir un certain confort dans le château, il n'appréciait pas plus que les autres l'obscurité.

Il se maudissait intérieurement.

Pourquoi diable avait-il insisté pour qu'ils jouent le jeu jusqu'au bout ? Il aurait dû les forcer à quitter la région avant que le temps se gâte — y compris Reggie, qu'elle le veuille ou non.

Mais il s'en était abstenu.

A présent, ils étaient tous coincés ici. Et, comme des rats en cage, ils commençaient à paniquer, prêts à se dévorer les uns les autres.

Pourtant, ils venaient vers lui. Un à un.

Telle Anna Lee.

Elle le suivit quand il se dirigea vers sa porte.

Il soupira.

— Pour l'amour du ciel, s'exclama-t-il, qu'y a-t-il encore ?

— Chut, Jon, je t'en prie ! répliqua-t-elle en le poussant dans sa chambre.

Elle était manifestement surexcitée.

— Ça commence ! Tu ne le sens pas ? Tout se démêle. L'heure de vérité approche…

Il la prit par les épaules pour l'obliger à se calmer.

— La vérité, dis-tu ? Quelle vérité ? Anna Lee, est-ce toi qui as fait peur à Susan ?

— Mais non ! protesta-t-elle tout en essayant de se dégager.

Il ne la relâcha pas.

— Susan est une garce, reprit-elle avec véhémence, et elle peut certainement inventer des histoires tordues. Mais cette fois, je crois qu'elle est dans de sales draps, et qu'elle le sait. Je crois qu'elle sait aussi ce qui s'est passé la dernière fois, et tu devrais la forcer à tout avouer.

— La forcer ? Par la violence ? C'est ça que tu attends de moi ? Que je la torture pour lui arracher des aveux ? s'enquit-il sèchement.

— Tu ne comprends donc pas ? Elle a confondu le meurtrier, elle a peut-être même essayé de le faire chanter. Et maintenant elle est sur les nerfs, et elle n'arrête pas de se faire remarquer pour qu'on ne la quitte pas des yeux, pour qu'on soit constamment autour d'elle.

— Mais comment peux-tu être aussi sûre que Susan sait la vérité ?

Anna Lee haussa les épaules.

— Une intuition...

— Nous ne savons même pas s'il y a effectivement un meurtrier. Et la plupart des gens ici avaient des secrets quand Cassie est morte. Et quand je dis la plupart, je me demande si ce n'est pas *tout le monde.*

Il hésita un instant.

— Cassie couchait avec...

— A propos de coucherie, le coupa-t-elle précipitamment, tu pourrais aisément séduire Susan et lui tirer les vers du nez.

— Hein ?

— Allons, tu sais bien qu'elle en pince pour toi, rétorqua Anna Lee.

— Dehors ! s'écria-t-il.

— Jon…

— Dehors ! Et pas d'imprudence, compris ?

— Oui, acquiesça-t-elle d'un air renfrogné.

— Ne va pas jeter de l'huile sur le feu, la prévint-il.

Elle allait ressortir de sa chambre, quand elle se retourna vers lui.

— Je t'aime, tu sais, murmura-t-elle.

Il hocha la tête.

— Moi aussi, je t'aime.

V.J. ouvrit la porte de sa chambre et inspecta longuement le couloir. Personne n'était en vue.

Sans électricité, l'endroit était effrayant. Des ombres dansaient sur les murs. A l'extérieur, le vent chantait une complainte lugubre. Tout le château avait l'air de s'animer, les pierres de respirer.

V.J. quitta sa chambre, une lourde lampe torche au poing. Elle n'eut cependant pas besoin de l'allumer : à intervalles réguliers, des lampes à pétrole étaient suspendues à d'antiques appliques, dispensant une lueur mystérieuse et glauque.

Elle s'avança silencieusement, pas à pas, le long du sombre corridor.

Arrivée devant la chambre de Susan, elle ouvrit la porte.

Un bruit d'eau qui coule se faisait entendre dans la salle de bains.

Et, dans la chambre, le beau et grand Tom faisait les cent pas.

D'abord, il ne s'aperçut pas de sa présence. Puis il leva la tête vers elle.

V.J. vit alors qu'il avait à la main un couteau dont il ne cessait de sortir et de rentrer la lame. Une lame d'une longueur surprenante. Et qui semblait terriblement affûtée.

Elle le dévisagea. Il s'immobilisa et la fixa à son tour.

Puis il s'avança vers elle.

— Que fais-tu donc ? murmura-t-elle d'une voix désespérée. Non !

Et l'eau dans la douche continuait de couler…

En rentrant dans la chambre de Brett avec le plateau, Sabrina se rendit compte qu'elle était elle-même affamée. Les événements de la matinée avaient retardé le déjeuner et il était déjà près de 3 heures. Brett dévora sa part avec appétit, et Sabrina fut heureuse de constater que l'hématome que lui avait laissé sa chute ne semblait pas trop grave. Il était de bonne humeur et paraissait ravi de l'avoir à son côté.

Cependant, Sabrina s'inquiétait pour Susan. Elle était curieuse d'apprendre ce que Jon avait pu découvrir dans la salle des horreurs. Elle avait pensé qu'il passerait peut-être voir Brett pour le tenir au courant. Mais il ne le fit pas.

Aussi, après avoir prévenu Brett qu'elle s'absentait un instant, alla-t-elle frapper à la porte de Susan.

Personne ne lui répondit.

Elle crut alors distinguer une silhouette qui disparaissait à l'angle du couloir. Là où se trouvait la chambre de maître, le territoire de Jon.

Elle hésita, puis commença à remonter le couloir, frôlant le mur, l'œil aux aguets.

Comme elle approchait de la chambre de Jon, elle vit une ombre se diriger vers la porte, marquer un temps d'arrêt, puis cogner au battant. Celui-ci s'ouvrit ; une femme se glissa à l'intérieur de la pièce.

Sabrina retint son souffle, le dos collé au mur. Quelques minutes plus tard, la femme ressortit.

Elle était mince et se mouvait avec la grâce évanescente d'une apparition. Ombre parmi les ombres, elle traversa le couloir, tête baissée. Heureusement, car Sabrina n'aurait pas pu se dissimuler à son regard malgré l'obscurité.

Elle passa à moins de un mètre de l'endroit où se tenait Sabrina.

C'était Dianne Dorsey. Revêtue d'un caftan noir, long et flottant, elle avait l'air d'un spectre sous la lueur vacillante des lampes à pétrole.

Un spectre profondément plongé dans ses pensées.

— Je t'aime ! murmura-t-elle.

Elle s'arrêta soudain et tourna la tête vers la porte de Jon.

— Je t'aime, répéta-t-elle.

Des larmes mouillaient ses yeux, les rendant aussi brillants que des diamants.

— Je sais ce qu'il me reste à faire ! chuchota-t-elle d'une voix angoissée.

Puis elle reprit son chemin.

Toujours sans remarquer Sabrina.

Celle-ci la suivit des yeux jusqu'à ce qu'elle eût disparu dans l'escalier, puis elle demeura un long moment immobile.

A la fin, elle se dirigea à son tour vers la chambre de Jon et frappa à sa porte.

Il ouvrit d'un geste irrité.

— Quoi encore ? demanda-t-il abruptement.

Puis il recula en reconnaissant Sabrina, et plissa les yeux.

— Tu m'attendais ? s'enquit-elle en notant son déplaisir.

— Je n'attendais personne, répliqua-t-il.

— Pas même Dianne Dorsey ?

Il croisa les bras sur sa poitrine.

— M'espionnerais-tu, par hasard ?

Elle secoua la tête, se sentant brusquement coupable.

— Non. J'étais juste venue te demander ce que tu avais découvert dans le donjon et il se trouve que j'ai aperçu Dianne qui sortait de ta chambre.

— Rien. Je n'ai rien découvert du tout.

Il ne l'invita pas à entrer dans son sanctuaire, mais resta sur le seuil à la dévisager, les mâchoires crispées.

— Elle t'aime, lâcha Sabrina tout à trac.

— Pardon ?

— Dianne. Quand elle est passée dans le couloir, tout à l'heure, elle a murmuré qu'elle t'aimait et qu'elle savait ce qu'il lui restait à faire, répondit Sabrina en l'observant attentivement.

Il étouffa un juron.

— Excuse-moi, dit-il en passant devant elle.

— Etait-ce avec elle que tu avais une liaison ? demanda-t-elle.

Il s'immobilisa et se retourna vers elle, l'air renfrogné.

— Non.

— Avec Anna Lee, alors ? s'enquit Sabrina — qui regretta aussitôt sa question.

— Non. Maintenant, si tu veux bien m'excuser…

— Oui, bien sûr. De toute façon, il faut que j'aille rejoindre Brett.

Elle vit ses traits se crisper, mais il n'ajouta rien de plus. Lui tournant le dos, il s'éloigna d'elle.

Une main tapota alors l'épaule de la jeune femme. Celle-ci sursauta et pivota sur elle-même.

C'était Anna Lee. Venait-elle, elle aussi, de quitter la chambre de Jon ? s'interrogea Sabrina.

— Vous avez tout faux, déclara Anna Lee en la dévisageant de ses magnifiques yeux verts.

Elle était extrêmement jolie et féminine dans son pull rose et son jean qui soulignaient sa silhouette fine et racée. Ses cheveux blond pâle bouclaient autour de son visage aux traits classiques.

— J'ai tout faux ? répéta Sabrina.

Anna Lee hocha la tête en souriant.

— Vous n'aviez pas une liaison avec Jon quand Cassandra est morte… mais c'est le cas maintenant ?

Anna Lee s'esclaffa.

— Eh non, vous vous trompez encore.

— Oh ?

— Eh oui. Voyez-vous, j'avais effectivement une liaison quand Cassandra est morte…

— Vraiment ? fit Sabrina, mécontente de paraître aussi crispée et jalouse alors qu'elle souhaitait seulement manifester une curiosité polie.

Anna Lee sourit de nouveau et se passa une main dans les cheveux.

— Mais ce n'était pas avec Jon.

— Ah bon ?

La jeune femme blonde éclata de rire, et Sabrina se rendit compte à quel point elle-même devait avoir l'air tendue.

Anna Lee lui caressa alors la joue et précisa :

— C'est avec *Cassie* que je couchais, Sabrina.

Elle haussa les épaules, sérieuse, sincère et toujours amusée.

— Mais n'allez pas vous faire des idées, reprit-elle. Cassandra n'avait pas renoncé aux hommes. Je n'étais pas la seule personne avec laquelle elle couchait. Seulement une parmi tant d'autres. Tout comme elle était une parmi d'autres pour moi. Que vaudrait la vie si l'on ne variait jamais les plaisirs ?

— Et Jon en a été bouleversé ? s'enquit Sabrina dans un souffle.

Anna Lee secoua la tête.

— Il savait, répondit-elle simplement. Cassie s'est toujours servie des gens en les montant les uns contre les autres. Elle lui a même demandé si une nuit à trois ne le tentait pas. Mais non, ça ne l'intéressait pas. Pas très flatteur, hein ? J'ai toujours eu le béguin pour lui. Quant à Cassie… eh bien, Cassie savait se faire aimer des gens, elle aussi. Malheureusement, elle s'est méprise sur le compte de Jon. Pauvre Cass… Tout cela est très triste. C'était une garce, une véritable diablesse, c'est sûr. Mais elle était belle, si belle.

Sur ce, elle s'éloigna en souriant et en ondulant des hanches.

Sabrina se sentit une faiblesse curieuse dans les genoux et se hâta de regagner la chambre de Brett.

Anna Lee s'était plus ou moins ouverte à elle. En revanche, la conduite de Dianne Dorsey lui semblait toujours aussi mystérieuse.

De même que celle de Jon.

12.

Sabrina demeura avec Brett jusqu'à la fin de l'après-midi, à la fois heureuse de redécouvrir en lui l'ami qu'elle connaissait bien et comprenait, et inquiète à l'idée qu'il puisse garder des séquelles de sa chute.

Elle se sentait aussi engourdie et tendue. Elle désirait voir Jon, et s'en voulait d'un tel désir.

Un désir qui n'était qu'attente, qui n'était qu'espoir… L'espoir de le voir venir à elle le premier.

Comme Brett avait apporté avec lui un magnétophone, ils écoutèrent le dernier livre de Dean Koontz — ce qui aurait pu être une erreur, étant donné qu'il racontait les tourments d'une jeune femme harcelée par un meurtrier psychopathe. Cependant, le temps passa assez rapidement et, peu avant l'heure des cocktails, un message fut glissé sous la porte de Brett.

— Que dit-il ? demanda ce dernier à Sabrina. S'agit-il de nouvelles instructions pour le jeu ? D'une autre séance de spiritisme ? La soirée promet d'être déjà assez lugubre comme cela.

Sabrina secoua la tête.

— Non, répondit-elle, pas de jeu ce soir.

Puis elle lut le message à voix haute :

— « Chers invités… En raison de la tempête, de la coupure de courant et des autres incidents d'aujourd'hui, des plateaux-repas vous seront servis pour le dîner. Enfermez-vous dans votre chambre ; nous nous retrouverons pour le petit déjeuner demain, en fin de matinée, dans la salle d'apparat. Nous laisserons alors tomber les masques et confesserons tous nos péchés… Signé : Votre hôte, Jon Stuart. »

— Tant mieux, s'exclama Brett. Tu restes avec moi cette nuit, n'est-ce pas ?

Sabrina l'embrassa sur le front.

— Eh non, répondit-elle. En fait, je vais même te quitter tout de suite. Tu es ici au chaud, confortablement installé dans ton lit, et je…

— Tu pourrais aussi être au chaud et confortablement installée dans mon lit, tu sais.

— Désires-tu écouter un autre livre ? Je peux te mettre la première cassette dans le magnétophone.

Brett soupira et la regarda avec un air de chien battu.

— Michael Creighton, répondit-il d'une voix sinistre.

— Bien. Voilà qui te remontera le moral.

— Il est devant moi sur la liste des ventes, lui rappela-t-il alors sur un ton maussade.

— Encore mieux, répliqua-t-elle. Comme ça, tu auras une occasion d'étudier le style de ton rival.

Elle inséra la première cassette du livre parlé dans le magnétophone.

— Appelle-moi si tu as besoin d'autre chose, reprit-elle. Je repasserai te voir avant d'aller me coucher.

Il eut une grimace comique.

— Si tu m'aimais vraiment, tu coucherais ici même et me tiendrais compagnie jusqu'à demain matin.

— Brett, voilà des heures que je te tiens compagnie. J'ai envie de m'octroyer un long bain tant que les chauffe-eau fonctionnent.

— Tu n'as qu'à le prendre ici. Nous pourrions même économiser l'eau chaude… en le prenant à deux.

— Bonne nuit, Brett.

Puis elle sortit de sa chambre. Elle croisa dans le couloir Jennie Albright, la gouvernante, qui, assistée de deux jeunes et sémillantes domestiques, venait apporter aux invités leurs plateaux.

— Ah, mademoiselle Holloway, auriez-vous l'amabilité de donner son plateau à M. McGraff ? demanda Jennie avec un fort accent écossais.

— Certainement, répondit Sabrina.

— Merci beaucoup.

— Je vous en prie. Vous risquez d'en avoir pour un moment, Jennie. Voulez-vous que je vous donne un coup de main en bas ?

— Oh, vous êtes vraiment adorable ! Mais, non, merci, nous avons presque terminé. Il ne reste plus que vous, Mlle Sharp et M. McGraff à servir.

Sabrina, le plateau à la main, repoussa du dos la porte de Brett et vint lui présenter son repas.

Il sourit joyeusement.

— Te revoilà donc ! Je savais bien que tu ne pourrais pas supporter d'être séparée de moi.

— Ton dîner, Brett, dit-elle en posant le plateau sur sa table de chevet. A demain.

— Hé, les services en chambre sont d'ordinaire moins expéditifs ! protesta-t-il tandis qu'elle ressortait dans le couloir.

Elle refermait la porte derrière elle à l'instant où Rose, la plus jeune des deux domestiques, frappait à celle de Susan.

— Jennie, appela-t-elle au bout d'un moment, Mlle Sharp ne répond pas.

— Eh bien, laisse donc le plateau devant sa porte, rétorqua la gouvernante.

Puis, se tournant vers Sabrina :

— Voici le vôtre, mademoiselle Holloway, ajouta-t-elle. C'est du poisson à l'étouffé, frais pêché de ce matin. Mangez-le tant que c'est chaud.

— Merci. Si vous avez besoin de moi pour ramasser..., suggéra Sabrina.

— Mais vous êtes vraiment très serviable ! s'exclama Jennie avec reconnaissance. Cependant M. Stuart nous a demandé de nous enfermer dans nos chambres sitôt le repas terminé. Nous ramasserons les plateaux demain. J'espère seulement que le ciel se sera un peu dégagé d'ici là. Il faut bien que la neige s'arrête de tomber de temps en temps et fasse place au soleil, n'est-ce pas ?

Sabrina prit son plateau des mains de Tara, l'autre domestique. Puis Jennie et ses deux aides lui souhaitèrent une bonne nuit avant de la quitter.

Elle se hâta de rentrer dans sa chambre et ferma sa porte au verrou, tout en se demandant pourquoi elle se sentait si nerveuse. Le poisson dégageait une odeur délicieuse ; il avait été cuit en croûte dans un four à bois et on l'avait accompagné d'un verre de chablis. Sabrina le dévora goulûment. Quand elle eut fini son dîner, elle se surprit à craindre de ressortir de sa chambre. Elle s'y sentait en sécurité. Pourtant, se sermonna-t-elle, il n'y avait aucune raison pour qu'elle redoute ainsi de retourner dans le couloir.

Et puis les restes du dîner risquaient de sentir. Finalement, elle se résolut à repousser le verrou puis, après avoir jeté un rapide coup d'œil dans le corridor, se dépêcha de poser son plateau devant sa porte avant d'en refermer précipitamment le battant.

Elle gagna ensuite la salle d'eau et décida d'ajouter des sels relaxants dans son bain. A sa grande satisfaction, elle constata que les robinets dispensaient encore de l'eau chaude.

Toutefois, ni le chablis ni le bain ne purent dissiper le sourd malaise qui l'étreignait.

Anna Lee Zane avait admis avoir eu une liaison avec Cassandra Stuart. Dianne Dorsey était sortie de la chambre de Jon en murmurant qu'elle l'aimait. Susan Sharp avait prétendu avoir été agressée. Ils étaient tous bloqués par la neige, ils étaient peut-être tous en danger, et voilà qu'en plus elle voulait revoir Jon Stuart, coucher avec lui…

Irritée envers elle-même, elle s'extirpa de la baignoire, se sécha vigoureusement et se glissa dans un négligé de soie. Elle aurait dû avoir froid, ainsi vêtue. Pourtant, elle se sentait bouillir. Elle ouvrit la porte-fenêtre et avança sur le balcon pour se rafraîchir le corps et les idées.

La neige avait cessé de tomber. L'air était vif, les étoiles d'une beauté sidérante.

Ce fut à cet instant, alors qu'elle se tenait là, sur le balcon, qu'elle perçut soudain sa présence derrière elle.

Elle aurait dû en être effrayée. Elle avait vécu une journée éprouvante. De plus, il n'y avait pas si longtemps que ça, une femme avait connu la mort en tombant d'un des balcons du château.

Sa femme.

Mais elle n'avait pas peur. Car elle savait, instinctivement, que c'était lui. Elle retint néanmoins son souffle. S'il voulait la tuer, ce serait facile, songea-t-elle. Il lui suffisait de la pousser un peu, rien qu'un peu. Elle était plutôt légère. Tout comme Cassandra Stuart.

Et puis il y avait eu d'autres femmes dans sa vie. Elle n'était pas naïve au point de croire le contraire.

Tous ces faits, cependant, lui paraissaient désormais sans importance. Elle avait l'intime conviction que cet homme ne lui était pas aussi inconnu qu'elle l'avait craint naguère, et que le désir qu'elle éprouvait pour lui était d'une certaine manière justifié, quel que fût par ailleurs son passé. Ou le sien.

Quelle que fût, même, la crainte que pouvait lui inspirer le présent.

Elle ignorait comment elle savait que c'était lui — elle le savait, tout simplement. Sans doute, se dit-elle, grâce à une sorte de sixième sens que tout le monde devait posséder.

Elle n'avait donc pas peur ; il n'était pas venu lui faire du mal.

Elle ne se retourna pas, mais attendit, se souvenant que ce qui s'était passé entre eux, jadis, remontait à une époque lointaine, qu'il avait fréquenté d'autres femmes entre-temps, qu'elle devait garder une certaine réserve, une certaine dignité.

Elle ne l'entendit pas approcher mais ne sursauta pas lorsqu'il la toucha. Il la prit par les épaules et la força à se retourner. Ses yeux fascinants exprimaient une curieuse frustration et une colère contenue, prête à éclater. Elle retint sa respiration et attendit qu'il lui parle, qu'il lui pose la question qui lui brûlait manifestement les lèvres. Elle avait envie de parler elle-même, de lui rappeler qu'ils avaient beaucoup de choses à se dire. De l'interroger sur ses autres relations.

Mais il resta silencieux, et elle ne put elle-même trouver ses mots. Il étouffa un juron et l'attira contre lui.

La fougue âpre et sauvage de son baiser électrisa la jeune femme de la tête aux pieds. Jamais elle n'aurait imaginé qu'un simple baiser pût être aussi violemment intime, mais il l'embrassa avec une telle fièvre que ses jambes se mirent à trembler. Elle se pressa contre lui, percevant son excitation à travers le velours de sa robe de chambre et la soie de sa propre nuisette. La chaleur qui émanait de lui semblait fusionner leurs deux corps, la brûlant au plus profond d'elle-même comme si elle était déjà nue, offerte à ses caresses.

Puis il se recula soudain et riva son regard au sien.

— Tu couches toujours avec McGraff ? lui demanda-t-il d'une voix rauque.

Sabrina fut aussitôt envahie par une rage aussi intense que son désir. Elle voulut se dégager, mais il la tenait fermement. Elle s'abstint de lui répondre, car il reprit bientôt la parole sur un ton qui lui parut moqueur.

— Excuse-moi, dit-il, mais chaque fois que je vous vois ensemble, vous êtes dans une situation pour le moins… éloquente.

— Dieu seul sait avec qui tu couches toi-même, répliqua-t-elle avec humeur. Ta chambre, aujourd'hui, avait l'air d'un hall de gare. Il te faut donc toutes ces femmes ? N'aurait-tu pas tué Cassandra parce qu'elle te gênait dans ta carrière de séducteur ?

Elle regretta immédiatement ces propos en sentant Jon se raidir aussi vivement que la corde d'un arc après le départ de la flèche.

— C'est ça, sois garce, grommela-t-il. Et d'ailleurs je me fiche de savoir si tu couches ou non avec Brett.

Il la toisa d'un regard acéré, puis, brusquement, il la força une nouvelle fois à se retourner et posa ses mains sur sa nuque. Il se mit alors à lui masser le cou et les épaules. Sabrina aurait voulu trouver une repartie, lui rabattre son caquet ou, au moins, s'éloigner de lui comme l'aurait fait n'importe quelle personne sensée et dotée d'un minimum de fierté. Cependant elle resta immobile, à la fois furieuse et apaisée par le contact sensuel de ses mains sur son corps. Il était si près d'elle. Et toujours excité. Tendu, fiévreux. Attirant.

— Si tu m'en veux, tu peux toujours repartir, réussit-elle finalement à articuler.

— Oui, je le pourrais.

— Tu aurais pu frapper à la porte.

— J'aurais pu.

— Je pourrais te chasser.

— Non, tu ne le pourrais pas.

— Je pourrais te demander de me laisser.

— Je ne te quitterais pas.

— Alors, c'est que tu es un goujat.

— Je sais, et j'en ai honte.

— Au fait, s'enquit-elle soudain, comment es-tu entré ici ?

— Par un passage secret. Tu es dans mon château, je te rappelle.

— Exact. Tu es notre seigneur et maître, acquiesça-t-elle d'une voix ironique. Et où est-il, ce passage secret ?

— Si je te le disais, ce ne serait plus un passage secret.

— Et tu t'en es déjà servi pour pénétrer ici à mon insu, n'est-ce pas ? lui demanda-t-elle sur un ton accusateur.

Il cessa brusquement de la masser. Sabrina ne pouvait voir son visage, mais elle devinait qu'il était en train de froncer les sourcils.

— Non, répondit-il, c'est la première fois. Qu'est-ce qui te fait croire le contraire ?

Elle secoua la tête, le devinant encore plus tendu, plus contracté qu'auparavant.

— Rien de spécial, dit-elle, juste une impression comme ça. Une sensation. Comme dans les rêves.

— Et tu as senti que j'étais là.

— J'ai senti…

Elle hésita. Qu'avait-elle senti au juste ?

— Je ne sais pas, reprit-elle. Je me suis simplement réveillée une nuit en pensant que je n'étais pas seule dans ma chambre.

— Je ne suis jamais venu ici.

— Vraiment ?

— Tu me crois donc si follement épris de toi ? s'enquit-il d'une voix légèrement amusée.

Elle voulut de nouveau se dégager.

Il raffermit sa prise sur ses épaules.

— Je le suis, avoua-t-il. Mais, je te le répète, je ne suis jamais venu ici — autrement qu'en pensée, bien sûr.

Sabrina ne put s'empêcher de sourire, et se réjouit d'avoir le dos tourné en cet instant.

— Peut-être quelqu'un d'autre connaît-il ce passage secret, suggéra-t-elle.

— Impossible : il mène directement de ma chambre à la tienne.

— Intéressant. C'est pour ça que tu m'as logée ici ?

— Oui, répondit-il sans ambages.

— Mais tu ne l'as pas emprunté avant ce soir ?

— Non.

— Pourquoi maintenant ?

— J'en avais assez d'attendre une invitation. Et plus qu'assez de ménager la susceptibilité de ton ex-mari.

Il paraissait de nouveau irrité. Et tendu. Sabrina le sentait, même si elle ne pouvait toujours pas voir son visage.

— Bref, conclut-il à voix basse, mon désir pour toi a eu finalement raison de mes réticences.

— Ah oui ?

— Je suis venu ici pour avoir une aventure, murmura-t-il.

— Moi aussi, répondit-elle froidement.

— Avec lequel d'entre nous ? s'enquit-il.

— Tu es un beau salaud, et tu devrais plutôt reprendre ton passage secret…

— Jamais de la vie, mon amour, chuchota-t-il sur un ton vibrant qui fit frémir la jeune femme et réveilla malgré elle son désir.

Il se tenait coi, comme s'il attendait une réponse. Mais elle se refusait à lui en donner une. Puis elle sentit de nouveau ses mains sur sa nuque, ses épaules, sous les fines bretelles de sa nuisette.

La soie commença à glisser sur son corps. Elle retint instinctivement le tissu contre ses seins, mais elle n'en inclina pas moins la tête, frissonnant sous ses baisers, tandis qu'il lui embrassait l'épaule, le cou. Son corps musculeux se pressait contre le sien ; ses doigts couraient sur ses hanches et ses cuisses, sa paume dure se coulait vers le bas de son ventre, entre ses jambes. Ses genoux mollirent. Elle avait l'impression qu'il lui communiquait sa fièvre, quc son ardeur l'enveloppait, l'absorbait, qu'elle allait bientôt fondre sur place.

Soudain, Jon parut s'apercevoir qu'ils étaient toujours sur le balcon, exposés aux regards, et la prit par la taille pour la ramener dans la chambre. Il l'obligea ensuite à se retourner et, les yeux dans les siens, lui saisit les mains, l'empêchant ainsi de retenir sa nuisette. La soie cascada sur le corps de la jeune femme, telle une brise folle sur sa peau enfiévrée. Tout son corps semblait se tendre vers lui, aspirer au plaisir. Il la contempla sans mot dire, et elle eut le sentiment d'être touchée, caressée par son regard. Un regard qui brûlait comme le feu.

La personne qui avait tué Cassandra contemplait la scène. De loin, avec des jumelles.

Ils n'accordaient pas assez d'attention à ce qui se passait autour d'eux, songeait-elle. Or il ne s'agissait pas là pour elle d'un simple jeu. Elle était, au contraire, très sérieuse.

Elle regardait le balcon. Regardait la femme sous les étoiles, regardait l'homme qui se tenait derrière elle. Elle suivait toute la scène, avec fascination.

Voyait leur visage, à l'un comme à l'autre.

Percevait la tension érotique.

La femme, grande, svelte, sa nuisette frémissant dans l'air du soir, ses cheveux agités par la brise.

Jon Stuart. Captivant. Emouvant. Grand lui aussi, beau, si viril dans sa robe de chambre. Ses doigts longs et bronzés courant sensuellement sur le corps de la femme, sur sa poitrine presque nue, la caressant encore, et encore, et encore, une de ses mains glissée entre ses jambes, les reins cambrés vers elle.

Et puis...

Il l'attira à l'intérieur. Comme s'il avait pris conscience du regard posé sur eux, de la présence de la personne qui les observait, partagée entre le désir et la colère.

Mais pourquoi cette colère ? se demanda-t-elle.

Pourquoi ce désir ?

Cet étrange désir, ce besoin... de tuer. Encore une fois.

De tuer... bientôt.

Sabrina se sentit trembler sous son regard. Elle était nue, elle avait froid, et pourtant elle brûlait déjà de plaisir anticipé. « Oh, mon Dieu... »

Jon mit un genou à terre, l'encercla de ses bras vigoureux, l'attira vers lui. Il embrassa son ventre, son sexe.

Ses baisers hardis, ardents affolaient la jeune femme, réduisant toutes ses sensations à la seule volupté de l'instant présent. Elle se cambra, gémit. Les doigts de Jon la comblaient ; elle frissonna, se tendit et connut un plaisir fulgurant qui la laissa pantelante.

Il la souleva alors et l'emporta vers le lit tandis qu'elle goûtait de nouveau ses lèvres, plaquée contre son torse musculeux que dévoilait sa robe de chambre ouverte. Elle était étourdie, ébahie, gênée même, et cependant aspirait encore à ses baisers, ses caresses.

Les souvenirs affluèrent, accroissant d'autant le plaisir qu'il réveillait en elle. Il l'avait aimée, jadis, et elle se rappelait tout de lui — le contact de sa peau nue contre la sienne, ses lèvres, son odeur. Elle avait chéri ces sensations, et la joie de les retrouver la bouleversait. Elle aurait dû lui opposer du scepticisme, de la réserve, de la colère, de l'indignation. Il n'avait aucun droit, maître du château ou non, de s'introduire ainsi dans sa chambre, de la caresser sans qu'elle l'y eût invité. Mais la logique et la morale n'avaient plus d'importance pour elle. Plus rien n'avait d'importance. Il était venu parce qu'il était las d'attendre. Il la désirait, et il était venu pour elle, et il savait qu'elle ne pouvait ni ne voulait le repousser. Peut-être même savait-il qu'elle aspirait à retrouver leurs étreintes, qu'elle mourait d'envie de passer de nouveau une nuit avec lui. Peut-être avait-il lu ce désir dans ses yeux.

Elle lui rendit ses baisers avec passion, l'enveloppant de ses bras, ses doigts brûlant de caresser sa peau nue. Elle sentit sous ses lèvres sa bouche dure, ses joues légèrement rugueuses tandis qu'il baissait la tête pour embrasser son cou, la naissance de ses seins, s'attardant sur leur pointe qu'il se mit à taquiner du bout de la langue, à mordiller. Elle plongea les mains dans ses cheveux, le corps arc-bouté, laissant échapper des petits cris désespérés. Il pesait maintenant sur ses jambes, son ventre, chair contre chair. Puis il fut en elle, et Sabrina fut prise de vertige sous la violence de ses sensations.

Il la pénétra et se retira, lentement d'abord, la remplissant aussi profondément que possible. Elle s'accrochait à lui, plantait ses doigts dans son dos. Il lui souleva les reins, accentuant peu à peu ses poussées, avec une lenteur intense, presque insupportable.

Elle étouffa ses gémissements contre son épaule lorsque le plaisir la submergea de nouveau. Elle tremblait, frémissait, se retenait à lui, le souffle court, son cœur battant dans sa poitrine tel un tambour. Il la pénétra alors une dernière fois et elle sentit sa chaleur l'imprégner.

Il ne la relâcha pas tout de suite, mais l'embrassa encore, leurs souffles se mêlant tandis que leurs cœurs battaient à l'unisson.

Tout le monde était dispersé dans le château. Jon avait demandé à Camy de remettre aux invités le message leur recommandant d'être prudents et de rester tranquilles jusqu'au lendemain matin. Cependant, le plaisantin avait refait des siennes et modifié les instructions, si bien que nombre d'invités erraient maintenant dans les ténèbres du château au risque de se casser une jambe.

Quand elle découvrit une des notes enjoignant aux invités de se rendre dans le donjon, Camy fut perplexe. Tout le monde écrivait donc des messages et jouait son propre jeu ? se demanda-t-elle.

Le couloir de l'étage était silencieux. Quant à Jon, il ne se trouvait pas dans sa chambre. Elle aurait voulu l'avertir que quelque chose se tramait, mais elle ignorait où il pouvait être en cet instant. Aussi, bien qu'elle fût effrayée par l'obscurité qui régnait dans l'édifice, estima-t-elle de son devoir de descendre elle-même au donjon.

Alors qu'elle s'engageait dans l'escalier, elle fut certaine de voir des ombres bouger devant elle. Des spectres dans la nuit. Elle se répéta qu'elle n'avait pas à avoir peur du château ni de la crypte. Elle vivait dans ce bâtiment. Aucun fantôme ne le hantait. Joshua Valine était un artiste talentueux qui avait sculpté des figures avec de la cire et du fil de fer, rien de plus. Non, elle n'avait pas à avoir peur.

Elle connaissait le château.

Pourtant...

Elle descendit prudemment l'escalier et emprunta la volée de marches qui menait au sous-sol. Elle percevait des sons furtifs qui, elle en était persuadée, n'étaient pas le fruit de son imagination. Des chuchotements, des secrets échangés à mi-voix, des cris de terreur étouffés.

Des secrets et des cris de terreur qui pouvaient pousser au meurtre ?

Elle entendait une sorte de grattement, semblable à la cavalcade de rats s'échappant des murs à la faveur de l'obscurité. C'était curieux, songea-t-elle, mais dans son esprit, elle voyait les invités de Jon en rats. Des rats petits et gros, effrayés, menaçants. Reggie Hampton, par exemple, était un rongeur replet affublé d'une robe à fleurs. Susan Sharp était une créature décharnée avec des dents de rat. Thayer Newby portait un insigne de policier sur son uniforme de rat patrouilleur, tandis que Joe Johnston était un rat de gouttière hirsute. Quant à ce bon vieux Tom Heart, il était coiffé d'un haut-de-forme et, la canne à la main comme Fred Astaire, trottinait gracieusement au milieu des autres.

Camy sentit un frisson étrange lui parcourir l'échine. Mais que se passait-il donc ? se demanda-t-elle. C'était tellement bizarre. Elle percevait des déplacements insidieux à l'intérieur du château. Elle n'aimait pas ça du tout. Cela la rendait mal à l'aise.

Elle pénétra discrètement dans la chapelle. Une lampe solitaire avait été allumée pour guider les pas des visiteurs. Il n'y avait personne alentour. Il semblait cependant à Camy que la lueur de la lampe projetait des ombres menaçantes dans chaque recoin de la salle.

Où donc était Jon ? s'interrogea-t-elle. Se trouvait-il lui aussi quelque part dans les sous-sols, cherchant comme elle à savoir ce que ses invités manigançaient ?

Elle quitta la chapelle, non sans avoir soigneusement inspecté les environs, et se glissa dans la salle des horreurs. Elle se demanda si Joshua lui-même aurait pu imaginer à quel point cet endroit était effrayant sous la lumière tremblotante des lanternes accrochées aux pierres du château. Elle battit des paupières, s'attendant presque à ce que Jack l'Eventreur lève les yeux vers elle et lui adresse un sourire carnassier. L'espace d'un instant, elle fut convaincue que Marie-Antoinette avait tourné la tête dans sa direction. Sur le chevalet, lady Ariana Stuart poussait un cri de terreur muet, son regard désespéré et accusateur posé sur elle…

Elle marqua une pause, le souffle court, certaine d'avoir de nouveau entendu courir des rats. Quelqu'un se cachait-il derrière les figures de cire ? Ou étaient-ce les figures elles-mêmes qui s'animaient, qui se rapprochaient d'elle à chacun de ses battements de cils, prêtes à frapper ?

« Idiote ! se morigéna-t-elle. Poule mouillée ! » Ses craintes étaient stupides. Elle n'était plus une enfant, tout de même.

Elle ressortit de la salle des horreurs et s'adossa contre le mur pour reprendre haleine. De l'autre côté, plongée dans la pénombre, s'étendait l'aire de loisirs — la piscine, la piste de bowling. Elle crut percevoir un bruit d'éclaboussures et s'imagina aussitôt qu'un corps avait été jeté à l'eau, qu'il se vidait de son sang en éventails pourpres dans les flots javellisés. Et ce grondement sourd, à peine audible, n'était-ce pas celui d'une boule roulant sur la piste vers les quilles ? Une boule qui aurait été lancée par un fantôme et qui serait… une tête ?

Beurk ! Voilà ce qu'il en coûtait de fréquenter trop longtemps des écrivains spécialisés dans le macabre et le morbide, se dit-elle. En vérité, la piscine comme le bowling étaient silencieux.

Il lui restait un dernier endroit à visiter…

Elle s'avança vers la crypte et s'efforça d'en ouvrir la porte le plus doucement possible.

Les gonds grincèrent quand même.

Le bruit n'était pas très fort, mais il lui parut assez retentissant pour réveiller un mort.

Elle pénétra dans la crypte.

La lumière y était si ténue qu'elle ne pouvait presque rien distinguer dans l'obscurité. Elle cilla tout en ajustant sa vision sur le halo de clarté brumeuse dispensée par une lampe solitaire suspendue à une antique applique.

Puis elle se figea sur place, tétanisée par la frayeur, glacée jusqu'aux os…

Car *elle* était là.

Cassandra Stuart.

« Oh, doux Jésus, Cassandra ! »

Belle dans son suaire de soie pourpre — la robe dont on l'avait revêtue avant ses funérailles —, sa chevelure d'ébène flottant sur ses épaules, elle était allongée sur son propre tombeau, les mains croisées sur la poitrine.

Puis elle se redressa, lentement, s'assit, repoussa ses cheveux en arrière et fixa Camy d'un regard halluciné…

Ils demeurèrent étendus un long moment l'un sur l'autre. Sabrina ne sut d'abord que jouir du bonheur de le sentir de nouveau si proche d'elle, de pouvoir ainsi humer son odeur, toucher sa peau.

Puis, dans un soudain regain de colère, elle le renversa et le plaqua sur le lit. Il la contempla avec stupéfaction.

— Tu es un âne bâté, Jon Stuart ! M'en vouloir à cause de Brett… Oui, j'ai été mariée avec lui. Et tu sais quoi ? Je suis toujours attachée à lui. Oh, il est capable d'être un âne, lui aussi — on dirait d'ailleurs que c'est là une spécialité des écrivains égocentriques. En un sens, il se peut même que je l'aime. Mais notre vie conjugale est du passé, et si tu persistes à croire le contraire, tu peux aussi bien repartir te terrer dans ton maudit passage secret !

Il eut un haussement de sourcils et esquissa un sourire.

— Dois-je comprendre que l'aventure à laquelle tu songeais en venant ici était une aventure… avec moi ?

Elle se mit à jurer et à lui marteler la poitrine. Il poussa un grognement de surprise avant de lui immobiliser les poignets d'un coup, sans effort apparent. Puis il la renversa à son tour et la cloua sur le lit.

— Bien, dit-il, puisque l'heure des confidences a sonné, allons-y, ouvrons grand notre cœur. D'abord, Cassandra était une chipie, je le reconnais. Il n'y avait pas pire garce quand elle s'y mettait. Mais il fut une époque où elle m'aimait vraiment, où je l'aimais aussi. Et, oui, je tenais encore à elle quand elle est morte, même si notre mariage était un échec, même si elle couchait avec la moitié du château, sans distinction de sexe. Et c'est bien pour cela que…

Il s'interrompit brusquement, les lèvres serrées.

Sabrina le considéra avec stupeur.

— Oh, mon Dieu ! murmura-t-elle dans un souffle. Le jeu… Tu as organisé une nouvelle Semaine de l'Enigme pour découvrir son meurtrier ? C'est cela, n'est-ce pas ? Tu l'aimais, oui, tu l'aimais, et tu veux maintenant confondre son assassin !

Il s'écarta d'elle, s'assit sur le rebord du lit et se passa une main dans les cheveux en secouant la tête.

— J'ignore si elle a été assassinée ou non, articula-t-il. Je l'ai seulement vue tomber. J'étais là, dans le jardin, et j'ai vu Cassie basculer par-dessus la rambarde du balcon.

On aurait dit qu'elle volait, et ce satané Poséidon est si près du maudit balcon qu'elle a atterri en plein sur son trident, ajouta-t-il d'une voix rageuse. J'ai été cuisiné par les tribunaux, mais j'ai aussi engagé une cohorte d'experts pour vérifier s'il était possible qu'elle soit ainsi tombée sur le trident sans avoir été poussée.

— Et ?

Il fit la grimace.

— L'un des experts m'a présenté un diagramme selon lequel elle avait dû recevoir une impulsion initiale. Un autre m'a exhibé une série d'équations prouvant que cela était totalement exclu.

Il secoua de nouveau la tête.

— J'aurais préféré ne plus y penser, accepter la mort de Cassie comme un accident. J'aurais préféré vous laisser tous tranquilles avec ça. Seulement, je n'étais pas le seul à me poser des questions, à vouloir connaître la vérité et, à la fin, rester ainsi dans le doute s'est révélé insupportable. Son décès n'a cessé de me hanter depuis. Je n'arrête pas de m'interroger...

— Mais, Jon...

Sabrina n'acheva pas sa phrase, car un cri de frayeur suraigu retentit soudain dans les profondeurs du château, un hurlement si intense qu'il en était presque inhumain. Un hurlement que les murs épais de l'édifice ne semblaient pas avoir étouffé mais, au contraire, amplifié.

Jon fut aussitôt debout et s'empressa de renouer la ceinture de sa robe de chambre.

— Seigneur ! murmura Sabrina. Qu'est-ce... ?

Le cri s'éleva de nouveau, exprimant une terreur absolue.

— Le donjon ! s'exclama Jon.

Alors que la jeune femme se hâtait de remettre sa nuisette et d'enfiler un peignoir, il se rua dans le couloir.

— Attends-moi ! lui dit-elle en lui emboîtant le pas.

Il s'était saisi au passage d'une des lampes à pétrole accrochées au mur et s'engageait déjà dans l'escalier. Sabrina courut après lui. Elle sentait la pierre glacée sous ses pieds nus, mais elle savait qu'elle n'avait pas le temps de revenir dans sa chambre pour y récupérer ses chaussures.

Ils dévalaient l'escalier menant au foyer quand un troisième hurlement se fit entendre.

Puis le silence retomba. Un silence horrible.

13.

Thayer courait devant eux et les précéda de peu dans la crypte.

Ils y pénétrèrent à sa suite.

Sabrina cligna d'abord des yeux pour s'accoutumer à la lueur sourde qui régnait dans la salle. Puis elle faillit hurler elle-même.

Cassandra Stuart n'était plus dans son tombeau. Elle était *sur* son tombeau, dans toute sa beauté et toute sa gloire. Elle était féminine, élégante et, même en tant que fantôme ou simple défunte, semblait se porter incroyablement bien, assise ainsi sur le sarcophage de pierre à son nom.

Quelqu'un percuta Sabrina dans le dos en poussant un cri terrifié. C'était Anna Lee, nota vaguement Sabrina, encore trop abasourdie pour esquisser le moindre geste ou commencer à comprendre ce qui était en train de se passer dans les profondeurs de l'antique crypte.

Puis elle s'aperçut soudain que Camy Clark gisait inanimée sur le sol.

— Doux Jésus ! s'exclama une autre personne — Reggie, qui venait d'arriver à son tour et serrait les mains contre son cœur.

— Seigneur Dieu ! s'écria à son tour Joe Johnston en s'arrêtant net à côté de la vieille dame.

Derrière lui surgit Joshua Valine, qui était encore en train de renouer la ceinture de son peignoir.

Il se figea sur place, bouche bée, et laissa échapper un hoquet étranglé.

— Seigneur Dieu ! Seigneur Dieu ! répéta Johnston.

Puis Cassandra émit un laconique *Merde !* en voyant Jon, manifestement plus furieux qu'effrayé, s'approcher d'elle à grands pas pour lui saisir le bras.

— Bon sang, à quoi rime tout ceci ? lui demanda-t-il d'une voix vibrante de rage.

— Lâche-moi, s'il te plaît ! protesta-t-elle. Je suis désolée. Ne te mets pas en colère. Je n'avais pas l'intention…

— … de donner une crise cardiaque à quelqu'un ? l'interrompit-il. Eh bien, ça a failli réussir quand même !

Sabrina les contemplait sans mot dire, en songeant que le monde avait d'un coup perdu toute raison. Jon venait de lui avouer à quel point les questions qu'il se posait sur le décès de sa femme le torturaient. Et voilà que celle-ci se dressait devant eux, en chair et en os, et qu'il la tançait vertement !

La jeune femme eut alors la pensée absurde qu'elle venait de commettre un adultère, ce qui eut pour effet bizarre de la chagriner, bien que le château lui parût surtout, en cet instant, un repaire de détraqués ne songeant qu'à coucher les uns avec les autres.

— Regarde ce que tu as fait à Camy ! vociféra Jon.

Entre-temps, Thayer s'était agenouillé près de l'assistante évanouie, et il lui tâtait le pouls. Joshua le rejoignit et s'accroupit à son tour près de la jeune femme.

— Elle va bien, déclara finalement Thayer. Mieux que moi, en tout cas. Je… j'ai vu Cassandra morte, transpercée par le trident, il y a trois ans de cela, ajouta-t-il, en proie à la plus grande confusion.

— Cassandra *est* morte ! riposta Jon avec agacement.

Et, tout en parlant, il tendit le bras vers le fantôme qui s'était relevé du tombeau de Cassandra et tira sur ses cheveux.

Les longues boucles ondoyantes restèrent dans son poing. C'était une perruque. Il apparut alors clairement, malgré l'obscurité, que la femme assise sur le sarcophage n'était ni Cassandra ni son fantôme. C'était Dianne Dorsey. En dépit de la lumière étrange et du décor angoissant de la crypte, un fait qui aurait dû s'imposer à l'esprit de tous depuis des années devint d'une évidence frappante : Dianne Dorsey présentait une ressemblance ahurissante avec Cassandra Stuart.

— Mon Dieu ! lâcha Anna Lee dans un souffle.

— C'est bien la plus cruelle et la plus méchante des plaisanteries ! reprocha Jon avec humeur à la jeune fille.

— Je suis désolée, Jon, je suis désolée !

Dianne reporta son regard sur les gens rassemblés autour d'elle. La plupart des occupants du château étaient là : Joe, Thayer, Joshua, Anna Lee, Reggie, Jon et Sabrina. La gouvernante et les deux domestiques, dont les chambres étaient situées dans le grenier, n'avaient pas dû entendre les hurlements de Camy. Quant à V.J., Tom, Susan et Brett, ils avaient apparemment le sommeil profond.

Camy, qui était en train de reprendre ses esprits, se remit aussitôt à crier. Sabrina s'agenouilla à son tour à côté d'elle.

— Camy ! Camy ! dit-elle en lui tapotant la joue. Tout va bien, ce n'est pas un fantôme. C'est juste Dianne qui nous a fait une blague.

— Ce n'était pas une blague ! rétorqua celle-ci. Enfin, si ; c'en était une, en un sens. Mais je ne voulais me montrer ni méchante ni cruelle. Je voulais seulement découvrir lequel d'entre vous haïssait ma mère au point de la tuer !

— Ta mère ! grommela Joe d'une voix étranglée.

Jon traversa la pièce pour rejoindre Camy.

— Ça va ? s'enquit-il avec douceur.

Camy hocha la tête. Sabrina lança à Jon un regard accusateur, avant d'aider son assistante à se relever. Jon soutint son regard, mais ne lui présenta aucune excuse.

— Ta mère ? répéta Joe.

Anna Lee s'esclaffa.

— Oh, c'est le bouquet ! C'est vrai, Jon ?

— Oui, répondit-il laconiquement en revenant vers Dianne.

Sa fureur n'avait pas diminué, mais il paraissait mieux la contrôler, désormais.

— Cassie a eu Dianne quand elle était très jeune, expliqua-t-il. Et pour Cassie, erreur de jeunesse ou pas, il était hors de question qu'elle reconnaisse pour sa fille une enfant de cet âge.

— Mais vous-même, s'enquit alors Joshua, vous le saviez... depuis le début ?

Jon hocha la tête.

— Je croyais que vous le saviez aussi, Josh. Je veux dire : je pensais que cela vous apparaîtrait clairement au cours de votre travail sur les figures de cire.

Il haussa les épaules.

— Cassie comme Dianne m'ont demandé de garder le secret, poursuivit-il. Elles avaient chacune leurs propres raisons pour cela, et j'ai respecté leur désir. Dianne, manifestement, a changé d'avis depuis.

— Mais... je croyais que tu la détestais ! lança Joe à Dianne.

— C'est vrai, reconnut-elle en riant.

Cependant, alors même qu'elle riait, des larmes commencèrent à couler sur ses joues.

— Je la détestais parce que seules sa beauté, sa jeunesse, son image lui importaient, qu'elle leur attachait plus de prix qu'à moi. Et puis je tenais à ce que vous soyez persuadés que je la haïssais, afin que vous me parliez ouvertement, que je connaisse vos véritables sentiments. Mais c'était également ma mère, et quand elle s'est mariée avec Jon, il lui a fait comprendre que j'étais son enfant ; elle s'est alors intéressée à moi, à mon travail, et Jon et moi sommes devenus comme des conspirateurs, complotant dans l'ombre pour qu'elle préserve son image jeune et belle. Elle pouvait être horrible, méchante, mais il y avait des moments où elle savait se montrer aimante... et... et... Peu importe ! C'était ma mère et l'un d'entre vous l'a tuée !

Jon lui passa un bras autour des épaules. Toute colère l'avait déserté, et il la serrait maintenant contre lui avec tendresse.

— Tu ne peux être sûre qu'elle a été assassinée, Dianne, murmura-t-il. Et t'habiller comme elle n'allait certainement pas t'aider à le savoir, ma chérie. Tu as simplement failli faire mourir de peur Camy, et tu risquais de mettre ta propre vie en danger.

Elle se blottit contre lui. Avec son maquillage qui coulait et ses yeux remplis de larmes, elle avait soudain l'air très jeune et très vulnérable.

— Si personne ne l'a tuée, chuchota-t-elle, quel danger aurais-je pu courir ?

Jon garda le silence une fraction de seconde de trop.

— Il y a une tempête dehors et ce château est vieux et sombre, répondit-il sur un ton vague.

— Sans compter que c'est la pleine lune, ajouta Reggie.

— Comment ? intervint Joe, manifestement soucieux d'alléger l'atmosphère. Il y aurait des loups-garous dans le secteur ?

C'était une réunion vraiment étrange, songea Sabrina. Ils avaient éprouvé successivement de la peur, de l'incrédulité, de la colère, et voilà qu'ils communiaient dans une même compassion à l'égard de Dianne, tant il était évident que celle-ci avait été profondément blessée par sa mère, une mère qui, alors qu'elle lui prodiguait enfin l'amour auquel elle aspirait tant, lui avait été brutalement enlevée. Et maintenant elle avait l'air d'une enfant abandonnée ; elle *était* une enfant abandonnée.

— Il me semble que les vampires aussi apprécient la pleine lune, renchérit Sabrina.

— Surtout quand on a réveillé le chat qui dort, murmura Anna Lee.

— Je crois qu'il y a d'autres chats tout près de se réveiller, repartit Jon en les dévisageant tour à tour. Nous nous retrouverons demain dans la salle d'apparat pour nous révéler tous nos petits secrets, d'accord ?

Anna Lee haussa les épaules.

— Pour ma part, j'ai déjà confessé le mien.

— Ah bon ? fit Joe.

— Peu importe pour le moment, reprit Jon. Nous reparlerons de ça demain, quand tout le monde sera là. Mieux vaut que nous profitions des quelques heures qui nous restent cette nuit pour nous reposer.

— Je suis désolée, Jon, répéta Dianne en relevant les yeux vers lui.

Il la tenait toujours par les épaules et elle avait appuyé sa tête contre sa poitrine.

— Je reconnais que ce n'était pas très malin de ma part, dit-elle. J'ai cru que l'un d'entre vous allait enfin nous avouer la vérité sous le coup de la panique, qu'il allait s'écrier que je ne pouvais être là puisqu'il m'avait tuée. Mais ce n'est pas ce qui s'est passé. Peut-être l'assassin n'est-il pas dans cette crypte. Enfin, je m'excuse. C'était stupide de ma part. Ne m'en veux pas, je t'en prie.

— C'était stupide et dangereux, mais je t'en veux moins qu'à moi-même : jamais je n'aurais dû accepter que tu participes à cette Semaine de l'Enigme.

— Nous sommes donc tous ici pour confesser nos secrets et découvrir la vérité au sujet de Cassie ? s'enquit alors Anna Lee.

— Nous sommes ici avant tout dans un but charitable, répondit Jon, mais aussi, il est vrai, pour découvrir la vérité au sujet de Cassie, si tant est qu'il y ait une vérité quelconque à découvrir. Je suis certain, d'ailleurs, que vous êtes venus pour les mêmes raisons qui m'ont poussé à organiser cette Semaine de l'Enigme.

— Amen, marmonna Joe.

— Et dire que V.J. manque tout ça ! s'exclama Reggie.

— V.J. ? répéta Anna Lee avec un reniflement moqueur. C'est plutôt Susan qui loupe le scoop de sa vie — grâce à Dieu !

— Oh, elle finira elle aussi par tout savoir avant peu.

— Oui, tout, répliqua Thayer sèchement, les péchés que nous connaissons maintenant comme les péchés que nous confesserons demain.

— Susan sera toujours aussi dangereuse, avertit Reggie.

Anna Lee sourit.

— Nous verrons bien, dit-elle. Peut-être pourrons-nous ensuite la ligoter et la bâillonner — ou encore l'emmurer dans le château. Qu'en pensez-vous ?

— J'en pense qu'il vaut mieux que la vérité éclate au grand jour, s'exclama Dianne avec passion.

— Moi aussi, approuva Jon.

— Alors, pourquoi nous avoir caché la vérité au sujet de Dianne ? demanda Thayer à Jon.

— Parce que je lui ai demandé de le faire, intervint Dianne.

Jon, cependant, ne semblait guère disposé à laisser autrui assumer ses responsabilités.

— Je vous l'ai déjà dit : cette vérité ne m'appartenait pas, ce n'était pas à moi de la révéler, répondit-il. Dianne craignait en outre que cela nuise à sa carrière. Elle a travaillé très dur pour acquérir sa réputation actuelle, et elle ne voulait pas que ses lecteurs s'imaginent que Cassie l'avait aidée à écrire ses romans ou avait joué de son influence auprès des éditeurs et des autres critiques littéraires. Dianne a mérité par son seul talent chacun des éloges qu'elle a reçus jusqu'à présent. Aussi ai-je respecté sa décision.

Dianne lui sourit.

— Je comprends pourquoi elle t'aimait autant, murmura-t-elle.

Il s'éclaircit la gorge, visiblement gêné.

— Laissons maintenant Cassie reposer en paix, voulez-vous ?

Puis il aida Dianne à se relever et la conduisit hors de la crypte. Les autres se dévisagèrent quelques secondes avant de leur emboîter le pas.

Quand ils furent tous parvenus dans le couloir de l'étage, Sabrina marqua une brève pause et suivit Jon des yeux. Il était en train de parler à Dianne tout en la raccompagnant à sa chambre. Il s'interrompit lui-même pour lancer à Sabrina un coup d'œil par-dessus son épaule.

Détournant la tête, la jeune femme rentra dans sa propre chambre, dont elle referma la porte derrière elle.

Elle se demanda si Jon viendrait l'y retrouver et se mit à faire les cent pas.

Au bout d'une demi-heure, ne tenant plus en place, elle retourna dans le couloir. La porte de Brett n'était pas fermée. Tandis qu'elle jetait un coup d'œil à son ex-mari endormi, Sabrina se prit à regretter de ne pouvoir verrouiller la porte de l'extérieur. Rien de fâcheux n'était arrivé, mais elle aurait été plus tranquille en sachant Brett à l'abri de toute intrusion.

Il dormait profondément. Elle vérifia sa respiration ainsi que son pouls. Ses paupières closes sur ses yeux de séducteur impénitent, il avait dans le sommeil un air de singulière innocence. Il ressemblait à un ange.

Elle l'embrassa sur la joue avant de quitter la pièce.

Puis elle revint dans sa chambre, toujours inquiète de laisser ainsi son ex-mari sans défense. Elle ferma sa porte, poussa le verrou, hésita...

Une main se posa alors sur son épaule.

Elle se retourna d'un bond, prête à hurler, mais c'était seulement Jon. Une fois de plus, ses yeux sombres et changeants lui parurent menaçants — et très soupçonneux.

— De la nostalgie pour ton ex ? s'enquit-il à voix basse.

— Oh ! Comment oses-tu me sermonner alors que tu... ?

— Je ne te sermonne pas, l'interrompit-il, je te pose une question. Tu étais avec lui, n'est-ce pas ?

Elle serra les dents, détestant en cet instant sa nonchalance froide autant que son regard pénétrant.

Un regard qui réveillait son désir pour lui. Irrésistiblement.

— Il dort comme un enfant. Je m'inquiétais seulement pour lui.

— Pourquoi ?

— Je ne sais pas au juste. Tu nous as recommandé de rester enfermés dans nos chambres et je ne peux pas verrouiller la sienne.

— Oh…

Il la considéra un moment puis, la relâchant, il ouvrit la porte et sortit dans le couloir. Elle le suivit. Sous ses yeux ébahis, il tira de sa poche une clé qu'il fit jouer dans la serrure de Brett.

Elle essaya ensuite de tourner la poignée : la porte était close. Elle reporta son attention sur Jon et plissa les yeux d'un air interrogateur.

— C'est un passe, lui expliqua-t-il.

— Privilège du propriétaire ?

— Absolument.

Elle revint vers sa chambre. Il lui emboîta le pas et referma la porte derrière lui.

— Ainsi donc, reprit-elle, le but de cette réception est de confondre le meurtrier. Le problème, Jon, c'est que certains pensent que c'est *toi* le meurtrier.

— Hypothèse absurde.

— Pas tant que ça. Tu as bien la possibilité de te glisser dans la chambre de chacun, n'est-ce pas ? Qu'il le veuille ou non ?

— Tu désires vraiment que je reparte ? lui demanda-t-il.

Elle le dévisagea un moment, avant de baisser les yeux.

— Pourquoi ne m'avoir pas prévenue au sujet de Dianne ? Tu savais pourtant que j'étais...

Sa voix s'éteignit. Jon la prit de nouveau par les épaules ; en sentant sa chaleur et sa force infuser en elle, Sabrina ne put s'empêcher de repenser au contact de ses mains sur son corps, sur sa peau nue.

— Pourquoi ne t'ai-je pas appris qu'elle était ma fille et qu'en conséquence je ne couchais pas avec elle ? C'est cela ?

— Oui, tu... tu aurais pu m'en toucher deux mots, bredouilla-t-elle.

Il secoua la tête.

— Non, je ne le pouvais pas. Je lui avais promis que je n'en ferais rien. D'un autre côté, bien sûr, je lui aurais interdit de participer à cette nouvelle Semaine de l'Enigme — ou je lui aurais botté l'arrière-train — si je l'avais soupçonnée de nous préparer un coup aussi dangereux.

— Tu es très attaché à elle, constata Sabrina à voix basse.

— Naturellement. Quand j'ai connu Cassie, Dianne n'était qu'une enfant apeurée, peu sûre d'elle, qui n'avait jamais connu son père et que sa mère délaissait. Je l'ai aimée dès le début. Elle était en quête d'identité, mais elle a travaillé dur depuis et, malgré les apparences, elle est devenue une jeune femme respectable.

Sabrina hocha la tête, les yeux toujours baissés.

— Dianne est ta belle-fille. Et Anna Lee...

— Anna Lee a séduit Cassie. Et Cassie était consentante. Elle aimait le scandale, la provocation. Elle croyait que j'étais plus intéressé par Anna Lee comme amie que comme collègue.

— Ce n'était pas le cas ? s'enquit Sabrina en croisant de nouveau son regard.

Il secoua la tête et esquissa un lent sourire.

— La rumeur prétend que tu avais une liaison avec l'une de tes invitées — V.J. peut-être ? proposa Sabrina en repensant aux jambes superbes de son amie.

Celle-ci était mariée à l'époque. Mais ce n'était peut-être pas un obstacle pour elle ni pour Jon, se dit-elle.

— V.J. ? s'exclama Jon. Non, je l'aime beaucoup, je le reconnais, mais uniquement en tant qu'amie chère.

— Susan, alors ? demanda la jeune femme.

Il fit la grimace.

— Reggie ? dit-elle sur un ton incrédule.

— Oh, je t'en prie ! gémit-il.

— Eh bien, nous avons fait le tour du groupe, il me semble…

— Il ne t'est donc jamais venu à l'esprit que cette rumeur pouvait n'être… qu'une rumeur ?

— Mais… tu savais que ta femme te trompait durant cette Semaine-là, n'est-ce pas ?

— Certes, admit-il, sauf que ma vie ne se résume pas aux Semaines de l'Enigme.

— Donc tu fréquentais quelqu'un.

— Oui, je fréquentais quelqu'un. Aucun de nous deux n'était très impliqué dans cette liaison. Elle savait que j'étais marié, et elle savait aussi que mon mariage battait de l'aile. Néanmoins, nous n'étions pas amoureux l'un de l'autre, il ne s'agissait entre nous que d'une simple aventure. Et pendant la Semaine de l'Enigme où Cassie est morte, je ne fréquentais personne d'autre. Du reste, chacun de mes invités, à ce que j'ai cru comprendre, était déjà fort occupé de son côté — et c'est tout ce que j'ai, pour ma part, à dire à ce propos.

Sabrina comprit qu'à ses yeux le sujet était clos.

— Mais, Jon, articula-t-elle tout en essayant de paraître aussi résolue et pragmatique que possible, tant de choses sont arrivées à ce moment-là, il y a tant de secrets que nous ignorons…

— Oui, l'interrompit-il, bien des choses se sont passées, et nous avons encore beaucoup à nous raconter tous les deux. Nous pourrions nous disputer sur une douzaine de sujets pendant une douzaine de semaines, mais…

— Tu es venu ici pour avoir une aventure, le coupa-t-elle abruptement.

Il se raidit et la dévisagea.

— Je suis venu ici pour faire l'amour. Car je doute d'avoir réellement *fait l'amour* depuis que tu m'as fui, il y a quelques années de cela.

Ce n'était peut-être pas la vérité, songea Sabrina. Juste le propos qu'il avait estimé nécessaire de tenir en cet instant. Mais peu importait. Il avait l'air tendu, ardent, comme s'il avait découvert en lui-même une faim impossible à assouvir. Il émanait de lui une énergie électrisante, une énergie qu'elle désirait partager de nouveau avec lui.

Cependant, elle hésitait encore.

— Jon, lui avoua-t-elle, je ne sais pas ce que j'éprouve au juste — de la colère ? de la peur ? — mais...

Ce dernier mot parut l'affecter. Il recula et traversa la pièce en direction du balcon. Il effleura alors une des pierres du mur, et un passage exigu s'ouvrit devant eux sans bruit : le mécanisme était antique et néanmoins bien huilé.

— Tu peux verrouiller ta porte pour m'empêcher d'entrer. Tu peux aussi maintenir ce passage fermé en coinçant le tisonnier entre le mur et le panneau coulissant.

Puis il la quitta.

Sabrina en demeura abasourdie. Avec un temps de retard, elle comprit soudain sa réaction. Et regretta son impair : elle lui avait avoué qu'elle avait *peur*. Elle courut après lui. Hélas, la porte du passage secret s'était refermée et le mur de pierre la séparait désormais de Jon.

— Jon ! chuchota-t-elle.

Elle se mit à cogner sur le mur.

— Jon !

Il ne lui répondit pas. Elle pressa alors chacune des pierres à sa portée. En vain.

Elle s'effondra au pied du lit. L'instant d'après, elle se pelotonnait sous sa couverture et fermait les yeux.

Elle était malheureuse d'avoir repoussé Jon aussi maladroitement. S'il revenait, pensa-t-elle, elle lui dirait...

Que lui dirait-elle, au fait ? Qu'elle n'avait jamais cessé de penser à lui ? De l'aimer ? Qu'elle était prête à prendre tous les risques, à tout pardonner, à tout croire pour être avec lui ?

Elle ne sut combien de temps elle demeura ainsi, prostrée sur le lit, l'esprit gourd. A la fin, cependant, elle perçut de nouveau sa présence dans la pièce. Elle se redressa aussitôt.

Il était bien là, debout devant le lit.

— Tu n'as pas coincé la porte, murmura-t-il.

— Non, répondit-elle.

Puis elle se jeta dans ses bras.

— Oh, Jon, je...

— Je ne pense pas que nous devrions parler, répliqua-t-il.

Elle était d'accord avec lui.

Elle ne voulait plus parler. Pas maintenant. Elle voulait faire l'amour.

Elle ouvrit la bouche, mais ne dit rien, car il l'embrassa avec une ferveur qui ne laissait plus de place aux discours ni aux disputes. Elle lui rendit son baiser dans un élan farouche, jouissant de sa proximité, de son contact.

Il passa les mains sur ses vêtements, qui disparurent aussitôt. Puis il fut nu à côté d'elle, contre elle et, après quelques instants de fièvre passionnelle, la pénétra. Ses caresses, son odeur, sa présence — c'était là tout ce qu'elle désirait.

La suite de la nuit se perdit dans un songe. Elle était étourdie, à cent lieues de la terre, quand il lui fit de nouveau l'amour. Enfin, épuisée, elle s'endormit dans la tiédeur rassurante de ses bras.

Plus tard, le froid la réveilla ; elle claquait des dents.

Elle était seule dans l'obscurité. Il était reparti.

Elle se leva, récupéra sa nuisette et son peignoir. Elle constata que la porte était fermée et en déduisit que Jon avait dû quitter la chambre par le passage secret.

Un soudain malaise s'empara d'elle. Repoussant le verrou, elle jeta un coup d'œil dans le couloir.

Il était désert.

Seule dans les ténèbres, elle trouva la nuit étrange. Elle avait l'impression que des bruits, des sons furtifs s'élevaient de chaque coin, dans l'escalier, au rez-de-chaussée. Dehors, le vent mugissait tout autour du château, laissant échapper comme des pleurs, des chuchotements.

Sabrina demeurait au milieu du couloir, immobile et frissonnante. Elle se dit qu'elle avait trop d'imagination, que la rumeur du vent ne masquait pas des lamentations surnaturelles, que les morts n'allaient pas fondre du ciel pour les emporter dans une ronde diabolique.

Cependant Jon l'avait abandonnée et, à son grand dam, elle tremblait de peur.

Elle s'approcha de la chambre de Brett et, après un instant d'hésitation, frappa à sa porte.

Elle sursauta en sentant le battant s'entrouvrir légèrement sous sa main.

— Brett ?

Elle poussa la porte.

A la lueur sourde des lampes à pétrole du couloir, elle ne put distinguer qu'une forme vague sur le lit. Elle resta sur le seuil, terrifiée à l'idée de pénétrer dans la pièce, figée par la crainte de ce qu'elle risquait d'y découvrir.

— Brett ! chuchota-t-elle d'une voix plus pressante.

Toujours pas de réponse.

Elle ne voulait pas s'avancer. La chambre était obscure, remplie d'ombres. Elle avait brusquement envie de retourner en courant dans la sienne pour s'y enfermer à double tour et prier jusqu'au matin, recroquevillée sur son lit.

Mais si elle verrouillait sa porte, elle pourrait quand même avoir des visiteurs, se rappela-t-elle. Jon, par exemple.

Ce dernier lui avait affirmé qu'il ne s'était jamais introduit dans sa chambre auparavant, et elle n'avait pas insisté ; après tout, elle n'y avait *vu* personne. Elle n'en avait pas moins senti une présence, quelquefois. Par conséquent, conclut-elle, soit elle avait trop d'imagination, soit Jon lui avait menti...

Soit une tierce personne connaissait l'existence du passage secret menant à sa chambre.

Enfin, songea-t-elle, peu importait. Elle n'avait pas été inquiétée jusqu'ici. Brett, en revanche, était bel et bien blessé. Et, quoiqu'il lui ait paru se remettre de sa chute, elle ne se sentait pas rassurée à son sujet.

Pourtant elle n'esquissait toujours pas le moindre mouvement.

La colère s'empara d'elle. « Espèce d'idiote, se sermonna-t-elle. Si jamais Brett a besoin de ton aide... »

Elle rassembla son courage.

— Brett ! appela-t-elle à voix haute.

Toujours aucune réaction. Elle avança d'un pas.

Et découvrit pourquoi il ne lui avait pas répondu.

Susan Sharp percevait un vague mouvement.

Elle en fut d'abord agacée, sans plus. Elle ne se souvenait de rien. Elle avait dû s'endormir, pensa-t-elle, s'endormir quelque part… Et maintenant elle était groggy. Et folle de rage. Malgré le brouillard qui lui obscurcissait l'esprit, elle savait qu'elle avait le droit d'être furieuse. On s'était moqué d'elle, et on allait le lui payer. Oh, c'était sûr : on allait le lui payer.

Seulement, elle ignorait où elle se trouvait. Et pourquoi elle percevait… ce mouvement.

Il lui vint alors en tête qu'elle avait sans doute été droguée. Elle aurait dû se méfier, se dit-elle, rester sur ses gardes. Elle avait été trop obnubilée par sa colère, par son désir de vengeance, par sa volonté de mettre un terme aux plaisanteries dont elle était victime. Oui, c'était cela : on lui avait administré une drogue à son insu. Dans le merlot ?

Elle avait les paupières si lourdes qu'elle ne pouvait les entrouvrir. Elle était également incapable de remuer ses bras, ses jambes, ses lèvres.

Pourtant elle sentait… ce mouvement.

Alors, au milieu de son engourdissement et de sa rancœur, elle prit peur.

Mais où diable était-elle ?

Elle eut conscience d'un contact glacé. De la pierre. Oui, elle sentait la pierre contre sa peau, cette froideur que seule la pierre pouvait dispenser. Une froideur qui lui raidissait le flanc — elle reposait donc sur le côté.

Puis elle entendit un rire — un rire nerveux, désespéré, frémissant. Et des voix si basses qu'elle était à peine capable de les distinguer.

— Là, juste là, oui, parfait.

— C'est de la folie. Ça ne marchera jamais.

— Ça marchera un moment.

— Il est encore temps de changer…

— Non, il n'est plus temps.

— Mais…

Les voix s'éloignèrent. Susan n'avait perçu que des murmures, bas, asexués, mais elle n'en avait pas moins identifié ses agresseurs. Et elle se promit de les tuer tous les deux dès qu'elle aurait de nouveau la force de se lever.

Elle parvint enfin à ouvrir les yeux, lentement, très lentement. Et se trouva face à face avec un assassin dont le visage la surplombait.

Non ! se reprit-elle aussitôt. Ce n'était qu'une image — mais une image diabolique.

Pas un assassin.

Pas réellement.

Etait-elle en train de perdre l'esprit ? Elle ne pouvait bouger, pouvait à peine respirer. Si seulement elle en voyait un peu plus…

Elle se tendit au maximum, dans un effort terrible. Et elle se déplaça. D'un demi-centimètre à peine. Mais ce fut suffisant, tout juste suffisant…

Pour qu'elle voie son propre visage. Pour qu'elle voie sa propre mort.

Une terreur absolue l'étreignit. Cependant, elle était toujours incapable de bouger, de hurler, de proférer le moindre son.

Des yeux de verre lui retournèrent son regard effaré. Des taches sanglantes maculaient un couteau. Son propre visage, déformé par les affres de l'agonie, était à quelques centimètres d'elle. Elle le regarda. Elle se regarda…

A l'intérieur d'elle-même, elle sentit gonfler un cri. Mais aucun son ne sortit de sa gorge.

« J'aurais dû leur dire la vérité, leur apprendre ce que je savais ! Mon Dieu, pourquoi ai-je pensé que je serais capable de m'en sortir toute seule ? Pourquoi ai-je cru que ma seule rage de vaincre, ma seule autorité seraient assez efficaces pour m'obtenir ce que je voulais ? Pourquoi ai-je imaginé… ? »

— Elle est réveillée ! chuchota une des voix.

— C'est impossible.

— Et moi je te dis qu'elle est réveillée ! Regarde ses yeux !

— Ne regarde pas ses yeux ! Ne regarde pas ses yeux, imbécile !

« Mes yeux. Je peux voir mes propres yeux. Je peux voir mon propre cri. Voir ma propre mort… »

Elle devait hurler. Supplier même, gémir, promettre. Hélas, jamais ils ne la croiraient ; ils savaient qu'elle se vengerait d'eux à la première occasion. « Oh, Seigneur, non… »

— Elle a les yeux ouverts ! reprit la première voix. On ne peut pas faire ça ! Il doit y avoir un autre moyen !

— Nous devons le faire et il n'y a pas d'autre moyen. En plus, elle le mérite, non ?

— Tu m'as dit qu'elle resterait inconsciente.

— Mais elle l'est. Elle ne bouge pas.

— Ses yeux…

— A toi de jouer. *Maintenant.*

Elle essaya de crier. Impossible.

Aussi continua-t-elle à fixer ses propres yeux, son propre visage. A regarder en face sa terreur et son angoisse.

A voir son propre sang.

A affronter sa propre mort.

Impuissante.

Bouger était impossible, et aussi crier, et pleurer.

A la fin, toutefois, elle émit un son, un simple son. Un horrible hoquet étouffé.

14.

Sabrina ne décolérait pas.

Brett n'était pas là. Elle avait bravé les ténèbres, le cœur battant à tout rompre, et ce petit salopard n'était pas là ! Elle avait été trompée par la forme sur le lit, mais ce n'étaient là que draps et couvertures. Il ne fallait pas s'étonner que la porte de la chambre soit ouverte.

Brett était sorti.

Au beau milieu de la nuit.

— Où diable es-tu donc passé ? murmura-t-elle en repoussant rageusement les draps, sans aucun espoir de le trouver dessous. C'est la dernière fois que je m'inquiète pour toi…

Elle mit un genou à terre et jeta un coup d'œil sous le lit. C'était stupide, naturellement. Elle se releva et inspecta minutieusement la pièce ainsi que la salle de bains attenante pour s'assurer qu'il n'y était pas.

La chambre ne disposait pas de penderie, mais une immense armoire se dressait dans un coin. S'élevant du sol jusqu'au plafond ou presque, elle était vraiment gigantesque.

Sabrina la contempla un long moment. Elle aurait pu aisément contenir plusieurs cadavres, songea-t-elle à contrecœur.

Elle s'approcha du meuble tout en se répétant que sa conduite frisait l'absurde. Quand elle l'eut atteint, elle eut subitement envie de rebrousser chemin. Elle demeura néanmoins immobile devant l'armoire. Et se dit de nouveau qu'elle se comportait comme une imbécile. Chaque fois qu'elle regardait un film d'horreur à la télévision, elle était agacée par la bêtise de la future victime qui, toujours, se retrouvait errant dans quelque lieu obscur, ténébreux, solitaire — alors qu'il lui aurait été si facile d'appeler à l'aide.

Mais le genre le voulait ainsi, bien sûr. Il fallait une nuit sombre, orageuse…

Allons bon, se reprit-elle, elle était vraiment stupide. Il ne faisait ni sombre ni orageux quand Cassandra Stuart était morte. Le drame s'était produit au contraire au beau milieu de la journée. Et elle avait dû simplement trébucher. S'ils considéraient tous cette mort comme une énigme, c'était par déformation professionnelle, voilà tout.

Pourtant, Jon avait été hanté par le décès de sa femme. Et il n'avait guère un caractère enclin à l'exagération ou à l'hystérie. Or il voulait toujours savoir ce qui s'était réellement passé.

A moins, bien sûr, qu'il n'eût été lui-même impliqué dans cette affaire…

En tout cas, se dit-elle pour se rassurer, il n'y avait personne dans l'armoire. Elle n'allait pas être agressée par un monstre prêt à bondir sur elle. Ni découvrir un cadavre glacé et mutilé.

« Alors, ouvre-la donc, s'ordonna-t-elle. Il n'y a aucune raison logique pour qu'il y ait le moindre problème. »

Elle tourna la poignée de la porte.

Comme elle s'apprêtait à en ouvrir le battant, une main s'abattit pesamment sur son épaule.

Elle poussa un cri de pure terreur, mais une autre main la réduisit bientôt au silence.

— Hé, Sabrina ! Chut ! Quelle mouche te pique ? Tu veux donc réveiller les morts ? Ou la maison entière, peut-être ? C'est moi ! Tu te trouves dans ma chambre, n'est-ce pas ? Ce serait plutôt à moi de crier. De joie, en l'occurrence. Alors, ça y est, tu as enfin compris que tu ne pouvais pas vivre sans moi ? Mon Dieu, quelle ironie ! Te voilà enfin prête à te glisser dans mon lit, et je trouve le moyen de m'absenter ! Mais je suis là, maintenant. Prêt, consentant et en pleine forme. Car tu es bien venue coucher avec moi, j'espère ?

Il avait les cheveux ébouriffés, et son regard n'avait jamais été plus lascif.

Sabrina, cependant, sentait son cœur battre comme un fou.

Elle écarta sa main de sa bouche.

— Tu as failli me faire mourir de peur !

— Comment ça ? s'enquit-il innocemment. Tu t'es bien introduite dans ma chambre de ton plein gré, non ?

— Je m'inquiétais pour toi !

— Oh, comme c'est mignon.

— Je suis sérieuse !

— Moi aussi. C'est super que tu sois aussi attachée à moi et je t'en remercie. Mais, comme tu peux le voir, je me porte à merveille.

— Et que fais-tu donc à rôder dans le château à une heure pareille ? lui demanda-t-elle.

— Je suis descendu manger un morceau dans la salle d'apparat, répondit-il.

Il plissa les yeux d'un air soupçonneux.

— Et toi ? répliqua-t-il. Que fais-tu à rôder dans le château à une heure pareille ?

— Je te cherchais.

Il se remit à sourire.

— Eh bien, me voilà, mon amour, repartit-il en la serrant contre lui.

— Brett, lâche-moi.

— Sabrina ! protesta-t-il, vexé. Tu viens de me dire que tu t'inquiétais pour moi. Et tu es venue me rejoindre au beau milieu de ma nuit.

— Oui, et tu as l'air effectivement de te porter à merveille !

Il eut une grimace comique.

— Toi aussi, tu es merveilleuse, mon ange.

— Arrête de me baratiner et lâche-moi, Brett.

Il obtempéra, quoique à contrecœur.

— Or ça, pourquoi t'es-tu levée ? s'enquit-il.

— Je... je ne sais pas vraiment. Le... le froid m'a réveillée.

Brett recula aussitôt.

— En d'autres termes, tu as couché avec lui, hein ? grommela-t-il. Et monsieur t'a plaquée après les galipettes.

— Brett, arrête. Je veux que nous soyons amis, je pense que nous pouvons l'être, mais ne te mêle pas de ma vie privée. Si je suis venue ici, c'est uniquement parce que je m'inquiétais pour toi et que…

Il pivota sur lui-même.

— Moi, je ne t'aurais jamais abandonnée au milieu de la nuit.

— Et comment peux-tu être aussi certain que j'ai été abandonnée ?

Il secoua la tête.

— Il se promène aussi autour du château, tu sais… Ah, quelle nuit bizarre, quand même. On devine que tout le monde erre dans le coin, et pourtant personne ne croise personne. C'est vraiment étrange.

— Qu'est-ce qui te fait dire ça ?

— Simple déduction, mon cher Watson, répondit-il en frétillant du sourcil.

Sabrina poussa un soupir irrité.

— Brett, que se passe-t-il ? Qui d'autre est levé ? Et comment sais-tu que nous ne sommes pas les seuls debout si tu n'as croisé personne ?

Il haussa les épaules.

— Je me sentais seul et j'avais un petit creux, expliqua-t-il. Alors j'ai décidé de me trouver de la compagnie pour une collation nocturne. J'ai frappé à la porte de Tom — pas de réponse —, à celle de Joe — pas de réponse —, à celle de Thayer — pas de réponse non plus. Je suis même allé jusqu'à frapper à celle de Susan. Sans plus de succès.

— Tu as frappé à la porte de Susan ? répéta Sabrina sur un ton de reproche.

Il esquissa un sourire contrit.

— J'avais désespérément besoin de compagnie.

Il haussa de nouveau les épaules, l'air avenant et détendu dans son peignoir long en velours.

— Ainsi donc tu as couru de porte en porte au milieu de la nuit uniquement pour trouver quelqu'un avec qui te sustenter dans la salle d'apparat ? s'enquit-elle d'une voix sceptique. Pourquoi n'es-tu pas venu me voir ?

Il la dévisagea, les traits soudain tendus.

— Mais je suis venu te voir.

— Je ne t'ai pas entendu.

— Je m'en doute. C'était il y a un moment de cela et tu faisais trop de bruit pour entendre quoi que ce soit. J'ai failli enfoncer ta porte en croyant que tu étais agressée. Et puis, évidemment, je me suis senti idiot, car je suis quand même le mieux placé pour distinguer tes cris de souffrance de tes gémissements de plaisir.

Sabrina se réjouit qu'il n'ait pas allumé la lumière en rentrant dans la chambre, car elle était sûre d'être aussi rouge qu'une tomate.

— Brett…

— Sabrina, il est tard. Si tu ne veux pas coucher avec moi, alors va-t'en.

— Brett…

— S'il te plaît. Je vais bien, je te remercie pour ta sollicitude et je suis content d'être ton ami. Mais je t'aime, aussi, et c'est dur pour moi de…

— Oh, Brett, nous avons déjà discuté de tout cela à n'en plus finir. Tu aimes *toutes* les femmes !

Il haussa une nouvelle fois les épaules.

— Peut-être ai-je découvert trop tard combien je te désirais. Mais, bon, tu n'as pas envie de moi, n'est-ce pas ? Alors laisse-moi, je t'en prie.

Elle se retourna, envahie par une tristesse aussi singulière que subite, regrettant de ne pouvoir consoler Brett.

— Sabrina ? l'appela-t-il soudain.

Elle le regarda par-dessus l'épaule. Il était assis sur le bord de son lit et suçait son pouce.

— Qu'y a-t-il, Brett ?

— Tu l'as connu avant, n'est-ce pas ? Avant notre mariage ? J'en ai toujours été persuadé.

— Brett…

— Allons, Sabrina, réponds-moi. Tu as rencontré Jon avant de m'épouser et tu as eu une aventure avec lui. Et moi, je n'ai jamais eu réellement ma chance avec toi. Je lui en veux pour ça, tu sais.

— Brett, c'est avec *toi* que je me suis mariée.

— Mais tu ne m'aimais pas.

— Si. Et je t'aime encore.

Il secoua lentement la tête.

— Pas de la façon dont tu l'as aimé, lui. Pas de la façon dont tu l'aimes toujours. Alors que tu le connais à peine. Alors que tu ne peux être certaine qu'il n'a pas assassiné sa femme.

— Il n'a pas tué Cassandra, répliqua-t-elle immédiatement.

Il haussa les épaules.

— Soit. Je voulais seulement que tu me dises toi-même la vérité.

— Bonne nuit, Brett, murmura-t-elle.

Il hocha la tête et se remit à sucer son pouce.

Sabrina revint dans sa chambre, en referma la porte, la verrouilla et commença à ôter son peignoir. Elle s'aperçut alors qu'il y avait une tache sombre sur une des manches. Elle l'examina en fronçant les sourcils et finit par se rappeler que Brett avait justement posé sa main à cet endroit.

Elle renfila précipitamment son peignoir et retourna dans la chambre de Brett où elle entra sans frapper.

Celui-ci était toujours en train de sucer son pouce.

— Brett, tu es blessé. Tu saignes, lui dit-elle.

Il haussa un sourcil et sourit.

— Sale nuit pour moi, commenta-t-il en lui montrant son doigt. Je me suis coupé en épluchant une pomme, en bas.

— Montre-moi ça, articula-t-elle d'une voix soucieuse.

— Oh, ne joue pas les infirmières dévouées avec moi, s'il te plaît. Tu es trop tentante dans ce rôle-là. Et puis ce n'est qu'une petite coupure de rien du tout. Désolé d'avoir sali ton peignoir.

— Brett, laisse-moi y jeter un œil.

— Dehors ! rétorqua-t-il. Soit tu sautes immédiatement dans ce lit, soit tu sors de cette pièce !

Il se leva, la prit par le bras et la poussa dans le couloir.

— Tiens, regarde, marmonna-t-il en la raccompagnant à sa chambre. Pas de fantôme, pas de gens, rien. Le désert. Pour un peu, on se croirait dans un mausolée, non ? Dommage que le grand et tout-puissant maître de céans ne soit pas dans le secteur. Avec un peu de chance, il s'imaginerait peut-être que j'ai eu droit à un peu de rab en son absence.

— Brett, franchement..., s'exclama Sabrina avec colère.

— Pardon ! Je te taquinais, c'est tout... Allez, rentre dans ta chambre et verrouille-moi cette porte.

— Et pourquoi tiens-tu autant, tout à coup, à ce que je m'enferme ?

— On ne sait jamais quelles créatures maléfiques peuvent rôder dans cette vieille baraque.

— Des créatures comme toi ?

Il la fixa d'un regard dur.

— Exactement. Et tu devrais peut-être avoir peur de moi, ajouta-t-il à voix basse.

Il la poussa dans sa chambre et claqua la porte.

— Bonne nuit, mon amour ! s'écria-t-il. Et tire le verrou.

Comme les pas de Brett s'éloignaient dans le couloir, elle verrouilla sa porte.

— Super. Il a suffi que je m'absente une petite heure pour que tu files le retrouver !

Abasourdie par le ton acrimonieux de Jon, Sabrina fit volte-face. En robe de chambre, les bras croisés sur la poitrine, il se tenait debout dans le fond de la pièce, près du passage secret.

— Maudis sois-tu ! s'exclama-t-elle avec hargne.

— Moi ? s'enquit-il avec un haussement de sourcils, visiblement furieux de l'avoir vue en compagnie de Brett.

Elle traversa la pièce en pointant sur lui un doigt accusateur.

— Tu m'as laissée tomber au beau milieu de la nuit !

— Et tu t'es empressée d'aller chercher consolation auprès de ton ex, c'est ça ?

— Tu as certainement entendu ce qu'il a dit.

— Non, je ne l'ai pas entendu. Et je doute qu'il ait pu dire quoi que ce soit qui rende cette situation moins désagréable.

— Je ne voulais pas coucher avec lui, alors il m'a jetée dehors. Il n'était même pas là quand je suis venue…

— Mais tu n'en es pas moins allée le voir, l'interrompit-il avec humeur.

— Arrête de me parler comme ça ! Oui, je suis allée le voir, pour m'assurer qu'il se portait bien. J'avais peur…

— De quoi ?

— Je l'ignore. Pourquoi pas ?

— Mais il n'était pas là ?

— Non, répondit-elle, soudain troublée par la tension qui altérait sa voix. Pourquoi cette question ?

— Oh, je ne sais pas. Peut-être parce que j'ai envoyé à mes invités un message leur recommandant, par mesure de sécurité, de rester enfermés dans leur chambre et que je m'aperçois que le château grouille comme une ruche. Ainsi donc Brett — ce pauvre enfant blessé et sans défense — n'était pas dans sa chambre quand tu es allée t'enquérir de sa santé ?

Elle secoua la tête.

— Où était-il, alors ?

— En bas, en train de manger un morceau.

— C'est ce qu'il t'a dit.

— Et où était-il, selon toi ?

— Je l'ignore.

— Et pourquoi dis-tu que le château grouille d'activité ? lui demanda-t-elle.

Il haussa les épaules.

— J'ai aperçu des ombres dans l'escalier.

— Tu as vérifié ?

— Evidemment.

— Alors ?

— Alors je n'ai vu personne.

— Peut-être les as-tu imaginées, ces ombres.

Il la toisa d'un œil irrité.

— Je ne suis ni fou ni stupide, répliqua-t-il.

— Non, bien sûr que non, marmonna-t-elle. Et toi, où étais-tu passé, au juste ?

— Je suis retourné chercher des vêtements dans ma chambre. Pour demain matin.

Sur ce point, au moins, il disait la vérité : une pile d'habits soigneusement pliés était posée sur la chaise à côté du lit.

— Je n'ai pas été absent bien longtemps, reprit-il. Jamais je n'aurais pensé que tu en profiterais pour partir en vadrouille.

— Je n'étais pas en vadrouille.

— Non, c'est exact : tu t'es rendue tout droit dans la chambre de Brett.

— Il était blessé.

— Oh, le pauvre homme. Et toi, tu es si gentille malgré votre divorce, si soucieuse d'oublier le passé. Tu es une infirmière vraiment merveilleuse.

— Tu es jaloux, c'est tout !

— Et comment voudrais-tu que je ne le sois pas ?

— J'ai déjà admis que j'étais attachée à lui.

— Oui, mais à quel point ?

— C'est avec toi que j'étais cette nuit, lui rappela-t-elle sur un ton aigre-doux.

Il redressa légèrement la tête.

— Ravi d'apprendre que ladite nuit a consolidé nos rapports.

Sabrina croisa les bras sur sa poitrine.

— Et moi, ne devrais-je pas être jalouse de beaucoup de monde ?

— Si tu ne l'étais pas un tant soit peu, j'en serais mortellement vexé.

— Toi tu as une si piètre opinion de moi que tu me soupçonnes de passer de lit en lit. Et tu voudrais que j'en sois flattée ?

Il esquissa un sourire et la dévisagea de ses yeux sombres et fascinants. Sabrina sentit un singulier frisson l'étreindre. Il demeurait toujours pour elle un inconnu, se dit-elle, quoi qu'elle pût en penser.

— Je n'ai pas dit ça, répliqua-t-il.

— Tu l'as très fortement suggéré.

Il la prit par les épaules et l'attira contre lui.

— Désolé, murmura-t-il, il se trouve simplement que… que je suis jaloux, oui.

Elle se raidit, mais sans aucune intention de lui résister. Elle percevait sa chaleur, son odeur, le battement de son cœur. Elle ne voulait plus parler.

— Tu as quitté ma chambre par le passage secret ? s'entendit-elle lui demander.

— Oui, répondit-il en la serrant contre lui.

Elle se recula et le regarda.

— Mais tu viens de dire à l'instant que tu étais dans l'escalier en train de poursuivre des ombres.

Il sourit et se frotta le menton.

— Je suis retourné dans ma chambre pour me raser.

— Tu as décidé de te raser en pleine nuit ?

Il sourit de nouveau et lui caressa la joue.

— J'ai remarqué que je t'avais irrité la peau. J'en suis navré. Mais j'ai payé pour mon péché. Regarde, je me suis abominablement coupé.

Il porta la main à son visage et la retira tachée de sang.

— Tu t'es fait ça en te rasant ? s'enquit-elle, incrédule.

— Ça m'a arraché un sacré bout de peau, acquiesça-t-il.

— Je vois ça.

— Oh, s'exclama-t-il soudain, mais j'ai taché ton peignoir !

— Non, non, ce n'est pas toi…

Elle s'interrompit brusquement.

— Qui, alors ? lui demanda-t-il d'une voix suspicieuse.

— Hmm… Brett.

— Brett saignait ? Voilà qui est plutôt curieux. Non, ne me dis rien… Lui aussi a décidé de se raser en pleine nuit, c'est ça ?

— Non, il ne s'est pas rasé.

— Alors il est hémophile, peut-être ?

— Il s'est coupé le doigt en pelant une pomme.

— Et comment a-t-il réussi à te tacher ?

— Oh, Jon, s'il te plaît…

— Comment, Sabrina ? répéta-t-il sur un ton inquisiteur en lui saisissant le bras.

Elle soupira.

— Il m'a pris le bras pendant qu'il me parlait, comme toi en ce moment même.

— Ah oui ? fit-il.

— Jon, il sait que je suis… que j'étais… que nous étions ensemble tout à l'heure.

— Et comment le sait-il ?

Sabrina se sentit rougir.

— Il nous a entendus.

— A travers les murs ?

— A travers la porte.

— Et qu'est-ce qu'il faisait là ?

— Il venait me demander si je n'avais pas envie de descendre manger un morceau avec lui dans la salle d'apparat.

Jon resta silencieux un instant.

— C'est vraiment un château où l'on s'active beaucoup, lâcha-t-il enfin. Tu quittes ta chambre, Brett sort Dieu sait où, Susan ne répond pas quand on frappe à sa porte…

— C'est ce qu'on m'a dit, oui.

— Qui ça ?

— Brett, répondit-elle sèchement avant de le gratifier d'un sourire froid. A ce propos, pourquoi es-tu allé frapper à la porte de Susan ?

— Pour m'assurer qu'elle allait bien. Elle était vraiment remontée tout à l'heure, et il faut admettre que quelqu'un, dans ce château, se plaît à faire de sales blagues — en dehors de Dianne, s'entend. Au fait, ni elle ni Thayer ne semblent non plus être dans leur chambre.

— Idem pour Tom et Joe, murmura Sabrina.

— Tu as frappé aussi à la porte de Tom Heart ? s'exclama Jon. Et à celle de Joe ?

— Mais non !

— Alors… ?

— Alors Brett. C'est Brett qui est allé frapper à leur porte. Je te le répète : il cherchait de la compagnie.

— Au milieu de la nuit ?

— Toi aussi, tu as frappé aux portes des uns et des autres au milieu de la nuit, lui rappela-t-elle.

— Oui, mais c'est *mon* château.

Sabrina soupira, lasse de cet échange qui tournait en rond.

— Brett avait simplement faim et aspirait à un peu de compagnie, expliqua-t-elle.

— J'aurais dû instaurer un service de minuit, comme sur les transatlantiques, marmonna Jon.

— Je crains qu'il soit bien plus de minuit.

— Mouais… et tu as l'air de ne pas me faire confiance.

— Pourquoi ne te ferais-je pas confiance ?

— Oh, ne serait-ce que parce que près de la moitié de la terre pense que j'ai tué ma femme.

Elle secoua la tête.

— J'appartiens à l'autre moitié, celle qui pense le contraire.

Il sourit tout en lissant ses cheveux en arrière.

— Crois-tu que ce soit bien raisonnable ? s'enquit-il. Tu sais comment ça se passe, dans les films d'horreur : la douce, innocente et noble enfant est finalement vidée de son sang par le vampire assoiffé.

— Je ne me rappelle pas t'avoir accusé d'être un vampire.

— Seulement une sorte de Barbe-Bleue.

— Tu n'as eu qu'une femme.

— Oui, et elle est morte, hélas. Je dois repartir d'ici, oui ou non ?

— A quoi bon ? Tu es déjà parti tout à l'heure et te voilà revenu.

— Ah oui, c'est exact, répliqua-t-il.

Sabrina comprit alors qu'il n'éprouvait qu'une légère rancœur à son égard et que, par ces propos, il se moquait autant de lui-même que d'elle.

— Tu pourrais te réfugier chez ton bon copain Brett.

— Il me protégerait au prix de sa vie, admit-elle sur un ton taquin.

— Vraiment ? Mais si, moi, je ne suis pas un homme dangereux, peut-être que ton ex-mari l'est, lui.

— Alors je ferais sans doute mieux de me réfugier chez V.J.

— Ce serait peine perdue, répondit-il sèchement. Elle ne m'a pas répondu non plus quand j'ai frappé à sa porte.

Sabrina sentit un curieux frisson lui traverser l'échine en voyant Jon la traiter de nouveau avec hauteur. Estimait-il qu'il l'avait approchée de trop près ? Souhaitait-il maintenant qu'elle reprenne ses distances avec lui, qu'elle le repousse elle-même ?

Qu'elle ait peur de lui ?

— C'est ton château, n'est-ce pas ? Tu saurais m'y retrouver où que je sois.

— Si j'en décide ainsi.

— En déciderais-tu ainsi ? lui demanda-t-elle.

— Oui.

Elle redressa le menton et le dévisagea un moment.

— Alors autant demeurer ici avec toi et profiter de ta présence pour le reste de la nuit, déclara-t-elle.

— Je crains que l'aube ne soit plus très loin, murmura-t-il. Tu ne veux pas essayer de dormir ?

— Dormir ?

— Avec moi, s'entend.

Elle sourit, ôta son peignoir et se coula dans le lit. Les draps étaient glacés. Comme Jon se déshabillait à son tour et se glissait à côté d'elle, elle sentit sa main se glisser sous sa nuisette, descendre vers ses jambes.

— Je croyais que nous devions dormir, chuchota-t-elle.

— Je me mets à l'aise, c'est tout, et j'ai horreur de ces choses-là, précisa-t-il en tirant sur sa nuisette. Je veux dire : elles ne sont pas faites pour le lit.

— Les nuisettes ne sont pas faites pour la nuit ?

Il secoua la tête.

— Certainement pas pour les nuits à deux.

Puis ses yeux fascinants devinrent encore plus sombres dans les ténèbres.

— Je ne veux plus te quitter, murmura-t-il.

Elle non plus ne le voulait pas.

Et sa nuisette rejoignit bientôt le plancher. Il la serra contre lui.

— Alors ne me quitte pas, dit-elle.

— Je t'ai déjà laissée partir, répliqua-t-il à voix basse, ses lèvres contre les siennes. Maintenant, je ne le pourrais plus.

Elle ne répondit rien.

« C'était une nuit sombre et orageuse… »

Il était un inconnu.

Mais elle se sentait bien avec lui et, qu'elle dût ou non le craindre, elle n'avait aucunement l'intention de partir.

Plus tard, elle s'endormit. Elle se réveilla un peu quand Jon quitta le lit pour aller se camper devant le balcon. Elle perçut alors comme une douce chaleur au fond d'elle-même, un sentiment de possession. Elle entrouvrit les paupières pour observer son amant à la dérobée. Il était grand, beau, doté d'une musculature vigoureuse et déliée à la fois. Elle aimait être ainsi avec lui, aimait cette impression d'être pour lui unique en tout, d'être séduisante dans chacun de ses gestes. Elle aimait être chérie à ce point, être caressée par lui ; elle aimait son ardeur tendre. Elle s'était éprise de lui dès la première nuit qu'ils avaient passée ensemble, bien des années plus tôt. Et elle avait cru mourir quand elle l'avait perdu. Elle s'en était voulu de continuer à le désirer malgré l'éloignement et les années passées. Cependant, elle était bel et bien amoureuse de lui, et l'éloignement comme les années passées n'avaient pas compté. Elle le trouvait magnifique de la tête aux pieds, depuis ses cheveux noirs ébouriffés jusqu'à ses jambes sveltes et racées.

Il se retourna ; elle referma les yeux, ne voulant pas qu'il la surprenne en train de le regarder.

Il lui embrassa le front et entreprit de se rhabiller.

Envahie par mille émotions, mais ne souhaitant pas les trahir, Sabrina le laissa partir. Quand elle rouvrit les paupières, les premiers rayons du soleil filtraient dans la chambre.

Elle s'assit sur le lit et se frotta machinalement le bras. Il avait dû s'infliger une bonne coupure, songea-t-elle. Il y avait du sang séché sur sa peau. Avisant la robe de chambre de Jon au pied du lit, elle la prit et en caressa tendrement le col et les épaules.

Elle était légèrement humide et un peu raide.

Elle fronça les sourcils. Examina plus attentivement le vêtement. Et eut un haut-le-cœur.

Du sang.

Et pas seulement une goutte ou deux.

Tout le devant de la robe de chambre en était imprégné.

15.

Pour l'amour du ciel, se demanda-t-elle avec un frisson, s'était-il donc tranché une artère ?

Elle se força à envisager toutes les hypothèses, y compris les pires.

Les femmes se montraient parfois bien naïves, songea-t-elle. Croyant aveuglément les hommes. Tombant amoureuses de vampires. De monstres. Comme dans les plus mauvais films d'horreur. Et, toujours, ne voyant que ce qu'elles voulaient voir, manifestant une confiance à toute épreuve…

Elle était attachée à Jon, avait été amoureuse de lui, l'était de nouveau — ou plutôt elle n'avait jamais cessé de l'être. Elle avait confiance en lui. C'était là la rançon de l'amour. Elle le connaissait assez, également, pour le savoir honnête homme, enclin au bien plutôt qu'au mal.

Mais sa femme n'en était pas moins morte dans des circonstances mystérieuses. Ici même, de surcroît.

Et, cette nuit, il était couvert de sang.

« Arrête », se dit-elle. Brett aussi, après tout, avait du sang sur lui. Et, pour ce qu'elle en savait, ce sang sur Brett était le sien. Tout comme celui de Jon était le sien. Alors à quoi bon se torturer l'esprit ? Personne n'agonisait en ce moment dans les profondeurs du château. Après la scène que leur avait infligée Dianne, plus aucun cri ni aucun hurlement, réel ou fictif, n'avait retenti dans la nuit.

Elle ne savait même pas au juste ce qui l'inquiétait ainsi.

Elle se rallongea sur le lit, épuisée, et referma les yeux. Quand on frappa à sa porte, elle se redressa en sursaut.

— Qui est là ? s'exclama-t-elle.

— Hé ! répondit la voix de Brett. Ce n'est que moi. Es-tu visible ? Je sais que tu es seule — notre hôte est en bas en train de siroter son café.

Il marqua une pause.

— Je suis content que tu te sois autant inquiétée pour moi, la nuit dernière, ajouta-t-il sur un ton plaintif. Allez, Sabrina, sors de là, viens me parler, viens me montrer que tu vas bien toi aussi. De mon côté, tout baigne. Mon bobo à la tête se résorbe et je ne souffre même pas de ma coupure au doigt. Il est près de midi, Sabrina, et nous sommes censés nous réunir dans la salle d'apparat pour une grande confession collective. Es-tu prête ?

Elle se glissa hors du lit.

— Brett, il faut d'abord que je me douche et que je m'habille. J'en ai pour quelques instants.

Elle se précipita dans la salle de bains.

Elle n'aurait manqué la grande confession collective pour rien au monde.

Dix minutes lui suffirent pour se préparer. Quand elle quitta la chambre, Brett l'attendait sur le seuil. Adossé contre le mur du couloir, il buvait une tasse de café.

— Eh bien, il était temps, se plaignit-il.

— J'ai fait aussi vite que j'ai pu.

— J'allais te fausser compagnie, vu que ma tasse est presque vide. J'ai besoin d'un peu plus de caféine. Sacrée nuit… Honnêtement, tu as une tête de déterrée. Je suis jaloux comme un pou.

— Il est vrai que tu passes tellement de nuits tout seul, répliqua-t-elle sur un ton ironique.

Il grimaça.

— Oui, bon, c'est vrai, pas tant que ça. Mais il faut bien que je me console de t'avoir perdue.

Elle secoua la tête.

— As-tu pu te reposer un peu, au moins ?

— Oui, je n'ai pas trop mal dormi… Et toi ? Oh, oublie ma question, elle est idiote.

— Brett…

— Je te dis que je suis désolé.

— Et ton doigt ?

— Il est encore un peu sensible, mais c'est tout. Tu ne veux pas l'embrasser pour que ça aille mieux ?

Elle soupira.

— Excuse-moi, dit-il avec un grand sourire, mais c'est plus fort que moi. Allez, on fait la paix, d'accord ? J'ai vraiment envie qu'on soit amis. Maintenant, si tu changes d'avis et désires plus que mon amitié…

Il se pencha vers elle.

— … ou si tu crains que notre hôte n'ait envie de te jeter du haut d'un balcon…

— Brett !

— … n'hésite pas à m'appeler !

— Brett, je croyais que Jon était ton ami !

— Il l'est. Mais en amour, tout est de bonne guerre.

Ils avaient descendu l'escalier et se trouvaient maintenant dans le foyer. Par les longues et étroites fenêtres, Sabrina put voir que la couche de neige était haute et que le ciel d'un gris sombre laissait présager un regain de tempête d'un moment à l'autre. Pour l'heure, le paysage était assez beau, dans le genre glauque.

Les lampes à pétrole accrochées aux murs brûlaient toujours et, comme un mince rayon de soleil avait réussi à se frayer un chemin à travers les nuages, le château semblait bien plus éclairé que la veille.

— Pour le café, ma chère, c'est par ici, lui annonça Brett tout en la poussant vers la salle d'apparat.

Jon était assis en bout de table ; son café à la main, il semblait en grande conversation avec Joe et Thayer. Jennie Albright, toujours aussi calme et compétente, était occupée à allumer les réchauds sous les plateaux. Dianne et Anna Lee, assises côte à côte, discutaient ensemble des inconvénients et des avantages du piercing, tandis qu'en face d'elles, Joshua, Camy et Reggie se plaignaient en chœur du mauvais goût affligeant d'un musée du macabre récemment ouvert à Londres.

— Je persiste à penser qu'il n'y a pas, à proprement parler, de meurtrière en série, déclarait Thayer au moment où Brett, ayant rempli sa tasse de café, rejoignait le groupe de Jon.

— Et que fais-tu de la comtesse Bathory ? répliqua Joe. Elle a tué des dizaines de jeunes femmes, voire des centaines.

— Et puis il y a cette prostituée qui s'est mise à zigouiller les flics en Floride, renchérit Jon.

— Ah, celle-là, oui, elle a peut-être le vrai profil de la meurtrière en série, convint Thayer. En fait, ce que je veux souligner, c'est que le meurtrier en série type est un meurtrier sexuel. Un prédateur, un mâle. Qui recherche la jouissance par la violence.

— Il est vrai que la plupart des psychopathes que les criminologues et les spécialistes du FBI ont recensés jusqu'à présent étaient des hommes, admit Jon, mais…

— Mais, pour ma part, j'appellerais assurément cette vieille garce de comtesse Bathory une meurtrière en série, intervint Anna Lee. N'a-t-elle pas égorgé toutes ces jeunes filles uniquement pour se baigner dans leur sang, en s'imaginant que de cette manière elle resterait belle et continuerait à plaire aux hommes ?

— En plus, ajouta Reggie, j'ai lu quelque part qu'elle jouait avec ses victimes avant de les tuer. Si ce n'est pas de la violence sexuelle, ça…

— Ce n'est pas tout à fait pareil, répondit Thayer.

Il paraissait soudain à court d'arguments pour répondre à l'objection inédite qui venait de surgir dans cette vieille controverse. Il avait été un policier de terrain, pas un intellectuel, même s'il en connaissait un rayon dans sa partie.

Jon se porta à son secours.

— Les meurtriers évoqués par Thayer ne peuvent connaître le plaisir que par l'asservissement, la domination, l'exercice de la force. Dans le cas de la comtesse Bathory, qui a vécu il y a plusieurs siècles, nous ne pouvons disposer de renseignements fiables sur son *modus operandi.* Mais il est probable qu'elle avait seulement le sentiment d'être supérieure à tout le monde et qu'elle s'arrogeait le droit de tuer les jeunes paysannes à son service. Il n'y avait sans doute là rien d'émotionnel, juste l'amusement du chat qui taquine la souris.

— En tout cas, c'était un monstre, décréta Dianne en frissonnant.

— Attention, les prévint alors Brett. Si jamais V.J. nous entend critiquer la comtesse avec tant d'ardeur, elle va aller égorger Joshua pour avoir prêté ses traits à son mannequin de cire.

— A ce propos, s'enquit Sabrina, où est V.J. ?

— Elle n'est pas encore descendue, répondit Jon.

— Il faut quand même reconnaître, poursuivit Joe, que la comtesse Bathory n'a pas grand-chose à voir avec les meurtriers en série d'aujourd'hui.

— Effectivement, approuva Thayer, ce n'est ni un Bundy, ni un Dahmer, ni un Gacy, croyez-moi.

— Parole de policier et silence dans les rangs, marmonna Anna Lee.

— A mon avis, continua Jon en reprenant courtoisement la défense de Thayer, notre ex-policier a plutôt raison sur le fond. Les psychologues mettent toujours en avant l'hérédité ou l'enfance pour expliquer la pulsion meurtrière, mais il semblerait bien qu'il existe une corrélation étroite entre taux de testostérone et comportement agressif. Les mâles de toute espèce ayant le sentiment d'avoir été humiliés, souillés, mis à l'écart, etc. ont tendance à devenir violents, alors que certaines études montrent que les femelles, dans la même situation, ont plutôt tendance à retourner cette agressivité contre elles-mêmes, préférant par exemple le suicide à une réaction violente.

— Mais il arrive que les femmes assassinent, non ? objecta Anna Lee.

— Certaines, oui, répondit Joe sur un ton badin en la regardant droit dans les yeux.

— Alors, Thayer, pourquoi les femmes tuent-elles ? voulut savoir Dianne.

Thayer la dévisagea avec gravité.

— Par passion.

— Par passion ! protesta Dianne. Toujours ?

— Moi, répliqua Sabrina, je pense que c'est le plus souvent par peur.

Elle s'était versé une tasse de café, mais n'avait pas rejoint les autres à la table. Adossée contre le buffet, elle les vit tourner tous la tête dans sa direction.

Elle haussa les épaules, regarda Brett, puis Jon. Ce dernier l'observait avec curiosité.

— Admettons, reprit-elle, qu'une femme ait été acculée dans ses retranchements, et qu'elle ait un jour l'occasion de passer à l'acte. Un quai de métro bondé... une petite poussée. Ou bien encore une rue encombrée et une voiture qui s'approche en rasant le trottoir à toute vitesse... Elle a quelques secondes à peine pour se décider ! Je pousse, je pousse pas ?

Les autres continuaient à la dévisager en silence.

A l'exception de Thayer, qui n'avait manifestement pas saisi l'allusion.

— Absolument, acquiesça-t-il. Certains meurtres sont si simples, si pathétiquement simples. Un mari perd la tête sous prétexte que son épouse a découché trois nuits de suite. Il est furieux, elle se rebiffe et boum, il la descend, le destin ayant voulu qu'il ait alors une arme à portée de main. Quant aux femmes... Imaginez qu'un type maltraite la sienne soir après soir, jour après jour. Il lui casse les deux jambes, lui poche les yeux, la frappe à tour de bras. Pourquoi ? Parce que c'est une moins-que-rien, pardi. Il l'engueule pour tout : le rôti du dîner, la sauce de la salade, le pinard — même si c'est lui qui le choisit. Car en plus, évidemment, il boit et rentre chaque nuit en puant l'alcool, le cigare moisi — et avec le lézard en bandoulière. Bref, la pauvre n'en peut plus. Elle ne sent plus rien, ne pense plus rien. Elle a seulement la trouille, vingt-quatre heures sur vingt-quatre. Et puis, « un jour » — comme vous diriez, Sabrina —, alors qu'il est étalé sur le canapé, panse à l'air, dans son horrible T-shirt plein de trous, et qu'il beugle après une bière tout en suivant le match de football à la télé, volume à fond, elle craque. Elle ne lui apporte pas sa bière ; à la place, elle revient du garage avec le fusil de chasse et le truffe de plombs.

— Bien fait pour lui, ce n'était qu'un gros dégoûtant, décréta Dianne en souriant. Est-ce que cette femme a été accusée de meurtre, acquittée pour cause de légitime défense ou gratifiée d'une médaille pour avoir débarrassé la terre de ce déchet nocif ?

Des rires légers s'élevèrent dans la salle. C'était un bruit plaisant, songea Sabrina. Car, en dépit de la gravité du sujet, ils avaient enfin l'air de romanciers s'amusant à débattre de leur thème de prédilection, comme il convenait au cours d'une telle retraite.

Une retraite organisée par Jon à des fins charitables, se rappela-t-elle, chagrinée que la Semaine ait connu jusqu'à présent un déroulement si chaotique.

Quelque chose ou, plutôt, quelqu'un jouait un jeu diabolique.

Qui disait la vérité ? se demanda-t-elle. Qui, au contraire, menait sa propre partie aux dépens des autres ?

Thayer, pour sa part, était trop absorbé par la discussion pour sentir comme elle le fumet maléfique et sournois qui gâtait cet instant.

Il eut une grimace comique et répondit à Dianne :

— Naturellement, vous savez qu'un meurtre a toujours un mobile.

— Même s'il s'agit d'un crime sans raison apparente ? interrogea Anna Lee. Comme celui que commettrait quelqu'un en poussant sous une rame de métro une personne qui lui serait parfaitement inconnue ?

Thayer hocha la tête.

— La démence elle-même est un mobile. Le meurtrier, c'est parfois un gars qui entend des voix, le paranoïaque qui croit que tout le monde en a après lui. Il y a toujours un mobile. Même inconsistant en apparence, même illogique. La folie, du reste, ne date pas d'hier. L'histoire de l'humanité est parsemée de monstres. Simplement, les pires seraient peut-être bien ceux d'aujourd'hui — tous ces salopards qui prennent leur pied en infligeant la souffrance et la mort. Il est heureux que la médecine légale ait fait autant de progrès. Il suffit désormais d'une fibre minuscule, d'une goutte microscopique de fluide corporel — sang, sperme, n'importe quoi — pour permettre une identification génétique et confondre le coupable. C'est fantastique.

— Oui, encore faut-il avoir une brochette de suspects sous la main, intervint Jon.

— Certes... Le nombre de meurtres non résolus est effrayant !

— Remercions le ciel, la majorité des gens aiment surtout les crimes résolus ; autrement, nous pourrions aussi bien changer de carrière, conclut Anna Lee.

Elle se mit soudain à sourire et les dévisagea tour à tour.

— A ce propos, reprit-elle, ne sommes-nous pas censés confesser aujourd'hui nos plus horribles péchés — et confondre le tricheur qui s'amuse à envoyer certains d'entre nous aux mauvais endroits ?

— De toute façon, répliqua Joe lugubrement, Susan va nous réduire en charpie, tous sans exception.

Anna Lee haussa les épaules.

— Nous n'aurons qu'à la prévenir que, si jamais elle ose écrire la moindre méchanceté sur notre compte, chacun d'entre nous, tant qu'elle ne se sera pas amendée, publiera à tour de rôle un polar à la Agatha Christie où elle sera assassinée successivement par la corde, le couteau, le revolver, le poison, etc.

— Au fait, où est Susan ? s'enquit Jon.

— Je ne l'ai pas vue de la matinée, répondit Joe.

— Moi non plus, dit Dianne en haussant les épaules.

— Elle nous en veut vraiment beaucoup, déclara Thayer avec une grimace.

— Personne ne l'a croisée récemment ? demanda Jon.

— Pas depuis hier soir, répondit Anna Lee.

— Maintenant que j'y pense, ajouta Thayer, je n'ai pas non plus revu V.J., ni Tom. Tom veillait sur Susan hier soir pendant qu'elle prenait son bain, vous vous rappelez ?

— Peut-être qu'ils dorment encore, suggéra Dianne.

— Tom et V.J., pourquoi pas, admit Brett. Mais Susan ? Enfin, je veux dire que Tom et V.J...

— Nous sommes supposés confesser nos péchés, pas nous accuser les uns les autres, jeune homme, l'interrompit Reggie sur un ton sévère.

— Désolé, je pensais seulement...

— Tu pensais quoi ? lança une nouvelle voix.

Tom Heart, douché de frais, revêtu d'un ensemble pull-pantalon de laine grise impeccablement repassé, venait de pénétrer dans la pièce. Il se servit un café, puis s'aperçut que tout le monde le regardait.

Il leva sa tasse.

— Que se passe-t-il ?

— Nous commencions à nous inquiéter, répondit Jon.

— Pourquoi donc ? s'enquit Tom innocemment.

— Parce qu'il se fait tard et que nous ne t'avons pas revu depuis hier soir, répondit Anna Lee. Pas plus que V.J., d'ailleurs.

— Victoria... V.J. ne va pas tarder à descendre. Elle terminait de s'habiller quand je suis... quand j'ai frappé à sa porte. Et moi, je suis bien là, non ? Alors pourquoi ces têtes d'enterrement ?

— Tom, personne n'a revu Susan non plus depuis hier, lui annonça Jon.

— Et c'est ça qui vous déprime ? demanda-t-il avec incrédulité.

— Nous sommes inquiets pour elle, insista Jon.

— Ouais, eh bien, elle se portait comme un charme hier soir, grommela-t-il. Elle est sortie de sa douche en hurlant que je n'étais pas censé me poster dans sa chambre mais dehors, dans le couloir.

— C'est du Susan tout craché, ça, murmura Dianne.

— Et ensuite ? s'enquit Jon.

Tom parut gêné. Il haussa les épaules.

— V.J. était venue me voir, et nous étions en train de parler ensemble. Susan a été parfaitement odieuse. Elle nous a traités de couple de pervers et a prétendu que nous étions des malades et que nous en avions après elle.

— Oh, oh, ça devient palpitant, susurra Anna Lee. Comment as-tu réagi, Tom ?

— Je lui ai dit d'aller hurler ailleurs, puis V.J. et moi sommes ressortis de la chambre et…

Sa voix s'éteignit.

— Et quoi ? demanda Dianne.

— Et… et nos chemins se sont séparés là, répondit-il fermement.

Mais il mentait, Sabrina en était convaincue.

— Holà, Tom ! s'exclama soudain Anna Lee en se levant pour s'approcher de lui. Qu'est-il donc arrivé à ta main ?

— Ma main ? répéta Tom.

Puis il baissa les yeux sur sa paume, balafrée par une longue entaille. Celle-ci venait de se remettre à saigner, attirant ainsi l'attention d'Anna Lee.

— Oh, ça, articula-t-il lentement. C'est moins méchant que ça n'y paraît.

— Coupure de papier ? suggéra Reggie d'une voix sceptique.

Tom releva la tête et la considéra avec un sourire gauche. Puis il se tourna vers Jon.

— J'ai cassé une de tes lampes à pétrole, Jon. Désolé, je suis sûr que ce devait être une pièce rare.

Jon lui signifia du geste que cela n'avait pas d'importance.

— J'en ai d'autres en réserve, précisa-t-il. Quand même, Tom, ça a l'air d'une mauvaise plaie.

— Où as-tu dit que V.J. était, déjà ? demanda alors Sabrina.

— Elle n'a pas répondu quand j'ai frappé à sa porte hier soir, expliqua Brett.

— Et pourquoi diable es-tu allé frapper à sa porte ? rétorqua Tom avec colère.

— Mais… mais parce que je cherchais quelqu'un d'assez aventureux — et affamé — pour descendre ici manger un morceau avec moi, voilà tout ! s'exclama Brett, indigné.

— C'est vraiment tout ? s'enquit Anna Lee sur un ton mutin. Hmm, ajouta-t-elle en souriant à l'adresse des autres, nous sommes en train d'entamer un nouveau jeu, n'est-ce pas ? Un jeu où nous devons confesser nos péchés et, ensuite, essayer de découvrir qui a tué Cassie — si du moins elle a été tuée, puisque officiellement elle est morte d'un accident.

— Je n'ai rien à confesser au sujet de V.J., répliqua Brett avec humeur.

— Au sujet de V.J., non, peut-être pas, repartit Anna Lee sur un ton doucereux.

— Maintenant, intervint Joe en se renfonçant contre le dossier de sa chaise, si nous recherchons le mobile, nous ne devons pas oublier que V.J. détestait Cassie. Elles n'ont jamais réussi à s'entendre, toutes les deux. Cassie était méchante et grossière avec elle, et V.J. n'a pas non plus la langue dans sa poche.

— V.J. n'a pas tué Cassie ! s'écria Tom.

— Ah, Tom, très cher Tom, repartit Anna Lee. Toi aussi, tu aurais pu vouloir tuer Cassandra. Elle a écrit des choses horribles sur ton compte, insinuant que tu étais un coureur de jupons impénitent. Or, si je ne me trompe pas, tu es séparé de ta femme, mais vous n'avez pas encore divorcé. Et les médisances de Cassie auraient pu te coûter très, très cher, non ?

— Anna Lee, nous ne devons confesser que nos *propres* péchés, d'accord ? riposta Jon sèchement.

Tom leva la main à l'adresse de Jon.

— Ça va, ce n'est pas grave, dit-il. Je n'ai pas tué Cassie, point à la ligne. Par ailleurs, je connais la loi, ainsi que mon devoir, et je ne hais pas mon ex-épouse — ou celle que je considère comme telle —, pas plus que je ne rechigne à lui verser déjà la moitié de mes revenus, car c'est ensemble que nous avons parié sur mon talent. Ce que j'ai donné à Lavinia, ce que je lui donne encore, je le lui donne de bon cœur.

— Oh, mais tu serais donc l'homme parfait ? répliqua Anna Lee. Cela dit, on ne m'ôtera pas de l'idée que tu avais un mobile.

— Comme un mobile peut être de plusieurs sortes, je pense pour ma part que nous sommes tous des suspects potentiels, lui rappela Jon.

— Pas moi, objecta Dianne.

— Ah bon ? riposta Anna Lee. Mais, Dianne, ma chérie, je crains fort que tu ne puisses te disculper aussi facilement. Cassie était ta mère, soit, mais elle te rejetait. Elle ne voulait pas te reconnaître comme sa fille, tu étais pour elle un problème, un tracas, la preuve vivante qu'elle n'était plus toute jeune. Peut-être n'as-tu plus supporté son mépris et, quand elle s'est penchée ce jour-là par-dessus la balustrade…

— Quel fatras d'élucubrations insanes ! s'exclama Dianne avec fureur en contournant la table, ses yeux rivés sur Anna Lee. Ah, ça te va bien de débiter des horreurs pareilles, toi qui t'es toujours complu à semer le chaos autour de toi ! Tu n'as pas plus de morale qu'un chat de gouttière. Comme tu ne pouvais avoir Jon, tu t'es rabattue sur ma mère. Et Dieu sait sur qui encore. Tu sèmes la zizanie partout où tu traînes. Tu as tellement besoin d'être le centre de l'univers que tu es prête à tous les scandales. Mais chacun sait pourquoi tu aimes autant la provocation : c'est parce que tu es incapable d'attirer l'attention du public par tes seuls talents d'écriture !

— Ouille, marmonna Anna Lee. Comment ai-je fait pour ne pas m'apercevoir plus tôt que tu étais la fille de Cassie ? Eh bien, ajouta-t-elle sans paraître autrement affectée par la sortie de Dianne, maintenant nous savons tous avec qui je couchais. Cependant, le spectacle doit continuer, n'est-ce pas ? A qui le tour ?

Elle pivota sur elle-même et regarda Joe.

— N'as-tu rien à dire ? lui demanda-t-elle.

Il leva les mains et haussa timidement les épaules.

— Je… j'étais partagé entre eux deux, articula-t-il sur un ton malheureux.

Jon se leva lentement et alla s'adosser contre le manteau de la cheminée. On aurait entendu voler une mouche tant le silence dans la salle était profond. Pourtant, Jon semblait calme, comme si les propos des uns et des autres ne lui apprenaient rien du tout.

Joe s'éclaircit la gorge.

— J'en voulais beaucoup à Cassie, avoua-t-il. Mais, en dépit de ma rancœur — elle m'avait fait perdre ma place dans une importante anthologie —, elle ne cessait de me fasciner. Comme elle était mariée avec Jon, je gardais mes distances. Mais Anna Lee jouissait de l'idée que j'avais moi-même ma petite liaison fantasmatique et ambivalente avec Cassie. Elle devait être dans une phase rustique à l'époque, car elle a décidé de renoncer à ses goûts de luxe pour me séduire. Puis…

— Puis ? s'enquit Jon tout en observant Anna Lee.

Celle-ci haussa les sourcils, mais, une seconde plus tard, un éclair de souffrance traversa son regard.

— Jon, tu ne voulais pas regarder la vérité en face. Tu te refusais à réclamer le divorce. Je désirais seulement te montrer quel genre de femme elle était réellement.

Jon croisa les bras sur sa poitrine.

— Tu désirais me montrer quel genre de femme était ma propre épouse ?

Anna Lee passa une main dans sa magnifique chevelure.

— Tu n'as pas voulu m'écouter quand je t'ai dit qu'elle couchait avec tout le monde.

— Anna Lee, je connaissais Cassie, je savais très bien qu'elle me trompait, que notre mariage était fichu, mais il m'arrivait aussi d'être lucide et de me rendre compte qu'elle cherchait ainsi à fuir sa maladie. J'ai donc fermé les yeux, oui. Volontairement. Sauf quand elle tentait de nuire à autrui. Tâche pour laquelle, apparemment, elle a reçu beaucoup d'aide.

Il se retourna brusquement vers Joe.

— Finis donc ton histoire, lui dit-il.

Joe était si rouge qu'il en devenait presque pourpre.

— Je... je... une fois... nous... je...

— Oh, Joe, crache-le donc ! lui ordonna Anna Lee sur un ton amusé. Nous avons joué les trios de choc, voilà !

Joe courba la nuque.

— Je suis vraiment désolé, Jon. J'étais tellement... C'est que...

Il releva les yeux vers Jon.

— Tu es un homme riche, respecté, influent, séduisant, reprit-il. A côté de toi, j'ai toujours eu l'air d'un ours avec une gueule de bois. Et puis voilà qu'elles me tournent autour toutes les deux, qu'elles ont envie de moi. Après… elles se sont moquées de moi, ajouta-t-il dans un souffle en lançant un regard accusateur à Anna Lee.

Cette dernière sourit, nullement gênée par ses exploits sexuels.

— Nous étions tous les trois majeurs et consentants, Joe. Et nous ne nous sommes pas moquées de toi, Cassie et moi. Tu l'as seulement cru.

— Et comment t'es-tu senti au juste ? reprit Dianne à l'adresse de Joe. Trompé ? Abusé ? Peut-être même humilié ?

— Oh, non, protesta Joe, pas de ça avec moi ! Je ne me suis pas senti abusé du tout, non. Et je n'ai jamais eu des envies de meurtre parce qu'une femme m'avait humilié !

Il se retourna vers Anna Lee.

— D'ailleurs, je n'ai pas dû être si mauvais au lit, puisque Anna Lee en redemande encore de temps en temps.

Brett bondit alors sur ses pieds, les poings sur les hanches, et les dévisagea tous les deux.

— Vous mentez l'un et l'autre ! s'écria-t-il. Cassie n'était pas comme ça !

Jon, debout derrière lui, posa une main sur son épaule.

— Si, Brett, elle était comme ça.

— Non. Vous avez tous les deux inventé cette histoire. Pourquoi ? Je n'en sais fichtre rien ! Par perversité, pour vous faire remarquer, peut-être. En tout cas, je connaissais Cassie, et elle…

— Brett ! l'interrompit Jon sur un ton plus ferme. Tu ne connaissais pas Cassie. Tu croyais seulement la connaître.

Tu savais uniquement ce qu'elle avait envie que tu saches. Elle t'a tendu un piège et tu as sauté dedans à pieds joints parce que tu étais très attaché à elle.

— Non ! s'exclama Brett.

Puis il s'affala d'un coup sur sa chaise et porta les mains à ses tempes.

— Non, je…

Il releva les yeux vers Jon, et regarda ensuite Sabrina d'un air si malheureux qu'elle en eut le cœur brisé.

— J'étais tellement jaloux de toi, reprit-il à l'intention de Jon. J'étais le mari de Sabrina et elle n'a jamais voulu avouer qu'elle te connaissait déjà, encore moins qu'elle avait couché avec toi. Pourtant, chaque fois que ton nom était évoqué dans la conversation, elle semblait un peu triste… et j'étais sûr, à ce moment-là, sûr et certain que vous aviez eu une liaison tous les deux et que… qu'elle avait beau vouloir se montrer une épouse fidèle et dévouée, elle me comparait sans cesse à toi. Une comparaison qui n'était d'ailleurs pas à mon avantage. Je ne suis pas arrivé à croire, ensuite, qu'elle m'avait quitté uniquement à cause de ma conduite, si bien… si bien que j'ai voulu me venger de toi. Dans mon esprit, c'était toi, le responsable de ce gâchis, comme si Sabrina m'avait trompé avec toi. Alors… alors je me suis mis en tête de séduire Cassie. Elle était d'ailleurs attachée à moi, en un sens. Oui, elle était attachée à moi, parce que, parce que…

— Brett, dit Jon après avoir poussé un léger soupir, c'est *toi* qui étais attaché à elle, tout simplement parce qu'il était facile de s'attacher à Cassie. Même après qu'elle a brisé notre mariage, je suis moi aussi resté attaché à elle.

Elle souffrait, elle cherchait à fuir sa maladie. Elle désirait tellement demeurer belle et jeune. Elle avait désespérément besoin d'être aimée, car elle avait peur de la solitude, peur de la mort. C'était une femme intelligente, instruite, non dénuée de finesse et capable à l'occasion d'être charmante, voire soucieuse du sort et du bien-être d'autrui.

Il regarda Dianne et hésita un instant.

— Elle savait le mal qu'elle avait fait à sa propre fille, poursuivit-il, et elle versait des dons conséquents en faveur des associations d'aide à l'enfance. Ce n'était pas un être horrible, monstrueux. Moi, je la connaissais — et je connaissais aussi ses fautes. Mais je ne pouvais les lui reprocher, car c'était moi qui avais commis la première en l'épousant. Nous nous fréquentions alors depuis longtemps. Elle m'avait présenté à mon premier agent littéraire, m'avait révélé bien des ficelles du métier. C'était une femme séduisante, et nous nous plaisions beaucoup ensemble, même si nos relations étaient intermittentes. Et puis elle est tombée malade. Et elle n'a plus voulu rester seule. Alors nous avons décidé de tenter l'expérience d'une vie commune. Notre mariage était sans doute condamné d'avance, mais c'était une amie. Et j'étais attaché à elle, oui.

Il marqua une pause, et leva soudain les mains, un sourire amer sur les lèvres.

— O.K., abrégeons : qui, ici, *n'a pas* couché avec ma femme ?

— Pas moi, en tout cas, mon garçon ! rétorqua Reggie avec indignation.

Jon sourit.

— Et si nous procédions à un tour de table ? suggéra-t-il.

— Pour ce qui me concerne, répondit Tom, la réponse est non.

— Pour moi aussi, déclara Camy.

— Idem pour moi, enchaîna Thayer.

— Je n'ai pas couché non plus avec votre femme, Jon, lâcha Joshua, qui n'avait pas dit un mot jusqu'à présent.

— Je n'étais pas là, rappela Sabrina.

— Eh bien, articula Jon sèchement, il ne nous reste plus que Susan et V.J. Mais comme elles ne sont pas encore descendues, il nous faudra leur poser la question plus tard.

— A-t-on suffisamment saigné aujourd'hui à ton goût ? s'enquit abruptement Anna Lee.

Sa voix était si altérée que Sabrina la considéra avec une certaine surprise et se demanda si l'insouciance dont elle entourait ses frasques sexuelles n'était pas affectée. N'en éprouvait-elle pas, malgré tout, quelque remords ?

Les jeux de séduction partaient de motivations si diverses, si étranges, songea-t-elle. Brett, par exemple, avait voulu se venger de Jon. Anna Lee avait séduit Cassie par amour pour Jon. Joe, lui, avait été victime de sa fascination pour Cassie et de sa propre naïveté. Quant aux autres…

Cassandra les avait tous tenus sous sa coupe. A l'évidence, elle aimait menacer les gens. Elle avait cru pouvoir ruiner Tom Heart, briser sa carrière ainsi que son mariage. Elle s'était montrée ouvertement hostile envers V.J. Et Thayer, Reggie, Joshua, Camy, que leur avait-elle fait, à eux ? Et Dianne elle-même ? Etait-il inconcevable qu'elle ait souffert de son mépris au point de vouloir la tuer ?

— Alors, Jon ? insista Anna Lee.

Celui-ci leva de nouveau les mains.

— Nous ne sommes guère plus avancés qu'avant, n'est-ce pas ? demanda-t-il à voix basse.

— Je ne suis pas d'accord, répliqua Brett. Nous savons désormais qui couchait avec Cassie.

Jon eut un sourire lugubre.

— Mais ça ne nous dit toujours pas qui l'a assassinée.

— A supposer qu'elle ait été assassinée, objecta Anna Lee.

Elle se pencha en avant.

— Jon, peut-être devrions-nous en rester là.

— Et ces instructions insensées que certains d'entre nous ont reçues au cours du jeu ? répliqua-t-il. N'avez-vous pas envie de découvrir qui triche de la sorte dans le but de nous effrayer ?

— Mais c'est Dianne ! rétorqua Anna Lee.

— Juste une fois ! protesta cette dernière. Je ne vous ai donné de faux messages qu'une seule et unique fois — pour vous envoyer à la crypte.

— Et celui qu'a reçu Susan ? s'enquit Jon.

— Dianne, articula Anna Lee, si c'est toi qui l'as écrit, pour l'amour de Dieu…

— Non, ce n'est pas moi ! l'interrompit Dianne avec agacement. Je ne vais quand même pas avouer des fautes que je n'ai pas commises !

— Susan est tout bonnement cinglée, intervint alors Brett avec humeur. Procédons plutôt par élimination : je n'étais pas dans le château au moment des faits. Sabrina non plus.

Elle n'était même pas là à la précédente Semaine de l'Enigme. Joshua était dehors également, ainsi que Jon…

— N'importe lequel d'entre nous aurait pu rédiger ce message avant de partir, lui fit remarquer celui-ci.

— Certes, mais si nous n'étions pas là, comment aurions-nous pu effrayer Susan dans la salle des horreurs ? rétorqua Brett.

— Vous pourriez tous être complices, suggéra Thayer à voix basse.

— Attendez, intervint Tom. Nous partons pour l'instant de l'hypothèse que Susan n'a rien inventé, ce qui, vous en conviendrez, est sujet à caution. Elle a tellement besoin d'attirer l'attention…

— Jon, s'il te plaît, reprit Anna Lee, je commence à avoir la migraine. Sommes-nous autorisés à monter nous reposer un peu dans nos chambres ?

Jon hocha la tête.

— Oui, bien sûr, dit-il.

Il les dévisagea tour à tour et ajouta :

— Nous nous retrouverons dans la bibliothèque pour les cocktails. Nous pouvons, si vous le désirez, poursuivre le jeu — mais c'est nous que l'énigme risque désormais de concerner.

— Jon, murmura Camy, et s'il n'y avait *aucune* énigme à résoudre ? Et si la mort de Cassie n'était qu'un tragique accident ?

— Eh bien, si nous arrivons à une telle conclusion — ce que j'espère —, l'affaire sera close.

— Parfait ! s'exclama Reggie. Puisque nous avons fini de remuer la boue et de battre notre coulpe, je vous propose d'aller taper le carton dans la bibliothèque.

— Bridge ? s'enquit Tom.

— Poker, mon garçon ! Poker ! répliqua Reggie.

Joe s'esclaffa.

— Je suis partant.

— Moi aussi, renchérit Thayer.

Ils se levèrent tous de table. Tandis qu'Anna Lee quittait la pièce, Reggie, Joe et Thayer se dirigèrent vers la bibliothèque. Sabrina allait rejoindre Jon, quand elle vit que Camy discutait avec lui, visiblement très émue. Brett patientait à quelques pas, comme s'il avait lui aussi besoin de s'entretenir avec leur hôte.

Sabrina décida de les laisser. Au moment où elle se dirigeait vers la porte, Tom Heart lui barra le chemin, sa main blessée enveloppée dans une serviette.

— Une petite partie de cartes ? lui suggéra-t-il.

Elle secoua la tête, soudain mal à l'aise.

— Non, Tom, merci. Je n'ai pas eu beaucoup de sommeil, cette nuit. Je vais m'accorder une sieste. Je redescendrai plus tard, peut-être.

— O.K.

Elle s'éclipsa de la salle et se hâta de regagner sa chambre. Arrivée dans le couloir de l'étage, toutefois, elle marqua une pause. Et résolut d'aller voir V.J.

— V.J. ? murmura-t-elle en parvenant devant sa porte.

Pas de réponse… Elle gratta au battant.

— V.J. ?

Toujours pas de réponse. Elle frappa plus fort.

— Bon sang, V.J., tu commences à m'inquiéter !

Comme le silence seul lui répondait, elle posa une main hésitante sur la poignée et la tourna.

La porte n'était pas verrouillée.

Sabrina l'entrebâilla.

— V.J. ?

Silence…

Elle repoussa complètement le battant et pénétra dans la chambre.

Elle vit alors V.J.

Celle-ci était étendue sur le lit, revêtue d'une robe simple et élégante — pas de dentelle ni de ruban pour V.J. Sa tête reposait sur l'oreiller ; ses mains étaient croisées sur sa poitrine. Elle était aussi roide qu'un cadavre dans un cercueil. Une fine ligne rouge encerclait son cou.

— V.J. ! hurla Sabrina en se précipitant vers elle.

16.

Jon commençait sincèrement à se demander quel mécanisme infernal il avait mis en branle.

— Je n'y comprends rien, Jon, articula Camy. Si seulement j'avais fait plus attention…

— Camy, n'importe qui aurait pu écrire ces messages.

Joshua était venu se camper derrière la jeune femme, le regard sombre et l'air confus.

— Camy, je suis censé t'aider à veiller sur le bon déroulement de la Semaine…

— Camy, Josh, reprit Jon, vous avez tous deux accompli un travail formidable et vous avez agi au mieux, alors, s'il vous plaît…

— Jon, intervint alors Brett, il faut que nous parlions tous les deux, c'est très important.

Jon leva la main pour l'inciter à patienter.

— Camy, vous n'avez commis aucune faute. Arrêtez de vous tourmenter. Le jeu était superbe, intelligemment mené, et vous comme Joshua vous êtes débrouillés comme des chefs — mais vu la tempête, la coupure de courant et tout le reste, il vaudrait peut-être mieux que nous en restions là.

— Jon, répéta Brett avec insistance, il faut que je te parle.

Jon se tourna vers lui.

— Brett, je ne t'en veux pas, crois-moi. Je comprends que tu aies agi ainsi. Tout va bien.

— Non, Jon, bon sang, ça ne va pas. On n'a pas le droit de baiser un ami comme ça.

— A proprement parler, Brett, ce n'est pas moi que tu as baisé.

— Oh, Jon, pitié…

— Désolé. Je n'ai pas pu résister. Cela dit, je ne plaisante pas : cela n'a plus aucune importance, désormais.

— Jon, c'était ta femme.

— Brett, c'est fini. Je ne ressens plus rien — ni colère, ni douleur, rien. Nous avons tous assez souffert comme ça. Et si je te dis que c'est bon, accepte-le. Du reste, il faut que je sorte.

— Que vous sortiez ? protesta Camy. Mais le froid et la neige…

— … ne me feront pas de mal, répliqua Jon. Au contraire, ça me rafraîchira les idées.

Il hésita un instant avant de s'adresser de nouveau à Brett.

— Comment va ta tête ? s'enquit-il.

— Ma tête ?

— Ta blessure.

— Oh ! fit-il en portant une main à sa tempe.

Il haussa les épaules.

— Ça me lance un peu, mais je m'en remets.

— Tant mieux.

Sur ce, Jon s'apprêta à quitter la salle, aspirant à la froidure et à l'air pur du dehors. Le soleil n'avait pas vraiment percé la couche nuageuse, mais au moins pourrait-il profiter de la lumière naturelle et respirer plus à son aise à l'extérieur du château.

Cependant Joe l'arrêta avant qu'il ait eu le temps de franchir le seuil de la pièce.

— Seigneur, Jon, murmura-t-il, tu as été un vrai ami pour moi, et je suis désolé, je t'assure. Ça n'est arrivé qu'une seule fois, tu sais, et je n'ai pas vraiment… enfin, avec Cassie, je veux dire. Mais j'ai eu tort, je le reconnais, et je m'en excuse. J'ai toujours pu compter sur toi et je me suis comporté comme un imbécile.

— Joe, repartit Jon, j'aimerais que tu comprennes une chose : je n'ignorais pas que Cassie me trompait. Je ne savais pas toujours avec qui, mais cela n'a plus d'importance, désormais. Elle s'est servie ainsi des autres parce qu'elle détestait mes Semaines de l'Enigme. Elle essayait encore de me forcer à partir d'ici quand elle est morte. Alors, arrête de t'inquiéter. Maintenant, si cela peut te consoler, dis-toi que si jamais je me remarie et que je t'attrape à tourner autour de ma nouvelle épouse, je te battrai comme plâtre, d'accord ?

Joe esquissa un demi-sourire.

— C'était fini entre nous deux de toute façon, ajouta Jon. Donc tout va bien.

Le poil grisonnant et la mine défaite, Joe soutint son regard.

— Non, répliqua-t-il, je ne crois pas que ça pourra aller, car je n'arriverai jamais à me pardonner moi-même.

— Joe, pour l'amour du ciel, *moi*, je te pardonne. Oublie tout ça. Pas plus que ça ne comptait à l'époque, ça ne compte pour moi aujourd'hui. A moins, bien sûr, que ce ne soit toi qui aies poussé Cassie du balcon.

Joe écarquilla les yeux.

— Non, Jon, parole, je n'ai pas une seule fois approché Cassie, ce jour-là. De toute façon, j'aurais été incapable de lui faire le moindre mal.

— Eh bien, dans ce cas, laisse-moi passer, veux-tu ?

Joe s'écarta. Jon entendait les autres se rassembler dans la bibliothèque et il se hâta de traverser le foyer. Il ne s'arrêta qu'au portemanteau pour enfiler une veste et une paire de gants.

La neige s'étant accumulée devant la porte, il dut pousser le battant de l'épaule pour l'ouvrir.

Il franchit rapidement le seuil du château. L'atmosphère était réfrigérante, mais ce froid le galvanisa. L'air était vif et les terres du domaine étaient prises sous une chape de givre cristalline qui était aussi magnifique que mortelle.

Il suivit l'allée de gravier enneigée, s'enfonçant jusqu'au mollet à chaque pas. Comme il se dirigeait vers l'écurie, il vit le vieil Angus MacDougall qui cheminait à sa rencontre, une pelle à la main.

— Bonjour, monsieur ! s'exclama le domestique.

— Bonjour, Angus. Comment vous en sortez-vous avec les chevaux ?

— Très bien, monsieur ! J'ai bourré le poêle de l'écurie et il fait aussi chaud là-dedans que dans une étuve ! Si jamais vous avez froid dans cette grande bâtisse, je vous conseille d'aller dormir avec les canassons ! Cela dit, mes garçons devraient arriver d'ici peu, et on pourra vous remplir votre chaudière comme il faut.

— Merci, Angus. A propos, vous n'auriez pas une autre pelle, par hasard ? Je vais vous aider à dégager l'allée.

Quelques minutes plus tard, il remuait la neige, heureux de bouger les épaules, de se servir un peu de ses bras, de sentir ses muscles.

Sabrina avait presque atteint le lit quand elle entendit dans son dos une voix profonde, rauque et menaçante.

— Mais qu'est-ce que tu fiches là ?

Elle se retourna d'un bond.

D'abord, elle ne put distinguer l'arrivant. La pièce était à peine éclairée par les fenêtres à meneaux et, l'espace d'un instant, Sabrina ne put pas davantage identifier la voix. Puis elle comprit à qui elle appartenait et elle se figea net, le cœur cognant dans la poitrine.

— Ce que je fais ici ? répliqua-t-elle sur le ton le plus outré possible, alors même que son pouls battait à cent à l'heure.

V.J. gisait sur le lit, se dit-elle, et lui se tenait sur le seuil, bloquant l'issue : elle ne pouvait s'échapper.

— Et toi, que fais-tu ici ? lui demanda-t-elle. V.J. est... V.J. est...

Il s'avança vers elle.

Etrange matinée, songea Jon tout en travaillant. Pelleter la neige — corvée dont il s'acquittait d'ordinaire avec un entrain modéré — lui faisait aujourd'hui le plus grand bien.

Cette activité machinale le laissait libre de réfléchir à sa guise. Elle lui permettait aussi de se purger de sa tension — l'empêchait de cogner du poing, ou de la tête, contre les murs. Il avait eu bien des soupçons jusqu'alors. Désormais, il savait qu'il avait deviné juste. Cependant, il n'avait pas menti aux autres : tout cela lui importait peu.

C'était curieux de repenser ainsi au passé, se dit-il. Il était si jeune quand il avait rencontré Cassie. Oh, il avait alors déjà eu sa part d'aventures, de déceptions sentimentales, et avait lui-même brisé quelques cœurs en retour. Mais Cassie connaissait bien les ficelles de la vie, du milieu de l'édition aussi, et il prenait plaisir à sa compagnie. De plus, quand elle n'était pas disponible, il était libre de rencontrer d'autres femmes.

Puis il y avait eu Sabrina.

Un coup de foudre entre eux était peu probable, il l'avait su d'instinct. C'était une femme qu'il fallait aborder avec une certaine délicatesse, fréquenter quelque temps, découvrir peu à peu ; mais il ne l'en avait pas moins appréciée dès le début, goûtant sa candeur, son charme, sa sagesse singulière, sa présence simple et agréable. Il avait même cru que cette estime était réciproque. Or elle l'avait fui et, malgré tous ses efforts, elle avait refusé de le revoir.

C'est à ce moment-là que Cassie s'était rapprochée de lui. Elle lui avait avoué sa maladie, sa peur de la mort, de la solitude. Et il l'avait aussitôt épousée, commettant là une erreur grossière. Car il ne l'aimait pas assez, pas comme elle l'aurait souhaité, et elle en avait sans doute eu conscience. C'était même pour cette raison, songeait-il, qu'elle avait fini par adopter un comportement si scandaleux. Ils ne cessaient de se blesser l'un l'autre, ce qui le rendait horriblement triste :

il aurait voulu être fort pour deux et se conduire avec elle, sinon comme le mari et amant auquel elle aspirait, du moins comme l'ami dont elle avait tant besoin. Malheureusement, les Semaines de l'Enigme avaient achevé de les séparer.

— Hé ! Il vous reste des pelles ?

Jon releva les yeux. Thayer sortait du château en s'étirant.

— Bien sûr, répondit-il. Angus, nous avons encore des pelles, n'est-ce pas ?

Angus hocha joyeusement la tête.

Thayer vint donc leur prêter main-forte. Quelques minutes plus tard, Joe se joignait à eux.

Puis Brett apparut sur le seuil. Il les observa un moment et se mit à son tour à pelleter la neige.

L'allée fut bientôt dégagée. Reggie surgit alors sur le perron.

— C'est donc là que vous venez tous quand vous ne pouvez plus renchérir ! s'exclama-t-elle.

Brett lui fit signe d'approcher.

— Viens nous donner un coup de main, Reggie.

— Ne t'approche pas ! la prévint Jon fermement.

Dianne apparut derrière Reggie, suivie par Camy.

— Peut-être que Reggie est un peu trop..., commença Joe.

— Attention, Joe ! l'avertit Reggie.

— Je n'allais pas dire « vieille », mais « mature » ! protesta Joe.

— Tu parles !

— Dianne, en revanche, est jeune et alerte, reprit Joe. N'est-ce pas, Dianne ? Allons, viens nous montrer tes muscles !

Elle avait la tenue adéquate pour ce genre de corvée — pantalon noir, bottes noires et gros pull de laine noir. Elle s'avança vers Joe qui lui tendait sa pelle. Cependant, au lieu de la prendre, elle sourit, se baissa pour ramasser une pleine poignée de neige et lui en tartina la figure.

— Hé, mec, elle t'a bien eu ! s'esclaffa Brett.

Mais Joe n'avait pas dit son dernier mot : il s'accroupit, fabriqua deux énormes boules et les lança à Dianne et à Brett.

Jon éclata de rire. Bien mal lui en prit : il fut aussitôt touché à l'épaule par Dianne, qui l'avait choisi pour cible. Comme il se baissait pour lui rendre la monnaie de sa pièce, une boule lui percuta les fesses. Il se retourna d'un bond, et vit que Camy s'était mise de la partie. La neige commençait à fuser d'un peu partout. Même Anna Lee, qui avait affirmé avoir désespérément besoin d'une sieste, finit par les rejoindre. Joshua, enfin, entra dans le jeu et il fut bientôt impossible de deviner qui était qui tant ils étaient tous couverts de neige.

Le vieil Angus lui-même se déchaînait, se révélant un adversaire redoutable.

Alors que la bataille faisait rage, Jon regarda autour de lui, se demandant où était Sabrina.

Tout le monde ou presque semblait là.

Excepté Susan, V.J., Tom et Sabrina.

Susan, V.J., Tom…

Et maintenant Sabrina.

Jon s'épousseta rapidement et courut vers la maison.

*
* *

— V.J. est endormie, déclara Tom avec agacement.

— Endormie ! s'exclama Sabrina.

— Oui. Elle est fatiguée. Pourquoi veux-tu la réveiller ?

Sabrina regarda tour à tour Tom et V.J., laquelle avait toujours les bras croisés sur la poitrine et ressemblait plus que jamais à un cadavre dans son cercueil. La jeune femme s'approcha du lit, incrédule.

Si V.J. était morte, pensa-t-elle, alors c'était Tom qui l'avait tuée. Et maintenant elle était seule avec lui, coincée dans cette chambre.

— Pourquoi tiens-tu donc à la réveiller ? lui demanda de nouveau Tom sur un ton irrité.

— Cette rougeur… sur son cou…, s'entendit bredouiller Sabrina.

« Espèce d'idiote ! se sermonna-t-elle. Qu'attends-tu pour t'enfuir, appeler à l'aide ? Laisse Tom dire ce qu'il veut et va-t'en ! »

— Quelle rougeur sur son cou ? s'enquit ce dernier.

Les sourcils froncés, il s'avança à son tour. Sabrina se hâta de contourner le lit pour mettre un obstacle conséquent entre eux deux. Cependant, comme elle baissait de nouveau les yeux, elle s'aperçut que V.J. portait en fait autour du cou un camée accroché à un ruban de satin écarlate qui mettait joliment en valeur sa robe rouge et bleu marine.

De plus sa poitrine se soulevait régulièrement.

Elle ouvrit alors les yeux et vit Sabrina d'un côté et Tom de l'autre. Elle se redressa aussitôt.

— Seigneur Dieu ! articula-t-elle. Que se passe-t-il ici ? Est-on vraiment obligé d'être veillé quand on fait la sieste ?

— Je ne sais pas quelle mouche a piqué Sabrina ! s'exclama Tom en levant les bras au ciel. Elle voulait te réveiller !

V.J. se renfrogna et reporta son attention sur la jeune femme, qui haussa les épaules avec un sourire gauche.

— Je m'inquiétais pour toi.

V.J. la considéra avec perplexité, puis se mit à sourire aussi.

— Oh, j'ai loupé la séance de confessions, n'est-ce pas ? Désolée. Je m'étais habillée, j'étais prête et… et puis j'ai voulu me détendre un peu avant de vous rejoindre et je suis retombée dans les bras de Morphée.

— Sabrina !

L'interpellée sursauta, surprise d'entendre prononcer son nom avec une telle violence.

— Sabrina !

Parti d'en bas, le cri se rapprochait.

Sabrina laissa V.J. et sortit dans le couloir juste à temps pour voir Jon se ruer dans sa chambre.

— Jon !

Il pivota sur lui-même. Sabrina lut l'angoisse dans ses yeux tandis qu'il la regardait depuis l'autre bout du corridor. Elle en éprouva une soudaine bouffée d'allégresse : V.J. était vivante, Jon était amoureux d'elle et aucune de leurs craintes n'était fondée.

— Seigneur, ce que j'ai eu peur ! lui avoua-t-il en la rejoignant, la mine radieuse.

Elle sourit, prête à l'enlacer. Puis elle se rendit compte qu'il était couvert de neige.

— Mais tu es tout mouillé ! s'exclama-t-elle.

Il hocha la tête — et la serra farouchement dans ses bras.

— On était en pleine bataille de boules de neige, et je me suis aperçu que tu n'étais pas avec nous. Pas plus que V.J. et Tom.

— Eh bien, on dirait que j'ai tout loupé, intervint sèchement V.J. en sortant dans le couloir.

— Elle était en train de dormir, expliqua Tom. Et Sabrina a déboulé dans sa chambre en croyant que je l'avais égorgée.

Il secoua la tête et prit V.J. par la taille.

— Tu n'as donc pas compris ? demanda-t-il à Sabrina d'une voix rauque. Jamais je ne pourrais faire du mal à V.J. Parce que je l'aime.

Sabrina demeura silencieuse. Le mari de V.J. était décédé — mais Tom n'était-il pas encore marié ? s'interrogea-t-elle.

Comme s'il avait lu dans ses pensées, ce dernier reprit :

— Ma femme et moi, nous nous sommes séparés — à l'amiable. Et quand notre divorce sera prononcé, V.J. et moi convolerons en justes noces pour passer ensemble le reste de notre vie.

Sabrina s'écarta de Jon pour embrasser Tom sur la joue.

— Bravo, dit-elle tout en serrant V.J. dans ses bras.

Celle-ci rougissait un peu.

— Si je me suis rendormie tout à l'heure, murmura-t-elle, c'est parce que je ne suis plus toute jeune, je le crains. En plus, Tom et moi avons parlé toute la nuit ou presque. Enfin, parlé…

— Oh, Seigneur, les vieux s'envoyaient en l'air ! l'interrompit Brett de l'autre bout du couloir.

Il les rejoignit en secouant la tête, les mains croisées dans le dos.

— Brett…, articula Tom d'une voix menaçante.

— Non, non, mon chéri, laisse-le-moi, repartit V.J. sur un ton enjoué. Brett McGraff, nous ne sommes pas des vieux. Reggie, elle, est vieille. Nous, nous sommes sur l'autre versant de l'âge mûr, compris ? Et puis, d'abord, que fais-tu ici ?

— Eh bien, on était en pleine bataille de boules de neige, tout se déroulait à merveille, quand j'ai vu Jon ici présent prendre soudain conscience qu'il était demeuré loin de Sabrina plus de dix minutes d'affilée. J'ai pensé qu'il était revenu se mettre au chaud dans le château, et…

— Et quoi ? s'enquit Jon avec un haussement de sourcils tout en s'avançant vers lui, les poings sur les hanches, un léger sourire aux lèvres.

Brett plissa les yeux et, levant brusquement la main, lança une boule de neige vers Sabrina.

La jeune femme la reçut au menton et des flocons s'éparpillèrent tout autour d'elle.

— Jon ! dit V.J. Vas-tu lui permettre de s'en tirer à si bon compte ?

— Certainement pas, répondit Jon.

— Oh, je peux me charger de lui toute seule, repartit Sabrina en s'avançant vers Brett.

— Au fait, reprit ce dernier, tu nous as manqué aussi, V.J. !

Et il décocha une deuxième boule en direction de V.J. avant de prendre la fuite.

Tous coururent derrière lui.

Brett avait pris de l'avance, et il sortit avant eux de la maison. Hélas pour lui, une fois dehors, il se retrouva en fâcheuse posture. Les autres, qui se mitraillaient à qui mieux mieux, joignirent leurs forces à celles de Jon, Sabrina, V.J. et Tom. Si bien que Brett se vit bientôt dans l'incapacité de riposter. Il s'écroula à terre en hurlant de rire. V.J., sa robe détrempée, s'accroupit près de lui et, avec l'aide de Sabrina, acheva de l'enterrer dans la neige.

Alors qu'elle s'esclaffait de concert avec eux, la jeune femme remarqua que Jon se tenait à l'écart et contemplait la scène avec amusement.

— Jon ! lui chuchota Brett. C'est son tour ! Visez-le !

Ils ne se le firent pas dire deux fois. Jon afficha une mine ahurie du plus haut comique quand ils se retournèrent contre lui.

Il courut loin d'eux et les tint à distance durant un temps remarquable grâce à un tir de barrage régulier. Ce fut Angus qui mit finalement au point la stratégie qui allait lui être fatale.

— Acculez-le contre l'écurie, s'écria-t-il, et pas de quartier !

Entendant cela, Jon s'aplatit par terre. Sabrina en profita pour se jucher sur lui et le bombarder de boules de neige.

Il riait si fort qu'il pouvait à peine parer l'attaque. Puis, brusquement, il roula sur lui-même et renversa leur position. La jeune femme se retrouva promptement ensevelie sous la neige qu'il accumulait sur elle à pleines mains.

— Dis pouce ! s'exclama-t-il.

— Jamais !

Elle eut droit à une nouvelle poignée de poudreuse.

— Dis pouce !

— Plutôt crever !

Elle était déjà pratiquement enterrée sous la neige.

— Allez, renonce, dis pouce !

— Jamais, jamais, jamais — pouce, pouce, pouce ! Tu me revaudras ça !

Il sourit et lui chuchota dans le creux de l'oreille :

— Quand tu veux…

Il se redressa sur ses pieds et l'aida à se relever. Tout le monde était trempé, sauf Reggie, qui avait dû suivre la bataille depuis le perron du château. Tout en riant, ils secouèrent leurs chaussures et s'époussetèrent mutuellement.

— C'était génial ! décréta Dianne. Nous devrions jouer aux boules de neige plus souvent !

Souriante, amicale, naturelle, elle faisait enfin son âge et ressemblait à la jeune fille dynamique qu'elle était. Sabrina se prit alors à songer que, si elle était capable de se livrer à des farces macabres, elle n'avait vraiment pas le profil d'une meurtrière.

Il était vrai, aussi, qu'en cet instant tous les autres affichaient un air ravi et hilare qui respirait la plus parfaite innocence.

Alors même qu'elle pensait cela, elle avisa des taches de sang sur la neige, juste à ses pieds.

— Quelqu'un saigne, annonça-t-elle.

— Tom, ta blessure à la main, enchaîna V.J., elle a dû se rouvrir.

— Je ne crois pas, répliqua Tom avant d'examiner sa paume. Non : j'ai les doigts rouges, mais seulement de froid.

— Et si nous rentrions nous réchauffer ? proposa Jon. Il n'y a que la moitié d'entre nous qui porte des gants. Cela dit, quelqu'un a dû se faire une belle estafilade durant la bataille. Tout le monde va bien ?

— Tu as du sang sur la joue, remarqua alors Dianne.

— Ah, oui. Je me suis coupé en me rasant.

— Et ta plaie au doigt, Brett ? s'enquit Sabrina.

— De ce côté-là, ça va, répondit-il. En revanche, j'ai le cœur qui saigne toujours, tu sais.

— Pauvre enfant, marmonna V.J.

— Il est peut-être à moi, ce sang, intervint Thayer en se caressant le menton.

— Toi aussi, tu t'es coupé en te rasant ? lui demanda Anna Lee.

— Ouais, et ça pissait dru. Je me suis tailladé juste sous le menton.

— Peut-être devrions-nous tous assister à un congrès de barbiers, déclara Joe sur un ton pathétique. Moi non plus, je ne me suis pas loupé, hier. Voilà ce qu'il en coûte de se raser aux chandelles.

— Quand même, murmura Sabrina, les yeux baissés sur les taches à ses pieds, c'est beaucoup de sang pour une simple coupure de rasage.

— La personne qui est blessée finira bien par s'en apercevoir, rétorqua Thayer.

— Et si nous poursuivions cette conversation à l'intérieur avant de geler sur place ? suggéra Jon.

— A-t-on assez de bois pour entretenir le feu dans la bibliothèque ? s'enquit Thayer.

— Excellente question, admit Jon. Il y a un bûcher dans le donjon. Tu descends avec moi ?

— Bien sûr.

— Je viens avec vous, lança Joe.

— Eh bien, moi, reprit V.J., je vais m'octroyer une douche bien chaude. Allez donc veiller à notre confort, messieurs. Ces dames et moi-même vous rejoindrons dans un instant.

Ils regagnèrent tous le château. Jon, Thayer et Joe empruntèrent l'escalier qui menait au sous-sol.

Sabrina s'apprêtait à suivre Reggie dans le foyer, quand elle s'aperçut que Joshua était resté en arrière, les yeux fixés sur les taches de sang.

— Qu'y a-t-il ? lui demanda-t-elle.

Il sursauta et releva la tête.

— Rien, dit-il en affichant un sourire un peu gêné. J'espère seulement que la personne qui s'est blessée s'en rendra compte bientôt. Cela fait beaucoup de sang.

— Il y en a peut-être moins qu'il n'y paraît. Et pourquoi voudrait-on cacher une plaie ?

Joshua fit la grimace.

— Je ne sais pas... Les romanciers à suspense n'aiment pas être pris pour des fillettes, vous savez. Pour ma part, si je m'étais coupé aux mains, j'en serais malade.

— Ce sont vos instruments de travail, Joshua, c'est normal.

Sabrina s'interrompit et hésita un instant.

— Joshua, reprit-elle, quand on a ramené Brett, durant la tempête, vous êtes resté en arrière pour examiner l'endroit où il était tombé, comme si un élément quelconque vous intriguait...

— C'était le cas : Brett avait fait une mauvaise chute.

— Non, non, je me suis mal exprimée : j'ai cru que vous aviez remarqué un détail particulier, sur la neige ou autour de vous.

Joshua demeura silencieux un instant, le visage dénué d'expression, puis il haussa les épaules.

— Il n'y avait rien de spécial, je vous assure. Simplement, j'ai eu envie de mieux regarder l'endroit. Déformation professionnelle, je suppose.

Il haussa de nouveau les épaules.

Sabrina était presque sûre qu'il mentait. Il avait remarqué quelque chose. Quelque chose qu'il ne voulait pas lui révéler.

— Bon, dit-il en souriant, je crois que je vais aller aider les autres dans le bûcher pendant que vous serez à vous pomponner dans votre chambre.

Sabrina lui rendit son sourire.

— Je peux descendre vous aider, moi aussi.

— C'est gentil de votre part, mais je crois qu'à nous six on sera plus qu'assez pour rapporter du bois.

— J'essayais de ne pas me montrer sexiste.

Il secoua la tête.

— Prenez plutôt exemple sur V.J., répliqua-t-il, et soyez sexiste quand ça vous arrange. Allez donc vous réchauffer. Vous avez les lèvres violettes et vous claquez des dents.

Sabrina suivit son conseil. Elle vit la porte de V.J. ainsi que celle de Dianne se refermer au moment où elle atteignait la sienne. Il lui vint alors à l'esprit que Susan ne s'était pas montrée de toute la matinée. Elle traversa le couloir pour frapper à sa porte.

— Susan ?

Pas de réponse.

— Susan, c'est Sabrina. Vous ne pouvez quand même pas nous en vouloir éternellement. Vous ne voulez pas m'ouvrir ?

Comme elle n'obtenait toujours aucune réponse, elle actionna la poignée et s'aperçut que la porte était verrouillée.

Elle poussa un long soupir. Apparemment, se dit-elle, Susan boudait encore. Elle rebroussa chemin et retourna vers sa chambre.

Brett se glissa alors derrière elle.

— Tu ne veux pas économiser l'eau chaude en prenant ta douche avec un ami ?

— Brett !

Il sourit et disparut dans sa propre chambre.

Une fois dans la sienne, Sabrina s'enferma dans la salle de bains. Par bonheur, les chauffe-eau fonctionnaient toujours. L'eau chaude lui parut délicieuse sur sa main. Comme une idiote, elle s'était ruée dehors sans gants. Elle avait de la chance de ne pas avoir attrapé d'engelures, songea-t-elle. Si tel avait été le cas, ce serait elle qui aurait perdu son sang sur la neige. Mais elle ne regrettait rien : la bataille de boules de neige l'avait bien amusée.

Ces taches sanglantes sur la neige étaient d'autant plus regrettables...

Elle fronça les sourcils tandis que l'eau cascadait sur son corps : pourquoi ces taches la tracassaient-elles autant, se demanda-t-elle, alors que personne ne semblait s'être gravement blessé ?

Il y avait tellement de sang par terre...

Cela étant, tout le monde avait l'air de s'être coupé. Et tous les hommes paraissaient avoir oublié comment on se rasait.

Jon compris.

Il avait pour sa part bien saigné. Sa robe de chambre était complètement imprégnée de son sang encore poisseux.

Du sang provenant d'une coupure due à une lame de rasoir ?

Sabrina ne pouvait s'empêcher d'y repenser.

Il lui avait menti la veille au soir. Et s'il lui avait menti la veille au soir...

Tout n'était peut-être que mensonge depuis le début.

17.

Quand il y eut du bois en quantité suffisante près des cheminées de la bibliothèque et de la salle d'apparat, Jon monta se doucher. Il s'arrêta devant la porte de Sabrina, mais elle n'était pas là. Son cœur s'affola, et il se reprocha aussitôt cette frayeur irraisonnée. De toutes les personnes présentes dans le château, Sabrina était sans doute celle qui courait le moins de danger. Elle ne se trouvait pas là quand Cassie avait été assassinée. Elle n'avait couché ni comploté avec qui que ce fût. Elle ne représentait une menace pour personne.

Il entendit soudain la jeune femme rire dans la chambre de V.J. et poussa un soupir de soulagement. Manifestement, se dit-il, elles avaient l'air de bien s'amuser, toutes les deux. Il regagna donc sa chambre, se demandant pourquoi il était torturé ainsi par le doute. Dianne était certaine que sa mère avait été tuée. Pour sa part, il était loin d'en être aussi sûr. Peut-être, après tout, Cassie avait-elle été victime d'un tragique accident.

Certes, bien des événements étranges avaient eu lieu depuis le début de la semaine, mais que pouvaient-ils signifier au juste ? Chacun de ses invités, qu'il ait ou non un meurtre sur la conscience, aurait pu vouloir tourmenter Susan. Celle-ci avait causé du tort à tous et savait à l'occasion se montrer particulièrement odieuse.

Le message qu'il avait reçu l'intriguait aussi. Cependant, il n'était pas impossible qu'on ait cherché par là à venger Cassie — soit qu'on le soupçonnât d'être son meurtrier, soit qu'on lui reprochât de ne pas l'avoir assez aimée.

Restait la balle tirée dans le couloir, plus difficile à expliquer.

Cependant, que pouvait-on réellement déduire de tous ces faits ?

Rien ! Du moins l'espérait-il...

Une fois dans sa chambre, se sentant menacé par la paranoïa, il vérifia que la porte du passage secret était bien fermée. Puis, après une douche revigorante, il régla ensuite quelques détails concernant la bonne marche de la maisonnée.

L'après-midi tirait à sa fin quand il redescendit à la bibliothèque, et, une fois de plus, il lui sembla que ses invités étaient des hommes et des femmes tout à fait agréables, normaux, *inoffensifs*.

Un poker était en cours. Reggie gagnait et amassait pièces et piécettes, voire quelques billets de un dollar qu'elle arrachait de temps à autre à Joe, Tom ou V.J. De leur côté, Joshua, Sabrina, Brett, Anna Lee, Camy et Dianne étaient absorbés dans une partie de *Uno*.

Seule Susan Sharp manquait à l'appel. Une fois de plus.

— Salut, Jon ! s'exclama V.J. en souriant quand elle l'aperçut sur le seuil de la pièce.

Elle était resplendissante. Sans doute, se dit Jon, était-elle heureuse de n'avoir plus à cacher le tendre sentiment qui l'unissait à Tom.

— Jon, viens donc jouer avec nous ! lui lança Reggie.

— Méfie-toi, le prévint Brett, elle va te rincer ! Joins-toi plutôt à nous. C'est plus éprouvant pour le cœur, mais moins douloureux pour le portefeuille.

— Brett, attention, intervint Anna Lee. Tire quatre cartes.

— Oh, espèce de monstre ! Tu oses me faire ça ?

— Et encore, tu n'as rien vu, repartit Anna Lee d'une voix moqueuse à la Mae West.

— Couleur ! annonça Sabrina.

Jon surprit le coup d'œil que lui jeta la jeune femme quand elle releva la tête. Il fronça les sourcils.

Toute cette boue qu'ils avaient remuée dans la matinée avait-elle fini par lui aliéner son affection ? se demanda-t-il. Non, cela ne ressemblait pas à Sabrina de juger ainsi les gens. Et pourtant…

Pourtant, elle le regardait maintenant d'une façon différente.

Avec circonspection.

— Aargh ! s'écria Brett. A l'aide ! Ces femmes veulent ma peau !

— *Uno !* s'exclama Camy.

— Qu'on arrête cette personne ! ordonna Dianne. Elle est en train de gagner !

— C'est le but du jeu, non ? rétorqua Camy en adressant un sourire joyeux à Jon.

— Absolument, acquiesça ce dernier d'une voix distraite.

En un sens, se dit-il, il était appréciable que Susan ne soit pas dans les parages. Elle avait trop le chic pour blesser autrui et gâcher les meilleures soirées. Toutefois, ses absences répétées commençaient à l'inquiéter.

— Personne n'a revu Susan ? s'enquit-il.

— Non, répondit Thayer tout en étudiant sa main. Mais elle nous a laissé un message.

— Un message ? répéta Jon. Où ça ?

Camy reposa aussitôt ses cartes, se leva et contourna la table ronde pour aller prendre un papier posé sur le manteau de la cheminée.

— Jennie a trouvé ça dans le couloir, expliqua-t-elle. Vous voulez que je vous le lise ?

— Allez-y, grogna Joe. Je suis sûr que Jon va apprécier le contenu de cette missive autant que nous.

Camy lut le message à haute voix :

— « Espèces de pauvres petits meurtriers minables… Fichez-moi la paix. Je ne veux voir ni entendre aucun d'entre vous, et ne comptez pas sur mon indulgence après ce qui s'est passé. Vous êtes cinglés, tous autant que vous êtes. Alors je vous préviens : tant que nous serons bloqués ici, je vous défends de m'approcher ! Si vous m'importunez encore une fois, une seule, je vous poursuis en justice. Et si je ne peux pas vous envoyer en prison, je veillerai à ce qu'aucun d'entre vous ne trouve plus un seul éditeur pour publier ses élucubrations. Susan. »

Camy regarda Jon d'un air contrit.

— Elle est vraiment remontée contre nous, marmonna Dianne.

— Tant pis pour elle, repartit V.J.

Tom haussa les épaules.

— Au risque de me répéter, je dirai pour ma part : qu'elle aille se faire voir.

— Franchement, renchérit Brett, pour qui se prend-elle, à la fin ? Jamais on ne m'a menacé ainsi ! Elle se croit donc capable de nous empêcher d'écrire ?

— C'est drôle, déclara Joe en jouant une carte, je l'aurais crue plus lucide. Certes, elle peut nous causer du tort, mais ni plus ni moins que Cassie. Et jamais, au grand jamais, elle ne saurait persuader aucun éditeur de ne pas publier un auteur susceptible de lui rapporter de l'argent.

— Bon, soit, intervint Jon, Susan est une garce. Il n'empêche que je m'inquiète quand même pour elle.

— Jon…

Sabrina le regardait de nouveau de ses magnifiques yeux bleus, ses cheveux brillant d'un éclat mordoré à la lueur du feu de cheminée. Elle portait une jupe de tricot bleu roi qui moulait chacune de ses rondeurs. Jon pouvait sentir de loin les fragrances subtiles de son parfum, et il eut soudain envie d'oublier Susan Sharp, de les oublier tous — sauf elle.

Cependant, il la devinait toujours sur ses gardes…

— J'ai frappé à la porte de Susan, lui apprit-elle. J'ai essayé de lui parler, et je me suis plus ou moins retrouvée à discuter avec le battant de sa porte. Je ne lui ai pourtant rien fait qui soit susceptible de l'irriter. Elle souhaite apparemment couper les ponts avec nous.

— Elle ne peut quand même pas rester terrée dans sa chambre jusqu'à la fin de la Semaine, répliqua-t-il avec agacement.

Brett releva la tête.

— Pourquoi pas ? suggéra-t-il avec espoir.

— Laissons-la tranquille, Jon, approuva Dianne.

— Peut-être finira-t-elle par mourir de faim, lança gaiement V.J.

— Hélas, non, repartit Dianne. Elle a écrit un autre message, « A l'intention des domestiques », leur enjoignant de déposer un plateau devant sa porte deux fois par jour jusqu'à nouvel ordre.

— Jon, intervint Joshua, elle a l'air vraiment en colère et ne désire pas qu'on la dérange.

Jon baissa la tête, un léger sourire aux lèvres. Tous semblaient d'accord pour laisser autrui en paix dès qu'il s'agissait de Susan, songea-t-il.

— Désolé, les amis, reprit-il, mais je suis toujours inquiet. Nous devons au moins nous enquérir de sa santé. Je vous rappelle qu'elle a éprouvé un choc dans la salle des horreurs et, quand bien même elle aurait été victime de son imagination, elle a pu subir un traumatisme psychologique.

— Oh, elle s'en remettra, c'est une coriace, décréta Reggie.

— Bon. J'irai la voir seul, alors.

— Bah, allons-y tous, déclara Thayer. De toute façon, je n'ai plus de monnaie pour jouer. Cette vieille rapace des tapis verts m'a tout pris.

— Rapace, je peux encore le permettre, rétorqua Reggie, mais vieille, non ; je suis la seule autorisée à m'appeler ainsi !

Puis, se tournant vers Jon :

— Et si nous dînions d'abord ? proposa-t-elle. Je crois qu'il me sera plus facile de supporter la bile de Susan avec l'estomac plein.

Jon eut un haussement de sourcils. Dianne se jeta alors brusquement à genoux, une lueur espiègle dans le regard, et leva les mains vers lui en un geste implorant.

— Pitié, pitié, seigneur, juste le dîner.

— Voyons, Dianne ! protesta-t-il en s'esclaffant.

Joe Johnston s'agenouilla à son tour devant lui.

— Oh, oui, oui, seigneur, accordez-nous au moins un repas tranquille.

— Si vous pensez vraiment que…

— Grâââce ! ajouta Anna Lee sur un ton mélodramatique en se jetant elle-même à ses pieds.

Avec force éclats de rire, Camy, Joshua et Brett l'imitèrent.

— Bon, soit, juste le dîner, répondit Jon fermement en agitant le doigt, mais pas plus.

— Oh, merci, merci, seigneur ! s'écria Brett.

— Allez, relevez-vous, dit Jon d'un air amusé. Nous dînerons donc avant de monter voir si Susan va bien.

Il tourna les talons et se rendit dans la salle d'apparat.

Jennie était en train d'y allumer les réchauds sous les plats.

— Nous devenons très inventifs, monsieur, annonça-t-elle joyeusement à Jon. Tout a été cuit ce soir au feu de bois. Enfin, tout sauf la salade, bien sûr ! Vous aurez des steaks tendres à souhait et de bonnes côtelettes. Nous n'avons toujours pas de courant pour les congélateurs, mais nous gardons la nourriture dehors ; le froid la préserve.

— Merci, Jennie, lui répondit-il.

Ses invités étaient toujours d'aussi bonne humeur quand ils s'assirent à table après avoir rempli leur assiette. Des chandelles avaient été allumées dans la pièce et un feu de bois flambait gaiement dans la cheminée. Sabrina paraissait elle aussi en pleine forme, souriant, riant et répliquant aux commentaires des uns et des autres — sauf à ceux qu'il faisait lui-même. Elle ne l'ignorait pas vraiment, mais semblait l'éviter alors même qu'elle était assise juste à côté de lui. Que diable s'était-il donc passé ? s'interrogea Jon.

Puis il se prit à se demander ce qui aurait pu également se passer si elle n'avait pas disparu de sa vie, tant d'années plus tôt. Seraient-ils restés ensemble ? Se seraient-ils mariés ? L'aurait-elle aidé à organiser ces réceptions, y prenant autant de plaisir que lui ? Sabrina complétait le château, se dit-il, et elle le complétait aussi lui-même. Elle sollicitait les meilleurs côtés de sa personnalité. Et s'ils étaient restés ensemble, s'ils s'étaient mariés, Cassie ne serait-elle pas vivante à l'heure actuelle ? Ne serait-elle pas ici présente, comme les autres ?

Et Sabrina ne le regarderait-elle pas comme elle l'avait regardé autrefois, avant… ?

Avant quoi ? s'interrogea-t-il. Il n'en savait strictement rien.

Sabrina leva soudain les yeux vers lui et lui sourit. Cependant elle semblait toujours sur ses gardes. Ses yeux étaient d'un bleu étourdissant à la lumière du feu de cheminée.

— A quoi penses-tu ? s'enquit-elle à voix basse au milieu des rires et des bavardages des autres convives.

— Je regrettais que tu m'aies fui. Nous aurions pu changer le destin.

Elle rougit légèrement et baissa les yeux.

— Je crains que tu ne me surestimes, murmura-t-elle.

— Comment ça ?

— Eh bien, avoua-t-elle dans un souffle, j'aimerais croire que j'ai une certaine force de caractère, que j'ai le courage de mes convictions. Mais quand Cassie est arrivée chez toi, ce jour-là…

— Oui ?

— Je me suis dégonflée comme une baudruche.

— C'était il y a longtemps, protesta-t-il. Allons, à mon tour : à quoi pensais-tu, *toi* ?

— A rien, vraiment.

— Tu mens.

Elle haussa les épaules.

— Dis-le-moi, Sabrina.

— Non, à rien, je t'assure.

— Permets-moi d'en douter.

Elle secoua la tête.

— Il y a simplement… trop de sang, d'un coup !

— Ah oui ?

— Oui, répondit-elle en soutenant son regard.

Il haussa les sourcils.

— Du sang sur ta robe de chambre, notamment, précisa-t-elle.

— Je te l'ai dit : je me suis coupé en me rasant.

— Cela faisait beaucoup de sang pour une simple coupure de rasoir, répliqua-t-elle.

Stupéfait, il se renfonça contre le dossier de sa chaise.

— Mais de quoi me soupçonnes-tu, au juste ?

Il inclina le buste vers elle, soucieux de dissimuler leur conversation aux autres.

— Ma femme n'a pas été égorgée, lui rappela-t-il, elle est tombée d'un balcon. Et il ne me semble pas que nous ayons eu d'autres cadavres depuis, à l'exception de ceux qui reposent dans la crypte.

Sabrina demeura silencieuse. Elle fixait Anna Lee, qui les observait tous deux d'un air perplexe.

Anna Lee sourit quand le regard de Jon croisa le sien.

— Vous savez ce qui est vraiment regrettable ? lança-t-elle à la cantonade.

— Oui, s'exclama Brett avant que Jon pût répondre. Que notre hôte n'ait pas lui-même confessé ses péchés les plus sombres.

Anna Lee s'esclaffa.

— Ce n'est pas à cela que je songeais — mais, oui, je suis d'accord avec toi.

— Je n'ai rien à me reprocher, rétorqua Jon en levant son verre de vin à l'adresse d'Anna Lee.

— A d'autres ! s'exclama Brett. Cassie m'a confié que tu avais une liaison.

Il rougit aussitôt et parut regretter ses paroles.

— Désolé, murmura-t-il, je… hmm…

Puis il redressa le buste et haussa les épaules, comme s'il avait du mal à retenir la question qui lui brûlait les lèvres.

— Qui était-ce ? lâcha-t-il enfin.

Joe se renfonça de nouveau contre le dossier de sa chaise.

— Ce n'était pas…

— Ce n'était pas moi ! annonça Reggie tout en faisant bouffer ses cheveux.

— Ni moi ! renchérit V.J. dans un grand rire.

— Ni sa belle-fille, ajouta Dianne d'une voix sèche.

— Ce n'était pas moi non plus, hélas, marmonna Anna Lee.

— *Susan ?* demandèrent alors plusieurs d'entre eux à l'unisson.

— Certainement pas ! répondit Jon.

Il secoua la tête et sirota une gorgée de vin, heureux de constater que Sabrina paraissait plus amusée qu'horrifiée par cet échange.

— Je ne fréquentais personne ici, à l'époque.

— Ailleurs, alors, repartit V.J. Qui était-ce, Jon ?

Celui-ci céda.

— Quelqu'un que vous ne connaissez pas, et je n'entretenais avec cette femme qu'un rapport épisodique. Nous nous voyions pour ainsi dire entre deux avions. Elle habitait Edimbourg, mais nous nous sommes rencontrés aux Etats-Unis. C'est une décoratrice d'intérieur ; elle a travaillé un peu pour moi à New York... Bon, vous êtes satisfaits, maintenant, ou vous faut-il plus de détails ?

— Je veux *tout* savoir ! repartit Anna Lee pour le taquiner.

— Eh bien, moi, j'affirme que c'est du bidon et qu'il cherche à couvrir une des nôtres ! déclara Joe.

— J'en doute, rétorqua V.J. Pour ma part, j'avais encore un mari, à l'époque, et il me suffisait tout à fait. En outre, je n'ai jamais eu l'énergie d'Anna Lee — sans vouloir t'offenser, ma chérie, précisa-t-elle à l'intention de celle-ci.

— Il n'y a pas d'offense, répliqua Anna Lee sur un ton pincé.

— Jamais il n'aurait songé à séduire sa propre belle-fille, intervint alors Dianne, les yeux fixés sur Jon. Même si sa belle-fille était peut-être consentante, ajouta-t-elle *mezzo voce*.

— Ne me regardez pas tous comme ça ! se contenta de protester Reggie.

— Je n'étais pas là, leur rappela Sabrina d'une voix posée.

— Il ne reste donc plus..., articula Joe.

— ... que Susan, compléta Tom, l'air affligé.

— Bon, partons de cette hypothèse, énonça Thayer. Maintenant, pourquoi voudrait-il protéger Susan ? Pensez-vous vraiment qu'elle ait besoin d'une quelconque protection ?

— Ah, mais c'est qu'il n'y a pas que Susan, objecta alors Joshua, une lueur coquine dans l'œil. Vous oubliez les accortes villageoises qui viennent prêter main-forte à Jennie durant les Semaines de l'Enigme. Certaines, je le sais, s'entichent du maître de céans. N'est-ce pas, Jon ?

Tout le monde s'esclaffa.

— Absolument ! approuva V.J. Du reste, nous devrions fouiller la salle des horreurs pour y rechercher quelque jeune minois frais et innocent !

— Fouillez où vous voulez, ma demeure est la vôtre, intervint poliment Jon. Cela dit, Anna Lee, tu n'as pas précisé ce que tu regrettais, tout à l'heure ?

— Oh, je déplore simplement que nous n'ayons pas résolu l'énigme. C'était pourtant amusant, et très bien organisé. Alors, Dick le Dément, qui a tué ton frère ?

— Et si on essayait plutôt de le deviner ? proposa V.J.

— Nous n'avons pas encore assez d'indices, rétorqua Thayer. Nous avons à peine entamé le jeu.

— Alors voyons ce dont nous disposons jusqu'ici, suggéra Dianne. Examinons la liste des suspects et les indices, et que chacun tire les conclusions qui s'imposent. Qu'en penses-tu, Jon ?

— Oui, acquiesça-t-il, pourquoi pas ?

Sabrina se pencha en avant.

— Il y a bien deux coupables, n'est-ce pas ?

— En tout cas, moi, je suis innocent, puisque j'ai été éliminé dans la chapelle, leur rappela Brett.

— Exact, approuva Sabrina. M. Buttle, le majordome, a été assassiné — sans doute parce qu'il en savait trop.

— A mon avis, reprit Brett, c'est le personnage de Thayer, Jojo Scuchi, qui a tué Darryl le Dément — à cause d'une magouille entre eux deux qui aurait mal tourné. A moins... à moins que Jojo Scuchi n'ait eu une liaison avec le personnage de Susan, Carla, la tapineuse à la chtouille, et qu'il ait buté Darryl le Dément pour l'avoir contaminée le premier !

— Vu que je suis le père de Dick et Darryl, je suis également innocent, déclara Tom Heart. J'en suis certain.

— Et comme moi je suis Tilly le Travesti, leur mère, je suis innocent aussi, ajouta Joe. D'ailleurs, je suis trop absorbé par mes propres problèmes psychologiques pour songer à tuer qui que ce soit.

— Eh bien, moi, lança Dianne, je dirais que c'est la Duchesse — Sabrina — la coupable. Darryl le Dément a essayé de la carotter sur les sommes qu'il lui devait pour ses petits « services » — car elle a beau prétendre être une duchesse, nous savons tous que c'est en vérité une maquerelle.

Or le majordome était au courant de leurs transactions, et c'est pour cela que la Duchesse a dû l'éliminer.

— Après tout, renchérit V.J., Sabrina était bien dans la chapelle quand Brett a été descendu, n'est-ce pas ?

— Nous revoilà donc dans l'obligation de lui supposer un complice, conclut Joe.

— Bon, Camy, intervint Jon en se tournant vers son assistante. Nous avons besoin d'indices supplémentaires. D'abord, y a-t-il effectivement deux coupables ?

Camy jeta un coup d'œil à Joshua. Elle semblait navrée de devoir livrer des informations qui précipiteraient la fin du jeu.

Il haussa les épaules.

— Dis-leur donc.

— Oui, il y a deux meurtriers. Mais vous n'en saurez pas plus. A vous de deviner le reste.

— Juste une chose encore, repartit Sabrina. Brett — le majordome — est mort, donc il est innocent. Et je ne crois pas non plus que Carla, la prostituée, soit coupable. Je pense même que son personnage allait être prochainement éliminé à son tour.

— Peut-être, articula Camy.

— Mais le personnage de Susan n'est pas l'assassin, n'est-ce pas ? demanda Jon.

Camy secoua la tête.

— Non, ce n'est pas elle.

— Et mon personnage — Mary, la Hare Krishna — est également innocent ? s'enquit Dianne.

— Une Hare Krishna ? rétorqua Joshua pour la taquiner. Innocente au sens de demeurée, oui.

Dianne lui sourit sans animosité aucune. Josh lui rendit son sourire. Et Jon se demanda si sa belle-fille n'était pas en train de concevoir un tendre sentiment pour l'artiste.

— Bon, ça fait autant de suspects en moins, remarqua Tom.

— En tant que maman de ces chers petits, reprit Joe, je suis bien innocent moi aussi, n'est-ce pas ? Non, non, ne répondez pas, Camy. La vérité est inscrite sur votre visage. D'ailleurs, j'étais bien trop contente de pouvoir donner naissance à deux enfants pour songer à leur faire le moindre mal !

— Pour l'instant, vous êtes sur la bonne voie, acquiesça Joshua.

— Et nous n'en dirons pas plus, le prévint Camy.

— Le jeu est pourtant terminé, non ? s'enquit alors Sabrina.

— Oui et non, articula Reggie. Nous ignorons qui sont les coupables, nous savons seulement qui est innocent. Pour ma part, j'aimerais y réfléchir encore un peu. Qu'en pensez-vous ?

— Eh bien, répondit Camy, le jeu n'est pas encore vraiment terminé, puisque aucun d'entre vous n'a découvert toute la vérité.

— Je l'aurais parié ! marmonna V.J.

Reggie parcourut la table du regard et fit bouffer ses cheveux gris.

— Je veux résoudre cette énigme, dit-elle. C'est plus fort que moi. J'ai ça dans le sang !

Jon se prit à rire. En dépit du malaise qu'avaient suscité en lui les remarques de Sabrina sur sa robe de chambre tachée de sang — il n'y en avait du reste pas tant que ça —, il songea que Reggie était vraiment un sacré numéro.

— O.K., reprit-il, résumons-nous. Qui sont les innocents ? Mary, la Hare Krishna ; M. Buttle, le majordome ; Carla, la tapineuse, et Tilly le Travesti. Ce qui nous laisse Sabrina-la Duchesse, Reggie-la Dame en Rouge, V.J.-la méchante infirmière…

— *Très* méchante infirmière, précisa Dianne en pouffant.

— Silence, jeune fille ! la sermonna V.J.

— V.J., très chère, lui rappela joyeusement Reggie, tu nous as déjà confessé tes péchés et nous ne voulons pas d'autres protestations d'innocence, merci bien.

— Cela étant, ajouta Dianne d'une voix traînante, V.J. pourrait mentir, comme nous tous.

— Elle le pourrait, oui, convint Jon. Et Anna Lee, *alias* Sally la Sadique, pourrait également être coupable, ainsi que Thayer-Jojo Scuchi, Sabrina-la Duchesse et, bien sûr…

— Et qui d'autre encore ? l'interrompit Joe en fronçant les sourcils.

— Moi-même, répondit Jon. Dick le Dément. Je crois que je resterai toujours coupable, n'est-ce pas ? demanda-t-il sur un ton badin tout en regardant Sabrina.

Celle-ci détourna les yeux.

— Tout le monde est satisfait de ces conclusions ? s'enquit-il.

— Non, pas moi, rétorqua Reggie. Je veux toujours résoudre l'énigme.

Jon bondit sur l'occasion.

— Tant mieux, dit-il, car c'est ce que je veux aussi. Allons donc parler à Susan.

— Susan n'est pas une énigme, se plaignit Dianne. Seulement une garce.

— Nous avons eu droit à notre dîner, leur rappela Jon fermement. Aussi…

Il se leva de table. Les autres avaient l'air désolé, mais il savait qu'ils finiraient par le suivre.

Il quitta donc la salle d'apparat et s'engagea dans l'escalier. Il percevait le parfum de Sabrina derrière lui, les murmures de Tom qui s'adressait à V.J. et les grommellements de Brett qui se plaignait de devoir gâcher une si bonne soirée.

Quand il parvint devant la porte de Susan, tout le monde redevint silencieux. Il cogna vigoureusement au battant.

— Susan !

Pas de réponse.

Il regarda les autres par-dessus son épaule et frappa de nouveau.

— Susan, c'est Jon. J'aimerais vous parler, m'assurer que vous allez bien.

Toujours pas de réponse.

— Je te l'avais dit ! chuchota Sabrina. Elle ne veut plus nous voir.

— Elle pense que nous sommes tous des monstres, renchérit Anna Lee.

— Remarquez, intervint Brett, elle n'a peut-être pas tort. Nous pouvons nous montrer horribles, à l'occasion.

— Parle pour toi ! riposta Reggie.

— Mais je crois bien qu'il parlait uniquement pour lui, repartit Anna Lee en gloussant.

— Tais-toi, femme, lui ordonna Brett.

— Taisez-vous tous, répliqua Jon avec humeur. Je ne peux même pas savoir si elle me répond ou non. Susan !

— Oh, laisse-la donc, lui suggéra Dianne.

Il secoua la tête.

— Non, Dianne, il faut que nous en ayons le cœur net.

Il cogna encore une fois à la porte.

— Bon sang, Susan ! s'exclama-t-il. Si vous n'ouvrez pas sur-le-champ, j'ouvre cette porte moi-même !

Toujours aucune réaction.

— On force la porte ? proposa Thayer.

Jon sourit.

— Non : on utilise le passe. Susan ! répéta-t-il pour donner une dernière chance à cette dernière, au cas où elle serait dans la salle de bains.

Elle allait le massacrer, songea-t-il en soupirant.

Et si elle avait un casque sur les oreilles et ne pouvait tout simplement pas l'entendre ? Il s'apprêtait à la déranger dans son intimité. Et peut-être les détestait-elle tous et souhaitait-elle simplement qu'on la laisse tranquille…

Cependant il demeurait inquiet.

Il éprouvait même un malaise certain.

Ce silence n'était pas normal.

Peut-être s'était-elle blessée. Peut-être avait-elle fait une mauvaise chute dans sa chambre ou dans la salle de bains. Et si elle était, en cet instant même, en train de perdre son sang sous la douche ?

Bref, l'heure n'était plus aux scrupules.

Il sentit soudain un désagréable frisson lui traverser l'échine et eut la conviction que, décidément, quelque chose ne tournait pas rond.

Sabrina avait été bouleversée par le sang.

Il y en avait trop, selon elle.

Pour sa part, il était sûr que non. Néanmoins, sa robe de chambre était bel et bien tachée de sang. Qu'est-ce que tout cela pouvait bien signifier ? s'interrogea-t-il.

Hébergeait-il donc un meurtrier ? Les pires hypothèses se présentaient à son esprit : l'assassin s'en était pris à Susan et elle gisait maintenant sur son lit, le corps lacéré, son sang giclant de toutes ses veines.

Il se renfrogna et se tourna vers les autres.

— Il faut que nous rentrions dans cette chambre, leur déclara-t-il.

Il inséra le passe dans la serrure et ouvrit la porte de Susan. Puis il promena son regard autour de lui.

Un hoquet de stupeur collectif retentit derrière lui.

Il vit alors ce qui leur avait arraché ce cri de surprise.

18.

Rien.

Il n'y avait rien à voir.

Pas de cadavre sur le lit.

Pas de sang.

Pas de spectacle macabre.

Et pas de Susan non plus.

— Bon sang ! s'exclama V.J. Où est-elle donc ?

— Susan ? appela Sabrina.

Elle consulta Jon du regard et alla repousser la porte de la salle de bains, qui était entrebâillée.

— Susan ? répéta-t-elle.

— Elle n'est pas là, point à la ligne, constata Dianne.

— Alors où est-elle, nom d'une pipe ? s'exclama Joe.

— Elle doit rôder dans le coin pour vérifier si sa disparition nous attriste ou non, suggéra Anna Lee.

— Le château est immense, reprit Sabrina. Elle pourrait être cachée n'importe où.

— C'est bien là le problème, admit Jon.

— Et pourquoi diable devrait-on tant s'inquiéter pour elle ? intervint Tom avec humeur. Laissons-la nous snober si ça lui chante. J'ai essayé d'être gentil avec elle ; j'ai veillé sur elle pendant qu'elle prenait sa douche, et elle nous a chassés comme des malpropres, V.J. et moi, en nous traitant de pervers. Désolé, Jon, mais j'en ai ma claque de cette chipie. A côté d'elle, Cassie aurait presque l'air d'une sainte.

Ils se tenaient tous cois, à observer Tom. Tous paraissaient surpris de le voir si remonté contre Susan.

V.J. lui prit la main.

— Mais, Tom, elle est peut-être blessée.

— Espérons-le, marmonna-t-il.

— Allons, tu ne penses pas ce que tu dis.

Il soupira et leva les bras au ciel.

— Très bien, partons à sa recherche, Jon, puisque tu le désires.

— O. K., fit Jon, mais organisons-nous. Nous n'allons pas fouiller le château à la queue leu leu, ce serait ridicule.

— Je ne vais nulle part toute seule, déclara Dianne résolument.

— Non, bien sûr que non, repartit Jon avec agacement. Nous allons former des groupes de deux à trois personnes.

Il marqua une pause.

— Reggie, articula-t-il, tu ferais peut-être mieux de t'enfermer dans ta chambre et de…

— Jon Stuart ! l'interrompit-elle. Cesse donc, je te prie, de me traiter comme une invalide ou une impotente !

— Bon, très bien, dans ce cas…

— Reggie, nous tenons à vous, tout simplement, le coupa Dianne à son tour.

— V.J. est presque aussi vieille que moi, rétorqua Reggie.

— Quand même pas ! protesta V.J., consternée.

— Mesdames ! Mesdames ! s'écria Brett.

— Comment formons-nous les équipes ? s'enquit Camy.

— Eh bien, reprit Jon, Thayer, Joe et moi, nous irons inspecter les différents secteurs du donjon ; Tom et Brett s'occuperont du rez-de-chaussée et aideront ensuite V.J., Sabrina et Anna Lee à visiter toutes les chambres de l'étage. Quant à toi, Reggie, tu resteras avec Dianne dans la salle d'apparat pour assurer la liaison entre les groupes.

— Je vous accompagne dans la crypte et la salle des horreurs, déclara Joshua. Je connais bien les lieux.

— Je descends avec vous, proposa Camy.

— Non, Camy, répondit Jon. Mieux vaut que vous teniez compagnie à Dianne et Reggie dans la salle d'apparat. Ou plutôt non : montez donc avertir Jennie que Susan a disparu et passez avec elle le grenier au peigne fin.

— Tu sais, intervint alors Joe, têtue et acariâtre comme elle l'est, Susan a très bien pu filer d'ici sans nous prévenir.

— Et comment ? répliqua Jon. Nous sommes bloqués par la neige.

— A cheval, peut-être ?

— Si un cheval manquait dans l'écurie, Angus m'en aurait averti.

— Elle s'est peut-être faufilée dehors quand nous montions ici, suggéra Joshua. Le temps s'est beaucoup amélioré depuis hier.

— C'est possible, admit Jon, mais j'en doute. Susan n'a jamais été suicidaire. La neige est profonde autour du château, et il y a loin d'ici au village. En outre, je crois me souvenir qu'elle n'apprécie pas trop les chevaux. Tiens, Tom, ajouta-t-il, prends donc le passe. On y va ?

Il regarda un moment Sabrina, puis il tourna les talons et descendit l'escalier.

Sabrina était lasse de nourrir une telle méfiance. La manière dont Jon l'avait regardée lui laissait un arrière-goût amer. Ses yeux fascinants étaient devenus durs et froids, telles des pierres lui fermant l'accès à son âme. Elle ne voulait plus le repousser…

Cependant, elle ne voulait pas non plus lui sacrifier sa vie. La logique lui imposait de rester sur ses gardes, de ne pas être naïve. Il y avait bien du sang sur la robe de chambre de Jon, et en grande quantité, de surcroît. Plus elle y repensait, plus cela la tracassait.

Elle craignait fort, aussi, que ladite robe de chambre soit restée sur son lit, et que les autres l'aperçoivent — et remarquent le sang à leur tour.

Oui, elle avait peur, peur de lui — mais elle désirait également le protéger.

— Alors, demanda Brett, comment procédons-nous ?

— Restons groupés et visitons les chambres l'une après l'autre, répondit V.J. Tu peux fouiller la mienne d'abord, si tu veux.

— Doit-on vraiment partir de l'hypothèse que l'un de nous cache Susan sous son lit ? rétorqua Brett. Elle n'est pas chez moi, en tout cas, je vous l'assure. Je suis certes un séducteur impénitent, mais il y a tout de même des limites !

— Que tu dis, marmonna V.J.

— Mes enfants, mes enfants, protesta Reggie, ne nous chamaillons pas.

— Et si vous descendiez dans la salle d'apparat avec Dianne ? intervint Sabrina. Camy, montez voir Jennie et les domestiques pendant que nous entamerons les recherches ici.

— Entendu, répondit Camy.

L'assistante de Jon, Dianne et Reggie les quittèrent. V.J. ouvrit ensuite sa porte et les introduisit dans sa chambre.

— Pas de Susan ici, comme vous pouvez le constater.

Anna Lee pénétra dans la salle de bains et repoussa le rideau de douche.

— Susan ?

— Elle n'est pas là, dit Brett. A moins que V.J. ne soit parvenue à la démembrer et à la réduire en cendres dans la cheminée.

V.J. le considéra avec ahurissement.

— Comment oses-tu… ? rugit Tom.

— Je plaisantais ! précisa Brett. Enfin, bon, Susan n'est pas là, point à la ligne.

— Allons voir ailleurs, proposa Sabrina.

— La suite de Jon est à l'autre bout du couloir, déclara Tom. Commençons par là, nous reviendrons ensuite inspecter les autres chambres.

— O.K.

Ils remontèrent tous les cinq le corridor, Tom en tête.

Sabrina n'était jamais entrée dans la chambre de Jon jusqu'à présent.

Elle l'aima beaucoup.

Un imposant lit à baldaquin trônait dans la pièce principale. D'antiques tapisseries ainsi que des panoplies d'armes ancestrales ornaient les murs peints en un camaïeu de bleu profond et d'écarlate.

Aucun souvenir de Cassie n'était visible.

La suite comportait deux dressings. Le premier contenait les vêtements de Jon. Le second, exceptionnellement spacieux, doté d'un balcon qui donnait sur le jardin, lui servait apparemment de bureau. Il était équipé d'un ordinateur avec traitement de texte, d'une imprimante, d'un fax, d'un téléphone, d'une photocopieuse, d'étagères et de classeurs. Sur le secrétaire étaient empilés des livres — sans doute ceux que Jon consultait régulièrement —, ainsi que des notes diverses et des dossiers. Sabrina se surprit à vouloir toucher sa chaise pivotante, feuilleter ses papiers, connaître ses pensées les plus intimes.

— Regardez-moi ça ! s'exclama soudain Anna Lee, debout sur le seuil de la salle de bains.

— Quoi donc ? demanda Brett. Susan pendue au pommeau de la douche ?

— Mais non, rétorqua Anna Lee. La pièce elle-même.

Ils la rejoignirent.

— Seigneur, c'est fabuleux ! ajouta Anna Lee.

Effectivement, ça l'était : outre une douche et un bain à remous, la salle de bains comportait également un sauna, une robinetterie somptueuse, un carrelage noir, or, rouge et blanc, des miroirs magnifiques et des radiateurs chauffants sur lesquels étaient posées d'épaisses serviettes.

Il avait vécu ici avec Cassandra, songea Sabrina. C'était un endroit confortable, luxueux, et elle se voyait bien en partager les commodités avec quelqu'un qu'elle aimerait. Hélas…

Hélas, Cassandra était tombée du balcon, à proximité de cette même salle de bains.

— Comment ? s'exclama Brett pour taquiner Anna Lee. Tu voudrais nous faire croire que tu n'es jamais venue ici auparavant ?

— Non. Pourquoi me serais-je introduite dans la salle de bains de Jon ? lui répliqua-t-elle d'un air perplexe.

Brett la considéra avec incrédulité.

— Tu couchais bien avec Cassie, non ?

Anna Lee soutint son regard, les poings sur les hanches.

— Oui, admit-elle, mais c'est elle qui venait dans ma chambre.

Elle hésita un instant tout en se mordillant les lèvres. Puis elle soupira et ses épaules s'affaissèrent.

— Elle ne voulait recevoir personne ici, avoua-t-elle. C'était pour elle… un lieu sacré, je suppose.

Sabrina contemplait encore Anna Lee, quand V.J. commença à les pousser vers la porte.

— Allez, en avant, leur dit-elle, vérifions que Susan n'est pas ici et poursuivons nos recherches. Tom, soyons consciencieux, veux-tu ? Regarde donc sous le lit. Quant à vous, les filles, fouillez partout.

Ils passèrent la suite au peigne fin, puis ils se tournèrent tous vers la porte-fenêtre.

Manifestement, personne n'avait envie de s'en approcher.

Sabrina soupira.

— C'est bon, dit-elle, je m'en charge.

Elle sortit sur le balcon.

L'air de la nuit lui parut glacé ; elle serra ses bras autour de sa taille. Le vent avait de nouveau fraîchi. Des bourrasques giflaient la façade en miaulant. Si Susan avait décidé de quitter le château, pensa Sabrina, elle devait être transformée en glaçon, à l'heure qu'il était.

Il n'y avait rien sur le balcon. Ni personne. C'était pourtant de ce même balcon que Cassie avait fait une chute mortelle, songea encore Sabrina. Et elle eut soudain la sensation déplaisante que quelqu'un se tenait derrière elle, prêt à la pousser dans le vide. Elle pivota sur elle-même.

Les autres étaient restés à l'intérieur et l'attendaient.

Elle se rappela alors que, quelque part dans cette pièce, s'ouvrait un passage secret menant à sa chambre.

Peut-être les murs dissimulaient-ils d'autres caches, se dit-elle.

Peut-être les observait-on en cet instant même.

Peut-être était-elle aussi en train de perdre les pédales.

Elle se secoua et rejoignit les autres.

— Personne, annonça-t-elle. On bouge ?

— Ouais, acquiesça Tom. En avant.

— La chambre suivante est celle de Dianne, déclara V.J.

— Je vais jusqu'au palier demander à Reggie et Dianne si elles ont des nouvelles des garçons en bas, proposa Anna Lee.

— O.K., répondit Tom.

Quand ils pénétrèrent tous les quatre dans la chambre de Dianne, ils virent tout de suite que son occupante n'était guère une fanatique de l'ordre. La coiffeuse était encombrée de brosses, de peignes, de maquillage et d'accessoires divers. Un ordinateur portable était posé sur un secrétaire près de la fenêtre.

Sur le lit et les chaises, des vêtements étaient éparpillés ; des paires de chaussures gisaient sur le plancher.

— Impossible que Susan soit ici, décréta Brett. Il n'y a pas de place pour elle.

— Regardez sous le lit, leur conseilla V.J. Je vais jeter un coup d'œil dans la salle de bains.

Brett souleva le dessus-de-lit… et lâcha un petit cri. Les autres rappliquèrent aussitôt.

— Quoi ? Quoi ? bredouilla Tom. Brett, tu vas bien ? Qu'est-ce que tu as vu ?

Brett se redressa et répondit d'un ton grave :

— Son nounours m'a mordu.

— Oh ! s'exclama V.J. en lui décochant un coup de poing dans l'épaule. Veux-tu bien être sérieux !

— Eh bien, sérieusement, je te répète que Susan n'est pas ici. On décampe ?

— Peut-être Susan se cache-t-elle de nous, se faufilant de pièce en pièce pour nous échapper, suggéra Sabrina.

— Continuons plutôt de chercher, grommela Tom. A ce rythme-là, on risque d'arriver au bout de la semaine avant d'en avoir fini. Et il se trouve que j'ai envie de dormir un peu.

— Dormir ? La bonne blague ! repartit Brett. Dis plutôt que tu as hâte de te glisser sous la couette avec V.J. !

— McGraff ! s'écria Tom. Espèce de sale…

V.J. l'interrompit en lui posant une main sur l'épaule.

— Tom, intervint-elle, sois compréhensif. Brett est simplement jaloux. Il n'est pas habitué à être le seul sans conjoint. Le pauvre enfant passe ses nuits à se tordre les mains — et Dieu seul sait quoi d'autre — tandis que, juste à côté, l'amour de sa vie est — comment dirais-je ? — sous la couette avec quelqu'un d'autre.

— Ça, c'est un coup bas, protesta Brett.

— Tu n'as qu'à te montrer plus aimable, répliqua V.J.

— Nous n'avons pas fini d'inspecter toutes les chambres, leur rappela Sabrina.

— Très bien, amour de ma vie, acquiesça Brett. Allons-y.

Dans la chambre de Joshua, ils découvrirent du matériel de dessin, un chevalet recouvert d'un drap et l'ébauche d'une sculpture en argile. Mais aucune trace de Susan. La suite de Camy, quant à elle, en dépit de l'énorme secrétaire qui trônait dans le bureau et des tonnes de paperasses qui y étaient archivées, paraissait parfaitement propre et rangée. Là non plus, ils ne trouvèrent point Susan.

Anna Lee les rejoignit peu après. Il n'y avait toujours aucune nouvelle de l'expédition en cours au sous-sol.

Ils jetèrent ensuite un œil dans la chambre de Joe — un véritable capharnaüm. Celle de Thayer, en revanche, était d'une austérité toute militaire : les accessoires de toilette étaient alignés comme à la parade sur l'étagère du lavabo de la salle de bains et les vêtements serrés en rang dans la penderie. Celle de Tom, enfin, semblait un compromis entre les deux.

Susan, cependant, demeurait toujours invisible.

La chambre d'Anna Lee se révéla imprégnée par la personnalité de la jeune femme. Son parfum flottait dans l'air, des foulards étaient disséminés un peu partout, des bijoux étaient posés en rond sur la coiffeuse et divers vêtements drapaient harmonieusement les chaises. Mais Susan n'était pas là non plus.

Sabrina les guida ensuite jusqu'à sa chambre et, comme elle en franchissait le seuil, elle jeta un coup d'œil anxieux à l'endroit où elle avait laissé la robe de chambre de Jon. Celle-ci avait disparu.

Sabrina ne sut si elle devait en être soulagée ou plus alarmée encore.

Les autres inspectèrent la pièce en silence.

Anna Lee regarda sous le lit ; V.J. fouilla la salle de bains. Tom se rendit sur le balcon.

— Tout ceci est grotesque, lâcha enfin Anna Lee. A l'évidence, nul ne cache Susan dans sa chambre.

— C'est aussi mon avis, parvint à articuler Sabrina, assise sur le lit. Mais peut-être Susan se joue-t-elle de nous ?

— Si c'est à cela qu'elle s'amuse, repartit V.J., elle ne doit avoir aucun mal à nous entendre passer d'une pièce à l'autre.

— Mais pourrait-elle vraiment nous précéder ainsi, tout le temps ? demanda Sabrina.

— Qui sait exactement à quoi elle s'amuse en ce moment ? rétorqua Tom sur un ton irrité.

— N'oublions pas non plus que le château est truffé de passages secrets, reprit Anna Lee. Les Ecossais ont toujours été batailleurs. De plus, les ancêtres Stuart de Jon ont eu à cacher le jeune prince Charles II et, plus tard, quand ils ont rallié les Jacobites, nul doute qu'ils ont dû se cacher eux-mêmes. Ils ont ainsi dissimulé chez eux des prêtres, des curés, des hors-la-loi et j'en passe. Peut-être Susan connaît-elle le château mieux que nous.

— En tout cas, Jon, lui, le connaît, répliqua Brett. C'est son château, après tout.

— Mouais, admit Anna Lee. Mais il se trouve que j'ai effectué des recherches sur certains châteaux hantés du York, et, dans beaucoup de cas, leurs prétendus fantômes étaient des personnes qui connaissaient mieux les passages dérobés que le propriétaire lui-même. Il n'est pas impossible que Susan ait découvert quelque sombre réduit dans les profondeurs du bâtiment… ou qu'elle se soit, par mégarde, emmurée vivante quelque part !

— Ce serait cocasse, commenta Tom. Susan n'a jamais apprécié le génie d'Edgar Allan Poe à sa juste mesure.

— Il ne reste plus qu'une chambre à visiter — la mienne, déclara Brett. Quand vous l'aurez fouillée, je descendrai me servir un verre. Après quoi, je remonterai me coucher. Seul. Oui, V.J., seul hélas. Mais je suis éreinté, alors j'accepterai mon sort en silence.

— Allons-y, dit V.J.

Ils pénétrèrent dans la chambre de Brett. Tandis que les autres se dispersaient alentour, Sabrina demeura debout au milieu de la pièce, les yeux fixés sur l'armoire, se rappelant encore la frayeur qu'elle avait éprouvée la nuit précédente.

Brett était alors sorti. Jon aussi. Tout le monde, semblait-il, avait disparu à l'intérieur des murs.

Pour se raser — au beau milieu de la nuit.

Ou se couper à une lampe.

Elle, en revanche, était restée là à contempler cette armoire, craignant qu'elle contienne un cadavre. Ou un meurtrier prêt à lui sauter dessus.

— Sous le lit ? demanda V.J. à Tom.

— Rien.

— La salle de bains est vide, annonça Anna Lee.

Sabrina sentit soudain son cœur manquer un battement : l'armoire, il restait toujours l'armoire.

Elle s'approcha du meuble.

— Sabrina ! s'exclama Brett.

Elle l'ignora et ouvrit les portes de l'armoire.

C'était son château, se répéta Jon. La crypte contenait les restes de ses ancêtres.

Jamais il n'avait eu peur des morts. Jadis, il y avait bien longtemps de cela, quand il n'était encore qu'un enfant, il avait vu un film d'horreur qui l'avait effrayé et son père lui avait dit :

— N'aie jamais peur des morts, mon fils. Ce sont les gens les plus inoffensifs du monde, ils ne peuvent plus te faire aucun mal. Méfie-toi plutôt des vivants.

Jon croyait en Dieu, en un être suprême, mais il ne croyait pas que Dieu ressuscitait les morts sous la forme de spectres qui se mettaient à hanter les demeures des vivants. Il n'était pas superstitieux. Jamais il n'avait ressenti la moindre peur en déambulant dans quelque partie que ce fût du château de ses ancêtres. Il avait au contraire adoré la bâtisse sitôt qu'elle était entrée en sa possession. Il n'y avait pas une seule de ses pierres, une seule de ses poutres qui l'ait jamais mis mal à l'aise.

Jusqu'à ce soir.

La chapelle semblait vide. Néanmoins, ils inspectèrent les travées, regardèrent derrière l'autel et fouillèrent chaque recoin.

Puis ils se rendirent à la piste de bowling, où ils allèrent jusqu'à examiner le mécanisme de remplacement des quilles. Après quoi ils se dirigèrent de concert vers la piscine.

— Bon, constata Thayer, elle ne s'est pas noyée.

— Avez-vous jeté un œil dans le vestiaire des hommes ? demanda Jon à Joshua.

— Et dans celui des dames aussi, répondit ce dernier. Tous les deux étaient vides.

— Alors il ne reste plus que la crypte, conclut Joe d'une voix un peu rauque.

— Ouais, fit Thayer.

L'ex-policier n'avait pas l'air très à son aise non plus.

Jon ouvrit la marche. Ils entrèrent dans la crypte munis de lampes à pétrole qu'ils levèrent à bout de bras pour dissiper les ténèbres accumulées autour des tombeaux. Puis ils passèrent en revue chaque rangée de sarcophages.

— Susan n'est pas ici, déclara enfin Jon.

— Je n'en ai pas douté un instant, repartit Thayer sur un ton maussade. Elle a peut-être une grande gueule, mais au fond, c'est une sacrée trouillarde. Dianne, elle, a eu le cran de descendre ici pour nous faire sa mauvaise farce, mais Susan n'oserait jamais mettre les pieds seule dans cet endroit.

Joshua se tourna vers Jon.

— Et si elle était assez furieuse contre nous pour se risquer dans la neige ? dit-il. Avec un peu de chance, elle est actuellement en train de siroter un grog à l'auberge du village.

— Ouais, fit Jon.

Cependant il n'y croyait guère.

— Allons à la salle des horreurs, ajouta-t-il.

— Oh, oui, s'exclama Joe, allons-y, ça fait trop longtemps que j'attends ça.

Cette plaisanterie détendit aussitôt l'atmosphère. Les quatre hommes s'esclaffèrent, avouant du même coup leur malaise.

Joshua entra le premier dans la salle.

Les autres s'éparpillèrent ici et là.

Jon marqua un temps d'arrêt sur le seuil pour examiner chacune des scènes. Tout semblait en ordre, constata-t-il — mais il n'en éprouvait pas moins une sourde angoisse.

La température était très basse en cet endroit. Le système de climatisation censé assurer la conservation des mannequins de cire ne recevait plus de courant. Mais ce n'était pas le froid qui le troublait ainsi. Il n'aurait su définir la cause de son émotion.

Il se mit à errer dans la pièce, passant d'une scène à l'autre. De loin en loin, il distinguait les lampes dont s'éclairaient ses compagnons.

— Susan ! Petit, petit, petit ! chuchota Joe.

— Sors donc de ta cachette, Susan, on ne joue plus ! renchérit Thayer.

Leurs paroles semblaient résonner d'un mur de pierre à l'autre. Chacun avait choisi une allée différente et leurs chemins se recoupaient parfois. La manière dont les fixaient les figures de cire était vraiment étrange, songea Jon.

Elles avaient l'air si réel.

Du reste, Joshua se tenait comme envoûté devant la scène représentant lady Ariana Stuart torturée sur le chevalet. Voyant que Jon l'avait rejoint, il murmura :

— Je suis bon. Sacrément bon.

Puis il haussa les épaules.

— J'ai vraiment l'impression que mes œuvres s'animent, mais c'est peut-être qu'il fait sombre, que la nuit est orageuse, que la mèche de ma lampe crachote et que je suis un trouillard.

Thayer vint lui frapper sur l'épaule.

— Non, tu es doué, mon gars, lui dit-il. Tu es foutrement doué. V.J., là-bas, on dirait qu'elle nous a tous pour souper — comme plats de résistance, s'entend. Ça me coûte de l'avouer, mais cet endroit me fiche la trouille. Aussi froid que le téton d'une sorcière. Et si on remontait, Jon ? Cela ne sert à rien de traîner plus longtemps dans le secteur.

— Nous avons inspecté toutes les allées, renchérit Joe en les rejoignant à son tour, des gouttes de sueur perlant à son front en dépit de la température. Il n'y a personne ici.

— Bon sang, marmonna Thayer, où a-t-elle pu se fourrer ?

— Je l'ignore, répondit Jon en se dirigeant vers la sortie.

Les autres le dépassèrent en chemin. Il faillit en sourire. Cependant, au moment de refermer derrière lui les deux battants de la porte, il sentit un curieux frisson lui traverser l'échine. Il s'arrêta dans son mouvement et repoussa les battants avant de lever la lampe pour jeter un dernier coup d'œil dans la salle.

Rien. Il n'y avait rien. Et pourtant, un malaise diffus l'étreignait toujours. Quelque chose clochait, il ne savait quoi au juste, mais quelque chose clochait. Il avait l'impression que...

Il secoua la tête et referma la porte. Il lui fallait garder l'esprit clair, se dit-il, ne pas céder aux tours que lui jouait son imagination.

Il suivit les autres dans l'escalier et regagna avec eux la salle d'apparat.

Dianne était en train d'y jouer au solitaire, un énorme verre de vin posé sur le guéridon devant elle.

Reggie, assise à la table, pianotait sur la nappe d'un air contrarié. Camy était également assise à la table, la tête sur les bras. Elle releva les yeux quand les hommes apparurent sur le seuil de la pièce.

— Jennie et les filles m'ont certifié qu'elles n'ont pas aperçu Susan là-haut, annonça-t-elle à Jon.

— Et nous n'avons nous-mêmes rien trouvé en bas, repartit joyeusement Thayer.

— Rien ici non plus, ajouta Reggie. Sinon trois femmes lasses de vous attendre, messieurs.

Jon sourit.

— Qui veut un verre ? lança-t-il à la cantonade.

Il commença à se servir un whisky.

Ce fut à ce moment qu'ils entendirent un cri en provenance de l'étage.

Sabrina hurla d'horreur et bondit en arrière tandis qu'une tête dégringolait de l'armoire.

De longs cheveux s'étalèrent un peu partout.

— Sabrina ! s'exclama Brett en la prenant par la taille. Ce n'est qu'une tête de mannequin avec sa perruque !

Effectivement, il ne s'agissait que de cela.

Une tête de plastique blanc et une perruque noire.

— Hé, ma douce, tout va bien ! Calme-toi, lui conseilla V.J.

Sabrina se sentit idiote. Brett avait raison, pensa-t-elle. Pourquoi diable s'était-elle imaginé qu'un spectacle horrible l'attendait dans l'armoire ? Celle-ci était tout simplement trop remplie, et l'ouvrir avait suffi à faire basculer la tête de l'étagère.

Comme elle contemplait encore l'intérieur du meuble, le corps secoué de tremblements, les autres déboulèrent dans la pièce, Jon en tête, suivi de Thayer, Joshua, Joe, Dianne et même la pauvre Reggie, qui peinait à reprendre son souffle.

— Quoi ? Qu'y a-t-il ? Que s'est-il passé ? voulut savoir Jon.

— Rien, rien, répondit précipitamment Sabrina. Je me suis fait peur toute seule.

Jon vint ramasser masque et perruque. Il regarda Brett.

— Ce n'est pas à toi, je suppose ?

Brett secoua la tête.

— Pas ma couleur !

Jon s'approcha de l'armoire et examina son contenu.

— Je ne savais pas que tout ça était là, murmura-t-il.

— C'était à Cassie ? s'enquit V.J.

— Ouais... Désolé, Brett, mais nous ne t'avons pas laissé beaucoup de place pour ranger tes affaires.

— Je me contente de peu, rétorqua Brett.

— Oh, c'est la meilleure ! s'exclama V.J. en riant.

— Bon... Pas de Susan nulle part, je suppose ? demanda Tom aux autres.

— Pas la moindre, répondit Joe.

Jon se retourna vers Sabrina.

— Tu vas bien ?

Elle hocha la tête.

— Je me sens stupide.

— Nous sommes tous sur les nerfs.

— A ce propos, tu n'étais pas en train de nous préparer un verre ? lui rappela Thayer.

— Si, acquiesça Jon. Absolument.

Après avoir lancé à Sabrina un dernier regard, que la jeune femme trouva étrangement sombre, il quitta la chambre. Les autres s'empressèrent de lui emboîter le pas.

De retour dans la salle d'apparat, Joshua l'aida à confectionner les cocktails.

— Croyez-le ou non, déclara-t-il, mais nous commençons à manquer de glace.

— Pas de glace pour moi, repartit Joe avant de se servir deux traits de bourbon.

Sabrina opta pour un Tia Maria.

— Il nous faut toujours retrouver Susan, dit Jon en lui tendant son verre.

— On ne va pas s'y remettre cette nuit, quand même ! protesta V.J.

— Non, bien sûr que non, répondit Jon en soupirant.

Il consulta sa montre. De son côté, Sabrina jeta un coup d'œil à la pendule accrochée au-dessus du manteau de la cheminée. Il était près de 1 heure du matin.

— Joshua, Thayer, poursuivit Jon, demain nous prendrons les chevaux pour essayer de retrouver Susan. Dans un jour ou deux, les routes seront sans doute dégagées et nous pourrons disposer de nouveau du téléphone et de l'électricité. Cela dit, si elle est effectivement sortie..., ajouta-t-il sur un ton lugubre.

— Si elle est sortie et qu'elle ne s'est pas trouvé un abri, elle est déjà morte, acheva Joe. Et nous risquons de subir le même sort si nous partons à sa recherche maintenant. En plus, il fait noir comme dans un four, dehors.

Il avait raison, pensa Sabrina. Ils étaient impuissants jusqu'au lendemain. Jon le savait bien, mais il semblait avoir du mal à l'accepter.

— Bon, je crois que ça suffit pour cette nuit.

Il reporta son attention sur Sabrina.

Celle-ci détourna les yeux, ne voulant pas croiser son regard. « La robe de chambre n'était plus là ! avait-elle envie de lui crier. Ta robe de chambre pleine de sang ! »

Elle s'écarta du groupe et monta l'escalier.

Une heure plus tard régnait dans le vieux château un profond silence que troublaient seulement les craquements et les grincements ordinaires des murs et de la toiture.

Sabrina faisait les cent pas dans sa chambre.

Ils s'étaient tous enfermés, aspirant à une nuit de repos.

Elle, en revanche, attendait, redoutant qu'il vienne. Et craignant qu'il ne vienne pas.

Ils avaient fouillé tout le bâtiment.

Sauf les endroits secrets. Des endroits que seul Jon connaissait. Elle voulait l'affronter, et elle voulait le fuir. Mais il ne venait toujours pas.

Puis, alors qu'elle était sortie sur le balcon, elle sentit soudain sa présence. Elle se retourna et vit qu'il était là.

Elle se contenta de le regarder à distance. Grand, imposant, beau, séduisant, il portait une nouvelle robe de chambre et ses cheveux sombres étaient mouillés.

Il la considéra avec gravité.

— Désires-tu que je reparte ? s'enquit-il.

— Ta robe de chambre n'était plus là, articula-t-elle. Celle qui était couverte de sang.

— Mes domestiques sont très consciencieux, répondit-il.

— Ah… tu as veillé à ce qu'elle soit nettoyée ?

— Non, dit-il en s'approchant d'elle. Aurais-tu omis de nous révéler que tu avais découvert un cadavre ensanglanté quelque part ?

Elle baissa les yeux. Il se tenait à présent juste devant elle. Elle pouvait sentir le parfum de son savon, de son après-rasage, et cette odeur qui n'appartenait qu'à lui. Une émotion trouble l'envahit, et elle comprit qu'elle avait envie de lui. Qu'il lui suffirait de la toucher…

— Où étais-tu ? s'enquit-elle sur un ton soupçonneux.

Il redressa la tête.

— J'ai poursuivi les recherches de mon côté. J'ai visité tous les passages secrets.

C'était logique, songea Sabrina. Elle avait elle-même estimé qu'une telle exploration serait nécessaire.

Cependant… il l'avait menée tout seul.

— As-tu peur de moi ? lui demanda-t-il.

— Le devrais-je ?

Il secoua la tête sans la quitter des yeux.

— Non, répondit-il fermement.

Elle se mordit la lèvre et demeura immobile. Jon tourna les talons, prêt à la laisser.

Elle allait peut-être le regretter, se dit-elle, mais…

— Jon ! s'écria-t-elle en courant après lui.

Elle se plaqua contre son dos et l'encercla de ses bras, la joue appuyée contre sa robe de chambre. Il demeura immobile un instant, avant de se retourner. Sabrina en profita pour dénouer la ceinture de sa robe de chambre et enfouir le visage contre sa poitrine. Elle fit glisser ses mains sur son torse, ses jambes : il était nu sous son vêtement. Elle vit que ses caresses l'excitaient et, quand il lui releva le menton, elle lui tendit aussitôt ses lèvres.

Elle se laissa couler le long de sa poitrine, de son ventre, l'embrassant partout, à peine consciente des gémissements qu'il poussait, et le prit dans sa bouche. Il lui étreignit la nuque, saisissant ses cheveux à pleines mains ; puis il la souleva et la porta sur le lit, où il lui rendit baiser pour baiser, caresse pour caresse. Il ne lui permit aucune réticence, se montra sans pitié. Il explora son corps minutieusement, passionnément, jusqu'à ce qu'elle soit prise de tremblements incoercibles. Alors il la pénétra, lentement, ses yeux rivés aux siens, encerclé par elle et l'investissant tout à la fois. Enfin, tandis qu'elle fermait les paupières et le sentait bouger en elle, une indicible allégresse l'étreignit.

Quand ils eurent joui tout leur soûl, elle se blottit contre lui, épuisée, comprenant qu'elle l'aimait à la folie. Et regrettant de l'aimer autant.

Il ne dit mot et se contenta de la serrer dans ses bras.

Ils s'endormirent ainsi, pelotonnés l'un contre l'autre.

Deux heures plus tard environ, Jon s'éveilla en sursaut.

Il s'assit sur le lit et regarda autour de lui, l'esprit confus, se demandant ce qui avait pu ainsi le tirer du sommeil.

Puis il se dit qu'il était observé.

Non ! Il chassa cette pensée de son esprit.

Sabrina dormait toujours, image de l'innocence et de la beauté assoupie.

Et pourtant…

Non, se reprit-il, il n'y avait rien. Aucun bruit étrange n'était venu troubler le silence de la nuit. Aucune odeur singulière. Seulement l'impression qu'ils n'étaient pas seuls dans cette chambre, que quelqu'un se tenait là, à proximité, en train d'épier leur sommeil…

Il se leva, renfila sa robe de chambre et se glissa dans le passage secret.

« Soit, je suis vieille, pensa Reggie, mais je ne suis pas morte. Pas encore. »

Et, à l'inverse des autres, elle n'était pas près de renoncer.

Quand elle se fut assurée que tout le château était endormi, elle se leva. Elle boutonna frileusement sa robe de chambre en velours et chaussa ses grosses mules jaunes. Puis elle s'empara de sa lampe torche.

Ainsi armée, elle quitta sa chambre.

Le corridor était silencieux.

Elle ne trouverait aucun indice à cet étage, elle en était certaine. Elle descendit donc au rez-de-chaussée et parcourut la salle d'apparat, puis la bibliothèque.

Il n'y avait pas âme qui vive, constata-t-elle. A l'exception de quelques souris, peut-être — ou même quelques gros rats ! Après tout, le château était vraiment très ancien…

Elle retourna dans la salle d'apparat et se saisit d'un des lourds chandeliers disposés sur la table. Ce gourdin de bronze dans une main et la torche dans l'autre, elle était prête à affronter le monde entier. Non qu'elle estimât sérieusement avoir à affronter qui que ce soit — même les monstres devaient dormir de temps à autre —, mais elle tenait à ne pas être prise au dépourvu.

Elle emprunta ensuite l'escalier qui menait au sous-sol.

La piscine étincela sous le faisceau de sa lampe. Les pistes de bowling étaient désertes.

Dans la chapelle, elle se signa.

Dans la crypte, elle pria pour les âmes des défunts.

Puis elle entra dans la salle des horreurs et se dissimula dans un coin sombre, l'œil aux aguets. Elle aimait les énigmes, elle les adorait même, et elle avait la plus ferme intention de résoudre celle-ci.

Au bout d'un moment, elle perçut un léger bruit. Elle pivota sur elle-même. Et se trouva face à face avec l'assassin.

Elle ne cria pas. Et l'assassin ne la toucha même pas. Elle ne lui donna pas la satisfaction de tuer une nouvelle fois.

La douleur explosa dans sa poitrine avec la puissance d'une bombe atomique. Heureusement, ses souffrances furent brèves. Elle ne pouvait plus respirer et sentait ses yeux sur le point d'éclater.

Puis elle s'écroula à terre.

Elle entendit alors le ricanement de l'assassin, et elle sut qu'elle était en train de mourir.

L'assassin, lui, croyait qu'elle était *déjà* morte.

Mais elle n'était pas morte.

Pas encore.

19.

Le soleil pénétrait à flots par la fenêtre.

Sabrina s'éveilla lentement, heureuse de sentir la lumière sur sa peau. Et plus heureuse encore de sentir un corps tiède à côté d'elle. Elle se tourna vers Jon, et s'aperçut qu'il était réveillé lui aussi. Il contemplait le plafond, les sourcils froncés.

Son expression soucieuse disparut dès qu'il eut conscience qu'elle l'observait.

— Salut, lui dit-il.

— Salut.

— Tu as finalement survécu à cette nuit, ajouta-t-il.

— Oui. Ce qui veut dire… ?

— Eh bien, tu ne me fais pas vraiment confiance, n'est-ce pas ?

— Hmm, c'est à cause…

— Du sang sur ma robe de chambre ?

Il haussa les épaules.

— Nous allons bientôt être dégagés. Nous pourrons toujours demander à un expert en médecine légale d'analyser ce sang.

Il avait l'air amer. Sabrina n'aimait pas le voir ainsi.

— Tu avoueras quand même que des choses bizarres se passent par ici, Jon.

— Autant d'énigmes à résoudre, admit-il. Nous y sommes tous allés de notre petite confession, et pourtant la vérité nous échappe toujours. La même question reste en suspens : qu'est-il réellement arrivé à Cassie ? Une question à laquelle s'en ajoute une autre, aujourd'hui : où diable se trouve Susan ?

Sabrina s'assit sur le lit et ramena ses genoux contre elle.

— J'étais vraiment très fatiguée, cette nuit, dit-elle, j'ai dormi comme une souche. Es-tu resté à côté de moi tout le temps ou t'es-tu amusé à jouer une fois de plus la fille de l'air ?

Il eut un haussement de sourcils et parut hésiter un instant.

— Je suis sorti à un moment, reconnut-il enfin.

— Ah ?

Il hocha la tête.

— Tu te rappelles quand tu m'as dit avoir eu l'impression que quelqu'un t'observait dans cette chambre et que je t'avais répondu qu'il ne s'agissait pas de moi ?

— Oui, bien sûr. C'était juste une sensation. Je n'ai vu personne.

— Eh bien, je me suis réveillé cette nuit avec la même impression.

Elle haussa à son tour les sourcils.

— C'est ton château et tu en es le seigneur et maître, non ? Qui aurait pu être ici cette nuit, à part nous ?

— Je ne sais pas. Mais je n'aime pas cette impression. C'était très désagréable.

— Donc tu t'es remis à errer dans le noir pour vérifier si personne d'autre n'était debout, c'est cela ?

— Ouais, plus ou moins.

— Eh bien, quel a été le résultat de tes investigations ? As-tu trouvé d'autres gens debout qui rôdaient comme toi dans le château ?

Il hocha la tête d'un air lugubre.

— Qui ça ?

— Eh bien, pour tout t'avouer, tu es l'une des deux seules personnes à avoir dormi toute la nuit.

— Oh ?

— Quand je suis sorti d'ici, Anna Lee quittait la chambre de Joe.

— Pourquoi ?

— Je l'ignore et je ne le lui ai pas demandé.

— Continue.

— Camy travaillait dans son bureau, et V.J., Tom, Brett, Dianne et Joshua s'offraient une collation dans la salle d'apparat. Bref, toi et Reggie étiez apparemment les deux seules personnes à ne pas avoir quitté les bras de Morphée. J'avais l'impression d'avoir invité chez moi une bande de vampires.

— Vous vous êtes tous bien amusés sans Reggie et moi, hein ?

Il hocha de nouveau la tête, avant d'esquisser une grimace comique.

— Ils ont décrété que c'était moi l'assassin.

Sabrina sentit son cœur manquer un battement. Puis elle comprit qu'il parlait du jeu.

— Et c'est vrai ? s'enquit-elle.

— Je ne peux pas te le dire. Nous sommes convenus d'en rester là et d'attendre d'être tous réunis pour tomber les masques.

— Mais quand… ? voulut-elle savoir.

— Plus tard, l'interrompit-il. Ce soir. Bon, il faut que j'y aille. Je vais chercher Joshua et Thayer pour essayer de déterminer avec eux si Susan a oui ou non quitté le château. Cela dit, je me demande bien pourquoi elle nous aurait écrit le message que nous a lu Camy si elle avait l'intention de braver la neige…

— Alors, à ton avis, elle est toujours ici ?

— Oui.

— Mais où ?

— Je ne sais pas. Et je dois admettre que je crains de plus en plus de le découvrir. Enfin, hier soir, il nous paraissait sensé d'aller explorer dès que possible la campagne à cheval — alors il faut se lever, n'est-ce pas ?

Elle acquiesça. Il continuait à la dévisager. Elle éclata soudain de rire et se jeta dans ses bras. Elle était trop heureuse de s'être ainsi réveillée à son côté. Elle ne voulait pas gâcher cet instant, mais seulement profiter de sa présence, de leur joie partagée. Ils ne purent bientôt résister à l'envie de refaire l'amour.

Ensuite, cependant, Jon ne s'attarda pas. Il se leva, se doucha rapidement, l'embrassa, s'éloigna, revint, l'embrassa de nouveau, puis se hâta d'emprunter le passage secret pour rejoindre sa chambre. Quand il fut parti, Sabrina sortit à son tour du lit, se lava et enfila un jean, un pull en cachemire, des bottes et une veste épaisse. Après quoi, elle s'empressa de descendre au rez-de-chaussée.

En entrant dans la salle d'apparat, elle découvrit qu'elle était la dernière à se présenter au petit déjeuner et qu'il était près de midi. En dépit de la panne de courant, Jennie leur préparait toujours de merveilleux repas. Comme Camy lui tendait une tasse de café, Sabrina nota que les autres s'étaient déjà attaqués aux œufs, au jambon, au saumon, aux pommes de terre frites et aux toasts, tous disposés sur les plateaux chauffants.

— Tu as l'air de t'être équipée pour sortir, remarqua Brett.

— Absolument. Je suis restée trop longtemps enfermée. J'ai envie d'aller me promener vers l'écurie.

— Mais tu ne viens pas avec nous, Sabrina, la prévint Jon.

Elle haussa les sourcils.

— Pourquoi pas ?

— Parce que Joshua et moi savons où nous allons, où il faut diriger nos chevaux, où c'est dangereux de passer et où ça ne l'est pas.

— Je sais monter, moi aussi.

— Oui, mais tu ne connais pas le terrain.

— Et Thayer, alors ?

— Je me suis beaucoup promené à cheval dans les environs, la dernière fois que je suis venu ici, répondit ce dernier sur un ton contrit. Avant que…

Il s'interrompit et regarda autour de lui d'un air gêné.

— Que Cassie soit tuée, compléta Jon d'une voix atone. Allez, lança-t-il aux autres, en selle.

Sur ce, ils quittèrent la salle d'apparat.

Sabrina les suivit des yeux. Brett vint se camper derrière elle.

— Il a peur pour toi.

— Pourquoi ?

— Comment ça, pourquoi ? C'est facile à comprendre, non ?

Elle se retourna et le dévisagea. Il souriait.

— Il est amoureux de toi.

Il haussa les épaules.

— Enfin, peu importe, reprit-il. Ça te dirait de faire un bonhomme de neige ?

Elle hésita un instant.

— Oui, d'accord, répondit-elle enfin, pourquoi pas ?

Ils sortirent à leur tour. L'air demeurait vif malgré le soleil, mais il n'en était pas moins délicieux à respirer. Les autres les rejoignirent bientôt. V.J. et Tom restèrent près du château, tandis que Camy, Anna Lee, Dianne et Joe les aidaient à confectionner un énorme bonhomme de neige. Puis, au lieu de tasser contre le torse de leur créature la neige qu'elle tenait à la main, Dianne décida de la lancer à Brett, et leur activité artistique dégénéra rapidement en une nouvelle bataille de boules de neige.

Au bout d'un long moment, Sabrina s'aperçut soudain qu'elle avait vraiment très froid. Levant la tête, elle vit que le soleil était en train de se coucher et que l'après-midi tirait à sa fin.

— Hé ! s'écria-t-elle. On va tous se transformer en glaçons si on ne rentre pas tout de suite !

— Je crois que j'ai déjà le nez gelé ! s'exclama Dianne. Je ne le sens plus.

— Le mien est trop gros de toute façon, repartit Joe. En revanche, je ne sens plus mes pieds !

Riant et trempés, ils revinrent vers le château. Avisant V.J. qui arpentait le foyer, Sabrina lui sourit.

— Je suis toute mouillée !

— Voilà ce qui arrive aux enfants dissipés, répondit V.J.

Elle semblait cependant préoccupée.

— Qu'y a-t-il ? s'enquit Sabrina.

— Reggie n'est pas encore descendue.

— Je dois monter prendre une douche et me changer. Tu peux m'accompagner et aller frapper à sa porte.

— D'accord.

Elles se séparèrent dans le couloir : Sabrina se dirigea vers sa chambre et V.J. remonta le corridor jusqu'à celle de Reggie. Sabrina entendit V.J. frapper à la porte de cette dernière, mais elle referma ensuite la sienne.

Sachant que les chauffe-eau risquaient de s'épuiser avant peu — et que plusieurs des invités étaient actuellement en train de tirer comme elle de l'eau chaude —, Sabrina se doucha rapidement. Comme elle s'enveloppait dans une serviette, elle entendit cogner à sa porte.

— Oui ? s'écria-t-elle.

— C'est moi. V.J.

Sabrina alla lui ouvrir et V.J. pénétra dans la pièce, l'air tendu et soucieux. Elle avait pris avec elle une lampe à pétrole et l'alluma tout en parlant. Les ombres du crépuscule commençaient à envahir peu à peu le château.

— Reggie n'est pas dans sa chambre, annonça V.J.

— Que se passe-t-il encore ? demanda soudain une autre voix.

C'était Brett qui, lui-même douché de frais, venait de sortir dans le couloir et se tenait maintenant sur le seuil de la chambre.

— Je suis inquiète pour Reggie, lui avoua V.J.

— Bougez pas, repartit Sabrina. Je m'habille et nous entreprendrons ensemble de nouvelles recherches.

Elle se choisit rapidement une tenue de rechange et courut s'enfermer dans la salle de bains. Brett entra dans la pièce.

— Enfin quoi, reprit V.J., que Susan veuille s'en aller, passe encore, mais Reggie, non, il n'y a pas de raison.

— V.J., calme-toi.

Quand Sabrina ressortit de la salle de bains après avoir enfilé un jean sec, V.J. était en train de secouer la tête.

— Tu ne comprends pas, répliqua-t-elle. Reggie joue peut-être les dures à cuire, mais elle a de très graves problèmes cardiaques.

— Est-ce que Jon est au courant ? demanda Sabrina.

— Non, il s'en doute seulement. Reggie est tellement têtue. Je suis sûre qu'elle lui a menti sur son état de santé pour pouvoir participer à cette nouvelle Semaine de l'Enigme. Et maintenant, il lui est arrivé malheur, je le sens, je le *sais*.

— Bon, soit, concéda Brett. Où pourrait-elle se trouver ?

— Elle n'est ni dans sa chambre, ni dans la salle d'apparat, ni dans la bibliothèque, répondit V.J.

— Dans le donjon, peut-être ? suggéra Sabrina, qui éprouvait de plus en plus de réticences à descendre dans les sous-sols du château.

— Allons-y, trancha Brett.

V.J. et Sabrina le suivirent dans le couloir. Joe, qui venait de se doucher lui aussi, sortit à cet instant de sa chambre.

— Que se passe-t-il ?

— On a perdu Reggie, lui apprit V.J. Tu veux te joindre à nous pour essayer de la retrouver ?

— Bien sûr. Où est Tom ?

— Dans la bibliothèque, répondit-elle. Il doit croire que je suis actuellement avec Reggie.

— Allons le chercher d'abord, proposa Joe.

— Bonne idée, approuva Brett.

Ils se rendirent donc à la bibliothèque. Tom et Dianne avaient entamé une partie de gin rummy à une table près du feu. Sabrina remarqua que le visage de Tom s'éclairait à la vue de V.J., et elle se demanda comment ils avaient pu tous deux leur cacher aussi longtemps leur liaison.

Mais Tom, avisant l'expression de V.J., se renfrogna aussitôt.

— Qu'y a-t-il ?

— Reggie a disparu, répondit V.J.

— Nous allons descendre à sa recherche, précisa Joe.

A ce moment, ils entendirent la porte du château s'ouvrir. Sabrina recula vers la bibliothèque, les yeux fixés sur l'entrée. Une grande bouffée d'air froid envahit la maison tandis qu'y pénétraient Jon, Joshua et Thayer. Ils avaient l'air éreinté et frigorifié, le nez rouge et les yeux larmoyants.

— Vous ne l'avez pas retrouvée ? s'enquit Brett, bien que la réponse fût évidente.

Joe ôta l'écharpe qu'il portait enroulée autour du cou.

— Non, dit-il. En revanche, nous avons aperçu les cantonniers du village en bas de l'escarpement. Ils ont dégagé la majeure partie de la route. Ils devraient arriver ici demain au plus tard, précisa-t-il avec un soulagement manifeste.

— Bon sang, s'exclama Thayer en fonçant vers la bibliothèque, faites-moi vite une place près du feu ! C'est affreux. Il y a là matière à procès, croyez-moi : je suis sûr que je les ai toutes bleues !

Sabrina s'écarta en souriant pour le laisser passer. Puis elle croisa de nouveau le regard de Jon.

— Qu'y a-t-il ? demanda-t-il d'une voix prudente.

— V.J. est inquiète. Reggie a disparu.

— Disparu ? répéta-t-il. Reggie ? Seigneur !

— Nous nous apprêtions à descendre au donjon pour essayer de la retrouver.

— Bon Dieu !

Il enleva son manteau et ses gants, les accrocha au portemanteau puis, insoucieux de la neige qu'il avait rapportée avec lui, s'engagea aussitôt dans l'escalier menant au sous-sol. Sabrina lui emboîta le pas, suivie de près par Brett et les autres.

En chemin, Jon prit une des lampes à pétrole accrochées aux murs.

— Reggie ! grommela-t-il. Merde, c'est pas possible !

— Jon ? le héla V.J. sur un ton anxieux. Y a-t-il un problème ? Sais-tu quelque chose que nous ignorons ?

Il s'arrêta net et V.J. manqua le percuter.

— Oui, il y a un problème. J'aurais dû le prévoir, d'ailleurs. Nous avons demandé hier à Reggie de rester dans la salle d'apparat pendant que nous cherchions Susan, et je pense qu'elle en a été vexée. Elle a dû décider de mener sa propre enquête durant la nuit. Elle ne veut tout simplement pas comprendre qu'elle a passé l'âge de ces petits jeux-là !

V.J. blêmit et se hâta derrière Jon tandis que celui-ci parvenait au bas de l'escalier.

— Je m'occupe de la chapelle, annonça Joe.

— Je te suis comme ton ombre, dit Dianne.

— Je prends la crypte, déclara Thayer.

— La crypte, super, repartit Tom sur un ton malheureux. Allons ensemble écumer les tombes.

— Brett, lança Jon, va à la piscine et jette un coup d'œil dans le bowling.

Sur ce, il fila à la salle des horreurs, V.J. et Sabrina sur ses talons.

— Oh, Jésus, Seigneur Dieu ! murmura-t-il en pénétrant dans la pièce.

Car Reggie était bien là, affalée sur le sol, juste en face de la scène représentant lady Ariana Stuart et son bourreau.

— Reggie ! Reggie !

Il courut s'accroupir auprès d'elle et lui tâta doucement le pouls.

— Reggie ! hurla V.J. en s'agenouillant à son tour à côté d'elle.

Les autres les rejoignirent bientôt.

— Oh, mon Dieu, lâcha Joe, elle est morte.

— A-t-elle reçu un coup de couteau ? Une balle ? interrogea Thayer.

— Non… je crois que c'est son cœur, répondit Jon en se penchant de nouveau sur la vieille dame. Oh, Reggie, Reggie…

L'affection qu'il avait pour son amie altérait douloureusement sa voix.

— Elle est morte, oh, mon Dieu, chuchota Dianne.

V.J. regarda Jon.

— Massage cardiaque, lui ordonna-t-elle.

Il haussa les épaules. Reggie était morte, de toute façon.

Pourtant…

V.J. approcha son visage de celui de Reggie et pratiqua sur elle la respiration artificielle tandis que Jon lui pressait en rythme le sternum. Soudain, une lueur d'espoir passa dans ses yeux.

— Attendez… attendez… j'ai l'impression que… Oui ! Je sens de nouveau son pouls ! Bon sang, quelle femme ! Arrête donc, V.J. ! Si ça se trouve, elle respire déjà par elle-même.

— Elle risque d'en garder des séquelles cérébrales irrémédiables, déclara alors Dianne. Peut-être ferions-nous mieux…

Elle s'interrompit en voyant V.J. la fusiller du regard.

— Laissons-la s'éteindre en paix, ajouta Dianne dans un souffle.

— Elle peut s'en sortir, rétorqua V.J. d'un air farouche.

— Hein ? s'exclama Tom.

— Avec un peu de chance, expliqua V.J. avec agacement, elle est seulement dans le coma. A cause du choc. Si nous pouvions la tenir au chaud…

— Montons-la en haut, dit Jon.

Il souleva Reggie aussi aisément que si elle avait été une petite enfant. Puis il l'emporta jusqu'à sa chambre et la déposa sur son lit. V.J. cala des oreillers sous la nuque de la vieille dame, lui ôta ses pantoufles et se mit à lui frictionner les mains. Jon étendit sur elle une couverture.

Entre-temps, Camy et Anna Lee étaient toutes deux sorties de leur chambre, alertées par le bruit.

— Que se passe-t-il ? demanda Camy.

— Reggie…, commença à expliquer Joe.

— Reggie est morte ? s'écria Anna Lee.

— Non, mais c'est tout comme, repartit Brett en soupirant.

— Je vais descendre au village chercher de l'aide, déclara Jon. C'est sa seule chance. V.J., tu restes avec elle ?

— Oui, bien sûr.

— Tu ne vas pas la veiller toute seule, ajouta-t-il. Il faut qu'il y ait toujours trois personnes auprès d'elle, d'accord ? Et, à partir de maintenant, que tous ceux qui ne seront pas de garde auprès de Reggie restent enfermés dans leur chambre et n'en ressortent qu'en groupe, compris ?

— Je vous accompagne, Jon, lui proposa Joshua.

— Non, j'irai plus vite tout seul.

Il tourna les talons et ressortit de la chambre. Son regard croisa alors celui de Sabrina, qui se tenait dans le couloir, sur le seuil de la pièce. Il articula en silence : « Enferme-toi ! » et la dépassa en courant.

Elle le suivit des yeux jusqu'au moment où il disparut dans l'escalier.

Elle hésita un instant, puis se précipita à sa suite.

Quand elle atteignit le palier, cependant, il n'était visible nulle part. Elle remarqua qu'il n'avait pris ni son écharpe ni son manteau. Elle fronça les sourcils, perplexe, puis comprit qu'il était redescendu au sous-sol.

Jon se dépêchait de regagner l'endroit où il avait retrouvé Reggie. Dans sa hâte de sauver son amie, il avait oublié un détail qui, pourtant, lui avait alors sauté aux yeux.

Il se l'était rappelé une fois dans la chambre de Reggie.

La lampe à pétrole était toujours là où il l'avait posée quand il s'était agenouillé près de Reggie. Elle répandait sa lueur sur les dalles poudreuses.

La main de Reggie, il s'en souvenait maintenant, gisait sur un petit tas de poussière. Et il comprit enfin pourquoi ce détail l'avait autant intrigué sur le coup : la vieille dame avait voulu leur laisser un message.

Il examina plus attentivement le tas de poussière. Oui, constata-t-il, c'étaient bien des lettres. On distinguait un E, puis une sorte de fourche tordue, et ensuite un autre E, un N, un T, un R… Le reste était indéchiffrable.

— E… E N T R, réfléchit Jon à haute voix.

Mais quelle était donc cette satanée lettre manquante ? se demanda-t-il.

Il se força à fermer un bref instant les paupières pour reposer ses yeux. Puis il les rouvrit. Et la vérité lui apparut.

— E-V-E-N-T… l'Eventreur !

Il fronça les sourcils et se tourna vers la scène représentant Jack l'Eventreur.

Il se redressa d'un bond. Il flottait dans l'air comme une odeur… de putréfaction. La salle était froide, très froide même. Et pourtant… pourtant, oui, c'était bien cette odeur qui l'avait alarmé la veille au soir.

Il s'avança vers les mannequins de cire et examina Jack l'Eventreur, affublé de sa cape et de son huit-reflets. Puis sa victime en dessous de lui. Mary Kelly.

Sauf que ce n'était pas Mary Kelly.

C'était Susan.

Morte et déjà en train de se décomposer, revêtue des habits de son sosie de cire. Et c'était du vrai sang, pas de la peinture rouge, qui maculait son cou lacéré.

Elle avait les yeux ouverts et fixes.

Aucun doute n'était possible sur son état. On ne pouvait plus la sauver.

Susan était morte.

— Oh, Seigneur ! gémit-il tandis que l'odeur lui soulevait l'estomac.

Il se courba en deux pour ne pas vomir. Il comprit alors en un éclair qu'il hébergeait sous son toit un tueur bien plus dangereux qu'il ne l'avait imaginé jusqu'à présent.

Il était certain, désormais, que Cassie avait été assassinée. Et que Susan avait appris quelque chose… qui lui avait coûté la vie.

— Oh, espèce d'idiote ! s'exclama-t-il. Merde, Susan, pourquoi ne pas nous avoir tout dit ? Pourquoi as-tu joué ce jeu insensé ?

Il était en colère contre elle, horrifié aussi. Elle avait gardé son secret, jouissant de la supériorité que celui-ci lui conférait sur les autres, et elle l'avait payé de sa vie.

— Jon ?

« Qui… ? Sabrina ! Oh, mon Dieu ! »

— Sabrina, non ! s'écria-t-il.

Mais elle était déjà là, accourant vers lui.

Et soudain elle se figea net, reconnaissant à son tour Susan, fixant les yeux de la morte, le sang séché autour de sa gorge…

Puis elle se tourna vers lui. Et il lut de la terreur dans son regard.

20.

— Oh, Jésus, oh, Seigneur ! s'exclama Sabrina.

Elle se recula, soudain frappée par l'odeur du sang, de la mort.

Elle ouvrit la bouche pour hurler.

— Non, non ! lui ordonna Jon en plaquant une main sur ses lèvres.

« Oh, non ! cria Sabrina intérieurement, c'était *lui* le meurtrier ! »

Elle commença à se débattre.

— Mais arrête donc, bon sang ! s'emporta Jon. Ce n'est pas moi qui lui ai fait ça. Je viens juste de la découvrir, grâce à Reggie. Regarde, ajouta-t-il en lui désignant le tas de poussière, elle nous avait laissé un indice : E-V-E-N-T-R — éventreur, Jack l'Eventreur. Il faut absolument que j'amène de l'aide et que nous sortions tous d'ici au plus vite. Reggie sait qui est l'assassin, tu comprends ? Sa vie est en danger.

Tandis qu'il parlait ainsi, Sabrina contemplait toujours Susan, sa gorge tranchée. Comment avaient-ils pu ne pas remarquer la substitution ? se demanda-t-elle. Comment avaient-ils pu ne pas s'apercevoir que le sang sur son cou était réel ?

Parce que, justement, les mannequins de cire avaient eux-mêmes l'air réel. Il fallait avoir littéralement le nez dessus pour s'apercevoir qu'il s'agissait là d'une victime factice. Rien n'avait changé dans la salle par ailleurs… sauf que la cire était devenue de la chair et la peinture du vrai sang.

Jon n'était pas l'auteur de ce crime. Du moins le prétendait-il. Mais s'il l'était, il pouvait l'étrangler, ici et maintenant…

Il écarta sa main de sa bouche.

— Je dois y aller.

— Qu'allons-nous faire ? Le dire aux autres ?

— Il le faut. Si nous ne partageons pas cette découverte avec eux, Reggie va représenter une menace encore plus grande pour l'assassin…

Il lui prit la main et l'entraîna dans l'escalier. Quand ils revinrent dans la bibliothèque, ils virent que tout le monde était présent dans la pièce — à l'exception de V.J., Tom et Dianne, qui étaient demeurés au chevet de Reggie.

Jon les dévisagea tour à tour.

— Nous avons retrouvé Susan, déclara-t-il simplement.

— Est-elle… ?

— Morte, oui.

AnnaLee se leva en chancelant.

— Une autre attaque cardiaque ? s'enquit-elle.

— Non. Elle a été tuée. Egorgée.

— Où ? voulut savoir Thayer. Pourquoi n'a-t-on pas repéré son corps avant ?

— Parce qu'elle a été déposée dans la scène représentant Jack l'Eventreur, répondit-il.

— Seigneur ! s'exclama Joshua.

Il lâcha la tasse de thé qu'il tenait à la main et se rua vers l'escalier.

— Josh ! le héla Jon en se lançant à sa poursuite. Attendez ! Attendez ! Ne touchez à rien ! Je vais chercher la police !

Mais Joshua ne l'entendait plus. Il dévalait les marches quatre à quatre, Jon et Thayer sur ses talons. Il atteignit la scène et toucha Susan avant que ceux-ci aient pu l'en empêcher. Ils le tirèrent en arrière tandis qu'il émettait un affreux gémissement.

— Oh, mon Dieu, oh, mon Dieu…

Sabrina les avait suivis mais elle resta sur le seuil de la salle. Anna Lee, debout à côté d'elle, se mit à pleurer.

— Oh, merde, oh, Seigneur, oh… je crois que je vais vomir.

Elle tourna les talons, une main sur la bouche, et courut vers les toilettes pour dames.

— Non ! Ne la touche pas ! répéta Jon frénétiquement. Que personne ne la touche ! Joe, Thayer, aidez-moi à sortir Josh d'ici. Camy, allez chercher Dianne. Les autres, fichez le camp !

Il poussa tout le monde hors de la salle et en referma la porte derrière lui. Sabrina se sentait elle-même nauséeuse. Elle croisa le regard de Jon, qui lui tendit la main. Elle n'hésita qu'un bref instant avant de la saisir.

Camy avait pris Anna Lee par les épaules. Elles remontèrent ensemble l'escalier. Les autres leur emboîtèrent le pas et revinrent dans la bibliothèque sans échanger un mot.

Jon prépara ensuite un verre à Anna Lee. Puis il s'inquiéta de Camy.

— Ça va ? lui demanda-t-il.

Elle hocha la tête.

— J'ai moi aussi besoin d'un remontant, dit-elle, mais je vais me le verser moi-même.

— Très bien, prenez tous un verre si vous en avez envie, déclara Jon. Mais je veux vous voir enfermés dans vos chambres avant mon départ.

— Et V.J., Tom et Dianne ? s'enquit Joe.

— Ils se protégeront l'un l'autre. V.J. ne peut pas être l'assassin. C'est grâce à elle que Reggie a maintenant une chance de s'en sortir.

— Et Dianne ? demanda Joe.

— Celui ou celle qui a tué Susan est également l'assassin de Cassie. Tu peux imaginer tous les scénarios que tu veux, mais sache que c'est Dianne qui a insisté pour que j'organise cette nouvelle Semaine de l'Enigme. Et puis elle n'est pas une meurtrière. Elle n'a certainement pas tué sa mère. Allez, remontez dans vos chambres, maintenant.

— Je peux m'enfermer avec Joe ? murmura Anna Lee. Si du moins tu veux bien de moi, ajouta-t-elle à l'adresse de l'intéressé.

Joe sourit.

— Evidemment que je veux bien de toi, dit-il.

— Allez, insista Jon, tout le monde en haut, dépêchez-vous !

Ils grimpèrent l'escalier. Jon pria Joshua d'expliquer la situation à Tom, V.J. et Dianne, et chargea Camy de recommander à Jennie et aux domestiques de s'enfermer aussi dans leur chambre.

Joe et Anna Lee, main dans la main, se dirigèrent vers la chambre de ce dernier.

— Tu veux que je veille sur Sabrina ? demanda Brett à Jon sur un ton plein d'espoir.

— Je veux surtout que vous fermiez l'un et l'autre votre porte à double tour.

Brett retint Sabrina.

— Tu sais, lui déclara-t-il, je ne suis pas un assassin. Un tombeur de femmes, certes — mais pas un assassin. Si tu as besoin d'aide pendant que Superman est ailleurs...

Sur ces mots, il la quitta et rejoignit sa propre chambre.

Jon accompagna la jeune femme jusqu'à la sienne. Il bloqua l'entrée du passage secret avec un lourd fauteuil, puis il donna quelques coups à une pierre, près du manteau de la cheminée ; une autre pierre sortit alors du mur, révélant une cache contenant un petit revolver.

— Tu sais te servir de ça ? s'enquit-il.

Elle secoua la tête. Il prit le revolver et lui en expliqua le maniement.

— La sécurité est ôtée. Tu le tiens bien, tu vises et tu appuies sur la détente. C'est un six-coups.

Elle hocha la tête en s'humectant les lèvres. Il remit le revolver dans la cache et repoussa la pierre.

— Ouvre-la toi-même, dit-il.

Elle obtempéra.

Il hocha la tête à son tour et la serra dans ses bras.

— Bon sang ! Je suis vraiment désolé, Sabrina. Je n'aurais jamais dû organiser cette Semaine de l'Enigme.

Sabrina se força à ne pas trembler et le regarda droit dans les yeux.

— Non, Jon, repartit-elle, il fallait arrêter l'assassin. C'est un maniaque, un fou dangereux. Nous avons maintenant une chance de l'identifier.

— Oui, mais Susan est morte, et Reggie risque de ne pas survivre non plus.

— Dieu sait que personne ne mérite de mourir ainsi, mais Susan savait manifestement quelque chose, et elle aurait dû nous le confier. Quant à Reggie...

— Reggie est une des plus chouettes personnes que j'aie jamais connues.

— Elle peut s'en tirer encore, Jon.

— Oui. Comme nous.

Il la dévisagea un instant.

— Le moment est mal choisi, mais tant que je te tiens, j'aimerais te demander...

— Oui ?

— Veux-tu m'épouser ?

Elle ouvrit la bouche, mais il posa aussitôt un doigt sur ses lèvres.

— Ne me réponds pas tout de suite. Quand je reviendrai, d'accord ?

— Jon, il fait tellement sombre et froid, dehors, tu vas...

— Chut... Ne t'inquiète pas, tout va bien se passer. La route est déjà pratiquement dégagée, je l'ai bien vu tout à l'heure.

Il s'interrompit et étouffa un juron.

— Bon sang, reprit-il d'une voix amère, je me doutais bien que Susan n'était pas allée très loin. En fait, elle n'avait même pas quitté le château, la pauvre...

Il embrassa Sabrina et riva ses yeux aux siens.

— Je t'aime, tu sais. Je t'ai aimée depuis le début.

Elle sourit.

— Moi aussi, avoua-t-elle. Je t'aime, Jon. Et peut-être Brett avait-il effectivement le droit de séduire Cassie. Tu as supplanté tous les autres hommes dans mon cœur.

— Je ne suis pas l'assassin, tu en es bien convaincue désormais, n'est-ce pas ?

Elle hocha la tête.

— Cependant, tu sais aussi que l'assassin est ici, dans ce château ?

Elle hocha de nouveau la tête.

— Je n'ouvrirai à personne, lui promit-elle. Et je sais également où se trouve le revolver, ajouta-t-elle en réprimant un frisson.

Il l'embrassa une dernière fois et s'écarta d'elle.

— Il faut que j'y aille.

Il ne regarda pas en arrière. Il quitta la pièce en lui ordonnant d'une voix rude de pousser le verrou.

Elle s'exécuta.

Puis ses pas s'éloignèrent dans le couloir et le château redevint silencieux.

Elle arpenta d'abord sa chambre. Ensuite elle s'assit et essaya de lire. Le temps lui paraissait s'étirer à l'infini. Elle consulta sa montre, certaine que des heures avaient déjà passé.

Trente minutes seulement s'étaient écoulées.

Elle se remit à faire les cent pas, puis se figea net en croyant percevoir un bruit. Elle ne s'était pas trompée. C'était une sorte de grattement ténu, à peine audible. Elle s'approcha de la porte et colla son oreille au battant, les yeux fermés.

Un grincement. Un frottement. Le son d'une porte tournant sur ses gonds. Ou plutôt non : celui d'un panneau coulissant sur une glissière.

Elle s'aperçut alors que le bruit ne provenait pas de l'extérieur, mais du mur situé derrière elle.

Elle se retourna d'un bond. Et comprit pourquoi elle avait eu naguère l'impression d'être observée. Pourquoi Jon avait eu la même sensation.

Il y avait un deuxième passage secret qui s'ouvrait à l'opposé du premier, sur la droite du balcon. Et de ce passage venait d'émerger Brett.

Il avait le visage livide, les traits crispés. Elle le contempla avec horreur tandis qu'il avançait vers elle.

— Brett… Brett… que… ?

Ainsi donc c'était Brett ! se dit-elle. C'était lui l'assassin ! Oh, Seigneur ! Elle devait crier, sortir, appeler à l'aide…

Jon avait déjà sellé son cheval quand il sentit une main lui tapoter l'épaule. Il pivota sur lui-même, les poings serrés, craignant que le meurtrier ne l'ait suivi dans l'écurie pour l'empêcher de partir.

Mais il ne s'agissait que du vieil Angus.

— Monsieur ?

— Une femme est à l'agonie dans le château, Angus, et un assassin rôde sur le domaine.

— L'assassin de votre femme, monsieur ?

Il considéra Angus un moment et hocha lentement la tête.

— Nous l'aurons, monsieur. Comptez sur nous.

— Il faut que j'aille chercher de l'aide au village, Angus.

— Monsieur, je dois d'abord vous informer de quelque chose, repartit alors Angus, un léger sourire aux lèvres.

Sabrina n'eut pas l'occasion de hurler.

Brett bascula dans ses bras en criant son nom.

— Sabrina !

Ses yeux se fermèrent. Sabrina s'aperçut alors qu'il saignait du dos.

— Brett !

Chancelant sous son poids, elle le traîna jusqu'au lit. Elle essaya ensuite frénétiquement de refermer la blessure. Brett était inconscient. Les soins désespérés qu'elle lui prodiguait l'absorbaient tant qu'elle ne vit ni n'entendit rien tandis qu'elle déchirait en charpie la taie de son oreiller, puis sa nuisette et ses draps pour compresser la plaie.

Elle finit cependant par percevoir un bruit.

Et se rendit compte que quelqu'un d'autre s'était introduit dans la pièce à la suite de Brett.

Quelqu'un qui, revêtu d'une cape et d'un haut-de-forme, brandissait un long couteau trempé de sang. Quelqu'un qui se dressait juste devant son lit.

Elle ne put distinguer ses traits : son nez et sa bouche étaient masqués par une écharpe et le rebord de son chapeau était baissé sur son visage. Il lui bloquait l'accès à la porte. Et il s'avançait vers elle.

Elle aurait pu hurler, mais elle savait qu'on ne pourrait venir à temps à son secours.

Il n'y avait plus pour elle qu'une seule échappatoire : le passage secret.

Elle ignorait complètement où il pouvait mener, mais elle n'avait pas le choix.

Criant de toute la force de ses poumons, elle se rua dans l'ouverture ténébreuse.

Jon rentra dans le château en passant par les portes anti-tempête du sous-sol et emprunta le couloir qui traversait le local de la chaudière et aboutissait dans la chapelle.

Il trouva dans celle-ci un tas de vieux vêtements, dont une cape noire à capuche qu'il enfila. Puis il pénétra dans la salle des horreurs. Il examina chaque scène à la recherche d'une cachette.

Au moment où il obliquait dans une allée, il perçut un mouvement du coin de l'œil.

Une des figures de cire s'animait. Le bourreau de lady Ariana Stuart. Le mannequin sauta brusquement sur lui, un couteau au poing.

Il bloqua le bras du bourreau, et ils roulèrent tous deux sur le sol. Le couteau s'éleva et retomba. Jon eut beau esquiver, le coup l'atteignit à la cuisse. Il serra les dents sous l'effet de la douleur, espérant qu'il ne perdrait pas trop de sang. Son agresseur revint à la charge. Il para à l'attaque en lui frappant le bras et réussit à lui décocher un swing au menton. Le couteau glissa sur le sol. Le bourreau se releva, plongea pour récupérer l'arme et pivota sur lui-même.

Jon entendit alors des pas. Quelqu'un venait. Par un passage à travers les murs du château.

Le complice ?

S'il avait à se défendre contre deux adversaires…

Il perçut soudain des hoquets de frayeur, des cris, des hurlements, les rumeurs d'une poursuite.

« Seigneur ! »

Il se remit en garde.

Malgré l'obscurité et la terreur sans nom qui l'étreignait, Sabrina avait conscience de la direction qu'elle suivait.

Elle allait vers le donjon.

Il faisait toujours sombre quand l'escalier en colimaçon s'acheva brusquement devant un mur de pierre. Prise de panique, elle se mit à tambouriner dessus.

Par miracle, elle heurta le mécanisme débloquant l'issue et se rua dans l'ouverture ainsi libérée… pour se retrouver dans la salle des horreurs.

Jack l'Eventreur n'était plus à sa place. Susan, en revanche, gisait toujours au même endroit.

Sabrina perçut un mouvement derrière elle. L'assassin. Jack l'Eventreur !

— Non ! hurla-t-elle.

Elle voulut fuir. Il la rattrapa par les cheveux et la força à se retourner. Elle se débattit avec l'énergie du désespoir, frappa du poing, du pied. Elle entendit un gémissement, un grognement.

L'autre finit par l'acculer contre une des scènes. Le buste ployé en arrière, elle vit son propre visage, distingua la corde que l'assassin essayait d'atteindre pour la ligoter et la tuer à son aise…

Elle se remit à crier, encore, encore plus fort…

Et s'aperçut brusquement que le bourreau jusque-là immobile au-dessus d'elle était vivant, lui aussi.

C'était Jon.

Il bondit soudain sur son agresseur et roula à terre avec lui.

Un couteau s'échappa sur les dalles. Sabrina voulut s'en saisir, mais il disparut sous l'estrade. Jon et son adversaire échangeaient de terribles coups de poing. Sabrina se glissa sous l'estrade, renonça finalement à retrouver le couteau et chercha une autre arme.

Elle entendit alors un craquement sourd.

L'une des deux silhouettes s'effondra sur le sol. L'autre se tourna vers elle et releva son capuchon.

— Jon ! s'exclama-t-elle en courant vers lui.

Il la prit dans ses bras.

— Oh, mon Dieu, oh, mon Dieu !

Elle l'embrassa fiévreusement, puis elle se recula.

— Mais qui… ?

— Joshua, répondit-il à voix basse.

— C'est Joshua qui a tué Cassie ? demanda-t-elle d'un ton incrédule.

— Non ! s'écria Joshua.

Il se haussa sur les coudes. Son visage aux traits avenants était tuméfié, il avait les deux yeux pochés et son nez était cassé. Parler lui coûtait un gros effort. Il souffrait de multiples contusions et devait avoir la jambe cassée, car il semblait incapable de se relever.

— Non, ce n'est pas moi qui ai tué Cassie, dit-il, c'est...

— Camy, compléta Jon. Et vous, vous avez tué Susan pour la protéger.

Joshua s'esclaffa et manqua s'étrangler. Il eut une quinte de toux.

— Non, c'est aussi Camy qui a tué Susan. Et Reggie... mais...

Il les regarda, des larmes dans les yeux.

— Vous avez tué Camy, Jon, n'est-ce pas ? C'est bien elle qui est étendue là-bas, à vos pieds ?

Sabrina crut d'abord que Joshua délirait. Puis elle aperçut une forme vague sur l'estrade où était posé le sosie de Jon.

— Là-bas, répéta Joshua, c'est Camy, hein ? Là où je vous ai immortalisé dans la cire ?

— Elle n'est pas morte, repartit Jon. Seulement inconsciente.

— Il aurait peut-être mieux valu qu'elle soit morte. Nous allons finir nos jours en prison.

Sabrina le considéra avec stupeur.

— Mais enfin, Joshua, s'enquit-elle, pourquoi ? Je ne comprends pas.

— J'ai moi aussi du mal à le digérer, renchérit Jon. Je vous faisais confiance, à tous les deux. Totalement confiance.

— C'est à cause de Cassie, répondit Joshua. Elle voulait virer Camy et m'éloigner de Jon. Comme vous le voyez, j'ai un certain talent, ajouta-t-il avec un sourire crispé. Mais le talent n'apporte pas forcément la gloire ni la fortune. Je vous devais toute ma réputation, Jon.

Il s'interrompit et grimaça de douleur. Puis il fixa Jon intensément.

— Camy m'a affirmé qu'elle avait tué Cassie par accident, poursuivit-il. Mais après… il y eut d'autres accidents. Une de mes amies, au village, est tombée de l'escarpement l'année dernière et…

Il haussa les épaules.

— Enfin, vous aviez vu juste au sujet de la balle dans le couloir, Jon. C'était Camy qui l'avait tirée. Je lui ai dit qu'elle perdait la raison. Elle m'a rétorqué que cela faisait partie du jeu. Ensuite, elle a tiré sur nos chevaux durant la tempête. Je ne sais si c'était vous ou Brett qu'elle visait, mais si l'un de vous deux s'était rompu le cou en tombant, on en aurait certainement imputé la faute à vos montures. C'est elle, aussi, qui a écrit le message qui vous accusait d'avoir tué votre femme. Elle voulait ainsi susciter la confusion parmi vous et détourner les soupçons de sa personne.

Joshua s'interrompit de nouveau, les traits tordus par la souffrance.

— Qu'est-ce qui vous a fait revenir, Jon ? Comment avez-vous su que Camy et moi… ?

Sa voix s'éteignit ; il redressa les épaules.

— J'ai pensé qu'on pouvait s'en tirer, tous les deux. Vu les progrès actuels de la médecine légale, on aurait sans doute découvert tôt ou tard qui avait tué Susan. Mais cela importait peu. Nous aurions filé entre-temps. Nous serions partis au Mexique, au Guatemala, en Afrique — que sais-je ? Mais Brett s'est mis à jouer les fouineurs. Il est descendu ici durant la nuit et il nous a surpris, Camy et moi. J'ai dû le réduire au silence. Mais, Jon, comment avez-vous su qu'il vous fallait revenir ?

— Angus vous avait également vus ensemble, Josh. Vous et Camy.

— Pourquoi n'êtes-vous pas parti ? répéta Joshua sur un ton pathétique tout en s'aidant du mur pour se relever lentement. Pourquoi n'êtes-vous pas allé au village chercher du secours pour Reggie ?

— Le fils d'Angus a finalement réussi à venir jusqu'ici, répondit Jon, et je l'ai envoyé à ma place au village. Quand Angus m'a révélé que vous vous rencontriez souvent en dehors du château, j'ai craint le pire.

— Le pire est encore à venir ! s'exclama soudain une voix farouche dans leur dos.

Sabrina et Jon se retournèrent d'un bond. Camy, qui avait manifestement feint l'inconscience, s'était redressée et les menaçait d'un revolver.

— Attention, les prévint-elle, je sais me servir de cette arme. Après tout, une femme doit pouvoir se défendre quand elle habite comme moi un vieux château solitaire... Bon sang, Jon, vous ne pouviez pas laisser cette garce mourir ? Je n'ai jamais vraiment voulu vous faire du mal. Mais Cassie, elle, était un monstre, vous le saviez aussi bien que moi, et Susan était encore pire...

— Et la jeune fille du village ? répliqua Jon.

Camy parut sur le point de mentir. Puis elle haussa les épaules.

— Elle me gênait, et je n'aime pas avoir de rivale. Joshua la trouvait belle, l'idiot. Allons, Joshua, debout ! Je suis désolée, Jon, mais vous allez devoir mourir, vous aussi.

Jon la considéra un moment et croisa les bras sur sa poitrine.

— Je ne crois pas, répliqua-t-il. Joshua sait désormais que vous êtes folle. Il ne vous aidera plus. Et je ne vous laisserai pas me descendre.

— Vous ne pouvez nous tuer tous, Camy ! protesta Sabrina.

Camy reporta son attention sur elle et éclata de rire.

— Sincèrement, je suis navrée que vous vous retrouviez impliquée dans cette affaire. Vous avez l'air plutôt sympa. Et cette vieille bique de Reggie, qu'est-ce qui lui a donc pris d'avoir peur comme ça ? Cela dit, c'était amusant de vous épier. Vous vous croyiez tous si malins. Jon se targuait de connaître chaque passage secret de son château, mais j'étais la seule à les connaître tous. Et à les utiliser. Oui, ça m'a plu de vous espionner. Je vous ai même regardés dormir. Vous vous preniez pour de grands auteurs de romans à suspense, mais c'était moi qui détenais le pouvoir ici, le pouvoir de décider du sort de chacun d'entre vous. J'ai trouvé très piquant d'utiliser la robe de chambre de Jon pour me nettoyer du sang de Susan. Vous en avez été si troublée, Sabrina. Vous étiez si éprise de Jon — et vous craigniez tellement d'aimer un meurtrier ! Ne le soupçonniez-vous pas encore à l'instant d'être un assassin ?

— Non, répondit fermement Sabrina, certainement pas. Du reste, ajouta-t-elle en croisant à son tour les bras sur sa poitrine, nous allons nous marier.

— Dites plutôt que vous allez mourir ! rétorqua Camy en s'esclaffant de nouveau.

— Camy, vous êtes un monstre, déclara posément Jon. Au fait, demanda-t-il à Sabrina, c'est vrai ça, que nous allons nous marier ?

— Aussi vite que possible, confirma la jeune femme. La vie est trop courte pour perdre du temps.

— Encore plus courte que vous l'imaginez ! s'écria Camy, furieuse qu'ils feignent ainsi de l'ignorer.

— Vous êtes cinglée, Camy, riposta Jon sur un ton cinglant, et j'en ai plus qu'assez que vous gâchiez mon existence !

Il avança vers elle.

— Restez où vous êtes, Jon, ou je vous tire dessus.

— Faites-le donc ! Et je vous conseille de bien viser, la prévint-il d'une voix rageuse. Car si vous me manquez, moi je ne vous louperai pas !

— Attendez, Jon ! s'exclama Joshua. Camy, nous sommes allés trop loin. Ecoute-moi, je t'en prie…

Mais Camy ne l'entendait plus.

— Non ! hurla Sabrina.

Le coup partit.

— Jésus ! murmura Sabrina.

Camy avait visé Joshua. Celui-ci reçut la balle à l'épaule et fut plaqué contre le mur. Puis il s'écroula à terre.

Sabrina se précipita aussitôt vers le sculpteur pour s'enquérir de son état ; Camy braqua son arme vers elle et tira une nouvelle fois. Fort heureusement, la balle manqua la jeune femme qui se plaqua au sol tandis que Jon se ruait sur la meurtrière.

Camy tira deux autres coups de feu tout en plongeant derrière une des estrades.

— Jon ! s'écria Sabrina en se relevant.

— Reste couchée ! lui ordonna Jon.

Mais elle ne pouvait lui obéir. Jon savait comme elle qu'ils devaient au contraire pousser Camy à tirer toutes ses balles s'ils voulaient s'en sortir vivants.

Restait à espérer qu'elle n'avait qu'un six-coups.

Sabrina se redressa de nouveau et entreprit de traverser la salle. Camy fit feu. Et la manqua une fois de plus.

— Bon sang, Sabrina, s'exclama Jon, reste à terre !

Elle obtempéra. Chacun se tenait caché derrière une estrade, ignorant la position exacte des deux autres.

Camy surgit soudain derrière Sabrina. Elle sourit et la visa.

— Tu es morte, chuchota-t-elle, et Jon peut déjà dire sa prière.

Elle s'apprêtait à appuyer sur la détente, quand Jon bondit comme un fauve par-dessus lady Ariana Stuart et percuta Camy de tout son poids.

Celle-ci hurla, recula en trébuchant et tira.

Elle manqua de nouveau sa cible. Etouffant un juron, elle releva son arme et fit feu une nouvelle fois.

Puis, comme une explosion retentissait à l'autre bout de la salle, elle s'écroula par terre, les yeux fixes. Morte.

Brett, aussi pâle qu'un fantôme et toujours emmailloté dans le bandage improvisé de Sabrina, franchit en chancelant le seuil de la salle.

— Jon ? chuchota-t-il. Seigneur, suis-je arrivé trop tard ?

— A quelques blessures près, repartit Jon.

Il se redressa en se tenant le bras droit.

— Je sais que tu es un coriace, répliqua Brett, et que tu étais capable de la désarmer tout seul, mais je ne voulais pas risquer de perdre un ami.

Sur ces mots, il sourit et s'effondra à son tour sur le sol.

Jon rejoignit Sabrina et l'aida à se relever.

Camy était morte. Joshua était blessé, sinon mort lui aussi. Et Brett gisait inanimé sur les dalles de pierre. Sabrina et Jon se retrouvaient seuls au milieu du carnage.

— C'est terminé, articula Jon à voix basse. Mon Dieu, c'est terminé… Sabrina, va voir si Joshua vit encore. Je vais transporter Brett là-haut et essayer de stopper son hémorragie. Incroyable, non ? C'est finalement lui qui s'est révélé mon meilleur ami…

Il s'agenouilla près de Brett et le souleva précautionneusement.

Puis il se tourna vers Sabrina.

— Tu avais vraiment confiance en moi ? lui demanda-t-il.

— Du fond du cœur.

— Mais tu continuais malgré tout à nourrir quelques soupçons ?

— Quand j'écoutais ma raison, oui. Mais…

— Mais quoi ?

— Mais mon cœur, lui, ne l'écoutait pas.

Il sourit et, d'une démarche mal assurée, sortit avec elle de la salle des horreurs.

Épilogue

— Jon !

S'entendant héler, il regarda par-dessus son épaule.

Elle était là, sur le balcon. En train de l'appeler.

Il s'arrêta un instant, sourit et lui fit un salut de la main.

Deux ans s'étaient écoulés depuis la nuit où l'équipe de secours avait envahi le château, précédant de peu la police.

Reggie et Brett s'en étaient tirés tous les deux. Jon s'était également remis de ses blessures, n'en gardant pour toutes traces que de minces cicatrices à la jambe et au bras. Joshua, en revanche, était mort sur la table d'opération.

Son décès valut à son œuvre une très grande publicité. Les médias épluchèrent sa vie, le dépeignirent sous les traits d'un artiste fou. Une image que Jon déplorait sincèrement, car il savait que Joshua avait surtout été victime de son attachement pour Camy. Cela dit, il avait été pour elle un complice actif, n'hésitant pas pour la soutenir à attenter à la vie d'autrui, et Jon se demandait si le sculpteur aurait pu survivre à une longue peine d'emprisonnement. Mais tout cela était du passé. La balle cruelle de Camy, puis celle de Brett, désireux de protéger son hôte et ami, avaient finalement scellé le destin du sculpteur, avant même qu'il eût à encourir la justice des hommes.

Cette nuit-là, Sabrina avait accompagné Brett à l'hôpital. Et, deux semaines plus tard, quand il en avait eu fini avec la police, Jon avait lui-même quitté le Lochlyre Castle. Il éprouvait le besoin de s'éloigner, de prendre du recul, de régler ses comptes avec le passé. Et pour ce faire, il lui fallait être seul.

Puis, un jour, il se sentit la force d'aller retrouver Sabrina. Il lui ouvrit son cœur, complètement. Il pensait avoir oublié comment pleurer, et ignorait qu'il s'en voulait à ce point de la mort de Cassie, de celle de Susan ainsi que de tous les malheurs qui s'étaient abattus sur le château. Toutefois, durant cette soirée qu'il passa en compagnie de Sabrina — la première depuis les funestes événements —, il commença à se pardonner. Et à tomber de nouveau amoureux de la jeune femme.

Ils se marièrent au cours d'une cérémonie discrète et intime, en présence de la sœur et du beau-frère de Sabrina. Jamais Jon n'avait été plus heureux.

Pour leur premier anniversaire de mariage, le ciel leur offrit en cadeau un enfant. Puis Sabrina émit le désir de quitter les Etats-Unis pour s'installer avec lui au Lochlyre Castle. Il rechigna ; elle insista ; il céda. Le château n'avait rien de diabolique, lui dit-elle. Seuls certains de ses occupants l'avaient été, jadis. En outre, elle adorait le domaine et lui promit d'en faire un havre de bonheur.

Et elle tint parole.

— Jon !

— Quoi ?

— Tu me regardes sans rien dire.

— Excuse-moi. Qu'y a-t-il ?

— V.J. et Tom nous ont envoyé une carte. Ils sont en Espagne, et ils voudraient venir passer une semaine avec nous.

— Super ! Dis-leur que nous les attendons !

Il était lui-même surpris de la joie qu'il éprouvait. Il aimait vraiment le château et, grâce au ciel, ses amis semblaient désireux d'y séjourner encore.

— V.J. nous suggère d'organiser une nouvelle Semaine de l'Enigme.

— On y repensera plus tard, d'accord ?

— D'accord !

Les yeux de Sabrina brillaient sous la lumière du soleil. La brise jouait avec ses cheveux. Elle avait l'air d'une princesse, debout sur le balcon, dans ce cadre magnifique. Jon s'était débarrassé de la statue de Poséidon, et le jardin était rempli de fleurs de toutes sortes.

Sabrina repoussa ses cheveux en arrière.

— Jon…

— Oui ?

— Le bébé dort…

— Grand bien lui fasse !

— … et je me disais que tu aurais peut-être envie de revenir dans notre chambre.

Il sourit, hocha la tête et rebroussa chemin vers le château : c'était là qu'il avait envie d'être. Et nulle part ailleurs.

DANS LA MÊME COLLECTION
Par ordre alphabétique d'auteur

OLGA BICOS	*Nuit d'orage*
OLGA BICOS	*La mort dans le miroir*
LAURIE BRETON	*Ne vois-tu pas la mort venir ?*
BARBARA BRETTON	*Le lien brisé*
JAN COFFEY	*La dernière victime*
JASMINE CRESSWELL	*La Manipulatrice*
JASMINE CRESSWELL	*Le secret brisé*
JASMINE CRESSWELL	*La mort pour héritage*
JASMINE CRESSWELL	*Soupçons mortels*
JASMINE CRESSWELL	*Je saurai te retrouver*
MARGOT DALTON	*Amnésie*
MARGOT DALTON	*Kidnapping*
MARGOT DALTON	*Le sceau du mal*
MARGOT DALTON	*Crimes inavoués*
WINSLOW ELIOT	*L'innocence du mal*
LYNN ERICKSON	*Le Prédateur*
TESS GERRITSEN	*Présumée coupable*
TESS GERRITSEN	*Crimes masqués*
HEATHER GRAHAM	*L'invitation*
HEATHER GRAHAM	*L'ennemi sans visage*
HEATHER GRAHAM	*Le complot*
HEATHER GRAHAM	*Soupçons*
HEATHER GRAHAM	*La griffe de l'assassin*
HEATHER GRAHAM	*Prémonition*
HEATHER GRAHAM	*L'ombre de la mort*
HEATHER GRAHAM	*Danse avec la mort*
GINNA GRAY	*Le voile du secret*
GINNA GRAY	*La cavale*
KAREN HARPER	*Testament mortel*
KAREN HARPER	*Le saut du diable*
KAREN HARPER	*L'œuvre du mal*
KAREN HARPER	*Les portes du mal*
KATHRYN HARVEY	*La clé du passé*
BONNIE HEARN HILL	*La disparue de Sacramento*
BONNIE HEARN HILL	*Mortelle perfection*
CHRISTIANE HEGGAN	*Miami Confidential*
CHRISTIANE HEGGAN	*L'Alibi*
CHRISTIANE HEGGAN	*Intime conviction*
CHRISTIANE HEGGAN	*Labyrinthe meurtrier*

.../...

DANS LA MÊME COLLECTION

Par ordre alphabétique d'auteur

CHRISTIANE HEGGAN	*Troublantes révélations*
CHRISTIANE HEGGAN	*Intention de tuer*
CHRISTIANE HEGGAN	*Meurtre à New York*
METSY HINGLE	*Le masque de la mort*
GWEN HUNTER	*Faux diagnostic*
GWEN HUNTER	*Virus*
GWEN HUNTER	*Les mains du diable*
GWEN HUNTER	*Le triangle du mal*
GWEN HUNTER	*La piste du mal*
LISA JACKSON	*Noire état la nuit*
CHRIS JORDAN	*L'étau*
PENNY JORDAN	*De mémoire de femme*
PENNY JORDAN	*La femme bafouée*
R.J. KAISER	*Qui a tué Jane Doe ?*
ALEX KAVA	*Sang Froid*
ALEX KAVA	*Le collectionneur*
ALEX KAVA	*Les âmes piégées*
ALEX KAVA	*Obsession meurtrière*
ALEX KAVA	*Le Pacte*
RACHEL LEE	*Neige de sang*
RACHEL LEE	*Le lien du mal*
RACHEL LEE	*Secret meurtrier*
DINAH McCALL	*Le silelnce des anges*
HELEN R. MYERS	*Mortelle impasse*
HELEN R. MYERS	*Les ombres du doute*
HELEN R. MYERS	*Mort suspecte*
HELEN R. MYERS	*Suspicion*
HELEN R. MYERS	*La marque du diable*
CARLA NEGGERS	*L'énigme de Cold Spring*
CARLA NEGGERS	*Piège invisible*
CARLA NEGGERS	*La dernière preuve*
BRENDA NOVAK	*L'étrangleur de Sandpoint*
BRENDA NOVAK	*Noir secret*
MEG O'BRIEN	*Le piège*
MEG O'BRIEN	*En lettres de sang*
MEG O'BRIEN	*Pluie de sang*
MEG O'BRIEN	*La déchirure*
MEG O'BRIEN	*Spirale meurtrière*
SHIRLEY PALMER	*Zone d'ombre*
SHIRLEY PALMER	*Le bûcher des innocents*

.../...

DANS LA MÊME COLLECTION

Par ordre alphabétique d'auteur

EMILIE RICHARDS	*Le refuge irlandais*
EMILIE RICHARDS	*Mémoires de Louisiane*
EMILIE RICHARDS	*Le testament des Gerritsen*
EMILIE RICHARDS	*L'héritage des Robeson*
EMILIE RICHARDS	*L'écho de la rivière*
EMILIE RICHARDS	*Promesse d'Irlande*
EMILIE RICHARDS	*Du côté de Georgetown*
NORA ROBERTS	*Possession*
NORA ROBERTS	*Le cercle brisé*
NORA ROBERTS	*Et vos péchés seront pardonnés*
NORA ROBERTS	*Tabous*
NORA ROBERTS	*Coupable innocence*
NORA ROBERTS	*Maléfice*
NORA ROBERTS	*Enquêtes à Denver*
NORA ROBERTS	*Crimes à Denver*
NORA ROBERTS	*L'ultime refuge*
NORA ROBERTS	*Une femme dans la tourmente*
FRANCIS ROE	*L'engrenage*
FRANCIS ROE	*Soins intensifs*
M. J. ROSE	*Rédemption*
M. J. ROSE	*Le cercle écarlate*
M. J. ROSE	*La cinquième victime*
JOANN ROSS	*La femme de l'ombre*
SHARON SALA	*Sang de glace*
SHARON SALA	*Le soupir des roses*
SHARON SALA	*Meurtre en eaux troubles*
SHARON SALA	*L'œil du témoin*
MAGGIE SHAYNE	*Noir paradis*
MAGGIE SHAYNE	*Un parfait coupable*
TAYLOR SMITH	*Le carnet noir*
TAYLOR SMITH	*La mémoire assassinée*
TAYLOR SMITH	*Morts en série*
ERICA SPINDLER	*Rapt*
ERICA SPINDLER	*Black Rose*
ERICA SPINDLER	*Le venin*
ERICA SPINDLER	*La griffe du mal*
ERICA SPINDLER	*Trahison*
ERICA SPINDLER	*Cauchemar*
ERICA SPINDLER	*Pulsion meurtrière*
ERICA SPINDLER	*Le silence du mal*
ERICA SPINDLER	*Jeux macabres*
ERICA SPINDLER	*Le tueur d'anges*

.../...